人文集美丛书
The Humanistic Jimei Series

集美区文艺发展专项资金扶持项目

写心集

张桂辉 著

山东文化音像出版社

图书在版编目（CIP）数据

写心集/张桂辉著. —济南：山东文化音像出版社，2023.6
ISBN 978-7-901001-12-1

Ⅰ.①写… Ⅱ.①张… Ⅲ.①散文集–中国–当代 Ⅳ.①I267

写 心 集
XIE XIN JI

张桂辉 著

责任编辑：	孟晶晶
出版发行：	山东文化音像出版社
社　　址：	山东省济南市历城区山大北路27-2号
邮政编码：	250100

印　　刷：	济南精致印务有限公司
开　　本：	700mm×1000mm　1/16
印　　张：	20
字　　数：	320千字
版　　次：	2023年6月第1版
印　　次：	2023年6月第1次印刷
版　　号：	ISBN 978-7-901001-12-1
定　　价：	59.00元（CD-ROM配书）

如发现印装质量问题，读者请与印刷厂联系
· 版权所有，侵权必究 ·

序

　　以书会友，书可交友。那天，接过桂辉先生送来两年前出版的《南薰楼退思》。翻阅书目，见有多篇与陈嘉庚先生、集美侨乡有关的文章，一下拉近了我们之间的距离。交谈中，他希望我为这部新作写个序，我有点战战兢兢，他一脸诚诚恳恳。于是，便答应拜读后写点读后感。

　　写作，是脑力劳动，不劳动，一无所得；作品，是情感花朵，没情感，枯燥乏味。情，出于心。只要用心，就会生情，就会对所关注的一山一水、一草一木、古人今人、先烈先贤，产生不同的情感，成为创作的素材。

　　人生，如同远程旅行。写作，可以扩展旅行空间，随心所欲寻觅探幽。在漫漫求索、苦苦笔耕中，开阔视野、升华意境、愉悦灵魂、致敬生命。正因此，桂辉先生把作品当成"旅行心得"，坚持下来，积少成多，颇有收获。

　　集美，是陈嘉庚的故里。嘉庚先生，千古一人。他热爱祖国，也热爱家乡。终其一生，不遗余力，为国家做出不朽贡献，为家乡更是做了诸多好事、善事。十年前，桂辉先生退休后，常住集美学村。这里的优美环境，丰富的人文景观，使他深受熏染，心中每每生出一股对陈嘉庚先生的感激与缅怀之情，笔下便有新的"旅行心得"。

　　收入本书的90篇文章，都是从他近年在内地和海外媒体发表的作品中筛选出来的。为了便于读者阅读，他把全书分为三辑。每辑各有侧重，各有其趣。

　　第一辑，景观篇，以描述景观为主旨。桂辉先生的创作，用心用情，严密严谨。他常住集美，多次亲近过集美湖。可是，集美湖的特色有哪些、精华在哪里？心中没数，不敢动笔。为了画龙点睛般，把集美湖的美色、秀色、特色介绍给读者，年近七旬的他，骑着自行车，与朋友一道，花了两个多小时，绕湖转悠一大圈，对集美湖有了更多的了解、更深的印象后，很快创作出《厦门"西子"集美湖》，在《福州晚报》《中老年时报》《集美风》等媒体发表。这种实地考察、捕获心灵第一感受的创作之风，也体现在桂辉先生对布达拉宫的探寻中。那年前往拉萨旅游，年过半百的他，不顾头疼，不吸氧气，拾级而上，每走一步，都有头痛欲裂的感觉，就这样，他与布达拉宫有了一次零距离接触。几年后写出《走进布达拉宫》，在《上观新闻》发表后，被多家媒体转载。

第二辑，人物篇，以追思人物为主线。古今名人、历史人物，灿若繁星，家喻户晓。唯有写出一点新意、赋予一些深意，才能使他们展现新的面貌、发出新的光彩。桂辉先生以独特的视角，力求写出点深意与新意。如，被毛泽东主席誉为"华侨旗帜，民族光辉"的陈嘉庚，终其一生，努力打拼，无私奉献，他留下的物质财富，被世人口口相传、津津乐道。更难能可贵的是，他还为世人留下丰厚的精神财富。于是，桂辉先生写出《陈嘉庚先生留下的……》；又如，苏东坡是一位文笔夸张、文风严谨，人到心到、求真写真的文学家。他的《石钟山记》《题西林壁》等，广为流传、妇孺皆知。可是，前者也好，后者也罢，并非闭门造车的产物，而是身入心入的结晶。有感于斯，桂辉先生创作了《苏东坡怎么写作》一文，被《上观新闻》作为"朝花时文"刊发。

第三辑，感怀篇，以抒发情感为主调。既有对名人的感怀，如，《陈嘉庚与命世亭》，在约3000字的篇幅里，先是化繁为简，介绍了"亭"的由来，继而浓墨重彩，叙述陈嘉庚先生修建命世亭的朴实情怀与良苦用心。这篇作品在《集美校友》2022年第6期开篇发表后，得到海内外许多集美校友的好评；也有对人生的感悟，如，《"转运眉"何若"奋斗心"》《寂寞，人生的最好沉淀》《超越自己是赢家》等。芸芸众生，活在世上，唯有不懈奋斗，才可能"转运"；只有耐得住寂寞，才能够迎来"花开"；只有超越自己，才可望积小赢为大赢。还有对往事的感念。往事悠悠，如烟也好，如风也罢，不予追思，可能虚无缥缈、烟消云散，唯有追忆，可以脑海钩沉、留点念想。有鉴于此，他写出《爱上厦门沙茶面》《好想再抱妈一回》《冬至汤圆别样甜》等篇什。

本书文章，体裁不同，品位不一，却各具特色、各有丰采，都会给读者带来愉悦的享受。桂辉刚满七十，比我年轻多了。相信他，再接再厉，总结提升，一定会写出更多、更美、更精彩的作品。我期待着。

任镜波

2023年5月　于东南海滨　集美学村

目　录

第一辑　景观篇

03　鳌园路上姊妹楼
09　大社古厝添新韵
12　龙舟池畅想
15　厦门"西子"集美湖
19　海上明珠观光塔
22　深青古驿越千年
26　邂逅曾厝垵村史馆
30　又上胡里山炮台
37　厦门市花三角梅
41　夜幕下的龙舟池
44　牯岭那条半边街
48　再游三叠泉
52　风采依然仙人洞
56　庐山雪遐思
60　又登浔阳楼
64　普林路上看落日
68　野象谷奇遇记
72　走进布达拉宫

- 75　赤石暴动烈士陵园
- 79　九曲溪畔朱熹园
- 83　百年沧桑余庆桥
- 87　生生不息"百年蔗"
- 90　邂逅"潭阳七贤"
- 94　走近"花园口"
- 98　龙脊梯田畅想
- 102　"红井"情思
- 106　油菜花开

第二辑　人物篇

- 111　郑成功与"国姓井"
- 114　陈嘉庚留给世人的……
- 117　为教育而生的陈村牧
- 121　仁人不惜死　壮哉陈桂琛
- 125　"乐育英才"陈六使
- 129　鲁迅的厦大情缘
- 133　陈嘉庚"为民请命"
- 137　国办街头忆国办
- 140　选贤任能张居正
- 144　芦林一号那张床
- 147　周恩来纪念室里的怀想
- 151　思绪万千忆彭总
- 155　王阳明的秀峰《纪功碑》
- 159　"醉石"印证陶渊明诗酒人生
- 163　古堰画乡"遇"何澹

167　苏东坡怎么写作
171　李清照的"雅赌"
174　徜徉在白居易草堂
178　通济堰前"二司马"
182　"善政古贤"范成大
186　气节如松陈三立
190　林则徐的别样奇功
193　王蒙的另一个可敬之处
197　茶农老罗

第三辑　感怀篇

203　陈嘉庚与命世亭
207　"嘉庚书房"溢书香
210　怀想，在集美大学校园
213　"延平故垒"的曲折往事
217　"送王船"传递的……
221　爱上厦门沙茶面
224　"缠足鞋"背后的"病态心"
226　寂寞，人生的最好沉淀
228　冬至汤圆别样甜
231　优雅与充实
233　坚守与放弃
235　从阿根廷"出局"想到的
238　"朋友圈""包围圈"随想
240　人生没有毕业季
243　超越自己是赢家

| 目 录 |

246 脚踏实地著文章
249 "人民至上"与"眼睛向下"
252 莫拿文化当"标签"
255 两条腿的"蜗牛"
258 "劣迹艺人"知多少
260 媚言，甜美的毒品
263 钓鱼联想
266 记住袁隆平那句话
270 追求什么样的"不一样"
272 又见有人攀高枝
275 先贪后廉的郭琇
278 传承书写　留住手稿
282 多一点"战略留白"
284 "小绵羊"未必是"好孩子"
286 书与药
288 痴迷"潇洒"易"沉沦"
290 心灵保洁防"病变"
292 "转运眉"何若"奋斗心"
294 "两面人"背后的"三重性"
296 好想再抱妈一回
298 父亲的口琴
301 《高山清渠》的联想
304 健身与健脑
306 军营别样情
308 把获奖当"负担"

311 后记

第一辑 景观篇

鳌园路上姊妹楼

鳌园路,像一条缎带,蜿蜒在东南海滨;姊妹楼,如一对姊妹,耸立在集美学村。

一

声名远扬的厦门集美学村,有多幢西洋与传统有机交融、诗意与品位兼而有之的近代艺术精品建筑。它们既独具特色,又拥有同等身份——全国文物保护单位。

我接触最多、印象最深的,是鳌园路上1922年建成的延平楼与1959年落成的南薰楼。二者并肩而立、向海而眺,宛如一对亲姊妹,日复一日,默默无语检阅海内外八方游客;年复一年,静静并肩而立坚守在浔江之滨。

鳌园路,是条长约2千米的"双车道"。鳌园,是嘉庚公园的"园中园"。从嘉庚公园南门,一直蜿蜒至北门段的鳌园路,路边的建筑呈现"骑楼"风格,沿线先前的水泥路,业已改造成贴近学村风格的花岗石"火烧板"。

以红、绿为主色调,各色店面密集的鳌园路,是进出嘉庚公园的一条主通道,因而成为学村景区游客最多的路段之一。双车道的鳌园路,在南薰楼前不远处,分别与三条道路连接——向西延伸的"道南路",北折的"尚南路"，南折的"龙船路"。在"龙船路"路口立着一块介绍"龙舟池"的示意牌。

"国保级"的"南薰楼群"，与总面积24万平方米的"龙舟池"毗邻。"南薰楼群"包括延平楼、南薰楼、黎明楼和道南楼。并排而立的南薰楼、延平楼，位于学村鳌园路27号集美中学校区内。按建成时间先后论，延平楼是"姐姐"，南薰楼是"妹妹"。她们都是陈嘉庚先生的"亲生子"。

陈嘉庚（1874—1961），福建省泉州府同安县集美社（今厦门市集美区）人，著名爱国华侨领袖、企业家、教育家、慈善家、社会活动家。生前曾任中国人民政治协商会议全国委员会副主席、中华全国归国华侨联合会主席等职。被毛泽东主席誉为"华侨旗帜 民族光辉"的陈嘉庚先生，之所以成为一位既受到百姓赞誉，又赢得领袖褒奖的历史人物，不但因为他有一颗炽热的爱国心，而且有一股深厚的桑梓情。纵观其一生，为国家所尽的责任，为家乡所做的好事，林林总总，枚不胜举。其中，最具代表性的，当属不畏艰辛、不遗余力，倾资办学、培育英才。

1922年，陈嘉庚先生在集美寨建成一座三层楼房，取名"延平楼"，作为集美学校校舍。延平楼前，是历史悠久的集美寨。集美寨原称浔尾寨，位于集美学村"浔江"海边。明末清初，民族英雄郑成功以厦门作为抗清基地。清康熙十八年(1679)五月，郑军部将刘国轩为加强岛上防务，受命建造浔尾(集美)寨，使之面临浔江海域，与禾山上的高崎寨互为犄角。因郑成功受封延平王，此寨雅称"延平故垒"。

乱世之下，国无宁日。就连延平楼也命运多舛，有过一段坎坷的历史。先前的延平楼，主体白灰砖墙。1938年5月，日军占领厦门。厦门沦陷之后，惨无人道的日军，以金门、厦门为据点，不时用飞机、大炮轮番轰炸集美校舍与民宅。延平楼位于集美南端高地，与厦门岛仅一水之隔，目标突出，首当其冲。最终，遭遇天降横祸，毁于日军炮火。原本生机盎然的延平楼，几成废墟，一派凄凉。

二

　　1950年9月，"校主"陈嘉庚定居故乡集美。为了协助地方政府发展教育事业，他不遗余力筹资修建、扩建集美学村。是时，集美尚无一幢小学校舍，而小学生人数却逐年增加。陈嘉庚遂决定重建延平楼，并把它列为"重点工程"，紧锣密鼓、加急进行。他依照原来的地基设计，不但亲自监督工程进度和质量，而且每天必到现场察看检查。1952年底，工程竣工，仍名延平楼。再生的延平楼共4层，砖木结构，红色砖墙，绿琉璃瓦，较之原来模样更为堂皇壮观。同时，在濒海建成一个人工游泳池——"延平池"，将楼前荆棘墓穴地带因地就势建成整齐划一的、用花岗岩砌成四大层24级台阶，作为海滨泳池的看台。为了铭记历史，陈嘉庚重建延平楼时，特地在底层东西两间耳房的内侧墙的红砖上，分别镌刻了"垒基维旧"与"黉宇重新"几个字。

　　1953年春，集美小学搬入新延平楼上课。及至1964年，学生达1500人。为适应新形势发展的需要，集美小学迁到尚勇楼、瀹智楼和三立楼上课，延平楼则划归集美中学管理使用，延续至今。延平楼前、集美寨后，一棵"独木成林"的古榕树，四季常青、枝繁叶茂，形成一道贯古连今的自然景观。集美寨遗址内，尚存有用花岗岩条石砌成的寨门，以及两侧残余的门墙。寨门高3.08米，宽1.68米，厚0.65米。寨门后东北侧有两块卧地岩石，石旁有一门铁锈斑驳的古炮，似在向各地游客诉说历史往事；其中一块岩石上，有民国年间镌刻的隶书"延平故垒"四个大字。在延平楼前下方的鳌园路旁，立着一块约2米高的长方形石碑，上面竖排版刻着这样一些文字："集美寨遗址 由市人民委员会于一九六一年一月公布为第一批市级文物保护单位。本府于一九八二年三月重新公布。厦门市人民政府 公元一九八四年十二月二十五日立"。

　　南薰楼虽然比延平楼"年轻"，但"个头"更高、"体型"更大。二十世纪五十年代，陈嘉庚先生在支持兴建这座大楼时，取《诗经·南风歌》"南风之薰兮，可以解吾民之愠兮"中的"南薰"二字作楼名，寄寓他"教育立国，科学兴国"的伟大理想。

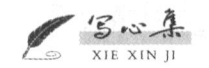

1959年落成、坐北朝南的南薰楼，建筑面积8105平方米，楼体呈Y字型，主楼16层，高54米，为当时福建省最高大楼；翼楼6层（局部7层），如鸟翼后展。整座楼用细纹花岗岩建造，总体造型为西洋塔楼式，类似西欧19世纪的巴洛克式建筑。设穹隆顶钟亭，东、西角楼设重檐攒尖亭，翼楼为歇山顶。其建筑设计风格，蕴含着陈嘉庚先生强烈的民族精神和深厚的爱国情怀。"身穿西装"、"头戴斗笠"的南薰楼，楼身门窗既大又多，楼顶以"嘉庚瓦"覆盖、中华亭榭镇峰，寄托着陈嘉庚追求祖国强盛、超越西方的强烈愿望与远大志向。

三

不久前的一天上午，当我我喜滋滋从南薰楼西南侧楼梯拾级而上时，一股爱悠悠、思悠悠的暖流，随即涌上心头。我边登楼边观察，但见石阶楼梯，宽约一米，每层22级，折成"V"字形两段；一至四楼为初一年段18个班级教室，五楼为年段办公室；登至六楼楼梯口，一扇铁门，封而锁之。"非诚勿扰"。我转身下楼，大楼南面草地里，一横一竖两块石碑映入眼帘。前者刻着："全国重点文物保护单位 集美学村和厦门大学早期建筑 南薰楼群 中华人民共和国国务院 二〇〇六年五月二十五日"等红色字样；后者系福建省人民政府所立，上面刻有："陈嘉庚创办校园建筑——南薰楼群 经本府于二〇〇五年五月十一日公布为第六批省级文物保护单位"等文字。

南薰楼在集美学村的历史风貌建筑中，无论是建筑风格，抑或是立面装饰，都是最具代表性的。该楼有几个鲜明特点：彩色出砖入石、梁檩桁柱不油漆、三曲燕尾脊、创新嘉庚瓦。尽人皆知，瓦乃普通建材。殊不知，嘉庚瓦不普通，它是陈嘉庚中西合璧的又一杰出创造。当年，嘉庚先生回家乡办学，大规模的校舍建设需要大量瓦片。不论是从海外进口成品洋瓦（机制水泥瓦），或者说进口洋灰（水泥）再行制作，远涉重洋，运输费用，可想而知。

而闽南传统的手制红瓦,轻薄质脆,容易破碎,且抗风力低。南薰楼,楼层高,面积大,不宜使用。陈嘉庚先生作出决定:就地取材,用本土之泥,造自己的瓦。于是,他引进生产洋机瓦的机器设备,选定闽南土质最适宜生产砖瓦的漳州石码作基地,土洋结合开始试制粘土瓦。为了提高瓦片的强度和抗台风能力,嘉庚先生对机瓦模具进行革新,要求每15块瓦片,净重必须达100斤;瓦片底面中部突出一个长3厘米,宽、厚各1厘米的"肚脐"。"肚脐"正中有一小孔。铺瓦时,铜线穿过小孔,将瓦片牢牢系在椽子上,任凭狂风暴雨,我自巍然不动。如今,因为建造南薰楼而苦心革新,就地取材、土洋结合、与众不同的"嘉庚瓦制作工艺",已被列入厦门市首批非物质文化遗产。

　　解放前,集美只是东南沿海的一个小渔村。可是,在解放集美的小小战斗中,我29军第85师第253团却付出了伤亡200余人的代价。其中,81位官兵英勇牺牲、长眠集美。不是敌军火力威猛,而是我军基于保护。集美学村是陈嘉庚先生早年在故乡投资兴办的学校。这里环境恬静优雅,气候宜人。美轮美奂的校园风光,吸引了五湖四海的莘莘学子。1949年9月,国民党为了防卫厦门,利用集美三面临水、易守难攻的地形特点,以镇北高地和学校建筑群构成防御体系。战斗发起前,253团接到师部转来周恩来副主席的指示:"集美学校是爱国华侨领袖陈嘉庚先生创办的,我军在解放集美时,要尽力妥善保护,要严防破坏。宁可多流血,也要避免使用火炮。"团党委立即召开阵前讨论会,一致决定将周副主席的指示传达到部队,坚决贯彻执行,力保集美学校。想当年,得益于周恩来的重要指示、解放军的英勇牺牲,集美学村得以有效保护;看今朝,包括南薰楼、延平楼在内的一批近代建筑,为当地旅游业的持续繁荣注入不竭的活力。

四

　　南薰楼、延平楼等,既是社会发展的见证人,又是经济腾飞的助力者。

新中国成立以来，尤其是改革开放以来，厦门经济社会发生了翻天覆地的巨大变化。其中，最典型、最直观、最精彩的是跨海大桥、海底隧道的"腾空出世"、"入海延伸"：1987年，厦门采用当时世界先进技术兴建厦门大桥，于1991年建成通车。迄今为止，先后建成了海沧大桥、集美大桥、杏林大桥、翔安隧道等。这几条跨江越海的通道，推动的是腾飞与崛起，连接的是海岛与陆地，串起的是现在与未来，点亮的是希望与梦想。

改革开放以来，厦门经济社会、市政建设，发生了翻天覆地、有目共睹的巨大变化。如今，位于厦门市鹭江道、与鼓浪屿隔海相望的厦门国际中心，建筑高度339.88米，傲立海峡西岸，点亮美丽鹭岛。和着厦门强劲发展的节拍，集美城区面积迅速扩大，新楼、高楼，拔地而起；新建、扩建道路不断增加，交通硬件设施不断更新升级，车流、人流，川流不息，欣然涌动。位于杏林湾营运中心的诚毅国际商务中心，楼高262.05米……然而，特色独具、年过六十的南薰楼，依然是集美乃至厦门的地标性建筑。

南薰楼，矗立于浔江西岸的制高点上。嘉庚先生当年选址在这里，当有登高望远之抱负与寓意。南薰楼与延平楼的横向距离不过30余米，堪称"手牵手，肩并肩"的"亲姊妹"。二者之间，是一个纪念从集美中学成长起来的抗日女英雄李林先烈的"李林园"。比延平楼"年轻"30多岁的南薰楼，不论是"身材"，抑或是"相貌"，都是名副其实的"后起之秀"。正因此，当地政府把"全国重点文物保护单位"楼群的石碑，立在了南薰楼的楼前。

陈嘉庚先生在企业经营等方面，不单眼光敏锐，而且高瞻远瞩，因而能在剧烈的竞争中屡拔头筹。只是，改革开放以来，厦门的快速发展，集美的迅速崛起，大概是嘉庚先生不曾预料到的。那天，我置身楼中，放飞思绪：假如嘉庚先生登上南薰楼，坐在顶层的亭子中，一边品茶，一边赏景，海天一色，潮起潮落，环顾四周，举目远眺，近些年来"新生"的厦门大桥、杏林大桥、集美大桥，以及地铁一号线集美站等，一览无余，尽收眼底，端的美不胜收，定然心花怒放。

【原载《福建文学》2020年第11期】

大社古厝添新韵

大社，原是东海之滨一个名不见经传小渔村，后来羽化成厦门市集美区的发祥地。大社，既有散发浓浓闽南味的古厝，也有彰显淡淡南洋风的建筑。丰厚的人文精神与质朴的民风民俗在这里融合交汇，使之成为闽南传统文化保存最完整的缩影之一。

"社"，在闽南方言中是村的意思。清末，许多集美人抛妻别子、背井离乡，走上"下南洋讨生活"的艰辛之路。华侨领袖陈嘉庚，就出生在集美大社。17岁那年，离开家乡，前往新加坡随父亲学习经营管理，后来成为极具名望的南洋华侨实业家。民国初年，怀着教育兴国理念的陈嘉庚，慷慨解囊，在家乡兴建了一系列新式学校，被人们称为"集美学村"。为了避免名称上与"集美学村"混淆，其中面积较大的集美村，便称之为"集美大社"。壬寅仲春的一天下午，天蓝云白，风和日丽。我又一次前往坐落在集美学村与陈嘉庚纪念胜地之间、已有700多年历史的渔村——大社，走近街区深处，领略古厝新韵。

大社，背靠天马山，面朝厦门岛。这里，曾是闯荡南洋归国华侨的安居地，迄今仍保留着许多历史风貌建筑。在小巷纵横交错的大社老街区内，单是清末、民国时期的老建筑，就不下百栋。这些造型独特的红砖古厝，是闽南最具代表性的传统民居。这些色彩与装饰都颇为艳丽的房屋，源于晚明时代的富庶商人。他们在菲律宾马尼拉，看惯了当地颇为气派的红砖别墅。于是，回到家乡后，也用红砖仿建自家房屋。不经意间，广为流传，很快风靡闽南地区，乃至渔村大社。高高翘起的燕尾脊，屋脊上的艺术雕饰，成为这些古厝的典型特征。

  古厝如同老人。年纪大了，保养得再好，难免有些器官，或功能退化，或发生病变。这就需要进行"移植"，甚或"手术"。大社人对待古厝，好比善待长辈，按照恰到好处、最少干预、"利旧留旧"的原则，用心进行合理更新，使之最大限度保存原貌——在不改变古厝总体结构的前提下，对那些非更新不可的部件，进行替换更新。如今，在一些古厝里，你只要留心观察，就可能看到古厝里的一些木质部件，虽然颜色深浅不一、材质各不相同，但总体感观，和谐融合，颇为自然。

  闽南宗族观念深厚，村社祠堂随处可见。大社也不例外，古厝祖祠不少。其中，最著名的，是位于"大社戏台"斜对面的集美大祠堂，也叫"陈氏宗祠"，不单用于祭祀，还保留了大社人的宗族历史、家规祖训，陈氏宗族的发轫繁衍史在这里展现。平日里，祠堂是大社人交流交汇的中心。那天，我走走看看，寻寻觅觅，来到陈氏宗祠跟前时，但见门口一侧，坐着六位穿着有别、神态各异的老妪，对我这个不速之客，她们全都视而不见，当我举起手机，准备取景拍照时，依然纹丝不动，兴趣不减，旁若无人，叙谈聊天。

  抵近陈氏宗祠，大门顶端一块牌匾上"集美大祠堂"几个红底金字，分外醒目。大门左右一对石柱上，刻着一副描金楹联："尊祖敬宗二百年堂构相承族开集美，亲仁爱众数十传箕裘克绍派延同安"。宗祠外墙上，挂着一块"古宗祠 新使命"牌子，上有对这座古厝的简介：陈氏宗祠是一座时刻散发着"正能量"的宗祠。大社人深受陈氏先贤影响，传承"兴学、重教"的优秀传统……

  如今，古宗祠，新使命——小区将宗亲文化、闽南文化与社会主义核心价值观紧密结合，陈氏宗亲在这里议事，归侨侨眷在这里团聚，嘉庚学子在这里接受各大基金会奖学鼓励、扶持资助。这里，不单是讲述宗族历史、传扬祖辈荣光、传承家规家训的地方，而且是小区文化活动的阵地、记住乡愁的地标、凝聚乡情的平台、基层治理的触角。在一座门楣上挂着"尺八天籁"匾额的古厝前，立着一个《继承嘉庚遗志 匠心传承非遗》标牌，上面写道："这栋古厝，早期作为大社文化馆。自20世纪90年代起，经改造提升后，作为集美南乐社、浔美芗剧社日常排演曲目、练习唱腔、研习曲艺的主要场所。"还有"老街新雨""龙翁书画""半亩山房"等，洋溢着文化芬芳的工作室，跻身于大社古厝间。当我走进"老街新雨诗歌小院"，与创办人"灵动的水波"交流叙谈时，她用欣慰的口吻告诉我：大社，曾经是民国文青的聚集地。几十年间，慕名而来的艺术家和文创人员，接踵而至，不计其数。四年前，她从安徽来厦门旅游，在大社观光时，对这里的老街古厝、民风民俗，有一种既陌生又熟悉的感觉，潜藏着淡淡的乡愁，不经意间被它所吸引，为它而陶醉，就决定留了下来。几年来，"老街新雨"除了创作，还经常开展一些诗歌朗诵等文化艺术沙龙活动。

漫步大社，从祠前路，到大社路、公园路等，很多古厝外墙上，都能看到大小不一、主题不同的涂鸦。这些脑洞大开的涂鸦，画风各异，赏心悦目，大多是近年闽台大学生在创意涂鸦大赛中的参赛作品。涂鸦一词，起源于唐代诗人卢仝说其儿子乱写乱画的顽皮之行，后逐渐演变成带有时代色彩的艺术行为。墙，是涂鸦的主要介质。每当夜幕降临，集美大社涂鸦街的暖色路灯，既为居民夜间出行营造了明亮的环境，也提升了涂鸦街的整体艺术氛围。由此想起2019金秋时节澳新千人游期间，在墨尔本"涂鸦圣殿霍西尔巷"参观涂鸦墙的情景——一条狭窄的街道两侧，墙上尽是五颜六色、五花八门的涂鸦作品，连垃圾筒也绘上极具个性的图案。五彩缤纷、凌乱可爱、风格迥异的涂鸦作品，使这条街道充满了活力，不但成为墨尔本市一道独特的风景，而且成了游客们乐于造访的景点。

2021年12月，海峡论坛第三届创意涂鸦大奖赛，在厦门市集美区大社文创旅游街区成功举办。国务院台湾事务办公室、中央宣传部港澳台新闻局、福建省委宣传部，以及当地相关部门领导，共同见证涂鸦艺术在两岸落地生花。大赛以"融通两岸 共绘家园"为主题，评选出《灯火阑珊处》《圆梦一闽 两岸同门》《寻根之旅》《海峡一日游》等作品在街区涂鸦上墙，为本届海峡论坛增添了一道五彩斑斓的风景。给我留下较深印象的还有《梦与自由》《孩子们的奇幻国度》等。这些画风各异，颇有创意的作品，大多是近年闽台大学生在创意涂鸦大赛中的佼佼者。丰富多彩的文化沙龙、创意涂鸦，给大社古厝注入新韵、披上新装。有心的人们，只要走进大社，既可以感受学村文化的气息，又可以领略闽南建筑的风采。

【原载2022年5月21日香港《文汇报》】

龙舟池畅想

壬寅端午佳节来临之际，一则新华社消息，让我眼睛为之一亮："龙腾虎跃"2022海峡两岸赛龙舟活动，6月2日，在厦门市集美区龙舟池鸣锣开赛。两岸41支参赛队的千余名选手，将一同乘风逐浪、击水奋楫，其中大陆队伍24支、台胞队伍17支。比赛分为300米直道赛和中国龙舟拔河公开赛。6月3日，端午节当天上午，举行总决赛及颁奖仪式。欣闻此讯，人在外地的我，无法莅临现场欣赏激烈竞赛，生发出穿越时空的舒缓畅想。

龙舟池，位于厦门集美学村鳌园路南侧与龙船路之间，西东长800米，南北宽300米，平面形似一艘待命启航的巨轮。龙舟池北侧，有诗人、文学家郭沫若先生当年赞叹"百闻不如一见"的集美中学；南侧紧邻面朝大海的"南堤公园"。那天，乘坐公交车，在龙舟池站下车后，考虑到时间比较充裕，先在"南堤公园"漫步，背对龙舟池，放眼向南望，海边翠绿的红树林、海上移动的各类船只，海面飞架的厦门大桥，动静兼有，遥相呼应，构成一幅不可多得、美不胜收的巨幅画卷。

家住集美石鼓路，距离龙舟池不过千余米。每次走过路过，都会情不自禁的想起投资"造池"者——爱国华侨领袖陈嘉庚先生。毕生兴学重教的陈嘉庚，始终要求受教育者"德、智、体"全面发展。1950年，陈嘉庚结束了在海外长达60多年的生活，回到家乡集美后，经过反复斟酌、用心规划，在海滩上筑堤围垦出外、中、内三池。外池，俗称龙舟池。龙舟池修筑成功后，1953年，嘉庚先生督造了10艘新颖别致的龙舟。次年开始，他便着手组织集美学村村民和师生，在龙舟池中进行龙舟训练和比赛，并于五十年代中后期不断修筑、美化堤岸及周边环境，使之成为一个集实用性与观赏性于一体的比赛用池。

龙舟池舟船竞渡，借鉴源远流长的历史，涵盖了从四五千年前的"龙的节日"祭奠龙王，到二千多年前的"别舲舳"，乃至中华民族龙舟文化，既隆重，又热烈；既有继承，又有发展。陈嘉庚在世时，集美赛龙舟，共举办了11届。除了其中四届，或赴京开会，或离乡治病外，他都亲自主持竞赛活动，并不断加以总结和提升。日臻完善的龙舟池舟船竞渡，使陈嘉庚成为推动华夏龙舟文化发展的功臣。半个多世纪来，为了缅怀"校主"陈嘉庚及其胞弟、"二校主"陈敬贤，每年端午节前后，集美都举办"嘉庚杯""敬贤杯"龙舟竞赛，从而带动了学村师生和村民的各项体育活动。

几十年持之以恒，几十年经验积累，集美龙舟池赛龙舟，从无到有，从小到大，已发展成为区域性、国际性重要品牌赛事，具有国内龙舟赛的最高水平。1987年，龙舟池举办了首届"嘉庚杯"国际龙舟邀请赛；2011年开始，集美龙舟赛升格为国家级赛事，由国家体育总局社会体育指导中心、中国龙舟协会、政协厦门市委员会、福建省体育局主办，厦门市体育局、集美区人民政府等单位承办。

赛龙舟，作为一项历史悠久的中国传统民俗活动，深受海峡两岸广大百姓的欢迎和喜爱。近年来，海峡两岸（集美）龙舟文化节，已成为连接海峡两岸同胞的重要纽带、推动两岸经济文化交流的特殊平台。文化搭台，龙舟唱戏。2019年5月，以"弘扬传统文化，共绘两岸亲情"为主题，旨在推进两岸民间文化交流，深化融合发展的海峡两岸（集美）龙舟文化节，暨"嘉庚杯""敬贤杯"海峡两岸龙舟赛，在集美龙舟池隆重开幕，53支队伍报名参赛。其中，台湾参赛队伍27支。2020年10月17日，为纪念陈嘉庚先生创办职业教育100周年，第三届"学村杯"龙舟邀请赛，在龙舟池隆重鸣鼓开赛……

"看龙舟，看龙舟，两堤未斗水悠悠。一片笙歌催闹晚，忽然鼓棹起中流。贺灵鼍，贺灵鼍，几多翠舞与珠歌。看到日斜犹未足，涌金门外涌金波。"这是宋元年间黄公绍《端午竞渡歌》中描写龙舟竞渡热闹场面的诗句。端午赛龙舟这一中华民族的传统民俗文化活动，在侨乡集美有着悠久的历史和群众基础。据清道光年间《厦门志》记载，集美端午龙舟赛至今已有二百多年历史。在没有龙舟池的岁月里,集美赛龙舟都在东南端的海面上举行。海上赛龙舟,在起点和终点,各插一根竹竿在水中,竹竿上端挂朵红花,作为醒目标识。上个世纪五十年代以来,得益于龙舟池,集美龙舟赛,越办越红火。三年前,集美端午龙舟赛,被厦门市政府公布为厦门市第二批市级非物质文化遗产代表作名录。

龙舟池,面积不大,特色不小——池畔,七座造型不同、大小不等的亭子,犹如七位穿戴考究、雍容华贵的仙女,风雨无阻,不分昼夜,端坐在龙舟池周边,默默然流光溢彩,悄悄然锦上添花,与南薰楼、延平楼等嘉庚建筑遥相呼应、相得益彰。每一个走近龙舟池的游人,无不为这一方清幽池水和周遭建筑群而叹为观止。那天,别无它事、心无旁骛的我,离开龙舟池前,独坐北岸居中的南辉亭里,放飞思绪,浮想联翩:如果没有既热爱祖国,也热爱家乡的陈嘉庚,就未必会有龙舟池;如果没有既重视教育,又重视体育的陈嘉庚,也未必会有龙舟池。

长期以来,因受场地、器材和技术的限制,不论是平时,抑或是节日,市民也好,游客也罢,只能在龙舟池畔,赏景观看,感怀赞叹,而无缘下池亲身体验划龙舟的别样情趣。为了探索向群众普及龙舟文化、传承嘉庚精神,从去年开始,端午节前后近两个月时间内,每逢节假日或周末,有关部门便在龙舟池举行"集美龙舟文化季公益活动",用"看得见摸得着"的方式,感受嘉庚精神,领略传统文化。通过龙舟体验,建立长效机制,把龙舟池打造成融合嘉庚文化、侨乡文化、闽南文化为一体的龙舟文化体验区。

龙舟池,无遮无挡、可近可亲。日复一日,年复一年,她就静卧在连接集美与鹭岛的一条主干道东侧,乘公交、坐地铁、自驾车,悉听尊便,随到随看,一览无余,尽情欣赏。换句话说,春夏秋冬,白天黑夜,不论晴日雨天,不分男女老少,不受任何约束,只要你愿意,随时都可以轻轻松松走近她,开开心心欣赏她。而今,随着龙舟文化季公益活动的开启,许多普通市民与游客,经过现场培训指导,也有机会下到池里,亲身感悟划龙舟的滋味,亲水领略划龙舟的乐趣。这,无疑是龙舟池"资源共享"的新探索。我相信,陈嘉庚先生英灵有知,一定会喜上眉梢、倍感欣慰的。

【原载 2022 年 6 月 4 日香港《文汇报》】

厦门"西子"集美湖

"欲把西湖比西子，淡妆浓抹总相宜。"这是苏轼任杭州"通判"期间，创作的《饮湖上初晴后雨二首》中，赞美西湖美景的诗句。杭州西湖，名扬天下。我无意把集美湖与她强拉硬拽、相提并论，可她却是不折不扣的后起之秀，当之无愧的厦门"西子"。

素有"城在海上，海在城中"之称的厦门，和浩瀚大海为邻，与多座湖泊为伴。身在岛外的集美湖，是厦门最美的湖泊之一。论历史，集美湖比岛内的筼筜湖、厦大芙蓉湖等，都要短一些；论面积，6.9平方千米的集美湖，是厦门十大湖泊中名副其实、当仁不让的"大哥大"。

"大腹能容"的集美湖，包含由9个小岛组成的、世界最大的水上乐园——厦门园博苑，以及中央山体公园、滨水绿化带等。偌大一座湖，水与地，有机相连；静与动，相得益彰。形成一个舒适宜人、不可多得的自然生活圈。湖畔，21千米生态景观步道，宛如一条彩带环湖飘扬……

身为集美人，早有绕湖周游的想法。只是，年近古来稀，二十余千米，步行着实有点难。机会，终于来了。辛丑岁末的一天上午，云白天蓝，风和日丽。应朋友叶建辉、范瑛夫妇之邀，优哉游哉，逍遥自在，骑车环游集美湖。一圈下来，对她刮目相看，有了全新体悟。

好事多磨。事如此，湖亦然。早在1954年，爱国侨领陈嘉庚，先后两次把时任厦门市长张维兹请到集美校董会，面对面向他慷慨陈词，并以宋代钱四娘捐家资万缗，于1083年建成莆田"木兰陂"为例，极力建议把杏林湾建成"厦门的西湖"。木兰陂与都江堰，并称"中国古代水利工程文明双璧"。有了木兰陂，才有了福建四大平原之一的兴化平原，才有了莆田"文献名邦"之美誉。

1955年，为修建鹰厦铁路，拦腰截断杏林湾，在入海口筑起一条长2800米的"集杏海堤"；1979年，新筑一条与大堤平行的小堤，形成一个蓄水量达643万立方米的淡水库——杏林湖，成为厦门重要的后备水源；20多年后，集美区抓住第六届（2007）中国园林博览会在厦门举行的历史机遇，投资2000万元，沿杏林湾26千米岸线，进行景观规划与建设，把古称银江、岑江、集杏海堤堵死后，称为杏林湾水库，而专家则称之为"厦门西湖"。

"一名之立，旬月踌躇。"十年前，为了给美丽的"厦门西湖"取个更理想的、更贴切的名字，集美区发起一场为该湖征名的活动。历经两个多月征集、投票、审议，最终定名为"集美湖"，寓意此地"人文集萃，大美于斯"。而且，"集美"与集美区以及内湖所在的地名地理相关联，有较强的地域指向性和唯一性。一名双关，意境美好。从此，"集美湖"声名在外。

那天，虽是冬日，暖阳高照。我们从集源路出发，兴冲冲一路直行，途经万达广场、集美大学，穿过厦门水上运动中心东侧公园，骑行在湖面由白色护栏、红色路面构成的长约2500米、宽约3米的"浮桥"上，自西向东前进，三三两两的居民、花花绿绿的游客，走走停停，说说笑笑，有的驻足赏景，有的随手拍照……

穿行在水陆之间，心旷神怡，时快时慢，一路骑行，一路赏景。如诗如画的集美湖，湖水烟波浩渺，湖岸吐绿滴翠；明镜般的湖面上，皮划艇运动管理中心的学员们，不分单人双人，不论是男是女，手划脚蹬，动作协调，随着身体的前倾后仰，瘦长的赛艇，在红白两色"浮标"间，如离弦之箭，争先恐后，凌波飞驰，划出一道道长长的、由小到大扩展开去的水纹；来厦过冬的鸬鹚、身材娇美的白鹭，黑白分明，成群结队，时而在水面游弋，时而在空中飞翔。有几只胆大的白鹭，竟落在自行车道上，迈着细腿，仰着脑袋，走走停停，东张西望，直到我们临近了，这才一飞而起，投入湖中。更多可爱的白鹭，或在桥墩静静站立，或在水面缓缓游弋，或在低空轻轻飞翔。范瑛老师指着眼前几只白鹭考我："白鹭之美，美在哪里？"我略加思索："美在——流线型躯体、乳白色羽毛。"范老师听罢，轻声朗诵起小学语文课本中郭沫若先生的散文《白鹭》："白鹭是一首精巧的诗。色素的配合，身段的大小，一切都很适宜……"

在水天一色、绿树成荫的步道间骑行，一路好景扑面而来，宛如万花筒，媲美入眼帘，令人目不暇接、赞不绝口。水晶湖郡等楼盘，多座儿童乐园、休闲公园、嘉庚艺术中心、灵玲国际马戏城等景观、建筑，明珠落玉盘一般，点缀在湖畔不同部位，令人目不暇接、赞不绝口。其中，不得不多说几句的有：排名厦门第三高楼的"诚毅国际商务中心"，总高度262米，地上54层、地下3层，建筑面积约16万平方米、通体玻璃幕墙的流光溢彩，成为厦门"门面担当"。当我们骑车路过楼前，稍作停留，抬头仰望时，什么叫高耸入云、雄伟壮观，也就不言而喻、不问自明了；默默放光彩，亭亭如玉立，建筑总高度79.5米，塔身7层、基座两层的集美塔，坐落在集美新城中央公园，该塔运用仿木圆柱、木斗拱、坡屋顶、挑檐、起翘等传统手法，结合顶部的大尺度屋盖和塔刹，既具有浓厚的传统建筑风格，又融入了彰显地方特色的闽南元素，以及嘉庚建筑的细部设计。红柱金瓦的集美塔，突显出集美新城在规划建设中对传统文化和历史底蕴的尊重运用。

而最具创意和魅力的，当数立身湖面的"月光环"。"西湖第一胜境"、杭州西湖十景之一的三潭印月，乃湖中的三座石塔。塔高2.5米，露出水面2米，由基座、圆形塔身、宝盖、六边小亭、葫芦顶组成；塔身球形中空，周身凿有五个小圆洞，洞边饰有浮雕花纹。如若月明之夜，在塔中点燃灯光，洞口糊以白纸，洞影印在湖面，一时间，水面上多个月亮，竞秀媲美，亦真亦幻，浪漫景色，醉人醉心，故而得名三潭印月。较之三潭印月，外径36米的月光环，具有更高更大、更富有创意和科技含量等特点。宛如出水芙蓉、立身园博苑观景平台北面不远处水中央的月光环，体外覆盖钢化夹胶玻璃，钢结构的体内装配有10万盏可调节LED夜景灯，可以根据需要调节灯光，形成月圆月缺的变化。触景生情，心底不由自主的响起"一盏红灯照碧海，一轮明月出水来。云来遮，雾来盖，云里雾里放光彩"的歌词。

环湖一周，沿途扑面而来的各类树木，吐绿滴翠，生机盎然。有资料显示，集美湖周遭21千米步道，2000余种乔林灌木点缀其中。在每千米近100种树木中骑行，仿佛穿越郁郁葱葱、遮天蔽日的林间。因是冬日，步道周遭盛开的红花有两种，一是红的灿烂、红的艳丽的厦门市花——"三角梅"；二是别名"美人树"、"丝木棉"、"美丽木棉"，高达10余米的落叶大乔木——"美丽异木棉"，其树干下部膨大，密生圆锥状皮刺，犹如带刺的玫瑰，艳丽而不易接近，只能眼观不可手摸。异木棉单生花冠，淡紫红色，花期为每年9月至次年1月，冬季正是盛花期。无怪乎有诗曰："冬来南国看木棉，满树粉黛尽盎然。举目一片红如火，疑似彩霞飘窗边。"集美湖周边这些树木、花草，与水景相融合，形成春花烂漫、夏荫浓郁、秋色斑斓、冬草苍翠的四季美景。

秀水与蓝天一色，游人与飞禽同乐的集美湖，既是厦门继筼筜湖之后又一个生态新湖区，又是厦门绝无仅有的生态栖息地，更是名副其实的厦门"西子"。厦门诗人沈汇丰《美丽的集美湖》诗曰："崛起新城无与伦，水光潋滟现湖神。西施徙此君休怪，同是春秋古越人。"这不，在美丽的集美湖畔，伴随着一座无与伦比的新城崛起，连二千多年就定居在"人间天堂"之杭州西湖边的西施，也被这更新更美更具时代感的境界所吸引，迁徙到集美湖畔，欣然决定留下来，乐当集美湖的湖神。

都说，水是生命之源。我说，水是城市之魂。一座城市，不论大小，不分新旧，只要有湖泊，便有了灵魂。厦门"西子"集美湖，在给集美新城注入灵魂的同时，给百年学村增添了灵气与秀色。情系故里、热爱家乡的陈嘉庚先生九泉有知，一定会喜上眉梢、倍感欣慰的。

【原载《集美风》2022年第1期、2022年8月2日《福州晚报》、9月11日《中老年时报》以《厦门"西子"》为题发表】

海上明珠观光塔

　　海上明观光珠塔，立身厦门岛内思明、湖里两区交界处的东渡气象路85号狐尾山公园内，造型呈花瓶状，高19层195米，集气象灾害监测、科普教育、旅游观光和夜景功能为一体，既是厦门市第一座钢结构建筑，也是厦门市新世纪一座标志性建筑。因塔顶的雷达天线罩，远眺犹如一颗大海托起的璀璨明珠而得名。浅绿色钢化玻璃外墙，把塔楼映衬得美妙多姿。每到夜晚，现代化光电技术，使塔楼熠熠生辉，成为厦门一道亮丽的风景线。

　　假日里的一天上午，我和老伴带着小外孙，由女婿驾车，直奔明珠塔。狐尾山不高，上山公路，路面不宽，路况挺好。因事先有约，小车直接开到山顶。泊好车后，一边走向塔楼，一边抬头仰望，偌大的明珠塔，给人一种直插云天的感觉。进入塔内，办理好登记手续，进入电梯，直升而上。电梯只到18层。电梯门甫一打开，"厦门海丝·气象故事馆"明亮的展厅，映入眼帘。本想先睹为快，女婿建议，先上顶层，欣赏塔外风光。

　　厦门海上明珠塔，集气象灾害监测、科普教育、旅游观光、夜景功能为一体。第19层，为360度海上花园观景台。因得天独厚的地理位置，使它成为俯瞰厦门全景的绝佳处所。在观景台内，兴致勃勃转悠一圈，鹭岛美景，一览无余——厦门市府、繁华市区，世界第二、亚洲第一的悬浮式吊桥——海沧大桥；厦门最美丽的公园——白鹭洲公园；中国第一个台商投资区——湖里区，以及小三通邮轮码头等，相映成趣，相得益彰，历历在目，尽收眼底。真个是，大开眼界，大饱眼福。凭借塔内高倍望远镜，台海万千气象，金门迤逦风光，远在天边，近在眼前。LED全景照，留言廊和光合讲解介绍，让人在领略美景的同时，欣赏光彩形象，畅享精彩一刻。顶楼内，还设有国内最高的邮局——空中邮局，游人可以自制明信片，将美好祝福、美妙心愿，寄给远方的好友亲朋。

　　参观海上明珠，我还有一个既惊喜，又意外的收获。设在18楼的"厦门海丝.气象故事馆"，主要介绍海上丝绸之路的来龙去脉和发展历史。故事馆《前言》开篇写道：登高望远，史海钩沉。遥望中国历史，中国千百年来形成的丝绸之路，不仅是亚欧互通有无的商贸桥梁，也是东西文明交流互鉴的纽带。观察发现，整个展馆，设计新颖，布局考究，特色独具——展馆里的展品，不是放置在地上陈列柜里，而是封存在脚下的玻璃夹层中，欣赏起来，视觉特别。置身其中，脚下俨然是条展示闽南文化的历史长廊，一件件实物藏品——瓷器、陶器、乐器、钱币、书籍、字画、小人书，以及留声机、电报机、印染花布等，有别于墙上的照片，更像是见证历史的"物证"，让人眼花缭乱，仿佛走进曲折而又壮丽的历史长廊。心中兴趣浓浓，脚下步履轻轻，唯恐踩破玻璃地板、伤及珍贵文物一般。

　　展厅内，巨大卷轴造型的墙上，馆名"漂浮"在茫茫大海的蓝色波纹上，墙壁上一幅幅大小不一、年代不同、不可多得的老照片，如同时光老人，把许多重要历史定格下来，让人直观感受厦门从古到今、今非昔比的历史巨变。厦门港，是我国第一批对外开放的五个通商口岸之一。从那时起，就有来自世界各国的油轮、舰艇，络绎不绝，频繁进出，每天多达数十艘。早在彼时，就有外国人把厦门的风光描绘下来，镌刻成铜版画批量印刷，在西方社会流传。而展馆内的"丝路海运"大事记，则用图文形式，言简意赅的展示不同历史时期的"丝路"大事。为了便于游人参观，根据"海丝"的历史发展，分为风起、风动、风驰、风劲4大展区。其中，《风起.海丝钩沉》侧重介绍海上丝绸之路，它是古代中国与外国交通贸易和文化交往的海上通道，也称"海上陶瓷之路"和"海上香料之路"。海丝之路，萌芽于商周，发展于春秋战国，形成于秦汉，兴于唐宋，转变于明清，是已知最为古老的海上航线；《风动·融合发展》，分为"古代厦港"、"近代气象"两部分，时间跨度，大致在1840年—1949年。

　　在"海丝萌芽"（夏商周）展板上，有这样一段文字：千帆竞渡，百舸争流。

在中华文明走飘洋过海的历史进程中，船舶的发明创造，大概就是古老的东方一个满载着瓷器和丝绸的童话飘向世界的开始。先人们利用海洋生活积累的经验与智慧创造出各具特色的船只，在千年之中，服务于人们频繁的海上丝绸之路贸易、文化交流，为人们带来物质文明与精神文明……

在这个别出心裁、展品丰富的展馆里，有很多文物、图片，是我前所未见、首开眼界的。比如，一"车"一"图"。"车"是"指南车"。活了大半辈子，以前只知有指南针，却不知还有"指南车"。查阅数据得知，两轮的指南车，又称司南车，是中国古代用来指示方向的一种车辆，也作为帝王的仪仗车辆。它与利用地磁效应的指南针不同——利用齿轮传动来指明方向。其原理是，靠人力来带动两轮的指南车行走，从而带动车内的木制齿轮转动，来传递转向时两个车轮的差动，再来带动车上的指向木人与车转向的方向相反角度相同，使车上的木人指示方向，不论车子转向何方，木人的手始终指向指南车出发时设置木人指示的方向，"车虽回运而手常指南"。一"图"是《郑和航海图》。该图运用中国画的山水画法，按航行之先后顺序，从右至左，绘成平行、不计方向的图卷。沿途标有山脉、岛屿、陆地等地形及军营、庙宇、桥梁、宝塔等建筑，并配以针路和过洋牵星图的绘图方式，其准确程度为先人所无。该图以南京为起点，沿中国大陆东海岸，最远到达东非的慢八撒，所收地名500多个，是十五世纪中叶以前中国记载亚非两洲内容最丰富的地理图籍，对于引领世界航海业具有重要作用。面对《郑和航海图》，郑和下西洋的一幕幕壮举，仿佛就在眼前。

历史上，厦门港凭借独特的地理优势和历史契机，在海上丝绸之路发挥枢纽作用的同时，造就了自己的航船和船舶文化等海丝遗产，留下了许许多多璀璨的人文往事，不仅见证了港口引领城市走向海洋、融入世界的记忆，更为当代城市融入"一带一路"的新构想提供一定的经验、启示与借鉴。如今，那些古代简陋的船只，粗糙的航海技术，英勇顽强、搏风击浪的先行者，都已成了厦门海上明珠塔中的"陈列品"，但其背后蕴含的开拓、创新、团结、拼搏等诸多内在的"海上丝绸之路精神"，绵延不绝，历久弥新，必将成为中华儿女持续传承和弘扬的精神力量。

【原载 2022 年 7 月 9 日香港《文汇报》】

深青古驿越千年

驿站一词，在我心目中，有点沧桑的历史感。早在半个多世纪前，就读过陆游的"驿外断桥边，寂寞开无主。已是黄昏独自愁，更着风和雨……"且完完整整储存在记忆深处。可是，驿站在哪里，长的啥模样，一直不曾走近过、目睹过。

辛丑初冬的一个周末，我和家人应朋友叶建辉、范英夫妇之邀，分乘两辆车，从集美出发，外出休闲。午餐期间，得知附近深青村，有一处千年古驿。我脱口而出："想去走一走、看一看。"下午，我等一行，驱车十余分钟，走近深青千年古驿。

古驿坐落在灌口镇深青村的西北侧，见证了历史上闽南交通的巨大变化。南宋时期，深青驿的前身是鱼孚驿。那时为了完善漳泉驿道（漳州至泉州）上的邮驿设施，朝廷在同安县境内设了两处驿站，除了大同驿（在今同安区大同镇），另一个就是鱼孚驿（在今集美区鱼孚村）。及至元代，鱼孚驿移建于深青村，方才改名为深青驿。

驿站，是古代供传递官府文书、军事情报人员与过往官员途中休息、换马的场所。驿站，始于先秦，臻于秦汉。而作为一个词汇出现，则是在13世纪蒙古人统治中国之后。在我国古代运输、物流，以及政治、经济、文化、军事等信息传递方面，驿站有着无可替代的重要地位和作用。

古时驿站，各朝各代，形式有别，名称有异，然组织之严密，等级之分明，手续之完备，则大同小异、几无二致。封建君主，凭借驿站，维持信息采集、指令发布与回馈，以实现其统治目标。清代思想家魏源的《圣武记》

卷十一："故元太宗言：'我即位后，惟四善政：一、平定金国；二、设立驿站；三、无水草处穿井立营；四、各处城池，设官镇守。'"可见，元太宗非但把设立驿站列入善政范畴，而且将其排在"第二位"，驿站的重要性，由此可见一斑。

深青村，古驿幽幽，古风悠悠。我们弯弯绕绕抵达目的地后，从村道一侧牌号为"深青里888-2"处下行几步，一个面积数百平米、石板铺面的小坪，出现在眼前。小坪之南，一面高约3米、宽约10米的碑墙两边一副楹联曰："吉光片羽昭青史，断碣残碑映驿亭。"碑墙红瓦之下、粉壁之上，嵌着几块大小不一、主题不同的石碑，其中《清皇重建深青桥志》，洋洋洒洒数百字，开篇写道："同之深青有桥焉……"落款"康熙三十八年岁次己卯"。与碑墙相连的深青古驿，方形结构，坐北朝南，穿斗式建筑，是目前国内仅存的、为数不多的古代邮驿遗址之一。史料记载，这里，是宋元漳泉古驿道上的一个中间站，配有驿使和士兵50名，骏马50匹。每当远处急促的马头铃声响起，警觉的驿使，便立地起身，牵马待命，等着风尘仆仆的人马将文书带到。一匹马一口气跑完六十华里后，方可停下休息，换上新人新马，开始下一站接力。

穿过驿站，顺着台阶南下，台阶西东两侧，各立一块石碑。其中，西侧黑色大理石碑，正面所刻描金文字为："福建省文物保护单位"，"深青驿遗址"，"福建省人民政府"等；背面刻着遗址简介："元代始建，明洪武十四年（1381）及景泰元年（1450）两度扩建，是连结福建漳、泉两府的重要驿站。现有驿楼和驿桥均为明代建筑，驿楼结构完整，驿桥系石构四墩五孔梁式桥……"在台阶前空旷处，转过头来回望，但见驿楼门顶镶有一块石质牌匾，上刻"驿楼古地"四个鎏金大字。石匾之西，挂着一块"爱国主义教育基地"铜匾。

古代驿站，大小不一。规模大的驿站，如，江苏高邮（秦所置高邮亭）、河北鸡鸣驿站等，可发展为市镇。而一些偏远小驿站，因客稀事简，驿使整日以诗酒消磨时光，所谓"莫道馆驿无公事，诗酒能消一半春"。面对不大的深青驿站，我等如会老友，乐不可支，喜不自禁。细细观看，连连拍照之后，走上连接驿站的深青桥。桥面石板，宽度相近，长度不同，表面粗糙。

显然，这是"原装"桥板。行至桥的南端，西侧护栏上，镶嵌一块《碑记》："深青桥为古代南北主要交通要道。始建于南宋，初为木板桥。到了明朝正德乙亥年（公元一五一六年）四月，由同安县丞杨知县引分桥费，由澄海驿官（李昌）莅招集石匠和驿（里班）带领民工经近一年的时间建成，把原有木板桥改建为三门石桥。三门石桥建成后，经历一百八十四年，由于洪水破坏，桥面人马难行。于康熙三十八年（公元一六九九年）由苏未募捐鸠资和周边的乡里民工相助重修深青石桥⋯⋯"

驻足观赏，小桥流水，民居田园，和谐相处，相得益彰，如诗如画。桥头南岸，建有一方一圆、一东一西两座互通的亭子。方亭脚下，一块石碑上"快马传递"四个黑色大字，遒劲有力，分外醒目；亭前一尊青石雕，健壮的马儿，马首微仰，马尾飘起，面朝驿楼，一副不用扬鞭、奋蹄疾驰的神态；马背上的骑手，头戴帽子，面带微笑，一副泰然自若、勇往直前的模样。忽地想起杜牧"一骑红尘妃子笑，无人知是荔枝来"的诗句。当年，杨贵妃爱吃的荔枝，便是通过驿道快递而至的。凝视着栩栩如生的石雕，心生出阵阵涟漪般联想：虽然，不知道他们来自哪里、要去向何处、执行的是什么任务？然而，他们分明是千年驿道上，来去匆匆过往邮差的缩影。

回望历史，伴随着驿道的开辟、驿站的设置，源源不断涌进的物流人流，为深青村注入了活力、带来了商机，土楼、大厝、祠堂、宫庙、棋盘屋等，拔地而起、应运而生，使这里成为一个颇为热闹的村镇。曾几何时，带有军事性质的深青驿馆，纪律严明、管理严格，即便是本地村民，未经许可，不得入内。后来，北洋军的一把火，毁去了它的尊严。史料记载，古时驿楼百米开外的深青溪，溪水清清，碧波荡漾，桥下是繁忙的码头，船舶可经由这里，直通马銮湾出海口。清代诗人吟诵道："青溪九曲萦唐道，白鹭双飞出绿畴。桥影长横无日夜，驿门空锁几春秋。"

如今，深青驿口街，依然是重要的交通要道，人流物流车流往来不绝。漫步其间，脚下的每一寸土地、每一块石板，似乎都有故事，仿佛都是历史。那天，流连在静幽的"深青桥"上，以"驿楼古地"为背景，时而俯视脚下久经风刀霜剑洗礼、依然厚实如故的石板，时而欣赏护栏上颇为精致的石雕画，以及"马到成功""三阳开泰""鹿竹同春""书香四溢"等题刻，心中感慨万千，犹如穿越时空，千年悠悠岁月，无数匆匆过客，如回放 AR 影片一般，在脑海里生动浮现。联想到时代的发展、社会的进步，我相信，纵然历史车轮滚滚向前，古风犹存、日子滋润的深青村民，仍将在这里扮演贯古连今的"主角"，继续演绎这座闽南乡村的美妙传说。

【原载 2022 年 2 月 19 日香港《文汇报》副刊，2022 年 4 月 8 日《福建日报》"文物杯征文"以《古驿"深"千年》为题发表】

邂逅曾厝垵村史馆

  坐落在厦门岛东南部环岛路上的曾厝垵,至今有八百多年历史。这里,曾有一个深达百米的避风港,最早的厦门港就在这里,它是出入厦门唯一的通商港口,也是唯一的军港。当时来往的船只,都要在曾厝垵办理通关手续。明清时期,商贾云集,生意兴隆。后来,由于九龙江带来的泥沙不断淤积,整个避风港逐渐变成陆地,名副其实的"沧海变桑田"了。曾厝垵村子不大,周边景点不少——厦门大学、胡里山炮台、厦大白城、南普陀寺、万石植物园等。

  时光是把无形的刻刀。穿越历史时空的曾厝垵,已从一个质朴苍老的临海渔村,蜕变成充满生机与活力的文化创意村,被誉为"中国最文艺渔村"。去年底,文化和旅游部公布了第一批国家级夜间文化和旅游消费集聚区名单,厦门市曾厝垵文创街区榜上有名。壬寅春日,我们全家从集美出发,兴致勃勃前去参观。来到曾厝垵,从一个高悬着"曾厝垵"三个金色大字的"步行街"进入,但见街道较窄,游客不算多,店家倒不少。在这里,没有熙熙攘攘的人群,没有叽叽喳喳的喧嚣,没有絮絮叨叨的劝购,游客可以信马由缰、自由自在的参观、悠然自得地选购。虽然,购物不是我的职责,也不是我的兴趣,但我还是注意到,除了闽台产品、厦门特产专卖等,从土生土长的青芒果,到经过加工的小鱼干;从当地各类特色小吃,到天南地北的产品,应有尽有,琳琅满目。

  我们优哉游哉,走着走着,一家名为"开心麻花"的小店门口一侧,两个坐着的儿童进入视线。他们身着传统服装,面对铁制碾槽,前倾后仰,周而复始地滚动类似车轮的碾盘。乍一看,以为是店家雇佣的童工。细端详,原来是两个长相一样的机器人。在小巷深处,一家颇有文艺范的摄影店,环境安静,里外两间,墙上挂满了不同年代、不同风格的照片,既有年代感,又有感染力。纵横交错的小巷里,"厦门伊顿庄园"、"曾珠港城堡庄园"等特色名宿,不单所取的名字,就连外墙的装饰,也别具特色,散发出老厦门的味道。

更难能可贵的是,曾厝垵在近些年来声名鹊起的背后,依旧坚守着历史积淀的韵味。转悠了一个多小时,对逛街购物缺乏兴趣的我,时而在妻子、女儿、女婿身后"跟着走",时而推着未满两岁的外孙在前面"搞侦察"。不经意间,在"国办街"苏小糖店隔壁,邂逅曾厝垵村史馆,眼睛为之一亮,精神为之一振。它如同一块巨型磁铁,把我吸了过去。及至跟前,但见大门门楣上方镶有"文青学堂"匾额;门口一侧,挂着"厦门大学环境与生态学院大学生志愿者服务基地"、"华侨大学下面校友会曾厝垵文创基地"、"大学生党组织建设特色基地"等几块牌匾。门前不大的天井周边,摆着五块图文兼备的展板。"村史馆/渔村时光空间"展板上,有这样一段文字:"曾厝垵村史馆,是一座建于清朝光绪年间的闽南古厝,距今有150年的历史。经过文艺青年、业主和当地政府的共同缔造和有机更新,将这里打造成展示曾厝垵过去、现在和将来的'渔村时光空间'。"进得厝内,一大四小,五个展厅,分别介绍曾厝垵的宗教文化、渔村文化、民俗文化、侨乡文化和戏剧文化。从宗教信仰到风土人情、从华侨文化到戏剧文化,多角度还原曾厝垵当年的风采。

大厝主人的后代,仍然居住在前房,使这座古厝洋溢着淡淡的生活气息。步入主展厅,"1888年厦门演武场(又名跑马场)中国官员与洋人观看赛马时的合影"、"1932年集美高级师范学生在岑头海边留影"、"1936年鼓浪屿毓德女中女生参加音乐会合影"等照片,唤起我的沉思;主展厅后面,摆着一艘渔船模型,《"渔翁与渔船"简介》中写道:"年逾90岁的曾华荣老先生,祖祖辈辈以打渔为生。2006年渔船上岸后,他时常通过制作渔船模型来回忆五十载的海上捕鱼经历。……这个渔船模型,由曾华荣亲手制作,并赠送给村史馆。"在另一展厅里,一个红底金黄色镂花的橱柜门上,刻有一副对联："不须珠宝重重贵，但愿儿孙个个贤"，虽然不知道它的主人，但心里却顿生敬意；一个一人多高的墨绿色大衣橱门上，镶有两架贝壳雕刻的飞机，它是"曾厝垵飞机场飞行员大衣柜实物"。衣柜左侧，一副泛黄的飞机场图片下，有这样的文字介绍："曾厝垵飞机场，又称曾厝垵海军机场，是厦门市历史上的第一座官办机场，位于厦门岛南端的曾厝垵文创村。机场于1929年1月兴建，设立厦门海军航空处。机场培养的飞行员，为抗日战争抛头颅洒热血，彪炳史册。"

　　读着这段文字，让人心生怀想。上个世纪二三十年代，全国三大飞机场之一的曾厝垵飞机场，不单因为拥有19架水上飞机而傲视东南沿海，而且因为陈文麟驾驶飞机飞经欧亚大陆10多个国家，最终成功降落曾厝垵机场而名声在外。陈文麟，是土生土长的厦门人，幼时在鼓浪屿福民小学读书，青年时代，两度入德国陆军学校学习、深造。1928年，学成归来的陈文麟被委任为厦门航空处筹备员。次年，他奉命赴欧洲购买4架飞机。分别命名为"厦门号"、"江鹅号"、"江鹬号"、"江鹏号"。原计划用船把飞机运回厦门，但陈文麟执意要亲自驾一架飞机回国。经由当局出面，与沿途十多个国家交涉后，促成跨洲飞行回国之事。

　　随着航空事业的不断发展，如今搭乘飞机，不到一天便能跨洲。然而，在90多年前跨洲飞行，并非易事。当时全国媒体争相报导，1929年6月23日出版的《京报图画周刊》上，刊登了陈文麟全身影照，并配有《大飞行家陈文麟驾机回国抵闽》的标题。1998年9月，大象出版社出版的《中国近代航空史》"民间航空活动"一章中记载：陈文麟于1929年3月13日，驾机从英国出发，经过德国、比利时、法国、希腊、伊朗、印度、泰国、越南等国，5月12日飞到厦门，航程约15000公里，他是成功完成国际长途飞行的第一个中国人。

　　村史馆，留住人们的美好记忆，再现消失的过往荣光。较之许多城市的历史博物馆，曾厝垵村史馆可谓"小巫见大巫"。可是，告别曾厝垵村史馆多日了，它还不时出现在我眼前。中国人看重落叶归根的背后，是绵绵的情思、浓浓的乡愁。

　　可喜的是，近些年来伴随着美丽乡村的建设，不少各具特色的村史馆，悄然出世，应运而生。这是新农村和古村穿越时空的呼应，这是留住前人艰苦创业的忠实缩影。每个乡村，不论大小，都是从历史长廊走过来的，都有各具特色的历史积淀。因地制宜、因陋就简建设一个"村史馆"，留住村史，缅怀前辈，激励后人，何其善哉。

【原载 2022 年 1 月 22 日香港《文汇报》】

又上胡里山炮台

胡里山炮台，地处厦门市环岛路、毗邻厦门大学校区，与金门一水之隔，是闻名遐迩的风景区、国家级文物保护单位。三面环海的胡里山炮台，不单位置得天独厚——在历史上被称为"八闽门户、天南锁钥"，而且还完好保存着世界上最早、最大、最完整、立身炮台原址的后膛海岸炮——克虏伯大炮。近三四十年来，随着国内旅游业的兴起，胡里山炮台深入挖掘历史文化内涵，打造了克虏伯大炮和红夷火炮操演、"迎客仪式"表演、幻影成像剧场、击沉日舰史料馆、光绪朝朱批奏折、厦门要塞布(德)国克虏伯图片展等三十余个配套项目，但凡来到厦门的游客，大都不忘前去打卡。

一

39年前，利用新婚之机，前往厦门旅游，在原福州军区守备第四师战友黄俊荣的陪同下，第一次登上胡里山炮台。那时，未满三十，心态浮躁，不少事物只知道"看热闹"，不懂得"看门道"。虽然身为军官，因是地方部队，只打过迫击炮，至于高射炮、榴弹炮、加农炮、火箭炮等，只是耳闻，不曾目睹。当我把见过的迫击炮与眼前的克虏伯大炮做比较时，有一种"小巫见大巫"的感觉，心中受到强烈震撼。可是，年轻浮躁，在整个参观过程中，与其他游客一样，来去匆匆、走马观花，蜻蜓点水、浮光掠影，除了欣赏风景，不曾多加思考。庚子晚秋的一天，风轻云淡，秋高气爽，中午时分，我从集美住地附近乘坐959路公交车进入厦门岛内，在中埔站换乘659路，直达胡里山公交场站，又一次登上集自然风光与历史遗迹于一体的胡里山炮台。

在"山脚"入口处，一棵古树边上，立着一方不大的石碑，四行字体不同、大小不一的金色文字为："全国重点文物保护单位 胡里山炮台 国务院一九九六年十一月二十日公布 福建省人民政府一九九七年四月立"。沿着六层绿树掩映、宽约3米的石阶人行道上行，一堵高约五六米的石墙横亘在眼前，穿过篆书繁体红色大字"天南锁钥"石拱门，进入胡里山炮台景区。登上炮台高处，喜滋滋一阵俯视，急切切一番扫描，但见除了少量保存完好、表面如新的大炮外，其余几十门不同口径、不同名称的大炮，面朝大海，注视前方，纹丝不动散卧在各自的岗位上。它们，跨越百年历史，任凭风吹雨打，已然锈迹斑斑，老化加上风化，虽面容已改，却初心不变；它们，如同久经沧桑、满脸黑斑的老人，感慨万千、默默诉说着历史；它们，好像居高临下、严阵以待的士兵，百倍警惕、一心坚守着阵地。面对这些完成历史使命的老炮，心中自然而然想起鸦片战争、甲午战争、抗日战争、解放战争、抗美援朝……耳边仿佛响起隆隆炮声。这天，我在开开心心领略炮台风光的同时，实实在在接受了一次爱国主义教育。

始建于清光绪二十年的胡里山炮台，总面积7万多平方米，城堡面积1.3万平方米，分为战坪区、兵营区和后山区。炮台用花岗石条建造，并以乌樟树汁和石炭、糯米拌泥沙夯筑而成。整个建筑糅合欧洲半地堡式和中国明清时期防御阵地的结构模式，形成科学合理的防御体系。胡里山炮台是我国目前保存古炮数量最多、岸炮最大、设施最完整的一座海防要塞遗址。在中国近代史上，德国克虏伯公司与中国军队在武器装备上有很多不解之缘。这里现存世界上最大的海岸炮——"克虏伯大钢炮"，被"上海大世界吉尼斯总部"列入《大世界吉尼斯纪录大全2000》，成为我国以历史文物申报吉尼斯世界纪录获得成功之第一例。胡里山炮台，既有世界上最大的火炮，也有世界上最小的火炮。小火炮，是葡萄牙人在13世纪制作的。如今，炮台遗址中还设有:"古代战炮"、"古代火枪"、"古代宝剑"、"世界奇石"、"古树化石"等五个分馆,馆中分别向参观者展示欧洲和亚洲各国十三到十四世纪的古战炮、古宝剑、古火枪等古文物。如今,胡里山炮台已成为研究我国海防军事史和青少年科普教育基地。

二

胡里山炮台,面积不大,地势险要,可与对岸的屿仔尾、龙角尾,形成三角形,封锁厦门港。胡里山,早在明朝时期就建有炮台。随着洋务运动的兴起,清朝光绪二十年(1894),胡里山炮台正式动工,历经两年八个月建设,于光绪二十二年(1896)11月竣工。从此,这座炮台曾经多次在厦门海域的战争中立下功劳。胡里山炮台中,最著名的当属"克虏伯大炮"。克虏伯,是德国著名的一个家族企业兵工厂。这个兵工厂在德国对外战争中,曾经发挥了重要作用,甚至是德国军工业的基石。该兵工厂制造的克虏伯大钢炮,是十九世纪著名的后堂装大炮。虽然价格昂贵,但清政府已认识到了洋枪洋炮的厉害,提出了"师夷长技以制夷"的口号,前前后后、断断续续买了328门大小不一的这类大炮,差不多遍布我国海岸线。那天,我站在胡里山炮台垛口前极目眺望,身边是曾经击溃过日军战舰的大炮,远处是一望无际的蔚蓝大海,抚今追昔,放飞思绪,很多只有在电影、电视中出现的战争场景,活灵活现、悄无声息浮现在眼前。

胡里山炮台整个建筑,糅合欧洲半地堡式和中国明清时期防御阵地的结构模式,籍此形成科学合理的防御体系。这些炮台,都以花岗石条建造,并以乌樟树汁和石炭、糯米拌泥沙夯筑而成,天衣无缝,坚固异常。胡里山炮台滨海一隅,陈列着一款炮身在掩体内、炮管向上前方伸出掩体,炮口直径280毫米、炮身全长13.9米的大炮。它,就是世界上现存最大的古炮之一——克虏伯大炮。在中国人的字典里,"克"是克敌制胜,"虏"是胡虏敌酋,

"伯"则是尊称。当年清军第一次接触这家以生产火炮著称的公司时,将其名称音译成"克虏伯",无疑寄托了他们的良好愿望。据胡里山炮台管理处前主任韩栽茂《百年克虏伯炮弹解析》介绍:克虏伯大炮的炮弹,分为定装式和分装式两种。定装式炮弹头(丸)的弹丸和药筒结合成为一个整体,发射药量固定不变,发射时一次装入炮膛。分装式炮弹的弹头(丸)和药筒是分开装填的,它又分为药筒分装式和药包分装式两种,24生(240毫米)以上的克虏伯大炮,均采用分装式装填发射法。今天,在胡里山炮台,还能看到轨道、炮身、转盘和运输弹头的轨道和小车,而在炮台地下弹药库里,还陈列着十多枚克虏伯大炮的炮弹。它们,都是历史的见证者。

三

百多年来,胡里山炮台发生过多起重要历史事件。其一,抗英保卫战(石壁之战)。第一次鸦片战争后,英国侵略者一再侵犯厦门,时任闽浙总督颜伯焘(1792－1855),历时8个月、耗银200万两,以花岗岩代替沙袋,在厦门岛南岸构筑"当时中国最坚固的线式永久性炮兵工事"——石壁炮台。亦即胡里山炮台前身。1841年4月,英军首战进攻厦门,颜伯焘带领清军虎衣藤牌兵,亲赴石壁炮台应战。官兵虽然表现英勇,但在英军坚船利炮面前,毫无招架之力,不到二十分钟,石壁炮台失守。其二,"厦门事件"。1900年8月间,日军制造了火灾,并以日本山仔顶东本愿寺被焚为借口,公然派兵登陆厦门,妄图独占厦门。消息传到胡里山炮台,守台官兵立即脱去炮衣,掉转炮口,对准鼓浪屿海面的日舰和日本领事馆。日军慑于大炮威力,不得不于8月31日撤回兵舰。其三,中美海军第一次亲密接触定于厦门。光绪三十三年(1907),环球游历的美国太平洋舰队在执行一项和平使命——访问日本、菲律宾和中国。可想而知,海军基地设防的关键是炮台。当时考虑到胡里山炮台的克虏伯大炮"炮力极大而极远,为中国各省炮台所无,实为今日至宝"，只要将军舰南移厦门港，就可在外国人面前展现中国海防之威武。因而，清政府将中美海军第一次和平交流的地点确定在厦门港。

在历史上，胡里山炮台的克虏伯大炮创造过辉煌的战绩：1937年9月3日早晨，日本由二艘战略巡洋舰和四艘驱逐舰组成的联合小舰队群，在空军配合下，向厦门进攻，闯入厦门外港，炮击白石头、胡里山炮台和曾厝海军机场，遭到厦门海岸炮正面和侧面的顽强抵抗。日本军事情报部门，称厦门胡里山炮台是中国沿海最具威慑力的战略性炮台。因为其建筑在海岬的突出部，海平面高，大炮射程远，且平均每分钟可发射二发炮弹，威力巨大。"箸竹"型13号舰被厦门胡里山炮台口径280毫米的克虏伯大炮拦腰击中，军舰上的3门主炮和533毫米鱼雷发射器均被炮弹摧毁，这是有史以来第一次中国战区击沉日本军舰。

殊不知，威力巨大的克虏伯大炮身价昂贵，得之不易。在景区一块石碑上，刻着《朱批奏折（片）区简介》：1841年鸦片战争后，清朝在全国开展了以"富国强兵"的洋务运动，由于"割地赔款、国弱民贫"和"经费奇绌"，厦门港要塞炮台的建造只能"逐年集资，分批添置"，并实行"新旧并用，大小口径配档"。这五幅奏折（片），浓缩了胡里山炮台从同治十三年（1871）到光绪二十二年（1896），从"议办""筹办""停办""展办""延办"，到"兴工"（1894）和"竣工（1896）的二十年艰难历程。胡里山炮台的竣工，标志着厦门港要塞炮台重建工作的全部完成。不知别人怎么看，我从这些朱批奏折中，既看到了皇帝老儿对保家卫国的重视，又折射出当年国弱民贫国力衰败的无奈。

四

不仅如此。一百多年前的中国，买炮，需要勒紧裤腰带；运回，更是历经万般难。在德国埃森克虏伯历史档案馆提供的"埃森号"图片下，有这样一段文字：清光绪十九年(1893)，胡里山炮台两尊口径为280毫米的克虏伯大炮，在德国的埃森港起吊装运，由"洋轮(埃森号)运至闽江口，起(吊安)顿船厂。"途经英吉利海峡、大西洋、好望角、印度洋、马六甲海峡、南海、台湾海峡、东海、福州、厦门。而"靖远号"图片的文字介绍为：光绪十九年(1893)1月，福建水师派木质炮舰排水量572吨，装备9门大炮的"靖远"号和排水量1358吨，装备8门大炮的木质武装运输舰"琛航"号，为装运大炮的"方舟"护航赴厦。光绪二十二年(1896)11月，胡裹山炮台建成后，由福州马尾船政厂造方舟(驳船)装运，于同年转运到厦门，先在炮台东边沙滩上开挖船坞，而后借涨潮之机将"方舟"开进船坞……

买大炮不容易，建炮台也艰辛。在胡里山炮台园区一隅，有一组"凿平山石"雕塑，其中一尊造炮台工匠的塑像，别出心裁，吸人眼球：一根圆棒中间，绳索悬挂着一块待抬的大石；圆棒末端，是一个右脚在前、双膝微屈，长辫甩在左肩、右肩压着圆棒，粗壮的左手抓紧绳子，做抬石状的工匠。圆棒前端，刻意"留白"，三分之一棒身已被磨得闪光发亮。我观察了一阵子，先后有好几位游客，排着队，走上前，与工匠合作"抬石头"，并喜滋滋摄影留念。但见一个个脸上露出发自内心的微笑，不知是否有人内心想到当年凿平山石、修建炮台的苦辛？

胡里山炮台景区，除了欣赏瞬息万变的大海景观，还有一棵"独木成林"的大树，以及一个占地面积200多平方米、引进仙人掌科、大戟科、芦荟属、龙舌兰科、夹竹桃科、仙人球类、福桂花科、龙树科等种类，独具特色、吸人眼球的"沙生植物区"。正所谓，花香蝶自来。花如此，景亦然。胡里山炮台，春夏秋冬，风雨无阻，四面八方、天南地北游客，接踵而至，欣赏自然风光，感悟爱国精神。虽然炮台已完成历史使命，但这里的大炮等实物，包括图片文字数据等，都是可贵的遗存，浓缩着那段历史，提醒着世代后人。

有人说，"中国人不尚武"。殊不知，"中国人最英勇"。那天下午五点，袖珍4D影院，放映最后一场《石壁炮台·厦门抗英保卫战》这部短片，30个座位，进场的只有我和一位来自江西省宜春市的青年游客小陈。走出影院，边走边聊，我用好奇的口吻问："你这么年轻，也喜欢历史？"他不假思索的回答："只有了解点历史，才不会忘记过去。"寥寥数语，意味绵绵。

傍晚时分，夕阳西下，晚霞映红了海面。独坐胡里山炮台，面对大海，心潮澎湃，追昔抚今，感悟万千。历史昭示我们，落后就要挨打，是一条颠扑不破的真理；铁的事实表明，胜利才有和平，是人类社会亘古不变的法则。习近平主席在"纪念中国人民志愿军抗美援朝出国作战70周年大会"讲话中指出："无论时代如何发展，我们都要锻造舍生忘死、向死而生的民族血性。"翻开中国几千年王朝更迭与外族入侵的历史，炎黄子孙从来都保持着越挫越勇、向死而生的民族血性。我们，既要铭记国耻，更要以史为鉴；我们，既要珍惜和平，也要敢于斗争。只有真正掌握自己的命运，光大抗美援朝的精神，坚决奉行"人不犯我，我不犯人，人若犯我，我必犯人"，才能确保国泰民安，守护一方和平安宁。

【原载2020年11月7日香港《文汇报》，《炎黄纵横》2021年第7期，以《八闽门户　天南锁钥——厦门胡里山炮台思与悟》为题发表】

厦门市花三角梅

市花，既是城市形象的重要标志，也是现代城市的鲜活名片。国内外不少大中城市，都拥有自己的市花。比如，莫斯科的市花向日葵、首尔的市花连翘。又如，北京市花月季花、香港市花紫荆花、上海市花白玉兰、福州市花茉莉花等。我最熟悉的，当属厦门市花——三角梅。

三角梅的"老家"，在南美洲的巴西。上个世纪50年代，我国南方开始大量引种，成为人们常见的花卉之一。1986年，厦门将三角梅定为市花。寒露的头天上午，天蓝蓝，风轻轻，怀着愉悦的心情、带着可爱的外孙逛公园。刚进南大门，一个由五颜六色三角梅组成的大花坛，吸引我的眼球，燃起我的兴趣。三角梅，为常绿攀援状灌木，花大色艳，花期较长，常作为庭院种植及盆栽观赏。

厦门，别称鹭岛，位于福建东南部、九龙江入海处，是东南沿海重要的中心城市、港口，以及我国著名的旅游城市。厦门西接漳州台商投资区，东南与大小金门和大担岛隔海相望，与漳州、泉州并称厦漳泉闽南金三角经济区。作为中国最早四个经济特区之一的厦门，还是闽南、赣南、湘南的东向出海口。

这里，融侨乡风情、闽台习俗、异国建筑为一体；这里，岛、礁、岩、寺、树、花，相互映衬、相得益彰。近几十年来，伴随着经济社会的持续发展，厦门已收集培育了110多个品种，占世界三角梅家族成员的三分之一，是迄今为止全国拥有三角梅品种最多的地方。

濒临台湾海峡的厦门，由厦门岛、鼓浪屿、内陆九龙江北岸沿海部分地区，以及集美、同安等地组成；陆地面积1500多平方公里，海域面积300多平方公里。国际性海港风景城市厦门，是座"城在海上，海在城中"的海上花园。

很多人都知道，厦门气候四季如春、景色如诗如画。我是几年前退休后，从武夷山下来到厦门随女儿生活的。在我眼里，厦门不单城市风姿绰约、风情万种，就连市花三角梅——也五彩缤纷、分外多情。

厦门历史悠久。晋太康三年（282年）置同安县，属晋安郡，不久裁撤，并入南安县，直到600多年后，才再次设县建制。洪武二十年（1387年）始筑"厦门城"——意寓国家大厦之门，"厦门"之名自此列入史册。厦门地形以滨海平原、台地和丘陵为主，地势由西北向东南倾斜，地势地貌构成类型多样，有中山、低山、高丘、低丘、台地、平原、滩涂等。从西北往东南，依次分布着高丘、低丘、阶地、海积平原和滩涂，南面是厦门岛和鼓浪屿。海拔1175.2米的云顶岩，为厦门岛最高峰；声名远扬的日光岩，为鼓浪屿最高峰。

2017年7月8日，在波兰克拉科夫举行的第41届世界遗产大会上，位于厦门岛西南隅的"弹丸小岛"，与厦门岛一衣带水的"鼓浪屿——历史国际小区"申遗成功，戴上"世界文化遗产"的桂冠，散发出愈加光彩夺目的文化之光；注入全新旋律的鼓浪屿之波，轻轻拨动着五湖四海、天南地北游客的心弦，在这里聆听一段段动人的历史往事、翻阅一篇篇骄人的历史华章，别有一番韵味涌上心头。

有句成语，叫"锦上添花"。盛开的三角梅，犹如孔雀开屏，格外灿烂夺目，令人为之陶醉。几十年来，三角梅真真切切、实实在在为鹭岛厦门增添了许多人见人爱的"花"。厦门三角梅，除了默默奉献的精神，还有难能可贵的品格。

——随遇而安。在厦门，三角梅随处可见、触目皆是。不单广受当地市民的青睐，而且备受八方游客的喜爱。三角梅喜温暖湿润气候，对土壤要求不严，在排水良好、含矿物质丰富的黏性土壤中生长良好。三角梅不耐寒，但却耐碱、耐贫瘠、耐干旱、耐修剪。厦门三角梅，在生长环境方面，不嫌贫爱富、不挑肥拣瘦。从路旁，到桥边；从小区，到公园；从街头，到巷尾；

从阳台，到门前，只要有些泥土，它们都能牢牢扎根；只要有灿烂阳光，它们就会默默开放。厦门三角梅，虽贵为市花，却甘于平凡。在我家住地附近、本人光顾最多的集美"敬贤公园"，春夏秋冬，都有不同品种、不同颜色、不同形态的花儿竞相开放，绽放出美美的笑容、散发出淡淡的香味。如，凤凰木、木棉树、腊肠树、羊蹄甲、重阳木、红千层、鸡蛋花、鸡冠刺桐、印度紫檀、澳洲火焰木等。它们有的高大挺拔，有的枝繁叶茂，勃勃生机，默默竞秀，在不同的季节，绽放不同的花儿，为整座公园平添了不少情趣与魅力。它们大多立身人行步道两边，且胸前都有一张图文兼备的"名片"，唯独既不粗壮，又不舒展的三角梅，不单种在公园内不起眼的角落，而且没有任何身份介绍。或许，这是"天下谁人不识君"的缘故吧。可贵的是，它们年复一年，无怨无悔，无声无息，尽其所能，灿烂开放。

——善解人意。云起无声，花开有期。比如，桃花、荷花、菊花、梅花等，分别在春夏秋冬不同季节开放。厦门三角梅，通常在每年的5月前后、11月前后进入盛花期。若是遇到特殊年份，它们便会善解人意，服从需要，提前开放。2017年9月，举世瞩目的金砖国家领导人第九次会晤，在中国厦门举办。为了迎接世界嘉宾，以更加美好的姿态展示厦门形象，厦门先期在市区部分主干道，以及公园景区等地段，布置了许多三角梅桩景、花柱、花球等。这些热情好客的三角梅，齐刷刷把花期提前到9月。三角梅能"按需开放"，得益于人工"控花"。"控花"，说起来容易，做起来不然。其中，很重要的一点是，先要摸清三角梅的开花习性，尔后再多管齐下、多招并举，有的放矢一般，综合采取施肥、浇水、修剪、光照、生长调节剂等手段。当地园林部门有关人士形象的说，"控花"好比装"开关"，每一个环节，每一道工序，都要恰到好处、恰如其分，多了不行，少了也不行；早了不行，迟了也不行。这样，才能让三角梅按照人们"预约的时间"，闪亮现身，提前开放，一展市花平而不凡的绚丽多姿，以及厦门这座旅游城市的热情好客。

己亥金秋，前往澳大利亚与新西兰旅游。一天，在昆士兰州首府布里斯班南岸公园（Brisbane South Bank Parkland）观光。途中，导游津津有味的给我们介绍三角梅长廊。及至跟前，旅游团中有人快言快语：欣赏过许多三角梅，还是厦门的三角梅艳得耀眼、美得醉人。的确，多情的厦门市花三角梅，雅而不俗，艳而不娇。淡雅是她的品性，奉献是她的追求。眼下，适逢金秋，鹭岛随处都可看到浑身热情、满脸堆笑的三角梅。当代著名诗人舒婷在《日光岩下的三角梅》中写道："是喧闹的飞瀑／披挂寂寞的石壁／最有限的营养／却献出了最丰富的自己……"诚如斯言，厦门三角梅，无论立身何处，她们全都毫无保留的尽情绽放，不为别的，只为给天南地北游客送上一丝惬意、给国家大厦之门增添一缕秀色。

【原载 2020 年 10 月 17 日香港《文汇报》】

夜幕下的龙舟池

龙舟池，位于厦门集美学村鳌园路南侧与龙船路之间，紧邻头顶蓝天、脚踏大海的"南堤公园"，西东长 800 米，南北宽 300 米，平面形似一艘巨轮。龙舟池北侧，有诗人、文学家郭沫若先生曾经赞叹"百闻不如一见"的集美中学，东侧海边，有被毛泽东主席誉为"华侨旗帜 民族光辉"的陈嘉庚先生长眠之地——鳌园。

家住集美石鼓路，距离龙舟池，不过千余米。平常时候，休闲散步；有朋驾到，陪同观光，龙舟池与鳌园，是必到的"打卡"地之一。每次进出厦门岛，也都经过龙舟池。

很多时候，很多东西，见的多了，不是习以为常，便是熟视无睹。龙舟池则不然。多年以来，每每走过路过，都会自然而然的由此及彼，与我曾经游览过的天山天池、长白山天池等联系起来。

只是，这几个"池"，仅"一面之交"。唯有龙舟池，N 次亲近过。每次都会情不自禁的想起陈嘉庚先生，并把她与天山天池、长白山天池做比较——论体量，龙舟池不如天池大；论历史，龙舟池不及天池长；论名气，龙舟池不比天池小。

天池，顾名思义，是"天生"的。比如，天山天池，池水表面海拔 2192 米，比新疆天山天池高出 200 余米，是中国最高、最深的火山湖，"功劳"属于火山爆发。而龙舟池，则完全是"人造"的。"造池"者，是被毛泽东主席誉为"华侨领袖、民族光辉"的爱国华侨领袖陈嘉庚先生。

在此之前，不知多少次走过路过龙舟池，但都是大白天，不曾见识夜幕下她的"真面目"。初夏时节，一日华灯初上，乘坐921路公交车，直达龙舟池终点站。独自行动，自由自在，沿着"南堤公园"方向，逆时针绕着龙舟池，一边观赏，一边畅想，发现夜幕下龙舟池的别样风采。

曾任福建布政使的清代官员钱琦在《台湾竹枝词.竞渡》一诗中写道："竞渡齐登舢板船，布标悬处捷争先。归来落日斜檐下，笑指榕枝艾叶鲜。"每年端午节过后，热闹非凡的龙舟池，便恢复了往日的平静。微风轻拂，池水微荡，周遭特色独具的嘉庚建筑，如美女照镜，倒映在水中，流光溢彩，美不胜收。

龙舟池夜色，如诗如画。嘉庚路、鳌园路、龙船路、尚南路的银色灯光，南薰楼、延平楼等嘉庚建筑楼群的轮廓灯，慷慨的、倾情的倒映在龙舟池中，星星点点、闪闪烁烁，如浪漫山花，似璀璨群星。乍一看，恰似银河落此间。

龙舟池池畔，建有式样各异的"启明"、"南辉"、"庚"、"左"、"右"、"逢"、"源"七个大小有别、造型各异的亭子，它们与南薰楼等遥相呼应，相得益彰。但凡走近龙舟池的游人，无不为这一方清幽池水和周遭建筑群而叹为观止。那天，信马由缰、心无旁骛的我，逆时针绕着龙舟池漫步，一边留心观察，一边放飞思绪，宛如"三杯美酒穿肠过"一般，不知不觉间被夜幕下龙舟池的别样风采所陶醉。

夜幕下的龙舟池，是放飞思绪，赏景赏心的休闲处所。龙舟池周边，布设着许多石条凳，人们选择自己喜欢的位置，或坐而论道，或谈天说地，或赏景遐思，或交流情感。龙船路西侧湖面上，并排停着10艘造型相近、装饰不同的龙舟。见几位长者坐着闲聊，我上前探询，得知"这些龙舟是给游客观赏的。比赛用的龙舟，比它们更长更大更好看呢！"另一位老翁热情的补充道：端午节举办龙舟赛，这里金鼓齐鸣，追波逐浪，人声鼎沸，岸上沸腾，水上角逐，竞渡场面，激烈壮观。

夜幕下的龙舟池，是凭借灯光，读书读图的精神领地。在龙舟池南侧"爱心屋"旁边，立着一个"漂流书箱"，内里上下两层，摆着各类图书。扫视一遍，我感兴趣的有：《走进陈嘉庚》《雷人的一家》《集美红色记忆》《一位总编辑的微思考》《"一带一路"机遇与挑战》《天下为公——中国社会主义与漫长的21世纪》，以及《双重悖论》《中国谚语》《家常汤煲》等。

东端"龙船路"一侧白色围墙上,绘有大幅"嘉庚精神"与"社会主义核心价值观"的图文解读。灯光下,几位红男绿女正在缓缓移动、默默赏读……

　　夜幕下的龙舟池,是展示才艺,悦人悦己的亲水舞台。龙舟池畔建有造型各异的启明、南辉、庚、左、右、逢、源等七座亭子。每一座亭子,既是人们赏景的静谧处所,又是表演才艺的亲水舞台。这天,远远的听见龙舟池北岸有若隐若现的乐器演奏声。心生好奇,大步前行。及至跟前,但见"道南路"南侧池边的长亭上,两个男青年,一个弹着吉他,一个打着手鼓,身心投入演唱并通过抖音直播流行歌曲《涩》,一大群人正在围观,分不清谁是远道游客,谁是本地居民。老夫受到感染,驻足欣赏,好不愉悦。

　　夜幕下的龙舟池,俨如一面镜子,照出无与伦比的美妙景色,照出跨越发展的喜人态势,照出和谐文明的时代新貌。陈嘉庚先生英灵有知,一定会情不自禁为今夕两重天、涅槃大变样的龙舟池击掌喝彩的。

【原载 2020 年 10 月 16 日《福州晚报》、10 月 29 日《厦门晚报》】

牯岭那条半边街

街道，是城市的神经和血管，通常两边都有各色店铺。偌大的中国，有几条"半边街"，我不清楚，但我熟悉牯岭那条特色与个性兼而有之的半边街。

庐山牯岭，是每年盛夏时节纷至沓来八方旅游者的首到之地、必到之地。天南地北的游客，既可在这里选择下榻的宾馆，也可在这里选定游览的路线，还可在这里选购庐山的特产。牯岭之所以声名远扬，除了是庐山旅游的核心区，还得益于一条与众不同的古街——半边街。

史料记载，在19世纪前，庐山牯岭，林深雾重，除了樵夫、药农，人迹罕至。1896年，以英国传教士李德立为主席的牯岭执事会成立，主导牯岭（东谷）的建设和治理，他们顺应既有山势，在牯岭铺筑石板道路，营造英式自然园林，修起游览步道和路灯……，随着牯岭的兴起，更多的人来到这里，而在租借地以西（西谷），中国人则自发建设自己的城镇。由此推论，牯岭半边街最早在20世纪前期雏形形成。

就"个头"论，庐山并不算高大，但却有其他名山所没有的殊荣——是中华五岳之外，唯一一座冠以"岳"字的名山。对庐山情有独钟的朱元璋，当年正式加封庐山为"庐岳"。而今，在庐山"莲牯路"入口处，一个山门两侧刻着这样一副楹联："长江入海方无限，庐岳撑天始有峰。"横批，"河山不二"。

海拔1167米的牯岭，是一座公园式、美丽繁荣、特色独具的"云中山城"。镇上常住人口逾万，是中国诸多名山中，绝无仅有的。1952年10月开工建设，1953年8月建成通车、全长35.6千米的庐山北山公路，近年来经过"白改黑"改造后，车辆行进在其上，更平稳、更舒适——从九江市区出发，只需六七十分钟，便可"跃上葱茏四百旋"，愉悦抵达牯岭镇，亲近那条半边街。

牯岭半边街，如缓弯之牛角，主体呈东西延伸状，全长1006米，始于日照峰隧道出口西北处的一家客栈，编号："牯岭街1号"；西头终点与"窑洼路"连接，构成"T"字型，路边一座石构楼房，编号为"牯岭街48号"。牯岭半边街，中间有"合面街"、"河南路"、"大林路"等几条岔道。

合面街，长165米、宽约4米。这条袖珍小街两侧，中行、农行、建行、邮局、药店、酒家、商场，一家紧挨一家。不高的建筑，颇有点"洋味"。街面上方，架吊着百余只直径约40厘米、"水母"造型的LED灯。夜幕降临，"水母"亮起，赤橙黄绿青蓝紫，不时变换着颜色，不单青少年被其吸引、争相拍照，就连许多中老年人也喜上眉梢，驻足欣赏。

走在这条石板铺就、人头攒动的小街上，便会生出一股意蕴悠长的思绪，透过那一块块被脚印磨光的石板，仿佛看到前人匆匆走过的身影。在合面街与牯岭街接壤处，立着一座高约2米、边长约60厘米的方柱体石碑。碑冠上，分别用中英文刻着"牯岭"、"kuling"红色字样，碑身刻有五老峰、仙人洞、含鄱口、三迭泉等8幅庐山著名景点浮雕。不分昼夜，不论晴雨，时不时有人与石碑合影留念。

大林路，全长约900米，车行与人行两条道路，随坡就势，弯曲自如，向下延伸，落差高达68米，掩映于茂密树林中，末端直抵如琴湖东岸。行走在大林路上，使人自然而然想起白居易的《大林寺桃花》："人间四月芳菲尽，山寺桃花始盛开。长恨春归无觅处，不知转入此中来。"建于四世纪、位于大林峰上的大林寺，曾是庐山三大名寺之一。可惜早已消失在历史长河中，如今已寻觅不到她的踪迹了。

法国梧桐掩映下的牯岭半边街，临街分布着许多超市、宾馆、商店，既方便了游客的休闲与购物，也丰富了本地居民的生活。土菜馆，特卖店，丛林客栈，石牛酒家，牯街食府，智能购物，云雾茶庄，音乐餐厅，新华书店，庐衫恋服饰，漫生活主题酒店等，标新立异，应有尽有。还有"食光餐厅"、"庐山故事"、"印象牯岭"等名字颇有"味道"的店家商铺……

半边街上，不分昼夜，红男绿女，人头攒动，俨然是庐山的"南京路"。

观察发现，牯岭半边街，功能不打折。各类商品，琳琅满目；大小商家，文明经营，商品明码标价，菜品价位不高。"庐山特产，免费品尝"，叫卖"庐山茶饼"的吆喝声，夹带香味，随风飘散。今年，我家"家情"与往年不同——上有耄耋的岳父岳母，下有刚满周岁的可爱外孙，为了减轻老伴压力，我主动承担起采买任务。说来惭愧，我虽为庐山女婿，却不会庐山方言，只要一开口，就知福建人。可是，不论进菜场，或者逛商场，从未遇到短斤少两、胡乱要价现象。

牯岭半边街，三面环山，一面峡谷，东为日照峰、大月山，西有大林峰，南为牯牛岭，北临剪刀峡豁口。在紧挨半边街的街心公园里，除了点缀其间的绿树红花，还有几个圆的花坛，几座方的亭子。

街心公园，也叫"伴月公园"，北侧用木质护栏围住。公园中央部位，一头正欲奋起的硕大石牛，由多块巨石组合而成，俨然是牯岭的象征，守望着牯岭半边街。

每天清晨，不同年龄、不同装扮的女性，成为街心公园的"主角"。她们当中，有以长剑、纸伞、扇子等为"道具"，翩翩起舞的，还有扭腰伸臂、像模象样跳旗袍舞的。夜幕降临，阵容或大或小，人数或多或少，一群群"舞者"，各自为阵，放着不同舞曲，操着不同口音，穿着不同服饰，迈着不同舞步，分不清谁是当地居民，谁是远方来客，不分男女，不论年龄，一个个陶醉在庐山的清凉与美景中。除了翩翩起舞者，还有许多人在公园北侧，或凭栏眺望，或择景拍照，或窃窃私语，或默默遥想。

一天清晨6点多钟，我来到半边街北的"街心公园"，环顾四周，发现从日照峰上"探头"的太阳，露出笑脸，发出金光。待到太阳整个升起，我喜滋滋举起手机连拍两张照片。随后欣赏时，发现太阳带着一个淡淡的、圆圆的"光环"。这个意外收获，令我好不高兴，情不自禁的想起唐代大诗人李白"日照香炉生紫烟，遥看瀑布挂前川。飞流直下三千尺，疑是银河落九天"的诗句来。

"庐山竹影几千秋，云锁高峰水自流。万里长江飘玉带，一轮明月滚金球。"站在街心公园，顺着剪刀峡俯瞰，可以眺望九江古城、长江玉带。近些年来，随着城市的扩张，九江市十里铺已拓展到庐山脚下。天气晴好的夜晚，站在街心公园，品味山下五颜六色、绚丽璀璨的灯火，有一种"天上人间"的感觉。

牯岭半边街，恰如一位勤劳而友善的"山长"，每天清晨起得最早，每天夜间歇得最晚。年复一年，日复一日，不计报酬，不知疲倦，有情有意服务着每一位光顾她的匆匆过客，无怨无悔陪伴着每一个亲近她的悠悠闲者。

牯岭半边街，一条横在云端雾里之街，一条拥有百年历史之街，请接受我——一个庐山常客，发自肺腑的点赞、真心诚意的祝福！

【原载 2020 年 9 月 22 日香港《文汇报》】

再游三叠泉

三叠泉，不是从地下喷涌出来的清泉，而是从天上倾泻下来的瀑布。

位于庐山东南、五老峰下的庐山三叠泉，在"燕山造山运动"和"喜马拉雅造山运动"期间，由于地壳的多次沉降与抬升，形成了褶皱密布、断层纵横、岭谷相间的山体，又经第四纪冰川的剧烈摩擦而形成"冰阶"崖面，山高峰峻，峡幽谷深。

三叠泉又名三级泉、水帘泉，古人称"匡庐瀑布，首推三叠"，有"庐山第一奇观"之誉，由大月山、五老峰的涧水汇合，从大月山流出，经过五老峰背，在北崖悬口，先注入大盘石上，再飞泻到二级大盘石，后喷洒至三级盘石。古往今来，赞誉庐山五老峰的诗篇不少。人们最熟悉的有"庐山东南五老峰，青天削出金芙蓉"，"峻叠起青峰，森然五老翁"等。相对而言，大月山就有点"寂寞"了。为它写诗吟唱的，难得一见，寥寥无几。恰到好处、不乏诗意的，要算近代傅绍岩的"大月山高天半横，汉阳五老作重城。"诗中的"汉阳"，指庐山最高峰汉阳峰；"五老"，是庐山五老峰的简称。想想看，有这两座山峰给她"作重城"，大月山并非"等闲之辈"。只是，庐山"名景辈出"，她自然也就"稍逊风骚"了。

三叠泉的神采，古人早有形象的比喻："上级如飘云拖练，中级如碎石摧冰，下级如玉龙走潭。"时光倒退八九千年，风姿绰约的三叠泉，如同"养在深闺"的美少女，不为人知，无人光顾。即便是曾隐居在其上源屏风叠的李白，抑或是在其下游白鹿洞讲学的朱熹，都不知道近在咫尺有此绝美景观。有道是，"仁者乐山，智者乐水。"李白，一生五上庐山，累计居住时间超过两年，先后作诗二十余首。他对庐山的评价是："予行天下，所游览山水甚富，俊伟诡特，鲜有能过之者，真天下壮观也。"在他的庐山诗中，脍炙人口、妇孺皆知的是：《登庐山五老峰》《望庐山瀑布》。有人说"飞流直下三千尺，疑是银河落九天"，是用夸张的手法，描写三叠泉风姿。其实不然。《望庐山瀑布》，是李白五十岁左右隐居庐山时写下的。首句"日照香炉生紫烟"中的"香炉"，所指是庐山香炉峰。此峰在庐山西北，形状尖圆，像座香炉。

庐山瀑布群，是由三叠泉瀑布、开先瀑布、石门涧瀑布、黄龙潭和秀峰瀑布、王家坡双瀑和玉帘泉瀑布等组成。其中，开先瀑布，因原先有开先古寺而得名。该瀑分为两股，东瀑在双剑峰和文殊峰之间奔流而下；西瀑从鹤鸣峰和香炉峰之间的高崖上下落，气势雄伟，名香炉瀑。由于瀑布飞泻，水气蒸腾而上，在阳光照耀下，仿佛一团团紫烟，从若即若离的香炉中冉冉升起、缓缓、飘散。

三叠泉，一瀑三叠，故而得名。落差 155 米，放眼望，似抛珠，美若溅玉；侧耳听，如击鼓，声若洪钟。三叠瀑布泉，叠叠有异彩。故有"不到三叠泉，不算庐山客"之说。殊不知，长年"锁在云雾中"三叠泉，直到南宋绍熙辛亥年（1191），才被一个砍柴的樵者所发现。之后口口相传，渐成著名景点。故有"一朝何事失扃钥，樵者得之人共传"的诗句。扃（jiōng），指从外面关门的闩、钩等。意思是说，有一天突然被樵夫发现的三叠泉，就像失去了门户的钥匙一般，人人都可以慕名观赏传播。三叠泉打从揭开神秘面纱后，不胫而走，不翼而飞，声名远扬，赞誉有加。此后近千年来，各代诗家名流，竞相前来打卡，留下诸多名篇佳作。2001 年 11 月，经国家林业局批准，劈为国家森林公园。

青年时代，我在庐山人民武装部服役时，就曾光顾过三叠泉。那时年轻，赏景如读书，不求甚解，浅尝辄止。今年，是三叠泉"问世"830 年。正在庐山探亲避暑、年近古稀的我，决定乘着腿脚还算方便，再去游览一回。为了节省时间和体力，我选择"三车"行进法——观光车、有轨缆车、11 号车。庐山旅游观光车，分为西线和东线。这天上午，天公作美，头顶晴空朗朗，身边清风习习。先从牯岭乘坐东线旅游观光车，途经含鄱口、芦林湖、五老

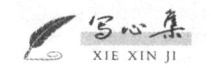

峰等主要站点，约五十分钟到达三叠泉站；再乘坐据说是目前亚洲最先进的有轨缆车，全长近1500米，高差152.6米，运行只需五分钟；后换11号车——徒步行进——下行700多级坡度为60度左右的连续台阶，耗时约三十分钟，这才看到三叠泉的"真容"。

　　常言道，上山容易下山难。何况是既陡又险的崎岖小道。无数凹凸不平、大小不一的石块，镶嵌在突兀嶙峋的峭壁上，朝着望不见底的峡谷蜿蜒延伸。徒步其上，心中有种"自讨苦吃"的念头，转念一想，"文似看山不喜平"。文如此，景亦然。倘若一马平川、一览无余，谁人有兴趣，哪个乐意看？途中，一些先行者，欣赏过三叠泉，已开始原路返回。他们当中，多数费力攀登气喘吁吁，少数坐着滑竿优哉游哉。不服老、不拄杖的我，下行途中，有时主动与路边小树"握手"，以防不慎滑倒；有时热情与擦肩的游客"交谈"，以添旅游乐趣。就这样，走走停停约二十分钟，听得到瀑布的声音，看不见瀑布的身影。心中生出一种"云深不知处"的感觉。

　　三叠泉，论宽度，不如101米宽的黄果树大瀑布；论高度，不及落差190余米的雁荡大龙湫；论力度，不像1000立方米/秒河水的壶口瀑布。而论知名度，非但毫不逊色，而且特色独具。在阳光照射下，不是银河，胜似银河，五光十色，瑰丽夺目，畅流无阻，直奔深谷。我新在想，若非集聚千万春秋之精华，不可能有如此美妙的景观——"涌如沸汤，奔如跳鹭"。不说她的神采，单是她的声音，就足以使人心旌荡漾。正如明代诗人王世懋在游记中所写的那样，"三叠泉其声如风掀电驰，雷震四击，轰然不绝，又如巨鹿之战、万人鸣鼓，瓦击相应。"王世懋的描写，既是对三叠泉如雷震耳之声的客观记叙，也是对三叠泉鬼斧神工自然景观的衬托。苏轼有诗曰："横看成岭侧成峰，远近高低各不同。"观看匡庐山是这样，欣赏三叠泉何尝不是如此。同行的游人中，有人在三叠泉下，一番观赏、一饱眼福后，发出感慨：第一叠，如云似絮，喷薄吞吐；第二叠，攀崖附壁，滚珠跳玉；第三叠，悬空跃下，直冲龙潭。

　　常言道，一回生，两回熟。对人是这样，对景也一样。四十年后，当我再次置身三叠泉下，与青年时代的感觉，截然不同，判若两样。于是，情不自禁、兴奋不已地举起手机拍照，飞流的水，巍然的山，滴翠的林，欢悦的人，竞相入框，浑然一体，构成一幅美妙而神奇的画卷，连连按下几次"快门"后，拨动思绪的琴弦，张开想象的翅膀——三叠之泉，叠叠含异趣，叠叠皆有神：一叠，如神兵天降，势不可挡；二叠，似神女下凡，奇妙浪漫；三叠，像神龙探海，游走玉潭。我相信，但凡想象力丰富的游人，或多或少会有同感的。

【原载 2021 年 8 月 26 日《九江日报》】

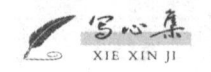

风采依然仙人洞

中国仙人洞，不止是一个。如，江西庐山仙人洞、辽宁鞍山仙人洞、广东高州仙人洞、吉林白山仙人洞等。本文所指，乃庐山仙人洞。

庐山仙人洞，位于天池山西麓，是个由砂崖构成的岩石洞。因为受到大自然的不断风化，以及山水的长期冲刷，慢慢形成天然洞窟。洞顶，飞伸的岩石下，可以栖身；洞内，甘洌的清泉水，可以洗心。置身洞前，环视群山，绿树葱葱、云雾茫茫、江流滔滔，令人顿生一种如临仙境、似隔尘世的感觉。这里，既是难得的一处胜景，也是道教的福地洞天。相传，唐代名道吕洞宾，曾在此洞之中，苦心修炼，直至成仙。

数据记载，吕仙，名岩，字洞宾，道号纯阳子，自称回道人；唐德宗贞元十四年（公元798年）四月十四生，河东蒲州河中府（今山西芮城永乐镇）人。吕洞宾兴趣广泛，虚心好学，广参贤达，博览群书，融会贯通，勤于笔耕，留下《性命歌》《纯阳真人大丹歌》《纯阳真人玄牧歌》《纯阳真人金丹诀》等著作。

光阴荏苒，岁月如流。千百年过去了，随着现代旅游业的发展，如今庐山仙人洞中，安放着一尊吕洞宾坐像，不时享受游人香客的朝拜……

1978年7月，我奉命从江西省九江军分区教导队调至庐山人民武装部工作。到任的次日早上，和几位年轻军官一道，跑步前往约两公里外的仙人洞。从那以后，便与仙人洞结下不解之缘。

那时的我，还是快乐的"单身汉"，一日三餐吃食堂，除了个人卫生，别无其他家务。一年四季，寒来暑往，或是早上，或是周末，常常顺着大林路而下，经过天造地生的飞来石、山光水色的如琴湖、曲径通幽的花径公园，人轻身轻，脚下生风，不过十多分钟，便到仙人之洞。当年，国民经济尚未完全"复苏"，人们生活远未奔上"小康"，有闲情逸趣游山玩水的城乡居民为数不多。因此，长年累月，游人稀少，且仙人洞中空旷清幽，自由自在的我，或进洞内，转悠一阵子，或在洞前，活动几分钟。之后，神清气爽，原路返回。

庐山，秀甲天下。仙人洞，更是风光无限。1959年7月5日，星期天，中共中央政治局扩大会议全天体会。上午，180别墅寂静无声。一夜办公的毛泽东，睡梦正香。中午，毛泽东起床吃饭，田家英喜滋滋地从178别墅来到毛泽东身边："我刚了解清楚，董老、谢老、林老上午游花径、仙人洞。"毛泽东充满魅力的笑容挂在脸上："那么，我们下午坐车到仙人洞一带转一转吧。"（详见《庐山档案——毛泽东与名人在庐山》，人民出版社，2006年5月第1版）1961年9月9日，在庐山主持中央工作会议的毛泽东，忙里偷闲，借题发挥，写下一首七绝："暮色苍茫看劲松，乱云飞渡仍从容。天生一个仙人洞，无限风光在险峰。"这首诗最早发表于人民文学出版社1963年12月版的《毛主席诗词》里，之后，其他媒体也先后发表，仙人洞因此不翼而飞、闻名天下。改革开放后，随着旅游业的兴起，仙人洞神秘的色彩、清幽的环境，吸引着八方游客，趋之若鹜，纷至沓来。

铁打的营盘流水的兵。调回福建后，每次重返庐山探望岳父岳母，我都不忘到仙人洞"游"一回。前天上午，借回庐山避暑之机，我独自一人，又一次兴致勃勃前往不知去过N多次的仙人洞，放飞心情、陶冶心境。日上三竿，到了仙人洞停车场，我沿着那条一米多宽的"U"字形石阶人行步道，在郁郁葱葱的松林间，先下坡，后上坡，一条三米多宽的石道出现在眼前。左拐上行，可抵达御碑亭；右拐下行，便来到仙人洞。仙人洞的"洞门"，是一个只有"门框"，没有"门板"的圆形石门。年复一年，寒来暑往，不分昼夜，无论阴晴，始终如一地敞开着。古朴的门洞上方正中，镌刻着"仙人洞"三个白色大字，左右刻有一副红色对联："仙踪渺黄鹤，人事忆白莲。"寥寥数语，言简意赅，写出了仙人洞几经变迁的历史。查阅1933年出版的《庐山志》，以及此前庐山典籍史志，都不曾出现"仙人洞"称谓，而一直被称

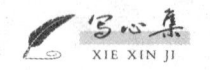

作"佛手岩"。直到1948年出版的《庐山续志稿》，才第一次出现"仙人洞"之名。由此可见，仙人洞石门，当建于二十世纪三十年代之后。

穿过仙人洞圆门，一块巨石悬空横卧，如同一只硕大的蟾蜍伸腿欲跃，人称"蟾蜍石"。石上有一苍松，名曰"石松"。松针层层密密、郁郁葱葱，显现出一副生机盎然的"年轻态"。更神奇的是，其根须裸露，却傲然挺立，雪压风侵，依然故我，充分显示了庐山松坚韧不拔的顽强个性。"蟾蜍石"侧面，镌刻有"纵览云飞"四个白色大字，传为清末民初诗人陈三立所书；正面是"豁然贯通"四个红色大字。

史料记载，1937年7月16日，第二次上庐山与国民党进行合作抗日谈判的中共代表周恩来，在国民党谈判代表张冲的陪同下游览仙人洞。周恩来仔细端详着"蟾蜍石"上的两通石刻，借景抒怀、意味深长地对张冲说：站得高一点，就能豁然贯通，纵览大好风光。我们两党的谈判也应如此，只要我们站在国家利益的高度上，以民族大业为重，很多问题都能豁然贯通，以前的恩恩怨怨都可以消除，真诚合作，共同抗日。张冲听罢，连连点头，表示赞同。

过了"蟾蜍石"，顺着石径，信步而下，老君殿隔壁，苍翠崖壁下，一个岩洞豁然中开，洞高约7米，宽、深逾10米。洞壁冰岩麻皱，横斜错落，清晰地记载着它的漫长岁月。这，就是——仙人洞。洞内有一石制、高约2米的殿阁——纯阳殿。殿中央，是吕洞宾身背宝剑的石雕坐像，两旁的两副对联为："称师亦称祖，是道仍是儒"；"古洞千年灵异，岳阳三醉神仙"。环顾四周，洞内还有多通石刻，似是前人的"注解"。如，"静""甘露""天泉洞""洞天玉液""山高水滴千秋不断，石上清泉万古长流""岩中不断千秋雨，洞里常生八月寒"，以及毛泽东的那首《七绝》，还有一篇《仙人洞题》等。洞穴深处，两道泉水滴答而降，叮咚有声，若远若近，悦耳悦心。这便是《后汉书》上记载的千年不竭"一滴泉"。泉水清澈，甘美清洌。水中含有多种矿物质，因其比重大，高出碗口而不溢，镍币平置而不沉。洞内清泉与幽洞媲美，洞前青峰与奇岩竞秀。洞口云雾缥缈，时浓时淡，飘忽不定，千变万化，千姿百态。

游览仙人洞，不单能领略到庐山美丽的自然风光，而且能体味到险峰之上挺立青松的顽强精神。无怪乎，先有吕洞宾在这里修仙，后有毛泽东抒情怀赋诗。告别仙人洞的那一刻，一代伟人寄情于景、发人深思、催人奋进的诗句，又在耳边响起。松柏长青，人生易老。四十多年前，满头青丝的我，已然雪染鬓发，就连一些少男少女也称我为"爷爷"。反观仙人洞，以及洞前的劲松，风貌依旧，风光依然。无怪乎，许多前来参观的游客，一个个都依依不舍、流连忘返。

【原载 2021 年 7 月 24 日香港《文汇报》】

庐山雪遐思

42年前,我从江西九江军分区教导队调到中国人民解放军江西省庐山人民武装部任职,与庐山结下了不解之缘。在庐山工作的3年时间里,庐山给我留下了诸多美好印象和回忆。其中,我尽情领略了别有韵味的庐山雪。

一

庐山雪景,年平均约为30天。降雪期,早的11月中旬就开始了,迟的可以延续到次年4月。庐山雪没有分明的起止时间,多在每年的12月下旬到来年的2月底。春节前后的一段时间,是庐山观赏雪景的黄金时段。记得有一年4月中旬,头天还是阳光灿烂的庐山,次日一大早冷不防下了一场不小的雪。尚在庐山工作的我,欣然写下一首小诗:"南国四月百花开,山寺雪花依旧白。百花雪花一样美,点缀江山更多彩。"

铁打的营盘流水的兵。3年后,我调离了庐山。先是在九江工作,后调回了福建。不论在九江,抑或在福建,多次在冬季"跃上葱茏四百旋"——重返庐山探亲度假,又多次与庐山雪不期而遇。

印象中,庐山雪好比仙女下凡。纷纷扬扬、飘飘洒洒的雪花,给原本就难识其真面目的庐山,平添了不小的迷人度与神秘感。每当大雪过后,从海拔最高的汉阳峰，到诗人李白提及的香炉峰、五老峰；从龙首崖、锦绣谷，到三叠泉、含鄱口……庐山俨如冰雪世界，恰是冰天雪地，令人忘记了今夕是何年，分不清天上与人间。正因此，年年引得无数游客慕名前来欣赏雪景。

那年岁末，一场大雪飘然而降，庐山南北两条公路全线封闭。为了赶回庐山与岳父等家人团聚，我和妻子背上一袋年货，先从九江市区乘坐公交车，抵达庐山北麓莲花洞，而后沿着好汉坡拾级而上。

二

好汉坡是庐山闻名的登山古道，险峻且陡峭，平时行走尚且不易，雪后路滑，加上不知深浅、不熟路况，稍有不慎，就会滑倒摔伤，甚至发生意外。年轻的我们，时而艰难地攀登，时而歇脚喝口随身带的香槟酒，还别有一番情趣。登到半山，发现10多位外地游客，包括几位老人在内，全都兴致勃勃、气喘吁吁地攀登着。望着他们一步一喘的样子，我轻声问其中一位老汉："你们过年为什么来这里辛辛苦苦爬山？""庐山的雪景美呀，值得！"对方不假思索地回答。

庐山雪景，江南一绝。寒冬时节，一场大雪降临，整个庐山，立马变成积雪、雾凇、冰挂相映成趣的冰雪王国。庐山的雪有两个独特个性，如不亲身经历、不用心观察，未必能够发现。

来时急切切。多年前一个冬日，我携妻带女从福建到南昌后，换乘"庐山号"旅游列车向九江开进的途中，时不时有阳光透过车窗照射进来。想到只有短短几天假期，望着车窗外太阳的"笑脸"，我不无失落地喃喃道："这次怕是无缘见到庐山雪了！"那时还没有高铁，一路颠簸，颇为疲劳。当晚，我们入住酒店后早早进入了梦乡。一觉醒来，发现庐山魔术般换了新颜：漫山披雪，惟余莽莽。放眼望去，地面屋顶全覆盖，千树万树梨花开。我触景生情,一边喜不自禁地抱着女儿、叫上妻子,冒着严寒,合影留念;一边由此及彼,浮想联翩:庐山雪,你心地如此纯净,宛若初恋少女,悄无声息、淋漓尽致地把满腔情爱,倾注给了庐山这个天之骄子。庐山雪,你品格如此高雅,倘若李白、杜甫、白居易等诗人有缘与你相遇相知,一定会留下更多更美更精彩的诗句……

去时慢悠悠。不论是我青少年时代生活过的闽地山区,抑或是我从军、工作了10多年的九江,寒冬腊月,偶尔也会下雪,但大多是星星点点的小雪,而非纷纷扬扬的雪花,即便有时铺成薄薄的雪毯,没等人们大饱眼福,很快融化得无踪无影了,给人留下丝丝念想、缕缕惋惜。庐山雪则不然。不知是对庐山百般眷恋,还是与庐山情意缠绵,一场大雪下过,纵然云开雾散、天气好转,没有十天半月的,那雪也不肯消融。记得有一年冬天,我们在庐山经历了一场雪,从腊月二十五夜间直到正月初六,下了10多天,虽然风和日丽、阳光灿烂,可山间那些静默的、圣洁的白雪,依依不舍从朝南的部位开始,慢慢融化、缓缓消失,给人一种不忍分手、不愿别离的感觉。

三

雪后庐山,不论在牯岭街心公园漫步,还是到哪个景点游览观光,都会让人陶醉在晶莹剔透的景色里,沉浸在由表及里的洗礼中。

夏日庐山,端的避暑胜地;冬日庐山,真乃冰雪世界。纷纷扬扬、飘飘洒洒的雪花,把偌大的庐山装扮得既有北国风光的粗犷,又有南国景色的秀丽,变成"千崖冰玉里,万峰水晶中"的琉璃世界。

雪后的庐山就像披上一层纯白的玉衣,屋檐下、树梢上,结了一条条晶莹剔透的冰柱子,用九江话说就是"结凝",美得让人心醉。古往今来,人们大都爱雪。至于庐山雪,就更为迷人,更具魅力,更有情趣了。宋代程公许的《庐山雪》诗云:"倚天无数玉巉岩,心觉庐山是雪山。未暇双林寻净侣，试招五老对苍颜。远游借问有何好，胜赏何曾容暂间。却恨此生云水脚，误随人去踏尘寰。"明代王世懋的《庐山雪》则是这样写的："朝日照积雪，庐山如白云。始知灵境杳，不与众山群。树色空中断，泉声天半闻。千崖冰玉里，何处着匡君。"可见庐山雪的魅力。

当年，毛泽东曾三上庐山，并留下《七律·登庐山》等诗作。我想，假如毛泽东有机会在冬日里上一次庐山，且又遇到天降大雪，一定会有更多诗作流传。

冬季到庐山来看雪，对南方人来说，不单路程最短，而且雪景堪与北国媲美。如若不信，有机会的话，你不妨试试看。只要身临其境，只要是巧遇降雪，站在牯岭，放眼望去，沟沟坎坎洒满银光，崖崖壑壑如覆羊绒。一旦雪过天晴，在柔和阳光的照耀下，峰岭难分，远近有别，茫茫一片，熠熠生辉。借用毛泽东的诗句"须晴日，看红装素裹，分外妖娆"来描述，再合适不过了。

古往今来，人们对雪无不心存绵绵爱意；诗词歌赋，更忘不了拿雪抒发悠悠情感。《我爱你塞北的雪》中唱道："你的舞姿是那样的轻盈，你的心地是那样的纯洁……你是春雨的亲姐妹哟，你是春天派出的使节，春天的使节……"塞北的雪是这样，庐山的雪也不例外。都说瑞雪兆丰年，雪与春有着密切关联，赏过庐山雪景，春天就不远了。

【原载 2020 年 2 月 14 日《中国纪检监察报》】

又登浔阳楼

　　江南十大名楼之一的浔阳楼,位于江西省九江市浔阳区滨江东路908号,紧邻川流不息、波涛汹涌的长江。浔阳楼初为民间酒楼,因九江古称浔阳而得名,至今已有1200多年的历史。登临其楼,既能近观滚滚长江,亦可远眺巍巍庐山。

　　浔阳楼,建毁年代虽无可考,但早在唐代,浔阳楼就颇有名气了。这一点,从唐代诗人、德宗贞元年间江州刺史韦应物(737—792)《登郡寄京师诸季淮南子弟》一诗中的"始罢永阳守,复卧浔阳楼";唐代诗人、宪宗元和年间江州司马白居易(772—846)所作的《题浔阳楼》等诗篇中,就不难看出,浔阳楼最晚自唐代就存在了,且一直沿存至清代。不过,真正使浔阳楼声名远扬的,是元末明初的古典名著《水浒传》。因小说中宋江题反诗、李逵劫法场等故事情结,使浔阳楼名满天下。

　　今天人们看到的浔阳楼,是上个世纪八十年代末,由九江市人民政府重建的。那时,在浔阳区委宣传部工作的我,就曾结伴光顾过。只是,三十多年过去了,对浔阳楼的印象,早已模糊不清。初秋的一天上午,我从庐山来到九江,准备乘坐下午四点多的高铁返回福建。应战友盛情之邀,在原九江军分区招待所内一酒家共进午餐,一边谈天说地,一边开怀畅饮。酒足饭饱后,离发车还有两个多小时,有战友要我一起去品品茶,我却坚持要去看看楼。于是,同年入伍的战友蔡生成驾驶私家车,左拐右拐,轻车熟路,很快把我送到浔阳楼西门前的停车场。

　　浔阳楼总体占地面积2000平方米。主楼占地300平方米,建筑面积为

1000平方米，楼高21米，外三层，内四层；九脊层顶，龙檐飞翔，灰瓦朱栏，四面回廊，古朴凝重。跨越千年、坐北朝南的浔阳楼，背依滚滚长江东逝水，面迎巍巍庐山南来风。楼的南北两面顶檐下，各悬着一块由赵朴初（1907—2000）题写的"浔阳楼"巨幅匾额。南面大门两边柱子上，一副由当代著名书法家、中央文史馆馆员、中国美术馆馆员王遐举（1909—1995）先生书写的《水浒传》第39回中"世间无比酒，天下有名楼"的对联，分外醒目，撩人心扉。横批"溢浦明珠"。

浔阳楼南门，紧邻车水马龙的滨江路，长年紧闭。我买好一张二十元门票，迫不及待的从西门进入楼内。

最先映入眼帘的，是独具特色、丰富多彩的"瓷器装备"——大厅东西两面墙上，分别镶嵌了两幅大型瓷板画，彩绘的内容有："宋公明发配江州城""浔阳楼宋江题反诗""黄文炳设计害宋江""梁山泊好友劫法场"等，于无声中为浔阳楼增光添彩。大厅北面，陈列着一套造型各异、迄今为止国内旅游景点上唯一的《水浒》一百单八将人物瓷质座像。在"聚义堂""忠义厅"匾额下，这群栩栩如生的英雄好汉们，活灵活现地在这里"集结"、向游客"亮相"。二楼为当年宋江醉酒题诗处，现仍备有宋江曾经喝过的那种酒，以及吊人胃口的"水浒宴"。有酒兴的游客，还可以在此体会一番把酒临风的雅趣；三楼是中空的回廊，四周墙上挂满了大幅字画；四楼既是茶室，也是赏景的最佳处，摆着四张仿古桌椅。我发现，每张茶桌周边，都坐满了优哉游哉的游客，或品茶，或叙谈……

浔阳楼，除了楼宏伟壮观，其间多幅出自名家之手的书画作品和诗词楹联也颇值品味。如，一楼那副由中国诗、书、画艺术大家、江西九江彭泽籍书法家陶博吾（1900—1996）撰书的楹联："读宋江反诗，想豪杰悲歌，仿佛浔阳曾血染；望庐山秀色，纵飞云变幻，喜看溢浦新高楼。"二楼一副由著名九江籍作家杜宣撰书的："果有浔阳楼乎，将宋江醉酒，壁上题诗，写得有声有色；如无水浒传者，则梁山聚义，替天行道，就会无影无踪。"我对三楼那副由宋才葆（生卒不详）所撰的"举杯酹月，想公瑾麾戈，陆郎怀志，青莲高咏，白傅慨歌，千古风流弘此世；纵目凭栏，收匡庐郁黛，扬子雄涛，溢浦风霞，柴桑远照，八方灵秀萃斯楼"的楹联，尤为感兴趣。其上联列举

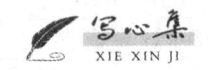

的是历史掌故，下联描绘的是自然景观。对仗虽有欠缺，但全联咏史写景，如同画龙点睛。还有张乃方撰，能尧昌书的："大闹江州，人言此事桩桩有，百代流传，无非天下英雄，借题书壮志；细观水浒，我觉其文句句真，千秋炳焕，信是世间才子，因史撰奇文"等，文韵丰润、意味深长。我因此得出一个结论：参观一次浔阳楼，如同品尝一顿历史文化美餐。我想，每一个慕名参观这座江南名楼的游客，只要逐层而上，从外到内，漫步绕行，慢走细看，都会触景生情，心潮澎湃，浮想联翩。

浔阳楼与庐山遥相呼应。白居易当年在诗中，就曾写道："大江寒见底，匡山青倚天。深夜溢浦月，平旦炉峰烟。"在我印象中，上个世纪七十年代中期，偌大的九江市只有八角石路段，有一座五层高的楼房，它就是当年九江的"大楼大"了。时隔四十年，二三十层的高楼大厦，不计其数，见证发展。那天下午，我登上四楼，视线穿过浔阳古城林立的楼群，还可以清晰远眺蓝天白云下的庐山。可是，用不了多久，与浔阳楼一路之隔的楼盘拔地而起后，庐山就会被高楼所"屏蔽"。到那时，人们大概只能从楼房的"缝隙"间，若隐若现、亦真亦幻，看到一点庐山的影子了。想到这里，心中有种五味杂陈的感觉。

站在浔阳楼上，放眼望去，东边，是飞架南北的九江长江大桥；北面，是腾飞的湖北小池；南面，是繁华的九江新貌。而浪涛滚滚、波光粼粼的长江之上，当年常见的运煤船，早已不见了踪影。取而代之的，是满载着集装箱、河沙等货物的大大小小货轮，或顺流而下，或溯江而上，你追我赶，繁忙有序。目光移到楼南滨江路上，大车、小车、货车、客车，一辆紧接着一辆；银行、医院、宾馆、商场，一家紧挨着一家，呈现出一派生机勃勃的繁荣景象。

所有这些，在一千多年前，即便是韦应物、白居易等善于奇思妙想的诗人，怕也不敢想、想不到的。同样，一千多年后，浔阳楼、九江城将会发生怎样的变化，我等也无法想象。但是有一点是可以预料的——与浔阳楼有关的历史文化，将与人类一道生生不息、世代流传。电视片《九州岛方圆》的主题歌唱道："中华自有雄魂在，江河万古流。"套用这句歌词，我想说，人间自有历史在，文化万古流。待到岁月流逝越千年，长江会不会变窄了，庐山会不会长高了，浔阳楼会不会易地了，无法判断，不得而知。但描述、赞誉浔阳楼的诗词楹联、佳作美篇，还会口口相传，万古长青。

浔阳楼由曾设计过黄鹤楼的工程师向欣然先生设计，他参照舆刊本《水浒传》插图和宋代《清明上河图》的建筑风格，进行精心构思，赋予浔阳楼独特的韵味，吸引着南来北往的游客。随着九江这座古老城市的快速发展，尤其是世界文化遗产地——庐山的声名鹊起，越来越为世人所瞩目。我相信，古老而又年轻的浔阳楼，必将以其丰富的文化内涵、悠久的历史典故，成为长江之滨、庐山北麓的一颗璀璨明珠。

【原载 2018 年 9 月 22 日香港《文汇报》】

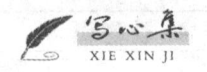

普林路上看落日

日落，虽是自然现象，难免有点遗憾，甚至带些"无可奈何花落去"的伤感。正因此，人们观日出的热情，要比看落日滚烫得多、高涨得多。殊不知，夕阳同样美，落日也辉煌。这是盛夏时节，我在庐山普林路上看落日时得到的感悟。

"横看成岭侧成峰"的庐山，位于江西省九江市，山体呈椭圆形，系典型的地垒式块段山；长约25公里，宽约10公里，绵延的90余座山峰，犹如九叠屏风，屏蔽江西北大门的主峰汉阳峰，海拔1474米，是中国名副其实的自然、文化、历史、政治名山。自古以来，备受文人雅士所青睐，留下了大量赞誉庐山的优美诗篇。

近些年来，随着旅游业的升温，长年累月慕名来庐山观光的游人，接踵而至、络绎不绝。据我体会，到庐山旅游，除了看山看水看风景，如若运气好，有机会一睹日出日落景观，也是一种收获、一种福分。

云遮雾绕，高耸入云的庐山，观日出的地点不少。其中，以含鄱口、五老峰等为最佳。同样，庐山看日落的地方也很多，而理想之地则是小天池、龙首崖、仙人洞等。

日出，如同婴儿出生。不论男孩女孩，从呱呱坠地的那一刻起，就充满了生机、带来了希望。因此，从古到今，描写日出、赞美日出的诗词歌赋、美文散文，多如牛毛、俯拾皆是。如，唐代大诗人李白的"日出东方隈，似从地底来"；唐朝著名文学家温庭筠的"湘烟刷翠湘山斜，东方日出飞神鸦"；宋人陈东的"东方日出能照耀，坐令和气生尘寰"；元代文学家、书法家仇远的"东方日出雪渐融,檐花滴滴皆春风"等。而单是以"日出东方一点红"开头的诗作,就有:"日出东方一点红,万物沐浴阳光中";"日出东方一点红,先生骑马我骑龙";"日出东方一点红,漂漂四海影无踪";"日出东方一点红,峨眉凤眼似弯弓"……

拿日出借喻某种事物、某种心情、某个人物的歌词,更是俯拾皆是。如,"初升的太阳照在脸上,也照着身旁这棵小树";"太阳出来罗喜洋洋,挑起扁担上山岗";"太阳出来照四方,毛主席的思想闪金光"。落日则不然。我所熟悉的歌词,只有"日落西山红霞飞,战士打靶把营归……"想想也是,日薄西山,太阳都快消失了,有什么可歌唱的、可留恋的?事实上,太阳一旦下山,晚霞也好,余晖也罢,精彩一阵子,绚丽几分钟,很快就无影无踪、烟消云散了。

自古以来,落日同样备受文人雅士的青睐。唐朝著名诗人王维在《使至塞上》中写道:"大漠孤烟直,长河落日圆。"清朝林占梅也有"天外雨峰横白波,树里一江流落日"之句;宋代陆游则有:"天光水色合为一,舟出西城犹落日。""回头已失庐山云,却上吴城观落日"等。

据史料记载,陆游当年在赴任和卸任夔州(四川奉节)通判途中,先后两次游览庐山,留下多篇游记和诗文。大概是每次时间不长、天气不好,没能看到庐山落日,只好"上吴城观落日"了。

也难怪,庐山落日,不是想看就能看到的。七月初,刚到庐山的当天傍晚,妻姐及其夫君约我们前往汉口峡路看落日。于是乎,我们几个"60后",拾级而上,好不容易攀上路边一处面积很小、长满草木的突出部,原以为可以一饱眼福。不成想,天边该死的云层太厚了,且跟我们作对一般,久久不肯散去。结果,太阳与山头尚未亲密接触,早早就被云层吞没了。我们只得高兴而来,扫兴而归。

几天后,吃过晚饭,无所事事的我,独自一人从住地出发,经由柏树路上行百余米,再右拐沿着普林路攀登,来到庐山地处最高的名人别墅——张学良别墅——逗留片刻,拍了几张照片,正准备原路返回时,举目眺望,发现牯岭之西远处的虎背岭后面,一轮夕阳无遮无挡、有光有彩,正对着我满脸堆笑呢。心想,这真是无心插柳柳成荫。于是坐在路边石板凳上,静静守候了五六分钟，当夕阳温柔亲吻着山的额头时，我赶紧举起手机，横竖各拍了几张，喜滋滋、急切切，坐地发给人在庐山的老伴。老伴是土生土长的庐山人，包括庐山云雾、庐山山水、庐山日出、庐山落日等秀丽景观，在她眼里，早已"熟视无睹、不以为然"。可是，当她收到我发去的几张照片后，立马在微信里给我送来三个"赞"。

庐山落日，不单映红半边天，而且于无声无息中，给天上人间的牯岭，披上一块薄薄的"盖头"，抹上一层淡淡的"脂粉"，使诱人的牯岭变得更加美妙迷人。回到妻子娘家，我把几张照片展示给岳母。八十好几、在庐山生活工作了六十多年的岳母，看过照片赞美几句后，忍不住续上一句："有时庐山落日，会出现红蓝相间的霞光，那才真叫好看呐。"听了这话，我嘴上没说什么，心里却在质疑："霞光怎么可能红蓝相间呢？"

离开庐山的头一天傍晚，我和老伴从牯岭往小天池方向散步。返回途中，西边恰似彩虹一般斑斓的霞光，吸引了无数游客，人们纷纷驻足，有的瞪大眼睛欣赏，有的接二连三拍照。原来，天边出现难得一见的奇特景观——因为云层厚薄不一，当落日余晖穿透云层较薄的部位时，发射出来的是红光，而较厚的云层被霞光侵染切割后，便变成浅蓝色光带。我这才相信岳母关于霞光"红蓝相间"的说法。

落日，宛如一盏挂在天边、硕大无比的灯笼。她，既很淡定，也很从容；既不炫耀，也不忧伤。明知自己即将谢幕，却没有一点"夕阳无限好，只是近黄昏"的抱怨与哀愁。相反，她满脸堆笑，释释然、坦坦然地与河流山川、大地青天告别，且不计名利、十分慷慨的给大自然涂上一层薄薄的金光，让万事万物与她共享美丽和辉煌……落日所以辉煌，那是因为她有与大地潇洒告别的愿望；落日果真辉煌，那是因为她有给人间释放精彩的能量。人到老年的我，由太阳想到人生。

人生自古谁无死。但凡常人，从出生到死亡，走过的人生轨迹，如同日出日落一般，不过这么几个阶段——旭日东升、阳光和煦的少年阶段；日高三丈、光芒四射的青年阶段；事业有成、如日中天的中年阶段；日暮途穷、人近黄昏的老年阶段。

大名鼎鼎也好，默默无闻也罢，最终，都要像落日一样，从苍茫大地上、茫茫人海中消失的一干二净、无踪无影。这是改变不了的、不可逆转的自然规律。我们所能做、做得到的，是像落日那样，默默然、安安然的把自己一生所积累的经验、知识、能量等，做最大努力、尽最大可能，奉献社会、回报人间。这样，人生即便不能像落日那样灿烂辉煌，也无怨无悔无遗憾，不狂到世间走一回。

【《中国老年》2018年第21期发表时题为《落日也辉煌》】

野象谷奇遇记

辛丑初夏，云南西双版纳一家老小十五头野象组成的象群，离开西双版纳，一路向北迁徙的新闻，引起媒体的广泛关注，催生公众的浓烈兴趣。及至2021年7月15日，象群移动到云南省红河州石屏县龙武镇记母白村石岩头山林地内活动。关注这一奇闻，唤醒我对西双版纳野象谷奇遇的回忆。那年十月，临近退休的我，有幸走进以往只是耳闻、不曾目睹的热带雨林，并在西双版纳野象谷中愉悦走过，亲眼目睹了几头野象的"尊容"。

一百万年前，世界上象的种类多达四百余种。风刀霜剑，适者生存。时至今日有幸生存在世界上的大象，仅有两类。即，亚洲象和非洲象。野象谷，是中国唯一可看到亚洲野象的地方。野象谷位于西双版纳傣族自治州州府景洪市以北、猛养自然保护区三岔河河谷内，总面积约370公顷，为低山浅丘宽谷地貌，海拔747米至1055米，距离景洪市47千米。

那天上午，我们乘坐旅游中巴，在茫茫林海中穿行。放眼望去，崇山峻岭、连绵起伏，树高林密、淌绿滴翠。车窗外，依山傍水的傣族村寨，时隐时现；车厢里，口若悬河的导游小陈，妙语连珠。大家全然忘了连日来旅途奔波的疲惫。

一路上，汽车在奋力前行，我们在欢悦交谈。短短个把小时，我们就来到了青山环抱、绿水长流的野象谷公园。根据行程安排，我们先看一场大象表演。这里，有中国第一所大象驯养表演学校，可以近距离观赏大象的精彩表演。演出开始，但见由几头大象组成的表演团队，既有跳舞的、鞠躬的，又有踢球的、倒立的，还有迭罗汉的、走独木桥的。虽然有点笨手笨脚、勉为其难的样子，却也有板有眼、憨态可掬。

欣赏了大象表演，我们在蜿蜒曲折的道路上继续前行。不久，便到达野象谷，两人一组坐上观光缆车，开始向野象生活的"领地"进发。2630米索道，运行约半个小时。当缆车上升到海拔1000多米的"谷顶"时，顾不得欣赏其他景色，一心俯瞰野象"生活区"，希望可以居高临下，发现野象的踪影。虽然，身下是密密麻麻的植被，即便真有野象活动，也不可能无遮无挡、进入视线。但我还是时不时情不自禁、目不转睛地向下"扫描"……

野象谷之所以美丽且神奇，既在于静——深山老林，静谧清幽；又在于动——兽走禽飞，游人如梭。有动有静，动静结合，这才成就了野象谷的神奇与美丽。

下了缆车，步入原始热带雨林，仿佛投进绿色的海洋。行进在弯弯曲曲的山路上，郁郁葱葱的树木，清清爽爽的空气，令人心旷神怡、豁然开朗，什么叫盘根错节、参天大树，什么叫根深叶茂、遮天蔽日，不用解释，一目了然。在那密密的森林里，有许多不曾见过的树木。它们有的盘根错节，有的气根垂髯，有的身藏剧毒。如，树干相连在一起，两两成双成对生长的"绒毛紫薇"，当地山民亲切地管它们叫"夫妻树"，让人浮想联翩。又如，宛如孔雀开屏的孔雀树，令游客兴趣盎然，不论男女，争相与之合影留念。再如，肌肤光滑，枝干挺拔，直上云端，形如巨伞的"一箭封喉"，让人若即若离，敬而畏之。导游介绍，它的汁液一旦进入人体，毒效与"五步蛇"差不多——短短几分钟，便能要人命。

小陈还善意的提醒我们，这里有毒的植物很多，只可眼观，不能手摸。这时，一种树叶若荷的植物进入视线，肉眼看去，硕大的叶片上有不少"圆孔"。导游卖关子般提问："请大家猜一猜，那些个小圆孔，是怎样形成的？"我略加思索，自以为是地回答："滴水穿石。应该是被水滴洞穿的吧。"导游见大家答非所问，便告诉我们：这种树呀，也有毒。聪明的鸟儿，为了切断毒素的"源头"，先在叶面上轻轻啄一个圆圈，以断绝毒素的输送，等到快要干枯时，再来啄食圆圈中间的"小饼"。听了这话，我脱口而出，真是匪夷所思，这就叫做"魔高一尺，道高一丈。"

野象谷里看野象，既要凭胆量，更要凭福气。据悉，这里的野象，约有

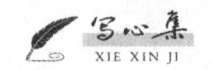

50群，300多头。平均四五天，就有一群野象出没，漫步、洗澡、嬉戏。野象习惯出没的时间，是每天八九点钟或傍晚时分。因此，多数光顾过野象谷的游客，都没有机会见到野象。导游郑重其事地告诉我们，野象虽是林中之王，但也"胆小害羞"，很怕人类，一旦它们感到危险时，就会向人发起攻击。前些年，有位前来这里拍摄野象的美国摄影师，因为距离太近了，遭到野象的袭击，好在抢救及时，这才幸免于难。之后，导游加重语气，大家观看野象，最要警惕的是"孤独者"，不论是公的，或者是母的，说明它不合群，所以，野性特别强，极具攻击力。

听了这话，心有余悸。但我还是睁大眼睛，边走边看，不放过一线希望。可走了挺长距离，映入眼帘的，不是野象现身的踪影，而是野象留下的痕迹——野象出没时压倒的草木、踏滑的踪迹。为了帮助我们提高警惕，导游还煞有其事地说，曾经有一对看山的夫妇，夜间夫人外出小解，发现大象来了，便慌不择路往回跑，不想被藤萝绊倒，结果被大象一脚踩住。现在，为了加强对野象的防卫，除了定点按时给野象投放食物，还有专人放哨，防止野象发飙袭击游人。

我们一边自由自在地前行，一边有滋有味地观景，不知不觉到了下午四点多。就在我以为没有希望，失去信心时，突然，前面传来低沉而急促的喊声："野象！看到野象了！"顺着那位游客手指的方向望去，前方不远处，步道下方二三十米的溪流中，几头野象旁若无人地站在水中。开始，我以为它们只是在戏水。仔细观察，发现在四头成年野象的"包围圈"中，竟然有一头小象。溪水不深，站在没膝水中的大象，用鼻子抚摸着、拨弄着小象，时而把它"摔倒"，时而将它"扶起"。它们当中，谁是爸爸妈妈、谁是哥哥姐姐，看不出来，不得而知。但是，可以肯定，它们来到这里的主要目的，是为了给小象上"辅导课"。

人所共知，母牛有"护犊"的本能。看着这几头野象的举止，它们不只是"护犊"。目睹此情此景，老之将至的我，一时兴奋不已，不顾眼前的"警示"，忘了导游的"忠告"，越过警戒线，急急切切、匆匆忙忙接连拍了几张野象的"全家福"。只可惜，因为居高临下，且又过于仓促，未能选好角度，照片中小象的身影被大象遮掩了，不留心发现不了牠。

几年过去了,西双版纳野象谷中那几头野象的身影,以及西双版纳秀丽的景色,还不时出现在眼前。英国生物学家、进化论的奠基人达尔文曾经说过:人类"只有服从大自然,才能战胜大自然"。在我看来,人与自然的关系是互利互惠的。人类,只有真心诚意善待大自然、不遗余力呵护大自然,才能得到大自然慷慨的馈赠、永续的回报。长此以往,有朝一日,人们观看野象,也就不困难、不稀罕了。

走进布达拉宫

央视综合频道新近播出一条"独家航拍"新闻：历时9天，300多人共同作业，92吨红色、白色、黄色等天然颜料，世界文化遗产布达拉宫完成了"年度换装"！布达拉宫"换装"传统，已持续了300多年，既是为了保证建筑的美观，更是防止夏季雨水对墙体的冲刷，保护这座珍贵的藏式古建筑群。与往年略有不同之处是，今年的粉刷材料，添加了牛骨胶等成分，可以增加原料的黏性，这种调整更贴近传统原料配方……

看罢这条新闻，我仿佛又一次走近布达拉宫。那年8月，西藏"雪顿节"前夕，身为基层人大代表的我，有幸前往西藏观光考察，游览了已有1300多年历史的布达拉宫。

那年，虽已年过半百，但军人出身的我，有一股潜在的自信。出发前，有人认真做体检，有人积极备药物，我却如同平常出差一样，只是多带了几件衣物，"说走咱就走"了。在福州机场候机时，我暗下决心：西藏之行，争取做到"三不"——不吸氧、不吃药、不掉队。我是"油性皮肤"，一天不擦身，便觉不舒坦。拉萨的气候特点之一是，昼夜温差大。头天晚上，感觉正常的我，不敢洗澡，但要擦身。说来也怪，从水龙头里放出来的，明明是热水，可是，毛巾拧干抖开后，很快就变冷了。对此，我毫不在意，擦了身子擦头发。不成想，次日感冒，体温38.5度，外加闹肚子。同行者们都关心地催我去医院看医生。头脑清醒的我，对大家说：不能去医院！去了，就算不住院，也得要输液。那样，就会打乱行程的安排、影响各位的心情。于是，只吃了几片他人给的退烧药、止泻药。结果，"三不"变成了"二不"。

"花香蝶自来"。长年累月,不分春夏秋冬,不论阴晴雨雪,每天从四面八方、世界各地前来布达拉宫朝圣、参观的人们,接踵而至,络绎不绝。为了加强保护,有关方面除了采取限制参观人数的办法,还辅以类似乘坐飞机一般严格的安检。游客进入布达拉宫,通过安检后,还得上行一段路程。行进途中,左侧太阳穴间一段血管,一闪一闪,仿佛要往外"蹦"一般。即便如此,我咬紧牙关,忍着头疼,拾级而上,向神圣的布达拉宫迈进。

相传,布达拉宫最初为7世纪吐蕃王朝赞普松赞干布为迎娶尺尊公主和文成公主而兴建。整座建筑,依山垒砌,群楼重迭,殿宇嵯峨,气势雄伟。既是藏式古建筑的杰出代表,也是中华民族古建筑的精华之作。其主体建筑分为白宫和红宫两部分,主楼高117米,外看13层,内里为9层。其中宫殿、佛殿、灵塔殿、经堂、僧舍、庭院等一应俱全,是当今世界上海拔最高、规模最大的宫殿式建筑群。1961年3月,被国务院列为首批全国重点文物保护单位;1994年12月,联合国教科文组织列其为世界文化遗产。那次参观,时间虽短,印象很深。而我最感兴趣的,除了美不胜收的壁画、唐卡,还有坚不可摧、与众不同的墙壁。

在布达拉宫的建筑艺术成就中,最为突出的是它的绘画部分,主要体现在壁画、唐卡和其他装饰彩绘上。宫中各殿堂墙壁均绘有壁画,且题材丰富,绚丽多姿,用笔工细,线条流畅,技法精细,色泽明艳。布达拉宫的壁画琳琅满目,美不胜收。在数以万计的壁画中,既有表现历史人物和历史故事的,也有表现宗教神话和佛经故事的,还有表现建筑,民俗,体育,娱乐等富有生活气息的。如,"使唐求婚"、"五难婚使"、"长安送别"、"公主进藏"等,生动地记录了唐贞观15年唐蕃联姻的历史。又如,在红宫的西大殿,还有一组五世达赖朝见顺治皇帝,以及十三世达赖进京觐见的历史画面。这些壁画,色泽丰富艳丽,布局疏密得当,画面繁而不乱,人物栩栩如生,具有鲜明而强烈的民族特色。布达拉宫的壁画,汇集了藏族绘画的精华、汲取了汉族绘画的构图和运笔,是我国民族艺术宝库中一颗名副其实的绚丽明珠。

布达拉宫内藏的大量唐卡,虽然时期不同、类型不同,但都具有很高的历史、艺术和科学价值。唐卡的制作流程,很讲究、很严谨。通常要经过——卜择吉日、诵经备料、绷制画布、打磨布面、绘画底稿、勾复线、染色、勾金线边线、开眼、装裱等程序。我们在西藏观光期间，曾经参观了唐卡绘制。在一间宽敞而安静的画室内，画僧们一个个神情庄重自然，手握彩笔，不急不躁、慎之又慎地为唐卡上色。按照唐卡艺术绘制的传统工艺，绝大部分天然矿物质染料，须用唾液进行调制。技艺娴熟的画僧，在画笔放进嘴角的瞬间，会把口水挤到嘴角去。据说，用唾液比用水能更好地控制颜色的浓度。而同一种矿物质染料的颜色，用水调出来与用唾液调制的，效果是不一样的。因此，藏传佛教的画僧们，在鉴定唐卡作品时，常常会把唐卡展开，置于阳光之下，从背后察看，这幅作品是否严格按照唐卡的传统工艺进行绘制的，也就一目了然了。

布达拉宫的众多建筑，虽是历代不同时期建造的，但都因地制宜，巧妙地利用了山形地势，使整座宫寺建筑，既显得雄伟壮观，又显得协调完整，构成一幅独一无二的建筑天才杰作。布达拉宫堪称藏族文化的艺术瑰宝。这一点，很多人都知道。可是，在这座神秘宫殿的背后，还有不少鲜为人知的趣闻。布达拉宫建在红山上，深入岩层的墙基，最厚超过5米，而后往上逐渐收缩。及至宫顶，墙厚仅为1米左右。为了"固身"，部分墙体的夹层中注入了铁汁。因而，经历了1300多年的岁月洗礼，至今巍然不动。

参观期间，我们还注意到，在布达拉宫白色的墙体上方，有一些赭红色的、类似草垛的东西。原来，这种独特的建材是柽柳枝，俗称白玛草。秋日晒干，去梢剥皮，先用牛皮绳扎成约十厘米粗细的小捆，再整整齐齐码在檐下。层层夯实后，用木钉固定，再涂上赭红色，就成了白玛草墙，等于加了一堵"墙外墙"。不仅可收庄严肃穆的装饰效果，而且可以使顶层的墙砌得薄一些，达到减轻墙体重量的目的，这对于"高高在上"的布达拉宫来说，是至关重要的。

都说，人民群众是历史的创造者。同样，人民群众是艺术的创造者。布达拉宫，便是一座人民群众创造，久负盛名、享誉世界的艺术宫殿。如今，我虽然两鬓斑白、老之已至，但是，身体尚好，若有机会，真的还想再去看看这座"世界屋脊"上雄伟壮丽、历久弥新、风采依然、光耀千古的建筑。

【原载2017年11月22日《上海观察》，题为《布达拉宫完成了"年度换装"》】

赤石暴动烈士陵园

我曾在闽北生活工作过，对赤石暴动早有耳闻。近日与老友王光荣、郑松青等，从南平出发，前往武夷山。机会难得，我提出，去赤石暴动烈士陵园看看。在武夷山仙店工业园区宏泰竹业有限公司许总会客室里品茗、闲聊一阵子后，驱车约二十分钟，便抵达位于赤石渡口、崇阳溪畔的赤石暴动烈士陵园。

赤石暴动在中国革命史、新四军史上，均占有重要的地位。翻阅我家书橱中1991年5月"中国国际广播出版社"出版的《中国共产党历史大辞典》，第262页有百余字简要记载："赤石暴动中国共产党领导的监狱斗争之一。1942年6月，国民党顽固派将设在江西上饶的集中营迁往福建。6月17日下午，在皖南事变中被俘的新四军战士和其他爱国人士百余人，途经福建省崇安县赤石镇崇溪河畔时，在中共地下党支部的领导下，举行暴动。结果，有40余人冲出包围，与闽北游击队会合，在武夷山坚持游击斗争。"默读这段文字，仿佛看到当年暴动的壮烈情景。

1941年1月，正当第二次国共合作、抗日战争期间，国民党顽固派悍然发动了震惊中外的"皖南事变"，把新四军抗日干部和从东南各省捕来的共产党员、抗日青年、爱国志士等700余人，分6个中队囚禁在江西上饶集中营，施行惨无人道的折磨与屠杀。

"哪里有压迫，哪里就有反抗。"在狱中秘密党组织的领导下，被囚禁者们展开了不屈不挠的斗争。次年6月17日，国民党反动派将关押在上饶集中营的人员武装押解向闽北转移。途经崇安县（今武夷山市）赤石镇时，

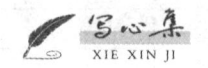

第六中队80多人（其中绝大多数是皖南新四军官兵），在秘密党支部的领导下，以迅雷不及掩耳之势举行暴动，赤手空拳同国民党武装特务展开殊死搏斗，有的当场壮烈牺牲，有的得以冲出重围，历经千辛万苦，找到闽北地下党，重返抗日前线。赤石暴动的胜利，是继"茅家岭暴动"之后，给国民党顽固派的又一次沉重打击，极大地鼓舞了抗日军民的革命斗志，写下了中国共产党监狱斗争史的壮丽篇章。

为缅怀在赤石暴动前后被屠杀的73位革命烈士，情深深、意浓浓的崇安人民，从1956年开始，在暴动发生地修建一座占地88亩的烈士陵园。迄今已先后建成牌坊、烈士墓、悼念广场、纪念长廊、纪念馆、纪念亭等。那天抵达目的地下得车后，我们怀着景仰的心情向陵园走去，一座三门牌坊很快出现在眼前。

放眼望去，牌坊中间大门上方，刻着"赤石暴动烈士陵园"几个金色大字。穿过牌坊，缓坡上的"新四军赤石暴动纪念馆"进入视线。抵近观察，纪念馆大门上，挂着"福建省党史教育基地"、"福建省国防教育基地"、"福建省社会科学普及基地"等六块牌匾。纪念馆内，分设有序厅、赤石暴动、新民主主义时期中共党史重大脉络、武夷山革命史重大事件、毛泽东纪念像章等几个部分，以图文兼备的形式，向到访者展示宣介。

离开纪念馆，向陵园走去。在可容纳上千人的悼念广场放眼环顾，但见陵园广场南北，各有一醒目"建筑物"。南端，是一座高2米、宽6米的石砌碑墙。碑墙正面刻有"赤石暴动烈士陵园"8个红色大字，背面铭刻着1942年6月15日至23日，在赤石暴动、虎山庙大屠杀，以及在大安、兴田途中，残遭国民党顽固派杀害的73位新四军官兵和爱国志士的名字。这些烈士，最小的19岁，最大的40岁；共产党员56位，女性烈士8位。其中，有姐弟、夫妻各一对。北端，是烈士安息的墓地。青石筑成、顶部成半球状的墓冢正面，一方汉白玉大理石上，刻有金字"赤石暴动烈士墓"简介。

赤石，离武夷山市区十余华里。紧靠赤石镇，一条横贯南北、宽约100多米的崇溪河，河水清清，波光粼粼，缓缓流淌，轻轻歌唱。远山近水，相映成趣，构成一幅醉人的美景。1930年代，方志敏等先后两次率领红十军，攻打过赤石村镇。这里面临溪流，对岸是连片水田，越过水田是丘陵，丘陵背后，山高林密，便于疏散与隐蔽，且这一带是革命根据地，有良好的群众基础。1942年6月，国民党第三战区司令长官下令向福建撤退，集中营随之转移。转移前夜，第六中队秘密党支部决定在转移途中，于崇安县境内选定有利时机与地理位置，伺机举行暴动。赤石暴动发生后，国民党顽固派变本加厉，将整个队伍撤回赤石镇，实行血腥镇压。志士们昂首挺胸，坚贞不屈，高呼革命口号，视死如归，英勇就义。

在悼念广场之北，一座曲折长廊左侧碑墙上，刻着《新四军老同志诗集》，十余位老兵缅怀战友的诗篇赫然在目。其中，有曾任新四军《抗敌报》助理编辑、女共产党员林秋若的《万古千秋永留芳》："赤石渡口霹雳声，虎山坑前烈士血。梨花洒泪风雨白，杜鹃泣血山岭雪……"；曾任新四军第七师连指导员、营教导员利瓦伊贤的《悼念战友》："四月花暖花竞放，群英汇聚崇溪旁。悼念忆思战友情，展望宏图志益壮"等。

长廊前，面积不大的草坪上，分布着几组造型各异、神态不同的新四军男女战士约1∶1的塑像。透过面部表情和肢体语言，他们大义凛然、信念如磐、视死如归的气概呼之欲出。凝望这些塑像，烈士仿佛没有远去，依然活在世间一般。

穿过长廊，顺着几十级台阶上行，一座六角"纪念亭"出现在眼前。亭子正面两根立柱上，刻着一副带有鲜明时代气息的楹联："青山不老，先烈革命精神实永在；绿水长流，人民建设规模看日新。"顺着吸水砖铺就的人行道往亭子后面漫步，地阔天空，豁然慨然。放眼望去，远处，层峦迭嶂，青山如黛；近处，绿荫起伏，茶树吐翠。一代伟人说过，"要奋斗就会有牺牲"。赤石暴动的光荣历史，是革命志士用鲜血和生命铸成的，折射出的是他们坚定的革命理想和信念，以及为人类解放而献身的大无畏精神。赤石暴动烈士的英名，永远镌刻在历史的丰碑上。

赤石暴动烈士陵园祭祀广场东西两侧，各有一片"带状"松树林。粗细不一、疏密有度的松树，郁郁葱葱，傲然挺立，既像忠于职守的护卫士兵，又如英勇牺牲的革命先烈。一位陵园男性工作人员，正在默默地、轻轻地清扫落下的松针，唯恐惊动安眠的烈士。身临其境，触景追思；缅怀英烈，感慨万千。没有中国共产党的英明领导，就没有新中国；没有无数革命先烈的流血牺牲，也难以浇出胜利的果实。想到这里，陈毅元帅的诗句在耳边响起："大雪压青松，青松挺且直。要知松高洁，待到雪化时。"所幸，昔日压在中国人民头顶上的冰雪早已消融殆尽，如今展现在国人面前的，是好一派姹紫嫣红艳阳天。先烈们倘若英灵有知，一定会含笑九泉的。

【原载 2021 年 4 月 11 日香港《文汇报》】

九曲溪畔朱熹园

九曲溪，位于福建省武夷山静幽山谷之中。九曲溪的源头，来自海拔2100余米的黄岗山。从这座"华东屋脊"流下的涓涓细水，穿峡而出，汇成溪流。因武夷山峰岩交错，溪流纵横，蜿蜒十五华里的九曲溪贯穿其中，三弯九曲，故而得名。宋代理学家朱熹（1130—1200），从14岁来到武夷山，拜师从学、著书立说、办学授徒，生活达50余年，直到驾鹤西去。1962年，郭沫若先生有诗云："九曲清流绕武夷，棹歌首唱自朱熹。"

今年是朱熹诞辰890周年、逝世820周年。元月中旬的一天上午，我和王光荣、刘申文等几位老友，从闽北山城建阳出发，驱车40千米，前往武夷山探访中学校友、宏泰竹木业有限公司董事长许洪春先生。中午，洪春设宴款待我们。酒是主人自带的，菜是大家共点的。席间，酒香菜美，气氛热烈。机会难得，正当大家推杯换盏、意犹未尽的时候，我提出想去看看朱熹园。洪春二话不说拿起手机，召来公司员工老万陪我前去。

朱熹园，地处九曲溪之五曲的隐屏峰下。从酒家门口乘坐老万的自家车出发，到达大王峰与幔亭峰麓的武夷山庄附近，被告知非景区车辆不得驶入。处事机灵的老万，很快叫来出租车。不过十分钟，到达停车场，沿着前往天游峰的方向疾步前行。开始还有点寒意，走着走着，身上发热，我脱掉外衣，快步向目的地走去。这天，既不是节假日，也不是双休日，路径幽幽，游客寥寥。映入眼帘的，是葱葱树木；灌入耳膜的，是潺潺流水。路边几树盛开的红梅，与白云蓝天相衬，构成一幅秀丽的画卷……

九曲溪畔平林渡，隐屏峰下绿意浓。临近隐屏峰，右折上坡，须臾间道路左边一块巨石映入眼帘，上面豁然刻着由中国现代哲学家、哲学史家张岱年先生题写的"朱熹园"三个红色大字。朱熹园，不修围墙，不建园门。继续前行几步，左侧绿草地上，一座背山面水端坐的塑像进入视线。塑像左手轻扶额头，右手置于膝盖，目光深邃，表情慈祥，既像是在欣赏美景，又像是在思考问题。塑像基石上，刻着"朱熹 1130—1200"等文字。塑像后面十余米，便是"武夷精舍"。

武夷精舍，又称武夷书院、紫阳书院、朱文公祠。原为朱熹于宋淳熙十年（1183）修建的著书立说、倡道讲学之所。从淳熙十年到绍熙元年（1190），朱熹主要是在书院授徒讲学和从事学术活动。这里聚集了一大批朱熹学派的中坚人物，是朱熹学派开展学术研究和教育活动的重要基地，南方各省负笈求学者纷至沓来，迄今有姓名可考的弟子就达数百人，可谓是时中国的"私立大学"。朱熹在这里讲学7年之久，期间先后完成了《易经启蒙》《孝经刊误》《小学》《诗集传》等一大批论著。他的重要著作《四书集注》，也是在这一时期完成的。这些学术著作和教育实践，标志着朱嘉理学思想体系的形成。

2000年10月，为了纪念朱嘉逝世800周年，武夷山景区管委会在书院原址上破土奠基，并增建朱熹园。历时两年，方得竣工。重建的武夷精舍，是朱子理学文化景观的历史再现，已成为继承和弘扬中华优秀传统文化，以及进行爱国主义思想教育的重要场所。朱熹园又称朱子文化博览园，占地2万平方米。而武夷精舍，则是朱熹园的"主角"。由牌坊、三进殿及廊抚组成。穿过"精舍"牌坊，前殿一副门联曰："接伊洛之渊源，开闽海之邹鲁"。寥寥数语，公证客观总结了朱熹承前启后的思想成就。

朱熹博大精深的理学思想体系，主要由理气论、心性论、格致论和修养论等组成。它的历史作用是多方面的：统治者治国理政的"官方哲学"；读书人修身济世的"人生信条"；老百姓安身立命的"民众圣经"。它的时代价值：复兴民族精神，启动内生思想动力；弘扬中华文明，推进世界文化交融等。在前殿大门上，高悬一块匾额："学达性天"。门口挂着"爱国主义教育基地""武夷学院教学与科研基地"等牌匾。在殿内"朱子生平"展室中，有"朱子生平年表""朱熹武夷书院简介"等；"翰墨室"中，挂着几副朱熹的手迹墨宝，横幅有"正气""继往开来""涵养天机"等，条幅有"忠孝持家远/诗书处世长""善为传家宝/忍是积德门"等。细加品味，寓意深长。

　　朱熹与武夷山，结有不解之缘——在建精舍、立书院、育人才、撰著作同时，打破三教鼎立的局面，以儒学融合佛、道，重新树立起儒家思想的正统地位。他创立闽学，集濂、洛、关学之大成，把中国文化推进到一个新高度。宋元间，朱子学成为国家的官方哲学思想，并跨越民族和地域，传入日本、高丽、越南等国，出现了日本朱子学、朝鲜退溪学，成为东亚文明的体现。朱子学对西方启蒙运动和近代化亦发生过作用，堪称世界性学说。朱熹在长期的教学实践中，形成了以其理学思想为指导而又自成体系的教育理论和教学方法，为中国古代书院制度的发展做出了杰出的贡献。朱熹因此成为中国古代私家办学的典范，武夷书院也成为中国古代一所极负盛名的高等学府。

　　古往今来，后人对朱熹给予了高度评价。中国现代历史学家钱穆曾有这样的评论："在中国历史上，前古有孔子，近古有朱子。此两人，皆在中国学术思想史及中国文化史上发出莫大声光。旷观全史，恐无第三人堪与伦比。"著名历史学家、中国思想史研究专家蔡尚思说过，"东周出孔丘，南宋有朱熹。中国古文化，泰山与武夷。"他认为，在中国文化史、传统思想史、教育史和礼教史上，影响最大的，前推孔子，后推朱熹。因此，有些学者称朱熹为"三代下的孔子"。中国当代著名哲学家、教育家冯友兰先生，在《中国哲学简史》中写道："朱熹，或称朱子，是一位精思、明辩、博学、多产的哲学家。光是他的语录就有一百四十卷。到了朱熹，程朱学派或理学的哲学系统才达到顶峰。"而康熙皇帝对朱子的评价是："集大成而绪千百年绝传之学，开愚蒙而立亿万世一定之归。"如今，这副楹联，就挂在朱熹园武夷精舍中殿的门柱上，横批是清初康熙褒奖朱熹老师李侗的御笔："静中气象"。

　　在朱熹园武夷精舍后殿，大门之上挂着"理学正宗"匾额，室内布置成课堂，正中墙上挂着孔子的画像，讲台后面是正在授课的朱熹蜡像，讲台下有几排桌凳、几个学生。墙上"忠孝廉节"四个单体大字，折射朱子学说的核心思想。朱子理学不但攸关中国之命运，也影响到了外部世界。特别是东亚地区，甚至有史学家把中国和周边一些国家称为"儒家文化圈"。

面朝九曲溪，告别朱熹园，我忽然想起史料记载的一段往事：1972年，毛泽东主席曾将朱熹的《楚辞集注》影印本作为国礼，赠予前来中国访问并推动了中日邦交正常化的日本首相田中角荣，反映了中日双方对于朱熹这位古人推崇备至的心态。朱子理学的魅力，由此可见一斑。

【原载《朱子文化》2021年第4期；2020年5月5日
香港《文汇报》以《武夷精舍，朱熹的私立大学》为题发表】

百年沧桑余庆桥

桥,是架在水上或空中,便于通行的建筑物。中国是桥的故乡,自古就有"桥的国度"之称,发端于隋,兴盛于宋。遍布神州大地的桥,编织成四通八达的交通网络,连接着祖国的四面八方。中国古代桥梁的建筑艺术,不少是世界桥梁史上的创举,充分显示了中国古代劳动人民的非凡智慧。屹立于福建省武夷山市郊的余庆桥,便是其中的佼佼者之一。

南门街,是武夷山市老城区唯一一条旧貌尚存的老街。历经百年沧桑、生死劫难的余庆桥,就静静横卧在南门街南端的崇阳溪上。那天,我与几位好友结伴,前往武夷山观光游览。机会难得,我坚持要去看看余庆桥。下午三点多钟,我们从武夷宫出发,穿过颇为热闹的市区,七弯八绕来到南门街路口,小车拐进不足3米宽的单行道。两边商铺林立,纵然谨慎驾驶,还是行进缓慢。

为了赢得时间,我等干脆下车步行。几分钟后,来到余庆桥桥头。顺着台阶望去,余庆桥高高在上。我没有急于上桥,而是先到桥下拍照。校友季红和另一位女教师,站在桥上,凭栏招手,脑海里顿时浮现出美国电影《廊桥遗梦》的镜头。走上桥面,发现美轮美奂的余庆桥,与周边环境协调和谐、相得益彰:平视四周,如画景色尽收眼底;俯瞰桥下,清波荡漾奔流不息;仰望头顶,或粗或细,或长或短的木构件,层层叠叠,错落有致,令人叹为观止。触景生情,心中敬意顿生、浮想联翩……

余庆桥,建于清光绪十三年(1887),是我国现存廊桥中,既极为罕见,又极具历史价值的一座古廊桥。2006年,跻身"全国重点文物保护单位"。

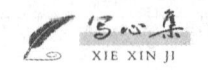

余庆桥的问世，得益于一个仁者孝子。据民国《崇安县新志》记载："（崇安）南郊阻大河，行者病涉，敬熙秉母命，以三万金创余庆、垂裕二桥，雄伟为闽北冠。"敬熙，即崇安（今武夷山市）人朱敬熙（1852—1917），清朝附生（指初考入府、州、县学，而无廪膳可领的生员），著名缙绅，田产居全县之首。因捐金，遂援例为农部郎中。后以花翎二品衔改道员，候补浙江。他乐于做好事办善事，曾资助修复景贤书院和武夷精舍，而他以朱熹裔孙的名义，重修朱熹创建的五夫"社仓"，迄今仍保存完好。

当年，为了给母亲献寿、给乡亲造福，他出资三万银元，在古城南郊崇阳溪的溪中洲（师姑洲，又名沙古洲）处，修建余庆、垂裕二桥。建成后的姐妹桥，成为闽赣古道上辉煌的交通巨构，不单是造福一方的民生工程，而且是百姓心中的慈善丰碑，往来商旅对素有"闽邦邹鲁"与"金崇安"之称的古城，未临城池，仰止起敬。抗日战争时期，垂裕桥毁于火灾，文革期间，桥墩亦毁；余庆桥历经百年沧桑，得以独存，尤为珍贵。她见证了崇安清朝、民国与共和国的风云，定格了武夷山一个豪门望族的曾经辉煌，浓缩了武夷山一段惨烈嬗变的近代历史。

闽北最长木拱廊桥之一的余庆桥，是闽北廊桥中名副其实的巅峰之作，雄姿不俗，气势不凡，其蕴涵的文物价值，备受专家学者的推崇和点赞。我国桥梁泰斗茅以升，曾有这样的评价："这座桥的独特和重要之处是它的叠梁拱，这是北宋发明的一种建筑形式，而这种方式技术要求严、造价高，因此这座三拱桥极具价值，有'古化石'的意义，是很古老概念的现代遗存，非常珍贵。虽仅百年历史，却情系千载文明。"著名建筑学者杨廷宝教授，在考察了余庆桥后说："象这样的桥梁，全国已经少见，有历史价值，应给予保护。"专家的赞誉和呼吁，得到政府重视，1982年，拨款4万余元，对余庆桥进行修葺。

余庆桥，西北—东南走向，长79米，宽6.7米，拱高8.6米；桥上建有长廊，中间条石铺设走道，两侧铺砌鹅卵石。这座两台、两墩、三孔的伸臂斜撑木石结构虹梁拱形厝桥，集宏伟、古雅、庄重于一体，极具工程美、艺术美与人文美等审美价值。在工程科学美上，该桥是北宋张择端"清明上河图"中木构虹拱桥梁的再现，偌大一座桥，不用一钉一铆，全靠榫卯连接，令人叹为观止。

110多年前，余庆、垂裕二桥，同时建造，同样结构，且垂裕桥更长一些。如此浩大的工程，所耗木材与石料，均以上万立方计。凭栏远眺，我在想，如果说所用上好杉木，在林区武夷山尚不为难，八座桥台及桥墩，所用的巨量花岗岩石材，来自何处，如何运输？两座廊桥的台与墩，均由青褐色花岗岩精工雕砌而成。其中大的条石，每块重逾三吨。据悉，崇安城区方圆10千米，并无这类石材矿源。当年的崇溪上游，陆路为不能行车舆的鸟道，水路为急浅石攻舟的小溪，如此大块头、大数量的石材，怎样搬运，不得而知。无怪乎，至今仍是当地百姓街谈巷议的谜团。而该桥利用木结构斜撑悬臂分解传递受力原理制成虹形拱梁，以石板卵石作为桥面压镇以抗风抗震，用亭式长廊黛瓦披覆以防雨防腐等设计，则有极高的工艺技术和科研价值，在世界桥梁史上，有着显著的地位，倍受专家学者称赞。

在建筑艺术美上，余庆桥是江南风雨廊桥的经典，由长廊、中亭、门楼、虹拱、缓坡桥台、船形桥墩完美组合而成，不但有"增一分嫌长，减一分嫌短"之说，而且巧妙地体现了和谐对称的传统审美意识，匠心独具，令人叫绝。我注意到，余庆桥主体为西北—东南走向，而其东台坡道，却忽折向正东，呈现苍龙摆尾之形。她在保持传统建筑对称美的同时，打破绝对匀称的俗套，推陈出新的创意，俨如"画龙点睛"，使该桥静中有动，活灵活现起来。

除此之外，余庆桥虽体量宏大，仍注重细节，不乏精雕细刻的艺术展示。如，四座台墩上的巨大鸟首，极具文化匠心与艺术魅力。它雉喙凤眼，昂首雄立于台墩的迎水面上，船形的墩体，自然而然成为该鸟的身躯。据说，这是一种叫鸢的水鸟，朱熹有"鸢飞月窟地，鱼跃水中天"联句。将每座台墩设计雕琢成鸢的形象，既寄托了"鸢飞月窟地"的高远情怀，又寄托了该桥骑在水鸟背上，能够"水涨桥高"，不惧怕洪魔的祈愿。可见，余庆桥不仅仅是一座古代交通工程，还是一座深涵民俗传统底蕴的建筑艺术巨构。无愧于世界桥梁建筑形式"活化石"的名分。

举世无双的余庆桥，是武夷山世界文化遗产的组成部分，她见证了武夷山的岁月沧桑与辉煌历史。孰料，天有不测风云。2011年5月28日，余庆桥因为失火，导致桥面木构部分轰然坍塌，给人留下无尽惋惜。所幸桥墩等基础部分，没有受到重创。2014年7月20日，余庆桥修复工程正式启动，按照"修旧如旧、恢复原貌"的原则，精心组织，用心修复。经过近两年紧锣密鼓的施工，2016年4月26日，修复工程圆满竣工。那天，徜徉在这座劫后新生的百岁"老桥"上，我有一种时光倒流的感觉，恨不能穿越时空隧道，去向智慧的先贤们致敬。

【原载2020年6月9日香港《文汇报》】

生生不息"百年蔗"

甘蔗，是热带和亚热带草本植物。了解甘蔗生长习性的朋友都知道，通常甘蔗的宿根，寿命仅三到六年。上年甘蔗砍伐后，留在地里的蔗蔸，在适宜的温度和湿度等环境条件下萌出新芽，再长成蔗株，称为宿根蔗。据悉，古巴有十六年宿根蔗，斯里兰卡有二十五年宿根蔗，而在福建省南平市松溪县万前村，却有一片难得一见、宿根近三百年的"百年蔗"，成为当今世界上名副其实的最长寿甘蔗。从2017年首届"百年蔗"旅游文化节开始，这片被村民们世代守护的甘蔗林，生机勃发，声名渐隆，已成为松溪的"金字招牌"、闽北"点绿成金"的样本。庚子冬月，又是一年制糖时，在"百年蔗"母本蔗园前，一年一度的"百年蔗"开镰仪式如期举行，中国科学院院士蒋华良、国家甘蔗体系首席科学家陈如凯等专家学者及四方宾客，慕名而来、接踵而至。

万前村，三面背山，一面环水，地理位置闭塞，交通颇为不便。此前很长时间，村民出入村庄，必须凭借渡船。由于交通不便，加上村民自觉，得以保住百年"宝贝"。据史料记载，"百年蔗"为清朝雍正四年（1726），万前村农民魏世早祖上栽种，并作为"风水蔗"，世代保留下来。"养在深闺"的万前村"百年蔗"，于1956年被发现。1958年8月8日，《福建日报》首次披露了"百年蔗"的消息，引起福建省农业部门科技人员的重视。我国已故著名甘蔗专家、原福建农学院副院长周可涌教授，于1959年5月实地考察了"百年蔗"。同年11月，福建农学院、松溪县农业局和县农科所等单位，成立联合调查组，对"百年蔗"进行专门调查。调查组通过察看万前村魏姓族谱和全面分析，证实了"百年蔗"二百多年来一直未曾换过种，每年都萌发新株，每年都有新收成。之后，众多专家、教授慕名纷至沓来，开展考察研究。

甘蔗原产于印度。种植面积较大的国家，有泰国、墨西哥、澳大利亚、美国、古巴等；种植面积最大的国家是巴西，印度名列第二，中国位居第三。中国的主产蔗区，主要分布在北纬24°以南的热带、亚热带地区，包括广东、广西、福建、台湾、四川、云南、江西、贵州、湖南、浙江、海南等南方10多个省、自治区。我的少年时代是在福建莆田度过的。莆田地多田少。地里所种农作物，除了地瓜、大豆、花生、麦子，便是甘蔗。甘蔗，秆茎粗壮发达，高度可达三五米，通常有20—40节。甘蔗，不单有节，而且很甜，民间素有"倒吃甘蔗节节甜"之说。古往今来，人们在甘蔗身上，寄托着美好的愿望。迄今为止，莆田城乡居民，每逢新春佳节到来之际，都要或挖或买几株连根带叶的甘蔗，扎以红绳，置于门后，籍此祈福祝愿——日子节节高、生活节节甜。

享有"世界第一蔗"美誉的"万前百年蔗"，2016年被农业部列为中国农业文化遗产，2018年荣获国家地理标志证明商标。如今，百年蔗不但成为当地独一无二的名片，而且成了当地农民的"致富蔗"。我与"百年蔗"有过"一面之交"。那年，退休后难却朋友诚意邀请，来到松溪一家石材企业帮助工作。一次，前往位于县城西南方、距离20余公里的郑墩镇走访时，在该镇万前村与"百年蔗"不期而遇。远远望去，成片的"百年蔗"，如同密密麻麻的芦苇。及至跟前，发现较之其他甘蔗，"百年蔗"个头要矮一些、腰杆要细一些。从表像看，可谓其貌不扬；从地下看，着实与众不同——"百年蔗"根系发达，宛如"竹鞭"，在疏松的沙质土壤下，纵横交错、自由伸展。据当地村民介绍，这种貌似芦苇的甘蔗，本名就叫"芦蔗"，其纤维较为发达，利于压榨，糖分较高，属于甘蔗中的糖料蔗。而人们平时所吃的果蔗，不论紫皮，抑或黄皮，蔗杆粗壮，水分充足，糖分却相对少一些。

成语"酸甜苦辣"，既是指不同味道，也比喻幸福、痛苦等各种境遇。《鹖冠子·环流五》说："酸咸甘苦之味相反，然其为善均也。"酸甜苦辣，味道虽截然相反，却能被喜爱的人接受。尤其是甜食、甜味，喜爱者比例不小。尽人皆知，"甜"离不开糖、少不了糖。史料记载，中国是世界上最早制糖的国家之一。早在公元前4世纪的战国时期，就已有对甘蔗初步加工的记载。屈原的《楚辞·招魂》中有这样的诗句："腼鳖炮羔,有柘浆些"。这里的"柘",就是甘蔗。"柘浆",指从甘蔗中榨取的汁。说明战国时代,楚国已能对甘蔗进行原始加工。

糖,既可以满足人们的"口福",又是人类获取能量最经济、最主要的来源。糖类在人体内消化后,主要以葡萄糖的形式被吸收。但凡上了年纪的人,都记得"古巴糖"。甘蔗是古巴的主要农产品,种植面积占耕地总面积的55%以上,是著名的"世界糖罐"。1960年11月,古巴领导人格瓦拉率领古巴经济代表团访问中国,为了支持社会主义阵营国家的经济建设,同时满足国内食糖供应需求,中国与古巴签订协议,每年进口40万吨古巴糖。从那时开始,古巴糖走进了亿万中国人的生活。当年,在粮食紧缺的困难时期,正是几十亩"百年蔗",救活了万前村全村人——村民们用甘蔗做成红糖,兑大米、换食油,度过艰难的日子,保住宝贵的生命。从那时起,村民都把"百年蔗"视同风水蔗、救命蔗。

"百年蔗",与老绝缘,青春永驻。每年清明前后萌发新芽,小雪前后砍伐收获。近年来,松溪县与福建农林大学国家甘蔗工程技术研究中心、省农科院等相关科研院所,以及各级农业部门合作,着力在栽培、生产前端上实现破题,探索"百年蔗"扩种的方法与要诀。据悉,松溪适合种植百年蔗的土地面积约3万亩,在国家甘蔗技术工程中心的"扩繁指导"下,争取小步快走、逐年扩种,逐步形成规模化科学种植。2018年,国家甘蔗工程技术中心邓祖福研究员、陈杰博教授,在民盛公司组建6人"科特派团",加大百年蔗的扩繁进度、扩大科学种植面积、提高甘蔗产量、降低病虫害,使百年蔗亩产由先前的3000公斤上下,提高到2020年的5000公斤左右。

以乡村振兴、品牌提升为目标的"百年蔗",已经在松溪县8个乡镇试种成功,而且长势和质量俱佳。如今,生生不息的"百年蔗",已成为该县每年一届文化旅游节的"主角",不单给当地百姓带来福音,而且使八方游客增添见识。我从"百年蔗"身上,得到一点启迪——人类只要真心尊重且保护好大自然,就会得到大自然不同形式的回馈。

【原载2021年1月5日香港《文汇报》】

邂逅"潭阳七贤"

"潭阳",是今福建省南平市建阳区之别称。

建阳,因城西有座大潭山而称"潭城",简称"潭"。又因城在建溪之阳,也称"潭阳"。明嘉靖知县冯继科,为建阳四门之一的景舒门所题匾名曰:"潭阳保障"。建阳城南,麻阳溪、崇阳溪像两条玉带一样,飘拂在它胸前。其中,麻阳溪,发源于武夷山麓,从史称唐石里、嘉禾里的黄坑镇,流至建阳城南,与崇阳溪汇合,穿过建瓯,在延平与富屯溪、沙溪汇合后,一路欢歌,顺流而下,汇入闽江,注入大海,是一条年年岁岁、朝朝暮暮为建阳百姓送来好运与福音的母亲河。

建阳,地处福建北部,武夷山南麓,属闽北中心,东邻政和、松溪,南接建瓯、顺昌,西连邵武、光泽,北界武夷山、浦城,是福建省最古老的五个县邑之一。古往今来,建阳除有"南闽阙里""朱熹故里"之誉外,还有一个雅称——"七贤过化之乡"。为了缅怀七位曾经给家乡带来荣耀、为社会传播文明的先贤,2014年10月,一座大型铸铜"潭阳七贤"雕像,在建阳西区麻阳溪畔"七贤广场"内,精心安置,郑重落成。

中国历史上,早有"七贤"典故。一千多年前,三国时期曹魏正始年间(240—249),嵇康、阮籍、山涛、向秀、刘伶、王戎及阮咸等贤哲,常在当时的山阳县(今河南辉县一带)竹林之下喝酒、纵歌,肆意酣畅,先有"七贤"之谓,后有人将其与地名联系起来,成为口口相传的"竹林七贤"。而"潭阳七贤",则指朱熹、蔡元定、刘爚、黄干、熊禾、游九言、叶味道等七位建阳历史上著名的贤儒。

我曾在建阳生活、工作了几十年。庚子初冬,退休多年的我,重返山青青、水碧碧的建阳小住。一日下午,乍寒还暖,前往位于西区生态城"建盏文化一条街"观光。从水南出发,穿过市区一角,沿着麻阳溪南岸上行,过了"七贤桥"往左行进百余米,在"七贤广场"前不期然邂逅"潭阳七贤"。被群雕吸引的我,全然忘了逛街,时而驻足观赏,时而移步转悠。但见这组以朱熹为"主角"、基座高约1.8米的七位宋代先贤群雕,活灵活现,栩栩如生。他们当中,除了朱熹与蔡元定二者为站立体位外,余者均为坐姿。朱熹、蔡元定、刘爚,面朝正北;熊禾、黄干望着东方;叶味道、游九言面对南方。七个雕像,体位不同,神情有别,动态各异——有的气定神闲,有的昂首问天,有的握笔沉思,有的面溪而读,有的专心抚琴,有的阅览山水,于无声中显神韵,在默然间传佳话,为千年古城平添了一道亮丽的人文风景线。

"潭阳七贤",各有其"最"。归纳起来,简而言之,"一号"朱熹(1130—1200),名声最响。是我国伟大的思想家、教育家。他遵循"有教无类"的理念,一生中除了9年在外为官,大部分时间都是在教书育人、著书立说。1192年,朱熹来到建阳,定居考亭,创办沧洲精舍,亦即考亭书院。一经建成,声名远扬,吸引大批全国各地士子前来求学。据史料记载,当时到考亭受学的士子门人达500多人。如果说,朱熹的理学思想是他留给社会的精神财富,那么,考亭书院则是他留给家乡的文化遗产。

"二号"蔡元定(1135—1198),在理学创建中影响最大。蔡元定是南宋著名理学家、律吕学家、堪舆学家,朱熹理学的主要创建者之一,被誉为"朱门领袖"、"闽学干城"。著名文学家、爱国诗人,"南宋四大家"之一的杨万里,当年保荐蔡元定时称:"蔡元定性情迈豪,器识宏深,道德文章足以仪型于当时,著书立言足以垂范后世。与朱熹疏释六经、语、孟、学、庸之书,每有洞明自得之妙。"蔡元定一生不曾当官,而我这个小小"芝麻官",不论是在位时,或者是退休后,对他"独行不愧影,独寝不愧衾"的自律意识,始终十分敬佩。

"三号"刘爚(1144—1216),在"七贤"中官职最高,位至工部尚书,卒后被赠金紫光禄大夫,封建阳开国男。刘爚年青时追随朱熹,在马伏建"云庄山房",讲学论道,著作有《周易解》《礼记解》《四书集成》等。他最先奏请朝廷刊行朱熹《四书集注》，将朱熹制定的《白鹿洞学规》颁示国子监和太学，为朱子学传世，立下不朽功绩。

"四号"黄干（1152—1221），是最受朱熹器重的弟子。黄干侯官（今福州）人，因仰慕朱熹，年轻时前来拜师，朱熹赞其"志坚思苦。"淳熙九年（1182），朱熹将次女许配给黄干。作为朱熹的衣钵传人，黄干在朱熹身边二十余年，鞍前马后，助其授徒。中年出仕后，谨遵师道，在匡世济民的同时，重教兴学，砥砺士风，在各地任职期间，修建了不少书院，并经常到书院讲学传道。其中，在建阳创办了环峰书院和潭溪精舍（书院）。着有《四书通释》《黄勉斋文集》《易解》《仪礼通解》等。

"五号"熊禾（1253—1312），品性高洁，最有骨气。元初著名理学家、教育家。幼年颖慧，有志于濂、洛、关、闽之学。熊禾是朱熹的三传弟子，得朱熹晚年同黄干论学之要旨。登南宋咸淳十年（1274）进士，受任汀州（今属福建）司户参军，颇有政绩。他出生在宋末，主要活动在元初。宋亡之后，誓不仕元。隐居之初，在武夷九曲的五曲晚对峰，构筑"洪源书室"，以其崇高的气节、精深的学识，吸引一大批学者和文士，人们尊其为师长，与其共研讨义理。熊禾名声大噪，"四方来学者云集，粝食涧饮，日以孔孟之道相磨石龙。"因而盛誉天下……

"六号"游九言（1142—1206），不畏权贵，骨头最硬。游九言是"程门立雪"主人公游酢的后裔，他长期在家乡麻沙镇长坪村讲学授徒，宣传程朱理学。当朱熹遭受朝廷打压，"庆元党禁"发生后，不少学者怕受牵连，改换师门，阿谀权贵，而游九言却冒着罢官落职的风险，公然对抗朝廷，大力颂扬理学，最终被贬去官职。端平年间，理学平反，游九言被追授为直图阁士。其著作《默斋遗稿二卷》，被收入《四库全书》。

"七号"叶味道（1167—1237），无端蒙冤，最具传奇。叶味道学问精深，当年参加礼部考试，名列第一。不料主考官认定他思想有明显的程朱理学倾向，视为"伪学之徒"，断然将其除名。一顶原本属他的状元桂冠，无端旁落，遭人剥夺。叶味道回到家乡后，兴办书院，坚持讲学。直到理宗皇帝即位时，才被召回，得以重用，官至秘书省著作佐郎。所著有《易会通》《四书说》《大学讲义》等，后代学者称其为"溪山先生"。

在这组群雕东头基座上所刻的黑底金字简介中，有这样一段文字："为纪念七贤教化里人功绩，特立'潭阳七贤'群雕铜像，以寄邑人崇敬乡贤、慎终追远之情。""潭阳七贤"堪可敬，铜像一组表寸心。建阳人民，耗费财力物力人力，真诚地为这些对家乡、对社会做出不同贡献的历史人物，精心造像、树碑立传，不是为了标榜，而是为了追思；不是为了张扬，而是为了传承。

【原载《考亭文苑》2020年第6期】

走近"花园口"

今年6月,是花园口决堤80周年。

1938年5月19日,侵华日军攻陷徐州,沿陇海线西犯,郑州危急,武汉震动。6月9日,为阻止日军西进,蒋介石政府采取"以水代兵"的办法,下令扒开位于河南省郑州市区北郊17公里处的黄河南岸渡口——花园口。史称花园口决堤,又称花园口事件,是中国抗战史上与文夕大火(长沙大火)、重庆防空洞惨案并称的三大惨案之一。

去年仲夏,应邀赴河南新乡参加一个作家采风活动。返回途中,我决意要去花园口走一走,看一看。于是,选定郑州火车站附近一家旅馆下榻。次日一大早,我们从火车站广场,先乘坐32路公交车,后换乘小三轮,马不停蹄,赶往花园口"扒口处"。这里,只有一座浮雕纪念碑,顶端横排着八个金字:"一九三八年扒口处",其下是几组浮雕。我们拍了几张照片后,匆匆东进。须臾功夫,来到"花园口事件记事广场"。

大概是来得早,并无其他游客。我和老伴,闲庭信步,登上位于"记事广场"中央的圆形高台。站在高台上,既可浏览广场周围的景色,也可欣赏百米以外的风景。广场南端,是一面高两米多、宽几十米的粉红色浮雕石壁。上面有"决堤扒口"、"灾民流离"、"洪水泛滥"、"黄河归故"、"日寇侵华"、"堵口会谈"、"生态灾害"、"复堤斗争"等八组以图案为主,配以中英文对照的雕刻。这,是中华民族奋斗史的缩影;这,是花园口悲壮的诉说。

浮雕墙东西两侧,各有一个六角纪念亭。东侧纪念亭中央,有一河南省人民政府、水利部黄河水利委员会，1997年8月28日所立的"黄河花园口掘堤堵口纪念碑"。碑文在记述黄河掘口和堵口过程及背景的同时，记录了中国共产党与国民党的堵口的会谈，共产党领导人民开展的复堤斗争，以及共产党在参与堵口过程中的积极主张、付出的努力与所作的贡献。西侧的纪念亭里，有块"花园口工程纪实"石碑，正面是数百字"纪实"，侧面有蒋介石的题词："济国安澜"，楷书，繁体，落款为"蒋中正"三个字。

广场东西两边空地上，分别是以"黄河颂"为主题的九曲长廊，以及"黄河河韵碑林"。长廊为通透式砖木结构，两侧"墙"上，布设有一幅幅与黄河密切关联的大幅图片；"碑林"中，既有毛泽东、江泽民、胡锦涛、乔石等党和国家领导人的题词，也有启功、沈鹏、张九龄等书法家的作品。广场北面，黄河大堤前，立着一座纪念碑，上面刻有"安澜"二字，在灿烂阳光照耀下，显得既凝重，又肃穆。黄河大堤里侧，镶嵌的毛主席手书："要把黄河的事情办好"白底红字标语，遒劲有力、分外醒目。我们站在黄河大堤栅栏边，举目西眺，一座大桥飞架南北，大小车辆如蚁移动……

近日，重温花园口参观的情景，欣赏手机中的那些照片，查阅相关史料，花园口事件的过往历史，便在眼前鲜活起来。慢慢的，花园口幻化成一位悲壮的"历史证人"，滔滔不绝诉说着"扒口"的功过是非。

花园口决堤，并非心血来潮的临时决定。早在1935年，便有"中日交战时，可决黄河之堤将敌隔绝于豫东，藉以保全郑州"之议案；之后，冯玉祥、白崇禧，也曾向蒋介石建议放黄河之水制敌；1938年4月3日，陈果夫建议在武陟决堤；姚琮建议在刘庄、朱口决堤；陈诚则转呈王若卿建议，在黑岗口决堤。就连蒋介石的德国顾问法肯豪森，也曾提出："……最后战线为黄河，宜作有计划之人工泛滥，增厚其防御力。"时任国民革命军陆军新八师参谋的熊先煜在战后的回忆录中写道：我手中搜集有众多国民党要员向蒋建议"以水代兵"的函、电。无疑，所有这些，都为花园口掘堤埋下了"伏笔"、提供了"依据"。

花园口决堤，给日军攻势带来不小麻烦。单从军事层面看，决开黄河大堤具有一定作用：首先，它形成了新的黄河河道，生成新的天险，从而阻止了日军的西进，使得中原地区又多守了六年而没有沦陷，保证了大后方的安全；其次，花园口决堤，也是中日双方沿着黄泛区边界东西对峙的开始，使得日寇迟迟不能打通"大陆交通线"，迟滞了日军军事调动和战略物资运输；再次，以水代兵，直接消灭了日军精锐部队万余。日本防卫厅防卫研究所战史室编写的《中国事变陆军作战史》中，有这样一段文字记载：（6月）"29日，方面军在徐州举行联合追悼大会。仅第二军死于洪水人数便达到7452名之多。"

花园口决堤，给平民百姓造成巨大损失。黄河掘口，是中国抗战史上极其沉痛的一笔。国民政府《豫省灾况纪实》中，勾勒出这样一副"灾难图"：黄泛区居民因事前毫无闻知，猝不及备，堤防骤溃，洪流踵至；财物田庐，悉付流水。而据抗日战争胜利后国民政府行政院统计，花园口决堤，酿成1250万人受灾，391万人流离失所；85万人死亡的空前灾难。另据当时《河南省黄泛区灾况纪实》记载："攀树登屋，浮木乘舟，以侥幸不死者，大都缺乏衣食，亦皆九死一生，不为溺鬼，尽成流民。花园口决堤，受灾最大的县有44个。其中，河南20个、安徽18个、江苏6个，影响范围约3万平方公里，淹没耕地1993.4万亩，经济损失折合银元超过10亿元……黄河改道，虽然为国民政府争取了喘口气的时间，可4个月后的1938年10月，武汉仍然失守，难逃失陷命运。

有道是，不破不立。殊不知，破易立难。单是花园口堵口过程，就经历了许多艰难曲折。1946年3月1日，花园口堵口工程开工典礼举行。在黄河故道无水的7年中，两岸老百姓逐渐从岸上迁徙到这条长600余公里、宽约6公里的河床上，垦荒耕种，休养生息。黄河故道日渐形成了1700多个村庄，生活着40多万人口。国民党当局以"拯救黄泛区人民"为名，暗藏"以水代兵"水淹解放区的祸心。共产党以大局为重，在同意黄河堵口归故计划的同时，提出先复堤，迁移河床居民，后再堵口的合理主张。从1946年初到1947年初，周恩来作为中共驻重庆首席代表，与国民党当局和联合国善后救济总署的代表进行了十数次有理有节的艰苦谈判，先后达成《开封协议》《菏泽协定》《南京协定》《上海协议》，为堵口安全有序进行，争取了必要条件。堵口过程，虽然一波三折，最终大功告成——1947年3月15日，花园口合龙，滔滔黄河水，奔向故道，安然入海……

水利水利，治理好了是利，治不好则是害。1952年10月31日，新中国成立后第一次出京的毛泽东，就在黄河南岸步行登上邙山，眺望黄河水势，查看黄河铁路大桥，郑重发出"要把黄河的事情办好"的著名号召。从此，拉开了治理黄河的序幕……有道是，不仇于过往，不忘于历史。黄河滔滔，岁月悠悠。唯有不忘历史，方能吸取教训。花园口事件过去已整整八十年了，是非功过，历史自有评说。我们现在所要做的，是认认真真、实实在在地"把黄河的事情办好"，藉此告慰当年的死难灾民，恩泽中华民族，造福子孙后代。

【2018年6月5日香港《文汇报》发表时题为《花园口，悲壮的"历史证人"》】

龙脊梯田畅想

梯田，是在山坡上开垦而成的水田。龙脊梯田，位于广西龙胜各族自治县龙脊镇平安村龙脊山，距县城22公里，距桂林市区80公里。孟冬时节，陪夫人前往桂林观光，专程近距离欣赏了一回龙脊梯田风光。

龙脊梯田，指金坑（大寨）瑶族梯田、平安壮族梯田。始开于元朝、完工于清初的龙脊梯田，最早已有六七百岁了。当地古壮寨的传统节日——延续至今的"开耕节"——也有650多年的历史。因为梯田的景色，随着季节的变化而变化，每年吸引着无数天南地北的游客，前来观光游览。

那天上午7：30，我们从下榻的桂林市鸿丰·景城国际大酒店乘坐大巴出发，前往金坑（大寨）瑶族梯田观光。说来也巧，我在酒店大堂等车时，顺手翻阅头天的《桂林晚报》，一则消息吸引了我的眼球：2017年11月24日上午，在联合国粮农组织罗马总部举行的全球重要农业文化遗产专家组会议上，中国南方稻作梯田（包括广西龙胜龙脊梯田、福建尤溪联合梯田、江西崇义客家梯田、湖南新化紫鹊界梯田）获得原则通过，被认定为"全球重要农业文化遗产"。正式授牌仪式将于2018年4月第五次全球重要农业文化遗产国际论坛上举行……这则消息，立马激发了我的好奇心、增添了我的兴趣度。

我对梯田，并不陌生。1965年，随父母从福建沿海移居闽北山区，在一个名叫"鹅峰"的小山村安家落户后，不单见识了梯田，而且亲近过梯田——多次在梯田中劳作过。由于山区气温偏低，梯田一年只种一季晚稻。而聪明的当地农民，每每不失时机，在梯田的田埂上"套种"大豆。既能充分利用有限的土地资源，又能提高光、热、水自然资源的利用率，算得上是一项促进增收、一举多得的农耕农艺。只是，当年少不更事，从来不曾多想过，以为梯田也像小溪大山一样，"天生就有"的一般。

我们这次桂林之行，是临时组合的"散团"。20多位游客中，分别来自厦门、南京、上海、唐山、哈尔滨，以及内蒙古包头等地。途中，梳着两条小辫子、穿着一件红外套的导游小王，热情的向大家介绍梯田概况。龙脊连片梯田有70平方公里，梯田总面积26万亩。其中，核心区梯田10734亩。这里的梯田，坡度大，最大坡度达50度；层级多，最多达到1100多级；落差大，连片梯田分布在海拔300米至1100多米之间，最大高差800多米。龙脊梯田是一代又一代龙胜人，根据龙胜山多土厚的地理条件，因地制宜，合理利用自然资源，通过"刀耕火种"开山造地，开辟出适合耕种的梯田，是中国南方稻作梯田的典型代表。2014年，龙脊梯田系统，被国家农业部评选为"中国美丽田园？梯田十大景观"之一。

"金佛顶"，海拔较高，视野开阔，是观赏金坑梯田全景的好处所。那天，我们从山下停车场乘坐缆车向"金佛顶"上缓缓升去。在全程十五分钟时间里，与我们夫妻同坐一个"吊篮"的，是一对南京母女。女儿是一位身着便装的年轻军官。只见她不时用手机抓拍，母亲则不止一次发出感叹："壮观，实在壮观！"听了这话，我脱口而出：现在的景色，只能算一般。春天，梯田蓄水待种，一片白茫茫；夏日，禾苗茁壮成长，满眼绿莹莹；秋天，稻谷即将成熟，举目金灿灿，那才真叫壮观呢。

可惜，我们来的"不是时候"，满山坡的梯田里，只剩下一行行、一列列的"稻兜"，与田塝上的枯草近乎"同色"，像是披上一件黄色的、不厚不薄的防寒外衣。

坐在缆车上，向下俯瞰着，除了若干位于顶端的水田，比较"开阔"，且呈"块状"外，其余梯田都很狭窄、全是"带状"。有的田最窄处，约1米左右，最宽也不过二三米。联想到导游在车上滋滋有味、津津乐道的"长发女"——当地妇女头发大多都能垂到地上，发长达1米以上的妇女就有60多名，最长者为2.14米。因而，获得大世界基尼斯总部颁发的"群体长发女之最"的证书呢。想到这里，一个问题在心中生成："龙脊梯田，单坵最长的有多少米？"于是，先问导游，答曰："不知道。"再请教"金佛顶"上几个卖烤红薯、烤玉米、牛角梳、手织布之类的老妪，同样答非所问。在写本文时，我特意上网搜索，同样毫无所获。说来奇怪，迄今为止，怎么就没有人留心过、关注过这个"问题"呢。

梯田，顾名思义，都是顺着山体一层一层开垦出来的。可想而知，在纸上画几条长度不等的"并行线"尚且不易，没有测量仪等设备的先民们，是如何开垦这么一层层梯田的？在"金佛顶"长廊中小憩时，面对眼前一坡又一坡、一陇又一陇的梯田，我若有所思地问老伴：你当过"知青"，在农村生活过，你猜猜这些梯田是自上而下开垦，还是自下而上开垦的？老伴不假思索道：水是往下流的，梯田应该是自上而下开出来的。我则认为，先民们住在山脚下，就近开垦更为方便，自下而上开垦的可能性更大些。

结束了"金佛顶"观景，在前往"云仙阁酒店"用餐途中，但见路边旧屋内一块《龙脊梯田农耕文化简介》牌子上，有这样一段文字：龙脊的先民们为了生存，为了"填饱肚子"，不断向高山要粮，开荒种田。从水流湍急的溪谷，到云雾缭绕的山峦，凡是有水源的地方，用人力开沟，把水引入田中，顺着山势，从下往上，开垦梯田，砌好下坵的田坎后，剥掉上坵的表土，做下坵的肥泥。如果遇上巨石，就架起高高的柴火堆点火，把石头烧红后，泼上冷水，利用热胀冷缩的原理将其分裂。为了检测每块田的平面是否高低一致，先民们砍来楠竹，打通竹节做"水平仪"，平整田块。先在田里种上旱地作物，待田块定型以后，再灌水犁田种植水稻。

"民以食为天"。而"食"占了"饭"字的"半壁江山"。"饭"一旦少了"食"，只剩下"反"了。造字者的用心良苦，由此可见一斑——于无声中警示后人：芸芸众生，无食则反。正因此，毛泽东当年说过，"手中有粮，心里不慌。脚踏实地，喜气洋洋。"冷静想想，土地，是天下太平的基础，岂止是"农民的命根子"。

龙脊梯田，层层叠叠，弯弯曲曲，堪称"壮观"。站在龙脊山顶上，放眼望去，白雾蒙蒙，随风飘移，脚下数不胜数的梯田，如潮水般涌起，波澜壮阔、排山倒海，形成一个张扬着力与美的梯田族，呈现出一种粗犷的美，令人震撼、发人怀想。龙脊的先民们万万没有想到，当年为了填饱肚子、养活子孙，用血与汗开垦出来的梯田，今天竟成了一个伟大的艺术杰作，屹立在世界的东方。我在想，这大概是每一位开垦梯田的先民们不曾想到的。我又想，第一批开山造田的先民，不知道他们的姓名、性别，多大年纪、何方人士，从何时正式动工，用了多长时间，付出多少艰辛，于何时成功开出第一块水田，但其创举是名副其实的"前人栽树，后人乘凉"。一代又一代的"后人"，都会感恩他们、缅怀他们的。

【原载 2018 年 1 月 23 日香港《文汇报》】

"红井"情思

"井"字,始见于商代。传统认为甲骨文的"井"字,模拟的是木料或石料围起来的井栏杆,中空为井口。在远去的古代,没有自来水,人们饮水远不如今天方便。为了解决这个不大不小的问题,原始部落大都依河而建、傍水而居。后来,随着时代的进步,当近水居住无法满足社会的发展需求时,人们就发明了一个新的方法——挖井。

很多人对井都不陌生;我对井更多几分情感。我的出生地——兴化平原,是福建四大平原之一,水资源更为珍贵些。农田灌溉主要靠水库、水塘,居家用水,全靠水井。我们村,村头那口井,寒来暑往,年复一年,每天从早到晚,都有人前去取水。那时年少,无力挑水,有时紧跟挑着水桶的父亲或者母亲,屁颠屁颠的前去"欣赏"。从井里打水,要有点技巧。先将系着长绳的小桶放进井里,在它接触到水面自然躺倒,桶里有了一些水后,适当加力,轻轻提起,快快放下,反复几次,小桶便装满了水,用力将它提至井口外,倒进水桶里。通常要五六小桶,方能装满两大桶。印象最深的,是寒冬腊月,气温骤降时,那井里还会"冒热气"呢。

上学后,记不清小学几年级,一篇语文课文,题目叫做《吃水不忘挖井人》,叙述的是江西瑞金沙洲坝一口井的故事。文章不长,印记不浅。几十年来,很想到实地去看看,可是一直没能如愿。今年,是中国共产党成立100周年。为了庆祝这个披荆斩棘、赴汤蹈火、继往开来、铸就辉煌的历史节点,江西省委党史研究室与省政府新闻办,在江西发布新媒体平台推出"党史故事"系列作品。其中第十八期《谁叫旱龙吐甘水——毛泽东与"红井"》,

再次燃起我对"红井"的浓烈兴趣。

当年中央机关从叶坪搬迁至沙洲坝，这里成为中央革命根据地的心脏。踏上瑞金这块具有光荣历史和革命传统的红色土地，"红色故都"保留着的许多富含历史意义、极具教育价值的革命旧址——沙洲坝革命旧址群、叶坪革命旧址群、乌石垄的中央军委旧址、大阜乡的红军大学等，每一处都有一段传奇而又艰辛、神秘而又壮烈的红色故事，令人目不暇接，使人心灵震撼。

那天，我们来到沙洲坝后，参观的第一个革命旧址，便是中华苏维埃第二次全国代表大会旧址，1934年1月22日至2月1日，中华苏维埃第二次全国代表大会在瑞金中央政府大礼堂召开。大会通过《中华苏维埃共和国宪法大纲》等决议案和关于国旗、国徽、军旗的决定，选举毛泽东等175人为第二届中央执行委员会委员；大会还选举了中央工农检查委员会，委员35人。这座由"二苏大会"准备委员会监造的大礼堂，大门正上方，是一个以红色五角星为主的"徽章"，左右两边各有一个金黄色镰刀斧头浮雕，红五星下方两行红色文字为："中华苏维埃共和国临时中央政府"。

导游小妹热情满满，侃侃而谈：眼前这座今天看来造型普通、设施简陋、其貌不扬的大礼堂，有三个不凡特点：一是便于疏散，在礼堂四周共有17道门；二是视线良好，无论坐在大厅内哪个位置，都可以看见主席台；三是回音效果佳，不用麦克风，可以清晰听到台上的讲话。"用心良苦，匠心独具。"参观者中，有人发出这样的感叹。

与中央政府大礼堂距离不远的"红井"，就静卧在瑞金市沙洲坝村，距离市区约7公里。导游绘声绘色地解说，我们静心静气地聆听。沙洲坝，这个原本只有百多位村民的小村子，拥有中国第三大喀斯特地貌群，仅石灰石的储量，就达到8.8亿吨。村中，一条多沙的旱河坝穿插而过。因为储水不易，以致土壤干裂。当地曾经流传着一首颇具调侃意味的民谣："沙洲坝，沙洲坝，三天不下雨，无水洗手帕。"

井，不论深浅，不管大小，只有建材不同，并无颜色之分。之所以称之为"红井"，与红军有关。

1933年4月，毛泽东随临时中央政府机关由瑞金叶坪迁到沙洲坝。毛泽东发现村民们的饮用水，都是从池塘里挑回的浑浊之水，便寻思着为群众解决吃水的难题。为此，毛泽东找来乡苏维埃政府主席和村里几位长者，提议在村里打一口井。孰料，长者们极力反对："毛委员，沙洲坝是旱龙，可打不得井哩！打了井，就断了我们的龙脉，龙王会怪罪的。"毛泽东耐心说服村民，并召开群众大会，决定在村口开挖一口井。

打井这天，毛泽东带领几个红军战士破土动工。在他的影响下，许多村民纷纷加入，挖井的挥镐扬锹，挑土的你追我赶，不到一天工夫，井就挖成了。欣喜的村民，争着去挑水。可是没过几天，前来挑水的村民越来越少了。原来，由于缺乏经验，打井时没铺木炭和沙石，井水喝起来有股土腥味，加上附近有座坟场，群众便不愿喝这口井里的水。

导游稍作停顿，用恭敬的语气说，毛委员经过调查，找到乡苏维埃政府干部，在池塘的另一侧重新确定井位，并让警卫员准备好木炭和沙石。井打好后，他亲自带领干部下到井底，在底层先铺上一层木炭，而后再铺上沙石，这样连铺了三层，一口直径85厘米，深约5米的水井便打好了。这一次的井水，又清又甜，没有异味，村民们终于可以喝上称心水了……

红军长征后，国民党反动派企图割断人民群众对红军的思念，多次派人前来填埋这口井。当地百姓针锋相对——敌人白天将井填了，群众夜晚把井挖开。如此反复几次，最终保住了这口水井。1950年，瑞金人民为迎接中央南方老根据地慰问团的到来，将这口井维修后取名"红井"，并在井旁立了一块木牌，上面写着两句话："吃水不忘挖井人，时刻想念毛主席"，以示人民群众对毛主席和中央红军的怀念与感激之情，后又将木牌改为石碑。1961年3月，红井被国务院列为"全国重点文物保护单位"，成为全国重点红色教育景点之一。

历史证明，紧紧地和中国人民站在一起，全心全意为人民谋利益，是中国共产党及其领导下人民军队的庄严承诺与行动准则。那天，我在井边逗留期间，发现许多游客，不论年龄，不分性别，除了留影、追思、观看外，不忘捧喝一口"红井"水，喝下去的仿佛不是寻常水，而是兴奋剂一般——心灵受到洗礼的兴奋、精神受到震撼的兴奋。

走近"红井"情切切，面对"红井"思悠悠。古人云，"以史为镜，可以知兴替。""红井"如同一面镶嵌在共和国大地上永不生锈的明镜，不但折射出一段特定历史,而且折射出一条特殊定律:任何时代、任何政党,只有设身处地、真心诚意为人民谋利益,才能赢得广大人民群众的拥戴。反之,纵使一时得势,貌似外表强大,迟早也会被人民所抛弃、被历史所淘汰的。

依依不舍告别"红井"的那一刻,脑际闪过毛泽东带领红军战士与当地村民挥汗如雨挖井忙的场景,情不自禁吟出四句:"领袖带头把井挖,清泉甘冽绽心花。为民谋利彰宗旨,再创辉煌万众夸。"

【2021年3月6日香港《文汇报》发表时题为《面对红井思悠悠》,2021年6月16日《党史信息报》以《"红井"映初心》为题刊发】

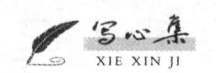

油菜花开

"不知细叶谁裁出,二月春风似剪刀。"春风,是神奇的魔术师,能裁出细叶,能催开繁花。

和着春天的韵律,油菜花,如蚕破茧,忘情开放,如梦初醒,清香浮动。家乡遍地金黄的油菜花,给村庄平添了一道靓丽的风景线。

花好月圆,花开富贵。古往今来,人皆爱花。而在百花家族中,牡丹霸气,"啊牡丹,百花丛中最鲜艳,啊牡丹,众香国里最壮观……"一曲《牡丹之歌》,唱了四十多年,百唱不厌,广为流传;梅花神气,就连领袖诗人毛泽东,也对牡丹情有独钟,不单创作了《卜操作数·咏梅》,而且在《七律·冬云》中吟咏:"梅花欢喜漫天雪,冻死苍蝇未足奇";玫瑰娇气,电影《泪痕》插曲中唱道:"在我心灵的深处,开着一朵玫瑰,我用生命的泉水,把它灌溉栽培";茉莉福气,今年元宵节,宇航员王亚平,在太空用古筝弹响的一首中国传统音乐,便是《茉莉花》。一时间,茉莉的芳芬,飘散在苍穹。福气之大,可见一斑!

古往今来,多少文人墨客,为百花挥毫泼墨;多少艺人名家,为百花纵情吟咏。油菜花,却是例外。油菜花,颜色单一,花朵不大。殊不知,貌似平凡的油菜花,活力四射,慎终如始,不是镀金,胜似镀金。油菜花,喜热闹,不爱一花独放,总是成片盛开。在油菜花开放的鼎盛期,走进如披黄袍的田间地头,仿佛畅游在金色的海洋里。

春日的一天上午,走在故乡的田野上,大片盛开的油菜花,黄的可爱,黄的淘气,让我眼睛为之一亮、精神为之一振,情不自禁的想起与油菜花有关联的点滴往事。

我的第二故乡——闽北一个名不见经传的小山村,山清水秀、田多人少、山高水冷、树多花少。当春风挤进山村时,成片的油菜花,相邀增春意,相映添秀色,宛如一幅醉人的山水画,真有点"山重水复疑无路,柳暗花明又一村"的意境。这,是我此生最早见过的油菜花。

江西,是油菜大省。江西最诱人的油菜花,在婺源"江岭"和被誉为"全球十大最美梯田"之一的"篁岭"。每年桃红柳绿时,婺源油菜花,成为吸引八方游客的最美景色、最佳资源。那年四月,我和几位老友游览篁岭时,粉红的桃花、洁白的梨花,与梯田里黄得活泼的油菜花、古村中白墙黛瓦的民居房,遥相呼应,构成一幅幅惟妙惟肖的天然画卷。那,是我所见最为壮观的油菜花。

福建上杭,古田会址名扬天下。随着旅游业的兴起,当地在发展古田会议会址景区红色旅游的同时,着力打造生态旅游品牌,百亩油菜花成为亮丽的田园景观,单是会址景区前,就达四十多亩。那年三月里,专程前往古田,体验红色旅游。古田会址前,密麻麻、金灿灿的油菜花成片盛开,与"古田会议永放光芒"红色标牌,以及会址背后吐绿滴翠的树木,相映成趣,竞秀媲美,人们争先恐后走进油菜地里,各自取景,留影拍照。她,是我见过最具诗情画意的油菜花……

"墙角数枝梅,凌寒独自开。"油菜花,同样经历了苦寒。其名气所以不如梅花,既因香味没有梅花那般浓郁,更因长在田间、成片开放,自然就够不上"物以稀为贵"了。

我之所以对油菜花情有独钟,不单因为其花黄花美,而且与之打过交道,有过一段亲密接触。少年时代,适逢"文革",无书可读、无处可去的我,小小年纪便参加集体劳动,亲历过油菜种植、管理与收获的全过程,尤以油菜施肥,记忆最为深刻。

庄稼一枝花,全靠肥当家。油菜过冬前,需施足底肥。这样,来年春季,才能花开茂盛、多结果实。现如今,给油菜施肥,不论是氮肥、磷肥,还是钾肥、尿素等,用量小,肥力强,既不重,又不脏。上个世纪六七十年代,给油菜施肥,则是名副其实的脏活累活。我生活的鹅峰村,与镇上距离二十里，只有一条路面不宽、坑洼不平的沙土"盲肠路"。不知是化肥供应困难，还是为了节约成本，油菜施肥，就地取之——牛粪。

事非经过不知难。那时，还是大集体，生产队养了二三十头黄牛、五六头水牛，除了放牧、犁田，多半时间关在牛栏里。每天丢进一些稻草，一来给牛充饥，二来充当"床垫"。闽北地多人少，晚稻收割后，在田间地头合适的位置，立起一根长约四米的杉木，底部用三根短小木棒支撑作为"轴心"，一把一把的稻草，绕着"轴心"，自下而上，一层一层，压得实实的，先是由小到大，而后逐渐收缩，堆成"一串一串"稻草垛。许多稻草垛，是牛的粮仓。队里负责放牛者，每天半下午从草垛上拔取二三十把稻草，用长竹竿挑回，分撒到牛栏里，给牛们当"点心"。没吃完的稻草，与牛粪混杂在一起。日积月累，牛粪厚达几十厘米。

那时，气温比现在低。刚挖出来的牛粪，还有点温度，待挑到地里，就冷冰冰了。为了均匀施肥，扯不断理还乱的牛粪，不能用锄耙，只能用手抓。每株油菜兜下，扑上一把牛粪。寒冬腊月，冻手冻脚。第一次施肥，我战战兢兢、畏畏缩缩。老队长见了，热情开导：你不是喜欢油菜花吗？没有牛粪臭，哪有菜花香？看看一队之长和其他社员，一个个毫无顾忌的抓牛粪，我也就有畏无惧了……

梅花香自苦寒来。菜花其实也一样。古人有诗曰："苦度冬寒养壮身，欣迎春暖献万金。连天接壤黄蜂喜，粉蝶双飞笃信晴。"油菜花，名气不大，贡献不小，看似平凡，却有真意。乾隆皇帝曾写下一首《菜花》诗："黄萼裳裳绿叶稠，千村欣卜榨新油。爱他生计资民用，不是闲花野草流。"感慨之余，赋诗一首：春风初到菜花开，金海蜂飞映雾白。不与百花争秀色，但求结籽送油来。

【原载 2022 年 4 月 9 日香港《文汇报》】

第二辑 人物篇

郑成功与"国姓井"

井为何物,尽人皆知。井也有姓,知者不多。郑成功当年屯兵东南沿海时,为解决将士们饮水困难而开挖的水井。后人饮水思源,称其为"国姓井",意指"国姓爷"开挖的井。闽南一带,但凡郑成功军队重要驻地,便有"国姓井"。单是厦门岛,就有鼓浪屿上"国姓井"、延平公园内"国姓井"、厦大映雪楼后"国姓井"、高崎村中"国姓井"等。其中,除了少数还在正常使用外,多数已变身为与郑成功有关联的历史遗迹。

"国姓井",一边系着郑家军,一边连着老百姓。今年是郑成功逝世360周年。六个甲子过去了,郑成功依然活在炎黄子孙的心中。前日上午,天蓝云白,风清气爽,我怀着对郑成功的尊崇之情,先乘公交,而后步行,特意走近位于集美街道浔江小区尚南路1号归来园南部20米开外的那口"国姓井",怀想郑成功、追思郑成功。当我来到归来园大院前,向门卫说明来意后,一位操着闽南口音的中年人,指了指左前方说:"就在那边的路下方。"我照其示意,穿过一座小花园,在尚忠路口旁,一个方形水泥井台赫然入目。井的一侧,立着一方"文物保护"的石碑。抵近观察,发现边长约90厘米、高约60厘米的井台四周,都有"国姓井"三个魏碑浮雕。因为不再使用了,井口加锁铁栏盖,一棵从井壁上生长的小叶榕,俏皮的探出"头"来,似在诉说它与郑成功有关联的故事。

郑成功(1624-1662),本名森,又名福松,字明俨、大木。福建泉州南安人,祖籍河南固始。明末清初军事家,抗清名将,民族英雄。弘光时监生(明清两代取得入国子监读书资格的人,称国子监生员,简称监生),

因蒙隆武帝赐明朝国姓"朱",赐名成功,并封忠孝伯,世称"郑赐姓"、"郑国姓"、"国姓爷",又蒙永历帝封延平王,称"郑延平"。郑成功治军严明,且经常亲身督战,身先士卒,视死如归。永历七年(1653),清军围攻福建历史上四大商港之一、位于今龙海市海澄镇西南九龙江下游江海汇合处的海澄镇。郑成功为鼓舞将士,从厦门亲临海澄,登上炮台督战。清兵炮火齐发,部将合力将郑成功拉下炮台。郑成功刚刚离开,清军的炮弹正好落在郑成功的座位上,"空座"旋即被击的支离破碎……

厦门,是郑成功历史活动的重要舞台,他一生中最重要的时光是在厦门度过的。顺治二年(1645),清军攻入江南;之后不久,郑成功率领父亲旧部,在中国东南沿海抗清,成为南明后期主要军事力量之一,一度由海路突袭、包围清江宁府(原明朝南京),终遭清军击退,凭借海战优势,固守泉州府的海岛厦门、金门。顺治三年(1646)秋,清兵进攻福建,隆武帝被生擒,郑成功的父亲郑芝龙,掌握隆武朝廷军权,在汉奸洪承畴的勾引下,率兵投降了清朝。郑成功反对父亲隆清,率领部下先在广东南沃岛起兵,继而挺进厦门鼓浪屿,顺治七年(1650)占领厦门、金门两岛。之后与清军展开不断的战斗,逐步收复了福建漳州、泉州地区,并控制了北至浙江舟山,南至广东潮惠的东南沿海地区。

1659年夏,郑成功率水师10余万北上,经舟山溯长江,连克瓜州、镇江等城。7月围攻南京,误中清江南总督郎廷佐的强兵计,折兵回厦门。翌年,清军分三路进攻厦门,被郑成功击退。郑成功在坚持抗清的同时,又与侵占我国领土台湾的荷兰殖民者展开长期的斗争。顺治十八年(1661)率军横渡台湾海峡,翌年击败荷兰东印度公司在台湾大员(今台湾台南市境内)的驻军,收复台湾。1661年4月,郑成功率领两万余名将士跨过海峡,经过8个月英勇战斗,于1662年2月1日收复了被荷兰殖民者侵占达38年之久的中国领土台湾。天妒英才。郑成功收复台湾5个月后,因操劳成疾,不幸逝世,时年38岁。

时至今日,在闽南和台湾,流传着大量歌颂郑成功的故事与传说:明朝永历九年,郑成功偕同夫人董氏从厦门鼓浪屿回到故乡石井。一天早上,郑成功登上泉州南安鳌石山,站在"笔架凌空"石旁,眺望五马江景色。忽然,石井镇里传来一阵闹哄哄的声音。原来,故乡大旱,田地龟裂,庄稼枯黄,滴水如油，乡亲们靠着牛岭山麓那口小小的石井，从早到晚轮流提水。是时，数千郑家军在此驻扎，饮水、烧饭成了一大难题。心急如焚而又无计可施甘辉提督和叔父鸿逵，想要撤离石井，另择操练场地。郑成功得知后，语气坚定地说："石井素有'海都'之称，乃是屯师练兵之胜地，千万撤不得！"当郑成功连忙和董夫人来到大祠堂后，只见甘辉和鸿逵，被乡亲们团团围住，面前石埕上，排着一桶桶、一缸缸清清的井水，纷纷要郑家军收下。

眼见父老乡亲如此拥戴郑家军，郑成功既感到盛情难却，又顿觉心情沉重——单靠那口小小的石井，无法解决军民饮水难题。郑成功独自漫步海滩，苦苦地思索着。当他走到岸边相思树下时，忽然发现有成群的蚂蚁在爬行。郑成功喜上眉梢，赶快解下束腰玉带，把蚁窝圈了起来，立刻召甘辉提督带一队兵士前来，他胸有成竹地说："从本藩玉带所环之沙地挖下，必有清泉水。"果然，掘开沙地，不及五尺，一股清凉的泉水从土层里冒了出来，很快就咕咕响地涌溢出地面，掬口泉水尝尝，很是清淡甘甜。于是，将士们惊讶而又欣喜：这莫非国姓爷是东海神鲸转世的，束腰玉带是天上神仙的宝贝。郑成功听后淡然一笑："蚂蚁爬行迭窝，只有淡水淡地方能发现，若是咸水咸地，蚂蚁则难以生存。并非本藩玉带有什么神力能迫使龙王献出淡水，实为沙地之下有淡水源头，一经打开即喷涌而出。"自从在海边沙地上开凿出这口井后，郑成功觉得故乡不乏淡水源泉，便发动郑家军兵士，在故乡各处寻源打井。数日之内，接连挖出几十口水井，众乡民得到启发，也纷纷效仿，从而解决了饮水、灌溉的难题。后来，人们就把郑成功指导开挖的那口井，称为"玉带环沙国姓井"。

"国姓井"的传说，以郑成功在家乡训练士兵准备东征的历史事实为背景，附会在旧时沿海人民生活中最常见、最不可或缺的水井上，构成了一则表现人民拥戴郑成功和郑成功爱护老百姓的动人故事。一口口十分平常的水井，因为与郑成功的斗争事迹联系起来，也就显得不平常了。那天，离开"国姓井"前，我特意俯下身子，透过小叶榕的缝隙，但见清澈的井水，平静如镜，悄无声息。触景生思，怀想无限。"饮用国姓水，不胖也要美"的民谣，和着当年郑家军士兵打水时的欢声笑语，由远而近，若隐若现，在耳边响起……

【原载 2022 年 4 月 30 日香港《文汇报》】

陈嘉庚留给世人的……

古往今来，福星、禄星、寿星三星高照，一向是善良人们的美好愿望、美妙祝福。从历史悠久、源自中国民俗文化的"福文化"角度讲，陈嘉庚先生是一颗在苍穹熠熠发光的福星，为故国默默闪烁的福星。更为难能可贵的是，陈嘉庚在留下物质财富的同时，还为世人留下丰厚的精神财富。

陈嘉庚，只上过9年私塾。但富有远见卓识的他坚信"国家之富强，全在于国民。国民之发展，全在于教育，教育是立国之本。"为此，从1894年创办集美学塾开始，到1961年不幸逝世，除了在厦门、漳州、金门、泉州等地外，还在江苏、广州以及新加坡，开办多所不同类别、不同层级的学校。他的故里——集美——从昔日名不见经传的小渔村，发展成而今声名在外的大学村。

福建，地处东南沿海，境内山高岭峻、丘陵连绵，是名副其实的"八山一水一分田"。李白曾经感叹："蜀道之难，难于上青天！"假若李白到福建游历一回，一定会惊叹："闽路难行，难于蜀道！"

路，如血脉纵横，能舒筋活络。路，这头连着脚下，那头连着远方；这头放飞梦想，那头收获希望。正所谓，要致富，先修路。铁路，是国民经济的大动脉。早在二十世纪初，世界上经济发达的国家，铁路就已相当普及。可是，直到新中国诞生，福建广袤的土地上，尚无一寸铁路。陈嘉庚回到阔别多年的家乡后，忧上心头，感慨万千。由他极力倡议修建的鹰厦铁路，成为一条给福建大地添加生机之路、为八闽人民造福之路。

陈嘉庚先生为祖国、为家乡所做的好事善事，不计其数，举不胜举。他的人生，如同一支蜡烛，在燃烧自己、照亮别人的同时，还留下了有口皆碑、弥足珍贵的精神。2017年，中国人民大学出版社出版的一部赞颂陈嘉庚先生图书，书名就叫——《陈嘉庚精神》。

古人说："虽有智慧，不如乘势；虽有镃基，不如待时！"一个真正有智慧的人，懂得在特定历史条件下，顺势而上，尽力而为，做出利国利民的事。陈嘉庚先生，便是这样一个极具智慧的人。他的一生，在为祖国、为家乡留下光辉业绩的同时，留下了宝贵的"嘉庚精神"，赢得了全国人民、海外华侨的尊敬和爱戴，为世人树立了学习的光辉榜样。

在特定的社会环境下，陈嘉庚先生经历了跨时代，且复杂多变的历史阶段，集政治、思想、社会、经济、文教诸多方面成就之大成，形成一系列崇高精神和高贵品质，这些堪称"国粹"的精神和品质，是为"嘉庚精神"。

如同民族精神具有多样性一样，"嘉庚精神"的内涵，是丰富的，不是单一的，一串串俨如金色的硕果，集中体现在爱国爱乡、造福人类，公而忘私、诚实守信，嫉恶好善、刚健果毅，拼搏奋斗、勤俭朴素，与时俱进、革故鼎新等诸多方面。

"他爱国兴学，投身救亡斗争，推动华侨团结，争取民族解放，是侨界的一代领袖和楷模。他艰苦创业、自强不息的精神，以国家为重、以民族为重的品格，关心祖国建设、倾心教育事业的诚心，永远值得学习。"这是习近平总书记在纪念陈嘉庚先生诞辰140周年之际，给集美校友总会回信中对陈嘉庚的赞誉。

精神的力量是无穷的。人无精神则不立，国无精神则不强。精神之珍贵，由此可见一斑。有句成语叫，"取之不尽，用之不竭。"人世间，真正取不尽、用不完的，不是物质，而是精神。法国浪漫主义作家维克多·雨果说过这样一句话："脚步不能达到的地方，眼光可以到达。眼光不能到达的地方，精神可以飞到。"

人，有了物质，才能生存；人，有点精神，才算活着。金钱，是一种特殊的社会性物质存在。陈嘉庚生前常说："该花的钱千百万都不要吝啬，不该花的一分钱也不能浪费。"他是这样说的，也是这样做的。一生对自己、对子孙异常苛刻的陈嘉庚，对家乡、对国家却十分慷慨。单是抗战期间，陈嘉庚就带头，并组织南侨总会募捐70亿元支援祖国抗战，可他自己却过着简朴生活。

全国解放后，陈嘉庚回到故乡定居。一天，时任华东军区司令员兼上海

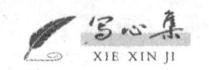

市市长陈毅,特意来到位于集美学村的陈嘉庚故居拜望嘉庚先生。眼前一幢年久失修的两层小楼,一间不大的办公室兼做卧室,床上挂着的蚊帐已经发黄,且打了好几个补丁。那蚊帐,是陈嘉庚在抗战时购买的……陈毅环视着屋里的陈设,不无感触的说:"嘉老,您让我想到了延安!"陈嘉庚微笑道:"比延安好多了,毛主席当年用的桌子比这个还破旧。我这些东西是旧了些,但都能用。"陈毅听罢,站了起来,踱步到窗前,望着窗外一幢幢陈嘉庚修建的学校高楼,由衷赞叹:"嘉老,您真是'先天下之忧而忧'呀!"

从一天五角的生活费,到一座两层的住宅楼,是陈嘉庚不懂享受吗?不是。他说:"我多省一分钱,也就为国家多存一分钱,积少成多,用来建设学校,振兴祖国,是我一生的心愿。"是陈嘉庚缺少审美观吗?不是。他主持修建的集美中学"南薰楼群"等,与厦大"嘉庚建筑"一样,中西合璧,匠心独具,都是国家级重点文物保护单位。

精神生生不息,精神代代相传。陈嘉庚先生留下的精神,万古长青,永不消逝,如当春发生的好雨,滋润着人们的心灵,萌发出造福的新芽。一串嘉庚精神,恩泽无数后来人;一串嘉庚精神,孕育万千新气象。

当曹德旺投资100亿元创办"福耀科技大学"的消息,传遍岭南塞北后,引起世人关注,引来如潮好评。澎湃新闻一篇文章的题目便是《新陈嘉庚诞生:曹德旺宣布捐款100亿办学》;搜狐《曹德旺豪气干云出壮举,出资100亿办大学,伟绩堪比侨领陈嘉庚》一文,开篇写道:"前有爱国侨领陈嘉庚倾资办学,厦门大学、集美学村都是他的杰作。今有中国首善曹德旺百亿出资,创办'福耀科技大学',兴学助教,一脉相承,他们都是福建人,杠杆的。"

是呀,但凡了解陈嘉庚的人,不管是官是民,无论是男是女,不分是老是少,提及嘉庚大名或嘉庚精神,眼里无不闪烁着同一种光芒。其背后,折射出的是人们内心的感恩与自豪。

1945年,毛泽东为陈嘉庚题词:"华侨旗帜,民族光辉",这对陈嘉庚而言,是恰如其分的褒奖,是至高无上的荣耀。1990年,国际小行星命名委员会,将中国科学院紫金山天文台于1964年1月9日新发现的2963号行星,命名为"陈嘉庚星"。从此,陈嘉庚的精神,升华到星空,闪烁在苍穹。这,是陈嘉庚的殊荣;这,是陈嘉庚的光彩。

为教育而生的陈村牧

"乐育英才六十载,春风化雨万千人。"这是已故中国科学院资深院士蔡启瑞、中国科学院学部委员(院士)张乾二对"教书匠"陈村牧的一致评价。陈村牧(1907—1996),字子欣,出生于福建金门县后浦镇。集美中学毕业后,进入厦大预科,1931年毕业于厦门大学文学院史学系。曾应聘到集美中学任教,后接任集美中学校长。纵观陈村牧的一生,既没有做出过可歌可泣的壮举,也没有立下过可圈可点的功绩。而他,看似平凡,实为不凡——是一个兢兢业业为民族育才、地地道道为教育而生的人。

1936年底,陈村牧应聘为马来亚麻坡中华中学校长,从厦门启程南渡准备就任,1937年1月途经新加坡时,被爱国侨领、集美校主陈嘉庚先生劝留,聘任为集美学校校董。从此,陈村牧与集美学校,风雨同舟,患难与共,结下了不解之缘,几十年如一日,忠贞不渝,竭尽心力,为人师表,诲人不倦,是嘉庚精神忠实的传薪者和实践者。曾先后担任政协福建省委员会第四、五、六、七届常委,集美校友总会理事长等职,为爱国统一战线事业和祖国和平统一大业,做出了积极贡献。

今年,是陈村牧先生逝世25周年。初冬的一天上午,暖阳高照,和风轻拂,我从集美石鼓路住地出发,步行前往陈村牧故居,追思这位把毕生奉献给教育事业的前辈。陈村牧故居,位于集美学村岑东路149号,楼房不高,面积不大,上下两层、砖木结构,白墙红瓦,质朴端庄,一眼望去,便知是特色独具的"嘉庚建筑"风格。平场边、旧居北,铁栅栏入口处,挂着一块砧板大小的牌匾,黑底金字写着:陈村牧故居。门口几盆厦门市花——三角梅,

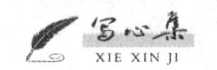

灿然盛开，默然斗艳，红的浪漫，红的精神。

旧居大门东侧，立着一尊陈村牧头像，紧挨头像的地面一方青石上，刻着《陈村牧与集美学校》，全文如下："陈村牧，90年生涯，为集美学校呕心沥血65载。作为教师，有教无类，诲人不倦；作为校董，运筹帷幄，廉洁奉公。他的一生，与校主兴学休戚相关，与集美学校风雨同舟。历经坎坷，丹心无悔。鞠躬尽瘁，勉佐徽猷。师德可风，陈村牧与集美学校永名！"短短百十个字，把陈村牧执着追求、倾心办学的生涯勾勒出来。

在志愿者小余姑娘的引导下，进入楼内参观。但见一楼几个房间，布置为四个展厅。第一展厅：德馨垂范，教泽流长；第二展厅：金石同坚，兰桂齐芳；第三展厅：春木桃李，秋实满园；第四展厅：陈村牧生平大事记。几个展厅主题不同，形式相似，皆以展板上墙为主，图文并茂，以文释图。给我留下深刻印记的有，陈嘉庚先生红底白字"先生誉满闽南，立志兴教育为后生造福"的"通墙"条幅下，分别挂着陈嘉庚与陈村牧的合影；中国科学院院长、第八届全国人大常委会副委员长卢嘉锡先生的诗作："人生八十古来尊，奉献无私建学村。校主精神齐赞颂，牧公业绩也难伦。"落款："学弟卢嘉锡敬贺"，以及黄永玉先生构图简约明快、寓意深刻的"红荷图"立轴，画面上，几片荷叶、一枝荷杆，皆呈浅黑或淡黑色，一朵红荷，亭亭玉立，以黑衬红，分外醒目。题识为："辛酉秋日为村牧老师作"，落款："学生黄永玉于厦门"。在另一帧图片下，有这样一段文字："抗战期间，黄永玉就读集美学校。学校'兼容并蓄'的办学思想、图书馆丰富的藏书，滋养了他的艺术灵性，助其成为艺术大师。

1981年，黄永玉携眷探望陈村牧，作《红荷图》献恩师，赞誉其'出淤泥而不染'的风骨。""红荷图"左右，是一副虞愚先生题写的对联："养浩然之气，为教育而生。"

我注意到，在展厅仅有的两个展柜里，既有一些获奖证书，如中华全国归国华侨联合会，一九九六年九月二十日，颁发的第0228号《荣誉證書》写道："陈村牧同志：三十年来，您不辞辛苦，热心为归侨侨眷和海外侨胞服务。为表彰您这种崇高的奉献精神，特发此证"；还有一些相关图书、杂志等，如《陈村牧与集美学校》《烽火弦歌》《陈嘉庚会讯》《集美校友》等。而最吸引我眼球的，是两本中央人民政府政务院的任命通知书，通篇没有一个标点符号。分别是"政字第6852号"：兹经政务院第一百七十次政务会议通过任命陈村牧为福建省人民政府文化教育委员会委员特此通知总理周恩来一九五三年三月六日，以及"政字第8330号"：兹经政务院第一百七十八次政务会议通过任命陈村牧为福建省厦门市人民政府委员特此通知总理周恩来一九五三年五月十五日。

事非经过不知难。陈村牧当年出任集美学校校董（后改任董事长）时，适逢抗日战争前夕，可谓受命于危难之际。不久，经陈村牧建议、陈嘉庚同意，学校搬迁安溪，设分校于南安、大田等地。其间，又值日军南侵，南洋侨汇断绝。学校雪上加霜，艰辛日子可想而知。陈村牧团结广大师生，坚持办学，艰苦支撑，时间长达八年之久。不仅维持原有规模，而且学校得以发展壮大。不仅如此，眼光远大的陈村牧，克服种种困难，在山区坚持办航海学校，尤为难能可贵、富有远见。当时，全国航海学校都停办，唯集美航海学校生生不息，夹缝中求生存，为祖国储备了一批航海人才。后来香港航运界许多著名船长，都是当年从这里培养出来的。倘若当时停办，历经八年抗战，航海人才势必出现断层。

1937年7月7日，日本发动卢沟桥事变，开始全面侵华战争。9月3日，日本飞机、军舰开始侵袭厦门，集美成为前残，集美学校内迁安溪。抗战胜利后，陈村牧积极筹备"复原"工作——把学校迁回集美。在陈嘉庚亲自关怀、领导下，他悉心擘划校务，带领师生迅速恢复旧观，使集美学村重现满园春色。

实践证明，一所学校好不好，选好校长是关键。陈村牧先生律己甚严，以身作则，率先垂范，处处为学生楷模。清晨早操，先到场的，是他；每天穿校服的，是他；坚持参加升旗礼的，也是他；夜间巡视学生自修，熄灯后才离去的，还是他。在他的言传身教下，学校形成了优良的学风，出现了尊师守纪、刻苦学习、团结友爱、生动活泼的局面。更可圈可点的是，他执行校规，一丝不苟，绝不因亲疏，而有所差异。

陈村牧在集美学校任教、担任领导工作长达60年之久，为集美学校作出不可磨灭的贡献。爱国企业家、著名印尼闽籍侨领李尚大对陈村牧先生有这样一句评价："如果没有陈村牧先生的努力和贡献，校主在集美的办学业绩就要大打折扣。"他还说过："如果没有黄丹季先生，可能就没有陈嘉庚的后半生；如果没有陈村牧先生，就没有集美学校的延续。"著名的法学家和教育家、杰出的社会活动家、"延安五老"之一的谢觉哉说过，"爱国的主要方法，就是要爱自己所从事的事业。"陈牧村先生，便是这样一个为教育而生、把生命融入事业的人。

【原载 2021 年 12 月 18 日香港《文汇报》】

仁人不惜死　壮哉陈桂琛

历史人物，不是在历史发展中起过重要影响，便是在历史长河中留下不灭足迹。

写满厦门老故事的仁安小区，有不少历史人物曾经在这里生活过。十月底的一天上午，我从集美学村站乘坐地铁前去厦门岛内镇海路，出站后急切切直奔地处中山路商圈范围内的仁安小区探访名人故居。这里，小巷更比故居多。明明看到一面墙上或某个路口有XXX故居指向与距离的标识，可是，一问再问，七拐八拐，如同捉迷藏一般，怎么也找不到。一时间，我好比一只"无头苍蝇"，乱飞瞎窜。不经意间，邂逅陈桂琛故居。

有中华十大名街之一美誉的厦门中山路，作为全国唯一通往大海的步行街，打从开街以来，就一直是厦门的核心街区。好似香港的中环、北京王府井、上海南京路的中山路，是厦门最老牌的商业街，人流旺、商品多、名气大，不论往昔，抑或当今，人们只要提及厦门，就忘不了中山路。

然而，很多游客包括一些厦门市民，却未必知道，在离中山路不远的仁安小区里，如同珍珠一般藏着不少名人故居。其中一部分，还有人居住；另有一部分，则被赋予新功能、新内涵，向世人展示，为主人宣介。比如，陈桂琛旧居，已变身咖啡馆。

陈桂琛故居，是一栋单层、砖木结构的老宅，由4个厢房构成。故居门口一侧墙壁上，挂着一个木质牌匾，上面简明扼要的写着：陈桂琛（1889—1944）字丹初，教育家、诗人。1916年，在厦门独资创办励志女校，开妇女接受现代教育之先河……。100多年前，中国女性没有受教育的权力。通过创办励志女校，让妇女接受现代教育，并亲任校长（后励志女校改为励志小学，兼办国文专修科），这是很需要一些胆识和勇气的。单凭这一点，就燃起我对陈桂琛的敬佩之情。

步入老宅，观察发现，这座建于民国时期的旧居，由围墙、小院和一座主体建筑组成。穿过小院大门，古厝的历史底蕴、百年的岁月风云，随着庭院上空那些作为装饰的小旗，若即若离、若隐若现。故居主体建筑为单条燕尾脊，面阔3间、进深2间，装饰较为普通，屏风上有花开富贵的木雕，墙体上有石榴等灰塑彩绘装饰。红绿相衬的四扇门上，雕着四个花瓶，配上金黄色油漆，颇为光彩夺目。两扇朱漆大门，沉稳厚重，古朴典雅，折射出岁月的变迁与洗礼。左侧厢房内，案台、木头灯笼、老式梳妆台等，摆得满满当当的，给我的整体印象是，不算巧夺天工，却也别具特色。

陈桂琛，厦门人，号漱石，别署靖山小稳。幼承庭训，敏笃好学。民国元年(1912)，以优等成绩毕业于官立福建师范数学科。历任福建省立思明中学、厦门师范甲种工业学校、厦门同文书院等校教员、主任、教务委员和上海泉漳中学校长等职。陈桂琛才学渊博，教学认真，谆谆善诱，先后兴学垂40年，深受学生的爱戴和社会的敬仰。更令人敬佩的是陈桂琛身上的拳拳爱国心、铮铮硬骨头。

辛亥福州光复，陈桂琛曾与黄贻果等筹办福建省保安公会。抗战前，相继出任厦门对日市民大会、地方治安维持会、太平洋会议国民后援会和教育经费管理处委员。1937年，前往菲律宾教授国学。当年，中国人民抗日的氛围，不但感染了老百姓，而且许多文人也以笔代枪，通过作品来记录和呐喊。在厦门长大的陈桂琛，对发生在厦门的浩劫，虽身在海外，却高度关注。抗战时期，他坚持以诗篇抨击日寇暴行，反映百姓苦难，歌颂志士壮举，揭露汉奸嘴脸，构成一部华侨抗战诗史。

1938年5月9日"国耻纪念日"，为洗雪"二十一条"之耻，厦门举城举行火炬游行。10日凌晨3时许，由军舰、战机和3000兵员集结成的日本战争机器，丧心病狂地碾压过来。全岛军民拼死抵抗，终因兵力不济，血战三日，鹭岛沦陷，厦民蒙难，和平之梦被侵略者彻底打破。

关注国内战局、感同身受的陈桂琛，愤愤然用抗战组诗记录了厦门沦陷的情景。其中之一写道:"故国乌衣事可哀,覆巢转眼化尘灰。换防妄效空城计,为鑮翻成海盗媒。五百士惭田氏客,八千人陋李陵台。更怜孤垒炊烟绝,发炮犹遮敌舰来。"

厦门沦陷一年后,陈桂琛借用陆游《过野人家有感》中的"家山万里梦依稀"句,作"辘轳诗"云:"家山万里梦依稀,炮火连天血肉飞;荆棘载途狼虎在,鹭江风景已全非。万户千门掩落晖,家山万里梦依稀;可怜旧日乌衣燕,漂泊无家绕树飞。离离靖山山上树,历历北溪溪畔路;家山万里梦依稀,去国二年艰一顾。炎荒莒蓿等珠玑,曾说道南愿竟违;何日掉头归去也,家山万里梦依稀。"陈桂琛在诗中对家乡充满了深情,也表达了他希望通过奋笔疾书宣传全民抗战,抵御外侮,不当亡国奴的雄心壮志,并希望胜利后,返回祖国效力。

遗憾的是,陈桂琛最终没能回到他心爱的故乡厦门。在菲律宾期间,他先后执教与宿务华侨中学、古达描岛华侨中学。陈桂琛曾经多次在菲律宾华文报刊上发表文章,揭露日军侵华的种种暴行,唤起侨胞敌忾同仇。1942年4月28日,据菲日军开始炮轰古达描岛。菲岛沦陷后,陈桂琛仇视日寇,义不帝秦。5月,陈桂琛偕同几位同事和同侨,转入毕雅渊深山,组织侨民,抗拒暴敌,并以开荒种地维生。不曾想6月6日,一队荷枪实弹的日本兵突然冲进山中,将陈桂琛等29人拘捕。尽管遭受严刑拷打,他们个个忠贞不屈,并在次日凌晨惨遭杀害。

抗战胜利后,1947年4月,菲律宾侨界人士在古达磨岛建立"百雅渊廿九位殉难义士纪念碑"。《碑铭》中写道:"古岛华侨陈丹初先生等50余人,因不愿与敌合作,相率入百雅渊,以示反抗,自耕自给,备极辛苦。间曾援助抗日游击区,与游击队合作,遂为汉奸日寇所衔,于1944年6月7日,派大队日兵围捕,丹初先生等29人被掳,不屈受戮。忠心耿耿,正气磅礴,殊足以表扬我民族精神,而为华侨后辈之楷模。"

1947年7月,国民党政府内政部颁发旌义状:"查福建省厦门市陈桂琛旅居菲岛,从事教育工作,不受敌威胁利诱,被敌枪杀,殊堪秭式,应予褒扬,以资表彰。"

陈桂琛一生致力于教育事业,孝友重义、爱国爱乡。他治学勤谨,除精

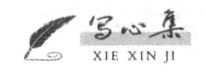

研数学外，尤致力文史；工诗词，擅书法。遗著有《近代七言绝句选评（初集、续集）》《鸿爪集》《菲岛竹枝词》《漱石山房笔记》《感时纪事诗文集》等。1969年6月7日，是陈桂琛牺牲25周年忌日，旅菲华侨文教界人士出版《陈丹初先生成仁二十五周年纪念刊》，缅怀先贤，以彰忠烈。陈桂琛生前有"志士毋求生，仁人不惜死"之句，不曾想这成了他的绝唱。纵观陈桂琛一生，他是这样说的，也是这样做的。难能可贵，何其壮哉。

【原载 2020 年 12 月 1 日香港《文汇报》，
2021 年 8 月 28 日菲律宾《联合早报》转载】

"乐育英才"陈六使

"乐育英才",是福建省人民政府一九八四年十二月授予陈六使先生的荣誉证书。纵观陈六使热衷办学的历程,品味这一称号,既恰到好处、恰如其分,且是对陈六使人生的高度概括、精准褒奖。

陈六使(1897—1972),福建省同安县集美乡仁德里集美村人,著名南洋企业家、慈善家,兄弟七人,他排行第六,故名六使。少时父母染瘟疫双亡,六使随其兄文确,闯荡南洋,白手起家,创立了实力雄厚的企业王国。他们以服务社会为己任,在致力于发展文教公益事业的同时,积极争取和捍卫华侨的合法权益,为居住国和家乡的社会发展、文明进步建立了卓著功勋。

一

我"认识"陈六使,是从"陈文确陈六使陈列馆"中开始的。该馆坐落在厦门市集美区浔江路115号。那天上午,我从石鼓路出发,沿着集源路、浔江路,独自徒步来到陈列馆。这座由典型闽南风格小楼变身而成的陈列馆,与陈嘉庚纪念馆一路之隔、近在咫尺。一个上了黑色油漆的栅栏式院门,紧挨着银江路人行道。穿过院门,最先映入眼帘的是面对大门、略大于1:1的陈文确、陈六使全身石像,似在热情欢迎访客的到来。大门一侧墙上,挂着"嘉庚邮局""南洋大学校友会中国联络处"两块牌子。步入陈列馆,一块牌匾竖书"华族翘楚 乡贤楷模"八个大字，分外醒目。一楼大厅南面墙上，布有《陈六使生平大事年表》。大概是来得早的缘故，馆内除了一男一女两位志愿者，别无他人。我自由自在，从一楼到二楼，从图片到文字，细细浏览，慢慢领略。陈列馆共有五部分，其中第三部分，以图片形式介绍被誉为"华教勇士 南大之父"的陈六使办校历程。

这幢坐北朝南的老宅，由前后两栋三层的主、副楼相连而成，融合了西方建筑和闽南建筑元素。前些年，陈氏兄弟在海外的后人，将这幢楼房托付给家乡人民代为保管。集美区政府用心良苦，本着修旧如旧的理念，将该楼改造成陈列馆，展示陈氏兄弟的生平事迹，并用于接待归来的华侨后裔。2013年10月23日，陈列馆正式开馆。馆内用图文、浮雕、影像等方式，向来访者介绍陈氏兄弟的生平与业绩、创业与贡献。

二

陈氏兄弟是陈嘉庚先生的族亲、东南亚杰出的华人企业家、华社领袖，抗战期间大力支持陈嘉庚筹款救国，长期资助陈嘉庚在家乡创办文教事业。史料表明，陈氏兄弟和陈嘉庚一样，也是爱国华侨，对中国的教育事业，给予了很大的支援，且在厦门修建了多所学校。1925年，兄弟二人独资经营创办了益和橡胶公司后，积极支持陈嘉庚兴办厦门大学并采取各种形式资助集美学校和厦门大学，创办的益和橡胶公司承租了陈嘉庚的麻坡橡胶厂，所有盈利全部用作集美学校经费。1934年，陈六使捐助5万元，筹资16万余元，购买胶园400亩，作为厦大基金。1939年，陈六使代购公债券100万元，以每年利息6万元捐作集美学校基金，而他在新加坡集友银行和香港集友银行应得股息、红利，也全数捐献给集美学校。

陈六使还是新加坡知名大学——南洋大学的创办者。南洋大学曾是海外唯一的最高华文学府。1953年，陈六使召集福建会馆理事联席会议，分析了马来西亚和新加坡华文教育状况和华人前途后，提出必须要建立一所华人大学，并捐款五百万元。经过三年多的筹建，海外第一所华人大学——南洋大学在新加坡建成。

二楼展厅中，一块蓝底黄字的《南洋大学简介》有这样一段文字："陈六使登高一呼，即获万山回应，新加坡、马来西亚及东南亚各地的华人，上自富商巨贾，下至贩夫走卒，无不热烈捐输，出钱出力。在群策群力的努力下，南洋大学终于创立了，也树立了海外华文教育发展的里程碑。"可是，天有不测风云。南洋大学自成立后，风起云涌，历经波折，在苦难中坚定前行、茁壮成长。无奈，在客观环境以及各种内外因素的影响制约下，1980年，南大终告关闭。虽然只有短短20多年历史，但它却标志着海外华人伟大的办学业绩，展现了南洋大学师生"自强不息，力求上进"的精神，为海外华人历史谱写了辉煌的一页。

三

陈六使一生执着于兴学育才。除了南洋大学，还兴办或完善了其他五所学校。1912年10月12日，"爱同学校"在新加坡文达街一所卫理公会教堂里开课。1929年，由福建会馆接管后，陈六使秉承陈嘉庚倾资兴学的精神，在着手兴建教舍的同时，规定尽量减低学费，免除一切学生捐款，以减轻家庭负担，推广华文教育。新加坡"南侨女中"，始建于1941年。陈六使任福建会馆主席期间，为满足日益增加的学生人数，使华文教育得以良好发展，多方筹集基金，并带头慷慨捐输，先后为学校兴建了教室、教职员宿舍、图书馆等。新加坡"道南学校"，既是福建会馆的直属学校，也是东南亚历史悠久、规模较大的华文小学。1950年陈六使继任福建会馆主席后，筹募基金为道南学校新建教学大楼，配备教学设施，为新加坡华侨文化的发展添上浓厚的一笔。同年，为筹建光华学校，福建会馆向各界股商募捐筹集建校基金，共筹得近百万元。1951年在基里玛路动工兴建，1953年初学校落成后，陈六使又增建校舍，使学校达到可容纳两千学生的规模，使华文教育得以普及。"崇福学校"是福建会馆的直属学校，1953 年，陈六使自捐 20 万元，并向闽侨捐募建校资金，于 1955 年 9 月 18 日举行新校舍落成典礼。

在二楼展厅内，一块黑底白字的牌子上写道："陈六使是新马华人领袖，他不计得失，不畏困难倡建海外第一所华文大学，力促新马华文教育的发展，使其形成从小学到大学的完整的教育体系，为居住国培养了大批专门人才，在海外华文教育史上写下了光辉的一页。"而在"书籍楹联陈列室"中，陈列着《陈六使先生周年祭》《纪念陈六使诗文集》《南洋大学史论集》《南洋大学创校史》《南大春秋》等书籍，楹联有"松楸初未拱，桃李早成荫""向荣花竹秀，积善子孙贤""历尽崎岖路，生为坦荡人"等。

四

参观过程中，我深刻感受到，陈六使倾囊办学，与他心存大志密不可分。展厅中，几条竖排版红底白字的"陈六使语录"，便是最好的注解："思办一中国式大学，试挽狂澜，冀幸中华文化永如日月星辰之高悬朗照于星马以至全东南亚。""余当倾余之财产与侨众合作，完成吾中华文化在海外继往开来之使命。"

教育是民族振兴、社会进步的重要基石，是功在当代、利在千秋的德政工程。在异国他乡打拼发达起来的陈六使，把历尽艰辛赚来的钱用在致力发展文教公益事业上，不但为家乡培育人才，而且在海外创办华人大学，为居住国和家乡的社会发展、文明进步建立了卓著的功勋。

史实表明，陈六使是陈嘉庚先生的"中坚拥趸"，发生在他身上"乐育英才"的壮举尤为可敬。

【原载 2021 年 4 月 19 日《集美报》、《集美风》2021 年第 3 期】

鲁迅的厦大情缘

9月26日,纪念鲁迅诞辰140周年座谈会在京举行。中共中央政治局委员、中宣部部长黄坤明出席座谈会并讲话。连日来,为纪念鲁迅先生,弘扬鲁迅精神,各地开展了一系列纪念活动:北京西城区鲁迅书店,举办内容丰富的"仁者猛士——鲁迅先生的文化自信之路"主题讲座;位于虹口区长春路319号,"木刻讲习所旧址"陈列馆揭牌开放;鲁迅的故乡——浙江省绍兴市,展出百余件版画作品致敬文学巨匠;沈阳举办纪念鲁迅先生诞辰140周年诗歌会……

鲁迅(1881年9月25日—1936年10月19日)一生,在文学创作、文学批评、思想研究、文学史研究、古籍校勘与研究等多个领域,均取得重大成就。一代伟人毛泽东,对鲁迅赞誉有加:"鲁迅是中国文化革命的主将,他不但是伟大的文学家,而且是伟大的思想家和伟大的革命家。"

正因有这"三个伟大",神州大地,除了上海鲁迅纪念馆、广州鲁迅纪念馆、南京鲁迅纪念馆、绍兴鲁迅纪念馆等多所鲁迅纪念馆,还有迄今为止国内唯一设在高校的鲁迅纪念馆——厦门大学鲁迅纪念馆。馆内,浓缩着鲁迅先生与厦大的情缘。

厦大创办于1921年,是中国近代教育史上第一所由著名爱国华侨领袖陈嘉庚先生创建的大学。1926年,对如何教育下一代、如何改变世人的精神世界等,都有着冷静思考的鲁迅先生抵达厦门,任厦大国文系教授兼国学研究院研究教授。

鲁迅在厦门大学执教的时间不长,但他的人格和学术风范,在厦大发展史上,却有着深远的影响。一位当年厦大学生回忆道:"本来在文科教室里,除了必修的十来个学生之外,老是冷冷清清的。可是从鲁迅先生来校讲课之后,钟声一响,教室就挤满了人……"

鲁迅原本打算在厦大任教两年。可是,只教了一个学期就离开了。个中主要原因大抵有二:一方面鲁迅在厦大衣食无忧,生活平静而闲散;另一方面,在得到暂时的安宁后,"不过总有些无聊,有些不满足,仿佛缺了什么似的……"正是因为无聊和寂寞,让鲁迅产生了尽早离开的念头。与此同时,许广平则在"敲边鼓"——热切主张鲁迅到广州去,而中山大学也给鲁迅下了聘书。于是,1926年12月31日,鲁迅正式提交辞职书。1927年1月,鲁迅怀着既急切又不舍的心情离开了厦大。

为了纪念鲁迅、学习鲁迅,厦门大学于1952年10月,创设鲁迅纪念室。纪念室设在该校集美楼二楼原鲁迅先生在校任教时居住过的房间;1956年,为纪念鲁迅诞辰75周年,逝世20周年以及到厦大任教30年,对原纪念室重新整理,并增设陈列室一间,陈列鲁迅在厦门期间的著作及有关资料;1976年10月,在全国各地鲁迅纪念馆的支持下,厦大对鲁迅纪念室进行全面整修,补充大量从全国各地征集、复制来的照片和纪念文物,并更名为鲁迅纪念馆,馆名由郭沫若先生题字;之后,又多次作了调整和布置。鲁迅纪念馆,现有五个展室,第一室,简要回顾鲁迅的人生轨迹及思想历程;第二室,陈列鲁迅在厦门时的历史文物资料;第三室,为"鲁迅与许广平"专题展览;第四室,设有纪念室;第五室,为鲁迅故居,室内摆设按鲁迅当年居住时的原貌布置。五个展室中,第二、三室是全馆的重点,也是有别于全国其他鲁迅纪念馆的地方。

展馆不大,特色不小。如,在第四室内,有"镇馆之宝"——五幅1936年鲁迅先生逝世后,厦门文化界举行悼念活动所用的挽联和挽幛;第五室室内,按鲁迅当年居住时的原貌布置,地面是红色正方形地板砖,室内摆设的对象,既简单,又简陋:一张简易木板床,床上挂着白布蚊帐,铺着蓝花被面的被子;一张不大的书桌,两把木质靠背椅;一个一米多高的黑色书橱,以及一个高约一米的黄色储物柜。1926年9月4日至1927年1月16日,居住在这个陋室里的鲁迅,除了正常教学外,还撰写出17万多字作品。

其中，收入中学课本的《从百草园到三味书屋》《藤野先生》，为绝大多数中国人熟知。罕为人知的是，这些名篇，是鲁迅先生在厦大创作的。

同样罕为人知还有，鲁迅在厦大这段时间，正是他与许广平两人确立恋爱关系的关键节点。

鲁许二人的爱情故事，是20世纪中国文坛的一段佳话，厦门大学则是他们爱情的重要驿站——他和许广平著名的《两地书》，主要写于这个时期。鲁迅和许广平深沉而又热烈的爱情，在来往于厦门与广州两地的书信中跃然纸上。当年，鲁迅在给许广平的信中写道："前面是海，对面是鼓浪屿。最右边的是生物学院与国学院，第三层楼上有*记的，便是我所住的地方。"1927年，鲁迅与许广平结为相濡以沫的人生伴侣后，风雨同舟，艰危与共。在鲁迅人生后十年的文化成就中，有许广平可圈可点的无私奉献。

今年，是中国共产党成立100周年。中国共产党成立以来，一直非常重视文化工作，热诚团结进步文人。

1933年初，临时中央从上海迁入中央苏区首府江西瑞金后，博古提议，让鲁迅来当中华苏维埃共和国中央政府的教育人民委员（教育部长），主持中央苏区的教育工作。中共中央派到鲁迅身边的联络员冯雪峰，却不赞成博古的意见。他认为，博古不了解鲁迅，低估了鲁迅在白区文化工作中的重要作用，同时提出还是让瞿秋白来主持教育工作为好。张闻天对冯雪峰的观点持赞同态度，并及时征求了毛泽东的意见。毛泽东表示："鲁迅当然是在外面作用大。"

毛泽东不单爱读鲁迅的书，而且非常推崇鲁迅的人格、思想和文学功绩。在其著作、报告、讲演中，有不少关于鲁迅的论述。1949年底，访问苏联的毛泽东，带去不少鲁迅作品，阅读时连饭都顾不上吃，工作人员多次催促，他回答说："我在延安，夜晚读鲁迅的书，常常忘记了睡觉。"

1957年3月8日，毛泽东在《同文艺界代表的谈话》中说："鲁迅不是共产党员，他是了解马克思主义世界观的。他用了一番工夫研究，又经过自己的实践，相信马克思主义是真理。特别是他后期的杂文，很有力量。他的杂文有力量，就在于有了马克思主义世界观。"鲁迅"有马克思主义世界观"这一点，在央视此前不久播出的43集连续剧《觉醒年代》中，也得到印证有所体现。

  告别厦大鲁迅纪念馆后，联想到鲁迅战斗的一生，心中感慨万千，生成追思无限。"横眉冷对千夫指，俯首甘为孺子牛。"这是鲁迅先生的志向，也是鲁迅先生的品格。鲁迅先生不但热爱人民，而且热爱国家。他说过，"惟有民魂是值得宝贵的，惟有它发扬起来，中国人才有真进步。"回顾历史，抚今追昔，只有那些既有报国之志，又有爱国之心的人，历史才会记住他，后人才会缅怀他。鲁迅先生，就是这样一个值得后人由衷敬仰与真心怀念的大写的人。

【2021年10月9日香港《文汇报》发表时题为《瞻仰厦大鲁迅纪念馆》】

陈嘉庚"为民请命"

很多人对陈嘉庚先生一生"倾资兴学"的伟大壮举,津津乐道,口口相传。可是,对陈嘉庚先生"为民请命"的历史往事,却知之不多,甚或一无所知。在此之前,我也"无知"。近段时间,断断续续读了陈嘉庚所著《南侨回忆录》(以下简称《南》)一书,才略有所知,且备受感动。

陈嘉庚,身为著名华侨企业家,身在海外,情系祖国,始终热切关注并积极投身祖国的独立与进步事业。1910年,陈嘉庚加入同盟会。辛亥革命时,他不遗余力,带头募款支持孙中山和福建革命党人的活动。

当祖国遭受日本军国主义侵略时,陈嘉庚大义凛然、慷慨陈词:"门户洞开,强邻环伺,存亡绝续,迫于眉睫,吾人若袖手旁观,放弃责任,后患何堪设想!"他在新加坡,以自己创办的《南洋商报》为舞台,从事反日斗争的宣传工作。1931年9月18日,日军侵占我国东北,陈嘉庚在新加坡华侨大会上发出通电,喊出"任何人应报牺牲之决心,以与暴日抗"的铿锵誓言。抗日战争爆发后,陈嘉庚在组织动员东南亚华侨支援国内抗战方面发挥了重要的领导作用。1941年12月,太平洋战争爆发,陈嘉庚组织领导"新加坡华侨抗敌后援总会",发动当地侨胞与日寇展开英勇斗争。

铁骨铮铮、正气满满的陈嘉庚,不单在抵御外来侵略方面,一向表现出大义凛然,而且在为平民百姓争取平等上,同样表现出凛然气概。

当年,陈嘉庚带着"任务"回国,先后走过十四省,"虽属走马看花,然大都满意。"可是,当他回到福建,刚到南平县,"则有多处代表来言,苛政害民,万分悲惨。"为了了解实情,陈嘉庚深入调查研究。于是,"回头往闽北，而后粤中、奥南，计五十余天，历廿余县及七八个大城市，开会五十余次"，调查得出的结论是"闽人受苛政惨害，系由三级政令，即中央，及省府，与县，而最惨烈者为省府苛政，即陈仪及徐学禹，其次则县长，又次为中央统制食盐，均为其他十四省所无者。"（《南》p305）

以福建"统制运输"为例，但凡几十上百斤的货物，便不得"自由挑运"。而原本短短的路程，经由运输局"统运"，则要二个来月才能运达。莆田涵江产的虾米，每担价一百五十元，距离泉州不过三天路程，经运输局慢条斯理运至泉州后，多已腐烂发臭，经筛选出来的，每担卖价高达四百元。即便如此，不但无利，还要亏本。泉州所需之大米，大半从漳州运来。正常情况下，三四天可运到。通过运输局，也要两个月。如此一来，泉州米愈少，卖价便愈高。泉州是这样，闽北也一样。崇安县即武夷山所在之处，每担米政府定价十七元，运到福州后，每担卖价七八十元。福州城外，所设检查私米之机关多达十二处。即便是只带十斤八斤自己食用的大米，也会被拘捕治罪。苛政猛如虎。福州闽江，有座"万寿桥"，自政府统制运输后，成为"自杀桥"——米价奇贵，买不起大米的贫民，从桥上投江自杀者，单是警察打捞上来的尸体，就多达达八百余具，被水冲走的，不知有多少。而且还不许报纸登载，理由是以免"扰乱治安"。

一次，陈嘉庚从家乡——厦门集美——前往漳州，在漳州海边见到五艘满载大米的船只，正好有一舵工是集美人。陈嘉庚询问：为何不起卸？答曰，每次卸货，都需延迟十余天。陈嘉庚又问：为什么？答曰：以前搬运工三千人左右，设运输局后，因种种不便，现存千余人。可想而知，搬运工人减少三分之二，卸货自然要"慢几拍"了。当陈嘉庚来到角尾市时，招待员告诉他，运输局栈内，存有臭米数千包。"统制运输"之弊，由此可见一斑。不仅如此，省政府还自设一贸易公司。其借口冠冕堂皇，战时要补助商民做不到之事。在陈嘉庚眼里，政府这样做的实质，是巧立名目与商家争利……。

陈嘉庚的这一观点，并非盲目"上纲上线"，而是有充分事实依据的。

政府与民争利，所以如此明目张胆，与陈仪背后"撑腰"密切相关。1934年，陈仪任福建省政府主席兼民政厅长等职；1935年，当选为国民党第五届中央执行委员；1937年，授予陆军中将加上将衔，兼任驻闽绥靖公署主任。陈仪眼里，只有金钱。至于其他，即便是征调壮丁这样的大事，他都漠不关心。一次，陈嘉庚当面问陈仪，壮丁死伤及逃走各有多少？陈仪答：无登记，故不知。陈嘉庚叹道："在他省所问皆知数目，唯此处不知。"除此之外，陈仪视国人生命如草芥，虐待壮丁，惨于罪犯——用铁线或麻绳束缚成串。在福建仙游界枫亭，陈嘉庚亲眼看到百余壮丁，用绳缚手臂，每串十余人，七八人不等。当陈嘉庚来到安溪集美学校时，教师陈延庭告诉他，某乡有家贫民，十二人均服"露藤"自尽。

陈嘉庚由此及彼，由闽北、闽中，至闽南泉州，调查了各处苛政害民的事实后，大义凛然函电陈仪，先求撤销统制运输，并列告误民惨况各情。对方回电，拒绝不许。及至漳州、石码等处，陈嘉庚又致电陈仪，告之以沿途所见惨状。陈仪回电，要他"上省计议"。而当得知陈嘉庚将要到省上时，陈仪则不仅公开发表演说，而且登报宣称："战争时代，运输必要统制，唯不知政治之人，乃生反对，本席决不轻改。"面对这样一个既骄横跋扈，又残忍凶恶的省政府主席，陈嘉庚义无反顾，愤然"告状"。他在《在仰光福建会馆报告闽人惨状》一节中写道："余出本省界至江西，即电蒋委员长，先求田赋一事待中央决定时与他省一同增加，并告以闽民贫苦。后数日又电陈仪、徐学禹苛政祸闽数条，请大慈大悲救闽民于水深火热。至桂林复上电哀求，均不蒙采纳。至廿余天始来电，言'闽省田赋，系中央意旨'。然中央何独选闽省，岂择肥而噬乎？本省民众已凄惨贫瘠，非较他省膏肥也……"（《南侨》p305）

陈嘉庚先生之所以一而再再而三"犯颜直谏"，不只是为闽民打抱不平，而是与"救国"联系在一起。正因为有这样的远见，才有十足的底气。也正是把"救乡与教国"紧密联系起来，陈嘉庚不但引用美国汽车大王的观点："正当之失败，无可羞耻；畏惧失败，转可羞耻"，而且情真意切地呼吁："望同侨勿畏陈仪势大，而袖手不教幸甚。至义捐救国，及汇寄家信，更当努力进行，万不可因陈仪祸国，便灰心馁志。要知抗战救国之责任严重，本省内出力较他省逊色不少，我海外闽侨，应多捐金钱，以补省内之不足……"（《南》p307）

在《接蒋委员长复电》一节中，陈嘉庚写道：是日下午至芒市，寓于招待所，接蒋委员长来电文两通，一云："来电收，闽省田赋系中央意旨，闽事可电我知，切勿外扬。又一电云："昆明来电已收。"此两电大约同日发来。一无关系，一则护恶讳疾，诚如李宗仁君所言"作事甚偏"。盖偏则不正，不正则无是非。余所报告陈仪祸闽苛政，请改善利民，与抗战军机消息，绝无关系，何须缄口。然三四日间，两电哀求，乃绝无一字回复。（《南》p 299—300）

当向蒋介石"告状"无果后，气节如松的陈嘉庚，干脆当面向蒋经国"告状"。在回忆录中，有这样一段文字："近晚至赣州市，寓于旅舍，少顷蒋经国君来见。余念闽民受种种苛政凄惨，皆由陈仪及徐学禹不良行为，拟托蒋君函其令尊，冀可助力多少。乃向蒋君述闽省统制运输，致阻碍交通，百物昂贵，民不聊生，此段话尚未终，则见其神志似形冷淡，不甚注意余言，余暂停顿止言。蒋君便云，统制运输事，中央顷已新颁命令，仅限有关军事转运耳，即辞退。蒋君去后，黄文丰君告余云，前次校主来此，离去后陈仪就来电话，问蒋君余有无言起闽省政治事，蒋君答以未有，然蒋君与陈仪感情甚好。余答莫怪其然，余言尚未及半，已见机停止，而蒋君则以中央新命令解释。俗语说，官官相护，况属同乡，情谊更较密切，至陈仪电询蒋君，正所谓作恶心虚耳。"（《南》p289）

原来，陈仪是浙江绍兴人，与老蒋、小蒋是同乡。陈嘉庚致电也好、面陈也罢，虽然没达到预期目的，但透过他的慷慨陈词、愤然告状，不难感受到先生的凛然正气。

国办街头忆国办

走过许多地方，到过不少城市，以人名冠名的"路"，屡见不鲜。比如，中山路。据不完全统计，在我国有187条以孙中山先生之名命名的道路。其中，最知名也是最受欢迎的一条，位于厦门市思明区繁华闹市，一头连着厦庇五洲客的宾馆大厦，一头连着门泊万倾涛的碧波大海，与海上花园"鼓浪屿"遥遥相望、长约1.2公里的厦门中山路。可是，拿人名冠名的"街"，却难得一见。那年仲夏，前往素有"东方莫斯科""东方小巴黎"之称的冰城哈尔滨市参会，休会期间与几位文友结伴，在这个"火车拉来的城市"，遛一遛，逛一逛，发现在松花江畔有条黑龙江省第一批批准的历史文化街区——斯大林街，而在该市南岗区，还有一条著名的商业街——果戈里大街。

在厦门岛东南部面积6.5平方千米的曾厝垵五街十八巷中，有条名字颇为响亮的"国办街"。上世纪90年代前，曾厝垵还是厦门海边一个默默无闻、名不见经传的小渔村。近些年来，各种精品小店、特色客栈、饭馆餐厅，争奇斗艳一般，在这里应运而生。随着这里的小吃街、民宿业的日渐发展，加之得天独厚的地理位置——紧邻厦门大学，以及散落在渔村里的一些古民宅，多年来一直深受附近学生、八方游客所喜欢。舒适的环境，慢生活的节奏，使曾厝垵继鼓浪屿之后，成为厦门的一个网红街区景点，长年累月，游客纷至沓来、络绎不绝。

那天，天气晴好，天蓝云白，随同家人前往曾厝垵游览。到达目的地后，向来不爱逛街的我，从村口开始，一路且行且看，但见各式各样的小吃店，宛如开在街边的花儿，目不暇接，互不重复——烤生蚝、烤鱿鱼、烤海螺、烤肉串……扑鼻的香味，店家的吆喝，让人口舌生津、食欲倍增，恨不能多长几张嘴。也难怪，这里的每一家店铺，都凝聚了店主的奇思妙想，以及他们对生活的理解和热爱。这，正是曾厝垵吸引人的魅力所在。

就在我们兴致勃勃、心情美美，既漫无目的，又略有所盼逛街时，不期然邂逅了国办街。留心观察，国办街里，小吃很多，不单有土笋冻，海鲜粥等海味，还有香喷喷的烤榴莲，令人合不拢嘴、迈不开腿。行走在国办街，熙熙攘攘的人群，芬芳四溢的美食，赶走了徒步带来的疲倦。"苏小糖"的"马克龙色"装饰风格，让人眼睛为之一亮。信步国办街上，心中先是生出些许疑窦：小小渔村，打出"国办"的旗号，这口气未免也太大了。随着持续游览和留心观察，方知"国办"原来是人名。

古今中外，但凡够格给道路、街道"冠名"者，不是名人、伟人，也是为地方争光添彩的贤人，抑或对当地有特殊贡献的能人。国办其人，属于后者。

国办，姓曾。他的事迹，有碑记载。在离"拥湖宫"不远的国办街一侧，立着一块高约1米、宽约0.5米的"爱国爱乡华侨曾国办"石碑。上面有这样一段文字：曾国办（1878—1940），曾厝垵人氏，少壮下南洋，初受雇种植园。有积蓄，遂创业，投资种植，屡有所成，为马来西亚著名华侨富商。先生热爱桑梓，热心公益，购地建设飞机场支持国家航空事业，创办教育医疗惠及乡民，出巨资筑桥修路，方便村民出行。村民念其功德，命名此街为"国办街"……

上世纪20年代，厦门城市建设蓬勃发展。禾山一带，出现了许多新马路。1927年，从镇北关到曾厝垵，长达五里、连接七座大小桥梁的新修公路，成为最早的一段环岛路，共耗资三千八百多元。其中，除了由禾山海军办事处拨款四百二十元外，其余大部，由国办先生一人捐助。当年修建的新路，路面宽仅三五米，但在荆棘遍野、水沟纵横的海边，开辟一条这样的通道，不说困难重重，也并非轻而易举。为了宣传和弘扬这种善举，1929年11月1日，国民党禾山海军办事处，雕刻石碑予以铭记。

这块年近百岁的石碑，原先立在曾国办先生捐建的环岛路上。曾厝垵虽然只是一个小渔村，但在历史上，曾经有个厦门市第一座官方机场——辛亥革命后，在曾厝垵村对面位置上，不单设有"海军航空处"，而且修建了一个飞机场。1938年，因抗日战争局势紧张，"海军航空处"被撤销。之后不久，投入使用不满十年的曾厝垵飞机场，遭到日军轰炸，以致被迫废弃，堪称"短命机场"。"倾巢之下，焉有完卵。"当年，因遭受敌机狂轰滥炸，导致路毁碑失。从此，路残存，碑失踪。2000年，当地在重修"拥湖宫"时，该碑被挖了出来。失而复得，重见天日，自是好事。只可惜，碑已断为两截，基石更是一分为三。村民念其首开道路先河的功绩，将碑石拼接起来，立于国办街入口处。

曾国办造福乡里，不只是捐资造桥修路。据曾厝垵老一辈居民介绍，曾先生是曾厝垵为人熟知的华侨，1927年，在捐资修路的同时，还同族弟曾国聪连手，共同投资十五万银元，选择在蕹菜河中段（今思明南北路与思明东西路路口处）兴建思明电影院，1929年1月9日竣工开业。影院占地840平方米，建筑面积1750平方米，配有一个小舞台、七百个座位。楼上座位为沙发靠背椅，楼下座位为活动木板靠背椅，是厦门市首家设备较完善、功能较齐全，也是当年厦门市首家既能放映无声电影，又能演出歌舞戏曲的影剧院。由于当时归厦华侨常聚于此，因此，又被称为"华侨俱乐部"。

有人说，建筑是立体的艺术。我想说，建筑是凝固的历史。行走在曾厝垵，随处可见当年下南洋的华侨回国建造的红砖古厝和南洋风格的"番仔楼"。延伸在曾厝垵这个渔村中的国办街不长，小店铺不少。其中，单是名字与众不同的店铺就有"榕树缘BBQ"、"猫的国咖啡"、"你猜咖啡小酒馆"、"鹭仁甲鲜花馅饼"、"陌小朵的鲜花馅饼"，以及曾厝垵最长店名的店——"和一群有趣的人，做一些有趣的事"等。而我最感兴趣的是"点之·城"。寓意点石"城"金，"城"人之美。"在"点之·城"文创复合空间里，众多的"小石子"汇聚成了这座城池，不同领域的碰撞，让占地近2000平的文创"城"复合空间增添了更多色彩，把美好的体验、产品、故事，分享给光顾这座文创城堡的朋友们。

当年，曾国办捐资修路，不图"青史留名"，抑或"流芳百世"。可是，好人自有好报，后人不会忘记。这，也应验了"送人玫瑰，手有余香。"如果说，曾厝垵的神秘与美丽，是一道特色独具、个性彰显的风景线，国办街则是这道风景在线的一条散发芳香、余音缭绕的闪光带。

选贤任能张居正

张居正（1525—1582），字叔大，号太岳。今年5月，江苏凤凰文艺出版社出版了《暮日时光：张居正与明代中后期政局》一书，明清史学界元老、著名学者韦庆远，在他这本最新著作中，运用了大量罕见的史料，在充分肯定张居正伟大历史作用的同时，对他的"失误、失律和失德"的一面，也给予了实事求是的直书。

张居正四十三岁入阁、四十八岁为内阁首辅（明中期后相当于宰相）。他当国初期，正值严嵩父子乱国之后，政治上混乱、腐败，经济上处于崩溃的边缘。摆在张居正面前最棘手的，无疑是经济问题，尤其是如何增加朝廷财政收入问题。但在张居正看来，财政问题只是表像，改革面临着更多的，是深层次问题。比如，庶官瘝旷、吏治因循等"积弊"。长期以来，由于吏治不清，官场上充满了各种形式主义，推诿、扯皮、虚饰等，更是屡见不鲜，成为官场常态。官员队伍中，普遍存在的贪赃枉法现象，既造成了行政效率的低下，更让政令无法得以贯彻实施。

面对这些问题，张居正较之其他一些改革家，不但更老练，而且更成熟。他深刻认识到，没有一支过硬的干部队伍，再好的顶层设计、再好的改革措施，统统难以落实到位。

有鉴于此，张居正以非凡的魄力和智慧，整饬朝纲、巩固国防，重整吏治、选贤任能，使奄奄一息的大明王朝，枯木逢春、重焕生机。得人才者得天下。张居正选人用人，最重要的一点，是不拘一格，任人唯贤；最核心的一点，是重用循吏，慎用清流。

所谓"循吏",用今天的语言表述,就是那种一门心思扑在工作上,充分发挥主观能动性,把困难抛开,把事情做好,让事实证明、用结果说话的官员。至于"清流",则是那些擅长于夸夸其谈,唱功好做功差,说得多干得少,满脑子道德教化的人。在"循吏"与"清流"之间,张居正态度鲜明,毫不犹豫地启用前者,毫不客气地拒绝后者。这一点,从他对海瑞和戚继光二者使用的不同态度上,便可窥一斑、得到左证。

海瑞,故事很多,名气很大。尤其是他抬着棺材向嘉靖皇帝上书进谏的事,几乎妇孺皆知,可谓广为流传。事实上,即便在当年,海瑞就已经成为清官的"化身"。嘉靖皇帝去世以后,徐阶把海瑞从监狱里放出来。鉴于海瑞的名声,徐阶决定重用海瑞——让他到江南当了应天府巡抚,管辖南京周围几个最富有的州府。海瑞是个极具操守的人。上任之后,不坐八抬大轿,宁骑驴子上班。对此,一些部下,看在眼里,气在心上。原因明摆着,"一把手"只骑驴子上班,别人有谁还敢坐轿子?

然而,海瑞又是一个十分理想化的人。以断案为例,但凡富人和穷人打官司,不管有理无理,一般都是富人输;哥哥和弟弟打官司,大多是哥哥输;强势者与弱势者打官司,大多是强势者输。如此一来,富人也好,大户也罢,或担惊受怕,敬而远之;或脚底抹油,能跑便跑。结果是,州府的税源没了"活水"。不过短短两年,当地赋税减少了三分之二。海瑞不从自己身上查原因,却认为"满天下都是妇人",以致愤然辞职。当时的首辅高拱,听之任之,不予挽留。结果,海瑞就只好回到老家——海南琼山——赋闲去了。

张居正任首辅之后,要求三品以上大臣,都要向朝廷推荐人才。其中,不少人推荐了海瑞。时任吏部尚书杨博,还曾就这个问题,专门游说张居正。然而,张居正不为所动,就是不予起用。在张居正眼里,海瑞是一个有道德、善自律的好人,但好人未必就是好官。好官的标准应当是——上让朝廷放心,下为苍生增福。而海瑞做官,只有原则,没有器量;只有操守,缺少灵活。因此,有政德,无政绩。是一个典型的"清流",不好使用,不能使用。

相反,张居正启用戚继光时,后者只是个总兵。那时,总兵虽是"省军区司令",可上面还有一个总督呢。总督,既是地方的行政长官,又是总兵的顶头上司。以往,但凡总督和总兵产生矛盾,朝廷撤换的必定是总兵。这,几乎成了"惯例"。张居正恰恰相反——不管他人如何攻击、怎样贬损戚继光，抑或他和总督产生矛盾后，张居正始终对他信任有加，撤换的都是总督。不仅如此，每个总督上任时，张居正都会亲做"任前谈话"，明确要求支持戚继光。正因此，戚继光担任蓟辽总兵十三年，蓟辽没有发生一次战争，蒙古人也没有一次进犯。辩证地看，这既是戚继光恪尽职守的功劳，也是张居正知人善任的结果。

政因人兴，事在人举。孔子认为："政在选臣"，墨子强调："尚贤者，政之本"。两人表述不尽一致，大意相同，说的都是选贤任能的重要性。从万历元年到十年，张居正政绩斐然。他重用名将李成梁、戚继光、王崇古等，使得主要是蒙古人的北方异族每次入侵都大败而归，只得安分守己而与明朝进行和平贸易。南方少数民族的武装暴动，也都一一平定。国家富强，国库储备的粮食可用十年，库存的盈余，超过了全国一年的支出。交通驿站，办得井井有条；清丈全国田亩面积，使得税收公平。经过张居正的苦心经营，明朝成为彼时全世界最先进、最富强的大国。

张居正是明代最有权威的首辅，也是中国封建社会后期不可多得的政治家。万历十年(1582)病卒后，遵其遗嘱，千里迢迢，发丧回乡，归葬故土。张居正墓园，亦即张居正纪念馆，位于湖北省荆州市沙市区首辅路16号。

退休的第二年，我应邀在湖北《楚天消防》任"总编室主任"期间，曾参观过张居正纪念馆。这座占地面积约10000平米的纪念馆，座北朝南，主体建筑分布在南北一条轴在线，由仪门、庭园、半月池、张居正塑像、神道、墓碑、及纯忠堂、太岳堂等8部分组成。神道两侧的石人、石马、石羊、石虎两两成双。庭园两厢附属建筑东侧为太岳堂，堂内展出有张居正画像、帝鉴图说等珍贵文物及生平简介；西侧为纯忠堂。园内亭、廊环绕、砖石铺地，银杏、香樟、松柏及梅竹等，枝繁叶茂，郁郁葱葱，其结构按明代墓葬等级制度布局。整座墓园古朴典雅，庄严肃穆，是人们凭吊先贤、访古探幽的休憩场所。置身其间，穿越历史，一股对张居正肃然起敬的情感，不知不觉爬上心头。

张居正有句名言："世不患无才，患无用之之道"。各级领导干部，应该具备识才的慧眼、用才的气魄、爱才的感情、聚才的方法，知人善任，广纳群贤。时代不同了，社会进步了，我们理应超越张居正，努力开创人才辈出的良好局面。而实现中华民族伟大复兴的中国梦，既离不开一套相互制衡的管理体制，更离不开一支廉洁高效的干部队伍。这，也算是张居正重整吏治、选贤任能给我们的一点启示。

【原载2017年10月17日香港《文汇报》、《清风》2017年第9期】

芦林一号那张床

庐山芦林一号，位于东谷芦林湖畔。今年，是毛泽东主席逝世45周年。辛丑初秋，我陪同六位来自福建南平的朋友，前往对公众免费开放、体验红色之旅，传承红色基因的芦林一号参观。这天上午，晴空万里、阳光灿烂。我们从牯岭乘坐旅游观光车，沿着河西路下行。须臾功夫，到达芦林一号停车场。下得车后，顺着芦林湖南岸高大挺拔绿树掩映下的步道东进，步行十分钟，抵达目的地。在芦林一号门前驻足时，但见大门左右石质"门柱"上，分别挂着"毛泽东同志旧居"和"庐山博物馆"两块长方形牌匾。

单层结构的芦林一号别墅，系全国重点文物保护单位，建筑面积3700平方米。1960年，由武汉中南设计院设计，1961年初夏竣工，布局为"四合院"式，空间宽大，开阔气派。1961年、1970年，毛泽东同志曾在这里工作和休息。那天上午，当我们来到南大门西侧芦林一号别墅后，在"芦林一号别墅"毛泽东主席卧室门口向室内"扫描"：宽敞的卧室里，陈列着一张床、两张沙发、一张躺椅，以及衣柜、办公桌、立柱台灯等。据导游介绍，这些陈列的家具与用品，均为毛泽东当年使用过的原物。我注意到，卧室里其它物品并无特别之处，唯有那张床，与众不同，特别宽大。

床，是最平常的家具之一。原始社会，人们生活简陋。夜间通常在铺垫野兽毛皮或者植物枝丫上睡觉。掌握了编织技术后，才开始铺垫席子。随着席子问世，床便随之出现。及至春秋以后，床既是普通家具，又兼有其他功能。人们通常在床上放置一个不大的案几，完成多种日常活动——或进餐，或饮酒，或书写，或阅读。晋代著名画家顾恺之的《女史箴图》中所画的床，高度已和今天的床差不多。

芦林一号别墅内的那张床，宽度很大，用途更大。原来，它是为了方便毛泽东主席枕上读书。读书有三上：马上、枕上、厕上。毛泽东主席习惯躺着看书，亦即枕上阅读。前不久，《学习时报》刊发的《毛泽东的读书学习生涯（下）》中写道："毛泽东'嗜书如命，书以伴行，书以伴眠，甚至书以伴厕'。凡是他活动的地方，无处不放书，无处不读书，无事不问书。毛泽东的床很特别，超出普通床一倍多，出奇的宽大；造型也很奇特，里低、外高，高的一侧睡人，低的一侧放书，板床的三分之二被摞得二尺高的书籍占据，睡觉基本上是躺在书堆里。"历史表明，在党的第一代领导人中，毛泽东主席是终身学习、酷爱读书的典范。他曾经说过："我一生最大的爱好是读书。"

走进芦林一号别墅，走近毛泽东主席的读书生活。毛泽东的一生，是报国革命的一生，卓越奋斗的一生，勤奋读书的一生。其一生读书之多、之广、之深、之活，无人能出其右。在庐山会议期间，毛泽东忙里偷闲，广泛阅读。

毛泽东一生酷爱读书。芦林一号，是无言的见证者之一。在芦林一号别墅，紧邻毛泽东卧室的《跃上葱茏党和国家领导人在庐山》展室内，一幅黑白、一幅彩色图片，分外醒目。两幅图片文字说明完全一样："中央工作会议期间，中共中央主席、中央军委主席毛泽东在芦林一号读书。"图中毛泽东的体态却不一样，黑白的为坐姿，彩色的为站姿。彩图中身材魁梧的毛泽东，身穿一套银灰色中山装，正对书架，双手捧书，微低着头，全神贯注，一副旁若无人、与书交流的神态。

1959年、1961年、1970年，毛泽东三次登上庐山。在庐山会议期间，由会议秘书处工作人员经手，先后从庐山图书馆为毛泽东借出的上百册图书中，既有哲学、经济学著作，也有《资本论》，人民出版社1953年3月第一版；《列宁全集》，人民出版社1959年9月第一版；《列宁选集》，人民出版社1960年4月第一版；《鲁迅全集》，上海作家书屋1948年12月第三版；《鲁迅全集》，人民文学出版社1957年5月第一版等中国历史文学著作，还有《庐山志》十二卷，民国二十二年（1933）线装本；《庐山续志稿》七卷，民国三十六年（1947）线装本等。

古为今用。毛泽东读书，十分重视对历史经验的总结，以从中找出可资利用的东西。早在青年时期，毛泽东就熟读了《史记》《汉书》《资治通鉴》等史籍名著，到了老年仍不断地重温这些史籍。在庐山期间，毛泽东所读的书中，还有南朝梁萧统编辑的著名文学总集《昭明文选》和《元人小令集》等。毛泽东读书很广，但凡好书，他都爱看。江西高校出版社2011年6月出版的《只缘集》中记载：1959年8月，庐山会议期间，一天江西省委书记杨尚奎的夫人水静到"美庐别墅"，看到毛泽东的客厅里摆着几本安徒生著、叶君健译、新文艺出版社出版的《安徒生童话集》，好奇的问："主席还有兴趣看童话？"毛泽东答道："写得好的童话，往往包含着许多哲理，能给人以启示。凡是有价值的书，我都喜欢看。"

书中自有颜如玉，书中自有黄金屋。早在延安时期，毛泽东就曾说过："读书可以使人增长学问，有了学问，好比站在山上，可以看到很远很多的东西。没有学问，如在暗沟里走路，摸索不着，那会苦煞人。"离开庐山多日了，联想到芦林一号别墅的那张大床，毛泽东这段话，又在耳边响起……

【2021年10月30日《九江日报》发表时题为《走进芦林一号别墅》，12月15日《党史信息报》以《芦林一号：毛泽东酷爱读书的无言见证者》为题发表】

周恩来纪念室里的怀想

今年，是周恩来总理诞辰120周年。上个周末上午，重返庐山探亲避暑的我，怀着崇敬而急切的心情，独自直奔位于河西路442号，背依牯牛岭，面对长冲河，与"美庐"隔河相望的周恩来纪念室。

一代伟人周恩来，生前曾五上庐山参加相关政治活动。其中，1937年两次；1959年至1970年三次。1961年，参加中央庐山工作会议期间，周总理就住在这幢建于1919年、建筑面积397平米、单层石木结构的别墅里。别墅最早的主人，是美国传教士歇尔曼。这是一幢典型的美式风格单层别墅，坐北朝南，顺坡而建。据史料记载，这幢别墅，在周恩来之前还住过两位美国名人。1946年7月至9月，马歇尔作为美国总统特使，以"调处"为名参与国共两党和平谈判，在庐山和南京之间来回穿梭，八上庐山时，都是入住这幢别墅。因此，在被设为周恩来纪念室之前，人们习惯称它为"歇尔曼别墅"。1948年，美国驻华大使司徒雷登也在这里下榻过。为纪念人民的好总理，1990年别墅被辟为"周恩来纪念室"，后被列入全国重点文物保护单位。

这天，我从柏树路住所出发，沿着河西路下行，过了"庐山恋电影院"，继续下行一百多米，就到了目的地。不大的大门门口一侧，有块白底金字的"周恩来纪念室"标牌，不时有游客在标牌前留影。进入院内，但见绿草茵茵、树木葱葱。别墅高高的石台基座上，长长的内走廊和木质白框玻璃窗，显得既朴素又典雅。我从别墅东侧拾级而上，步入纪念室内，最吸引眼球的，是走廊上、客厅里墙上周恩来在庐山活动的相关照片、文字说明。在北端展厅的《前言》中，有这样一段话：敬爱的周恩来同志，于一九三七年作为中共代表，不顾个人安危，充分施展出一个政治家的非凡才能，曾两次上庐山与蒋介石进行谈判，为促进国共两党的合作和建立抗日民族统一战线，进行了艰苦卓越的斗争。全国解放以后，周恩来同志于一九五九年、一九六一年和一九七零年三上庐山，参加中共中央八届八中全会、中央工作会议、中共九届二中全会，为纠正党内"左"倾错误，恢复国民经济正常发展，辅弼毛泽东同志挫败反党集团的阴谋与进攻，建立了不朽的功勋。

  我注意到，在紧邻客厅的周总理寝室里，按原貌摆放着一床一桌一椅一沙发。由于布置十分简朴，卧室空间显得颇为宽敞。据资料介绍，当年周恩来住在这里时，还曾发生过一件"怪事"。那是总理住进别墅的第三天，警卫战士向总理的卫士长成元功报告，白天和晚上，常听到屋顶上有神秘的"叭嗒"声。为了安全考虑，秘书建议总理换个地方住。总理考虑了一下说："换住处会给地方政府增添极大麻烦。再说，如果这里确有安全问题，换了别的同志来住，不也不安全吗？还是想办法先把问题搞清楚，如确需要换，再向地方政府讲清楚原因，我们不能住，别的同志也不能住。"安全"隐患"面前，首先想到的不是自己，而是"别的同志"。这，正是周恩来一以贯之的处事风格与思想境界。后来"隐患"排除，总理听了汇报，满意地点点头："这就对了嘛，发现了问题，就要想办法解决，不要回避。"

  另据一张图片文字说明：1959年庐山会议期间，会务部门原给周恩来总理安排住别墅，总理坚持和副总理、部长们住庐山交际处直属招待所，以利于经常及时研究工作。那年，周总理住201房，邓大姐住208房。他们坚持和大家一同在大餐厅用餐，不进专门为他准备的小餐厅。这里还关照工作人员说："大家吃什么，我也吃什么，不能超标准，更不能开小灶。"常言道，一滴水可以折射出太阳的光辉。前来参观的人们，只要在"纪念室"内留心观赏一遍，就可以深切感受到这位伟人的智慧与胆识、作风与情操。我在参观过程中观察发现，来自全国各地的游客，不论年龄，不分性别，脸上都露出肃穆崇敬的表情。

  参观期间，我"见缝插针"轻声问一位操着山东口音、年过半百的大汉："来这里参观，有什么感受？"他不假思索地说："周恩来，国家的好总理，人民的好总理！"他的夫人主动搭讪："周总理，职务那么高，没有点架子，不像现在有些人……"

　　的确，现实生活中，少数领导干部，职务不高，架子不小，动辄摆出一副道貌岸然、高高在上的派头；贡献不大，气势不小，总想显示唯我独尊、有别于民的身份，这与周恩来总理大事小情保持着和人民群众"一个样"的作风，形成鲜明反差。此前不久，《中国纪检监察》杂志在一篇题为《透视特权思想的主要表现及深层次根源》的文章中，使用了一个新提法——"抖派"。文章称，这种人把权力、职务当作高人一等的标签，与下级、群众接触时，两眼朝天、吆五喝六、口大气粗。群众对他们不但深恶痛绝，而且给他们量身定做了一顶帽子，叫"抖派"。我理解，所谓"抖派"，就是在言谈举止、衣食住行等方方面面，表现得与人民群众"不一样"。倘若给他们画素描，大概是这样的——日常生活喜欢喝名酒、抽名烟、穿名牌、戴名表，群众面前习惯走官步、打官腔、耍官威、摆官谱；出行喜欢有人端杯拎包、前呼后拥、开车门、撑雨伞……，总之，时时追求鹤立鸡群，提醒别人"我是谁"；处处不忘彰显身份，刻意炫耀"有能耐"，傲慢做派，溢于言表。此类"抖派"，不说比比皆是，也是屡见不鲜。

　　在周恩来纪念室南端展厅墙上，一张历史照片下方，有这样一段文字说明——1970年会议结束，下山前一天中午，周恩来总理、邓颖超大姐要和直属所工作人员合影留念。大家排好队，并搬来两把藤椅，请总理和大姐坐在中间。不想，周总理坚决拒绝："大家都站着，我们也站着，椅子一定要搬走。"当摄影师拍完了，总理担心不保险，要求"再拍一张"。摄影师说："没问题。"总理笑道："那不见得哟，他们跟我在一起照个相不容易，还是再拍一张好了。"照毕，总理让秘书拿出40元钱交给摄影师，关照要给每人放大一张，一定要寄到。

　　这天上午，置身周恩来纪念室，随着参观过程的延伸，一位历史伟人仿佛就在眼前，一些历史往事仿佛还在闪现。我一边细细看，一边默默想，周恩来身为大国总理，尚能这样自觉保持与人民群众"一个样"，哪个领导干部有理由摆架子、有资格抖派头？大量历史事实表明，密切联系群众是中国共产党的最大政治优势，脱离群众是执政党的最大危险。这，是从中共近百年奋斗历史中总结出来的宝贵经验。习近平总书记多次告诫全党同志：人民群众是中国共产党最坚强有力的靠山，共产党人一刻也不能脱离人民群众，一刻也不能忘记服务人民群众。我以为，领导干部职务不论职务高低、权力大小，都要像周总理那样，时时处处、岁岁年年，始终和人民"一个样"、自觉和人民"一个样"。只有这样，才能赢得人民群众的拥戴与支持，才能执好政、掌好权、服好务。

【原载2018年7月24日香港《文汇报》】

思绪万千忆彭总

2018年12月24日《文艺报》刊发了张西南先生《岳父日记里的彭德怀》一文,介绍了《解放军报》记者、原总政新闻处处长江波,一生三次见到彭德怀的日记。其中,1959年8月12日写于庐山的日记中写道:"傍晚,山上很静,可能人们都看戏去了。我从屋里出来透透气,忽然看见彭总独自一人也在散步,沿着一条幽静的小径,慢慢走着;有时停下来,抬头看看远处,似乎在倾听什么。我止住了脚步,一直望着那个熟悉的宽厚的背影,夜色渐浓,彭总的身影慢慢消失在苍茫之中。我不知道今后还能不能再看到他?"果不其然。直到1978年12月24日下午,江波才在彭德怀同志追悼会上见到他:"我看见彭总的大幅照片,心里十分难受,没想到是在这样的场合,以这样的方式又一次见到彭总。"这些日记,虽没浓墨重彩,却是情真意切。读着它,心里五味杂陈、思绪万千……

彭德怀(1898—1974),原名彭清宗,字怀归,号得华,无产阶级革命家、军事家和政治家,中华人民共和国元帅;中国共产党、中华人民共和国与中国人民解放军的卓越领导人之一,他把毕生精力献给中国人民的解放事业和社会主义国防及建设事业,建立了不朽的历史功勋。彭德怀一生上过几次庐山,"无据可查",不得而知;但1959年庐山会议后,他再也没有重上过庐山,却是确信无疑的。

庐山会议期间,彭德怀下榻在东谷建于1896年的河东路176号别墅。该别墅为座带前廊对称结构的单层西式建筑,为美国驻汉口圣公会建造。坐东朝西,红瓦灰墙;背靠大月山,面对长冲河,与"美庐"毗邻;建筑面积

333平方米。别墅前，有堵用不规则石头垒砌的矮墙，在矮墙与别墅之间，是面积不小的花园。花园里，草青花红，绿树成荫。别墅前，立着一块"全国文物保护单位"的石碑。

彭德怀，一个旧社会最底层的农家赤子，毅然领导了平江起义、创立了红五军，从井冈山保卫战，到五次反围剿；从二万五千里长征、百团大战，到西北鏖兵、抗美援朝，打败以世界头号军事强国美国为首的联合国军，其功绩和英名有口皆碑。新中国成立后，他为加强新中国的国防现代化建设，呕心沥血，劳苦功高。戊戌之夏的一天上午，当我走进176号别墅后，悠悠思念、绵绵浮想，如同潮水，涌上心头。

庐山会议的初衷，是要纠正一些"左"的做法，使国民经济不致失控。1958年"大跃进"运动兴起后，毛泽东主席已经察觉到许多违反科学的现象。在进行大量调查研究后，毛泽东在11月召开郑州会议，明确提出要"纠左"。用他的话说，是"成绩很大，问题不少，前途光明。"同年12月，中央在武昌召开的八届六中全会上，彭德怀对当年的粮食产量，就表示过质疑。武昌会议结束后，彭德怀回到湖南家乡去做调查，决心把有些情况弄个水落石出。于是，便有了后来庐山会议上那封引起轩然大波的《意见书》，以致至蒙冤受屈，历经磨难十五个春秋。

关于当年那场"风起云涌"的庐山会议，历史已为它作出了公正的结论。早已尘埃落定，正本清源，云消雾散。今天，追思和纪念彭德怀同志，最重要的是学习他坚持真理、敢讲真话的高风亮节。彭德怀为人刚直爽快，最反对阳奉阴违和明哲保身。他常说："一个负责干部，在重大问题上必须表明自己的真实观点，这才叫负责。""对毛主席就是要讲真话，才是对革命负责。"历史表明，正是这种坦荡、耿直的气质，造就了他独特的人格魅力，以及弥足珍贵的品德、质量。

——信念坚定。1927年大革命失败后，中国革命转入低潮，一些追求进步、向往真理的人士，在革命的危急时刻加入了共产党的队伍。1928年4月，在国民革命军独立第5师第1团任团长的彭德怀，在革命低潮时期，经段德昌介绍加入中国共产党。7月22日，与滕代远、黄公略等领导平江起义，组建中国工农红军第5军，任军长兼第13师师长。8月起，率部在湘鄂赣边界开展游击战争，建立革命根据地，成立中共湘鄂赣边界特委，任特委委员。年底，率红5军主力到井冈山，同朱德、毛泽东率领的红4军会师。所部编为第30团，任红4军副军长兼第30团团长。

——是非分明。1934年10月，中央红军主力八万余人被迫离开中央苏区，进行战略大转移——长征。蒋介石布置了几十万大军围追堵截，妄图将红军一网打尽。红军指战员经过三个月连续不断的艰苦作战，在江西、湖南、广东、广西边境地区，突破敌人四道封锁线，进入敌人力量比较薄弱的贵州，占领遵义城。1935年1月15日至17日，中共中央政治局在遵义召开了一次独立自主解决中国革命问题的极其重要的扩大会议，挽救了红军，挽救了革命，成为党的历史上一个生死攸关的转折点。会上，彭德怀旗帜鲜明地拥护毛泽东的主张。同年6月，红一、红四方面军在川西北会合后，彭德怀坚决拥护北上抗日的方针，反对张国焘的分裂活动。

——骁勇善战。"山高路远坑深，大军纵横驰奔，谁敢横刀立马，惟我彭大将军。"这是毛泽东1935年写下《六言诗？给彭德怀同志》。彭老总的一生和军事分不开。他一生组织指挥了近200次较大的战役和战斗，表现出卓越的军事才能，受到中国人民的赞扬。外国友人也称他为"百战百胜的中国将军"，"创造战争奇迹的英雄"。1950年10月，彭德怀被中央军委任命为中国人民志愿军司令员兼政治委员，率领志愿军奔赴朝鲜作战。他指挥中国人民志愿军与朝鲜军民携手并肩，同仇敌忾，英勇奋战，不到三年，就把以美国为首的"联合国军"赶回到三八线以南，并于1953年7月27日迫使其不得不在停战协议上签字。

——襟怀坦荡。庐山会议刚刚结束，1959年8月18日至9月12日，以批判彭德怀、黄克诚为内容的中央军委扩大会议在北京举行。会议就所谓"军事俱乐部"问题对彭德怀进行追逼。后来，他在记述当时的情况时写道："在会议发展的过程中，我采取了要什么就给什么的态度，只要不损害党和人民的利益就行，面对自己的错误作了一些不合事实的夸大检讨。唯有所谓'军事俱乐部'的问题，我坚持了实事求是的原则。""我不能乱供什么'军事俱乐部'的组织、纲领、目的、名单等，那样做，会产生严重的后果。我……决不能损害党所领导的人民军队。"彭德怀元帅的坦荡胸怀，跃然纸上。

一滴水可以折射出太阳的光辉。透过上述"几滴水",或可映照出彭德怀的壮烈人生。邓小平说:"彭德怀同志热爱党,热爱人民,忠诚于伟大的无产阶级革命事业。他作战勇敢,耿直刚正,廉洁奉公,严于律己,关心群众,从不考虑个人得失。"行文至此,想到庐山176号别墅,2016年央视一套黄金时段首播的36集长篇重大革命历史题材电视连续剧《彭德怀元帅》的插曲——《大英雄》——在耳边顿然响起:"都说青山埋忠骨,都说烈火见真金;惊涛骇浪你横而不流,清风明月不染尘;一片丹心昭日月,一腔浩气满乾坤……"

【原载 2019 年 2 月 16 日香港《文汇报》】

王阳明的秀峰《纪功碑》

王阳明（1472—1529），本名王守仁，幼名云，字伯安，别号阳明，学者称之为阳明先生；浙江绍兴府余姚县（今属宁波余姚）人，明代著名的思想家、文学家、哲学家和军事家；陆王心学之集大成者，以哲学成就载入史册。其学术不单影响我国明清两代以至近现代，而且远播日本、朝鲜等东南亚国家。

2019年，是王阳明平定朱宸濠叛乱、任江西巡抚和发表"致良知"500周年。江西政协常委、副秘书长、民建中央委员赵波，日前建议江西开展王阳明500周年相关纪念活动。我由此想起王阳明和他的《纪功碑》。纪功碑，古已有之。我国历史上首次有战功纪念刻石的是"燕然勒功"——东汉永元元年（公元89年）国舅窦宪率大军征伐北匈奴，大破北匈奴后，登燕然山，摩崖勒石，刻字记功。王阳明《纪功碑》藏身于庐山南麓的秀峰。南唐中主李璟，曾在秀峰筑台读书，保大九年（951），李璟敕令在这里修建寺庙，赐名"开先寺"，意思是"开国先兆"。在李璟读书台下，有一块数丈见方的石壁。石壁上有三通石刻。从右至左，分别为：明代徐岱的诗作，北宋黄庭坚所书《七佛偈》，王阳明的《纪功碑》。

有句成语，叫做历久弥香。王阳明便是这样一位历史人物。本世纪以来，随着传统文化尤其是儒家研究的持续深入，以王阳明为代表的文化大家，逐渐成为学界的热点：2012年1月31日，中央电视台记录频道播出纪录片《庐山文殊台：心学大师王阳明》；2017年10月，四十集大型历史正剧《千古大师王阳明》正式签约启动，该剧紧紧围绕王阳明少年、青年、中年和老年

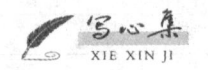

的人生不同阶段，讲诉王阳明传奇的一生；2017年12月，江西人民出版社出版了《千古一人王阳明》……

正德十四年（1519），能文能武的王阳明，平定了危及大明江山的宁王之乱，在赢得"大明军神"美誉的同时，背上了"功高盖主"的包袱。重压之下，他不得不将全部功劳归于无能的皇帝明武宗。数月后，王阳明在秀峰愤愤然写下《纪功碑》，并刻石存世。次年春日，登上庐山，在天池峰挥毫作诗，在文殊台夜观天象。文殊台，一层平顶、临壑而建，立身于天池山西边，北侧垒有上台石阶，下有石室五楹，石木水泥混合结构。戊戌之夏的一天上午，我在庐山游览了龙首崖、文殊台后，穿过那个用不规则石块堆砌，由近代著名政治家、学者康有为题额的"天池寺"山门，沿着天池峰麻条石铺就的山道，向北攀登不过百余米，一座隐身林间的红瓦石亭出现在眼前。

这座汪精卫当年修建、意在保护王阳明诗刻的亭子，有两个与众不同之处。其一，亭子周遭，全是石板"护栏"，没有人们进出的"门"。为了一探究竟，我只好高抬笨脚，跨栏而入；其二，亭子中间，不是平地，而是一块北高南低的斜坡状天然巨石，上方刻着"照江崖"三个遒劲有力的楷书大字。据明朝嘉靖年间著名学者桑乔所撰的《庐山纪事》记载，此三字为嘉靖文人刘世杨所题。"照江崖"之下，从右至左并排着两通石刻。其右为王阳明诗："昨夜月明峰顶宿，隐隐雷声在山麓。晓来却问山下人，风雨三更卷茅屋。"落款："阳明山人王守仁伯安书"。寥寥数语，意味绵绵。表面看，是在描绘大自然的奇妙现象。其背后，却暗喻王阳明内心的忧愤与不平。

这就要由此及彼，与王阳明的秀峰《纪功碑》联系起来。《纪功碑》长约242厘米，宽约234厘米，碑文字体庄重遒劲，挥洒自如，气势宏伟，刻技娴熟，字迹清晰。全文如下："正德己卯，六月乙亥，宸濠以南昌叛，称兵向阙。破南康、九江，攻安庆，远近震动。七月辛亥，臣守仁以列郡之兵复南昌，宸濠擒，余党悉定。当是时，天子闻亦赫怒，亲统六师临时，遂俘宸濠以归。于赫皇威，神武不杀。如霆之震，靡击而折。神器有归，孰敢窥窃。天鉴于宸濠，式昭皇灵，以嘉靖我邦国。正德庚辰正月晦，提督军务都御史王守仁书,从征官属列于左方。"初读碑文,颇为困惑。碑文中明白无误地写道:"宸濠擒,余党悉定。"接下来却笔锋一转:"天子闻变赫怒,亲统六师临讨,遂俘宸濠以归。"既然经过鄱阳湖大战,宸濠已经被擒,叛乱也已平定,为什么天子还要亲自率兵,并俘获宸濠、凯旋而归?这不就有点"自相矛盾"了。由此及彼,细加品味,王阳明这样行文,并非条理不清,而是另有隐情。

原来,武宗的宦官、宠臣张永、江彬、许泰等人,对王阳明嫉恨已久,当他们接到王阳明的捷报后,不是如实报告,而是歪曲事实,在武宗面前诬告说,宁王叛乱前,曾与王阳明联系过,王阳明却密而不报,可能脚踩两只船——看哪边得势,就投靠哪边。因此,对王阳明应当严加提防。武宗一听,非但信以为真,而且怒火中烧。于是,明知叛乱已平,还是兴师动众,亲率大军前去"平叛"。其行为暗藏杀机:如若发现王阳明有异常举动,便随时随地将其处置,以免留下后患。

王阳明探知内情后,惊恐不安,只好将朱宸濠交给武宗大军的先行官张永,把"首功"拱手相让,希望他在皇帝面前替自己说点好话。与此同时,王阳明向皇上重新报捷,将功劳全归于天子,并再次表明忠诚。武宗收到捷报后,命王阳明在九江一带待命,等事情完全搞清楚后再酌情处理。王阳明虽然暂时逢凶化吉,但却耿耿于怀、心有不甘。次年正月,王阳明游庐山秀峰"开先寺"时,便煞费苦心写下《纪功碑》,简要记录了平叛过程。通观碑文,激扬飞越,纵横跌宕,将行书的洒脱和楷书的庄重糅合在一起,使全文气韵贯通,雄健苍劲,代表着王阳明书法的极高水平。清初诗人王渔洋观赏了王阳明诗碑后,激动不已,写诗赞道:"文成摩崖碑,其字大如斗。万古一浯溪,光芒同不朽。"王渔洋将《纪功碑》与颜真卿的顶尖之作《浯溪碑》相提并论,认为二者同样万古不朽。

王阳明平定宁王之乱,没有功劳,也有苦劳。可是,皇帝老儿非但没有褒奖他,反而要亲率大军前来"平叛",差点就把有功之臣的小命给"平"了。王阳明正是抱着这种愤愤不平、惶惶不安的心境在秀峰留下《纪功碑》,碑文委婉地透露自己本应得到的功劳。今天看来,王阳明一边向皇上报捷,且将功劳全归于天子;一边挥动妙笔,撰写峰回山转的《纪功碑》。如此这

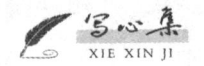

般，既是为自己付出打抱不平，也是为历史真相留下证据。乍看起来，似乎不够光明磊落，至少有口是心非之嫌。然而，王阳明这样做，实在是不得已而为之。有道是，"官逼民反"。王阳明之所以出此"下策"，完全是被武宗逼出来的。可谓是，于无奈之中，折射出这位心学集大成者的高明。

【原载 2019 年 5 月 18 日香港《文汇报》】

"醉石"印证陶渊明诗酒人生

"八一"前夕,应战友之邀,正在庐山避暑的我,专程前往位于庐山南麓温泉镇"陶渊明文化主题酒店—醉石温泉"参加战友聚会,发起者把我安排在"8613"客房。从连队开始四度共事的老战友黄毛祥入内参观后开玩笑说:"你这是总统套房呀!"这话虽然有点夸张,但内部设施好的不说,室外还有很大的活动空间,且可透过玻璃墙,居高临下欣赏优美风景。当不远处半坐半卧、微微翘首目视远方,右臂支撑在一块石头上,靠近肘部处放着一把酒壶、一只酒杯的陶渊明雕像进入视线时,我两眼一亮,立马想起陶渊明与醉石的千古传说。

醉石,安卧于庐山南麓。从庐山市(原为星子县)市区出发,沿环山公路右侧"陶渊明文化主题酒店"广告牌右拐,前行约一公里,一块巨石横卧在山谷间、小溪旁。相传,此石乃五柳先生醉后高卧之处,亦即醉石,也叫砥柱石。石上刻有朱熹题写的"归去来馆"四个大字。想想看,眼前碧草青青,周边绿树葱葱,耳边流水潺潺,醉卧其上,何其惬意、何其悠哉。无怪乎,有人不无夸张的说,醉石之上至今还能看到陶渊明当年留下的"卧痕"。清朝大才子袁枚有诗曰:"先生容易醉,偶尔石上眠。谁知一拳石,艳传千百年。"这些传说与诗句,从一个侧面,印证了陶渊明的诗酒人生。

陶渊明(约365—427年),字符亮,又名潜,私谥"靖节",号五柳先生,寻阳(今浔阳)柴桑人,东晋末南朝宋初伟大的诗人、辞赋家。曾任江州祭酒、建威参军、镇军参军、彭泽县令等职。1959年,毛泽东在《七律·登庐山》尾联中写道:"陶令不知何处去,桃花源里可耕田?"透过这两句,不难看

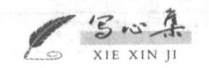

出身为诗人·领袖的毛泽东,来到与陶渊明有着千丝万缕联系的庐山时,心中或多或少有点怀想、感慨的情愫。

陶渊明,生于庐山、长于庐山、逝于庐山。他的创作实践,多以庐山为背景、以自然为主题。他所引领并开创的田园诗风,影响了他以后的整个中国诗坛。因而,他成为东晋田园诗派的创始人,庐山也因此成为田园诗的诞生地。陶渊明在庐山的怀抱里生活了一辈子,但在他留下的125首诗篇中,没有一首出现过"庐山"二字。这是为什么?原来,他是用自己的独特方式——借"南山""南岳""南阜"等名词——寄托对庐山的情、表达对庐山的爱。"采菊东篱下,悠然见南山"等,便是生动的"证据"。

陶渊明一生,既爱诗,也爱酒。有人说,陶渊明因为应酬多,喜欢上了喝酒。我想说,陶渊明因为烦恼多,而喜欢上了酒。正所谓,借酒消愁。陶渊明面临的忧愁烦恼,委实不老少。陶渊明二十岁那年,开始了他的游宦生涯。直到东晋孝武帝太元十八年(393年),二十九岁的他,才第一次出仕任江州祭酒,不久便不以为然,辞官归家了。五年后,隆安二年(398年),陶渊明加入桓玄幕。隆安四年初(400年)奉使入都,五月从都还家。一年后,因母丧回寻阳居丧。三年丁忧期满,陶渊明怀着"四十无闻,斯不足畏"的观念,再度出仕,任镇军将军刘裕参军(将军府幕僚,相当于七品)。这时,他的心情颇为矛盾——本想为官施展才干、一展宏图,可真正出仕后,却仍旧眷念着田园生活,他在《始作镇军参军经曲阿作》中感叹:"目倦川途异,心念山泽居。"

义熙元年(405年)三月,安帝反正,江州刺史刘敬宣自表解职,身为其建威参军的陶渊明经钱溪使都。他在途中所作的《乙巳岁三月为建威参军使都经钱溪》中感叹:"晨夕看山川,事事悉如昔","园田日梦想,安得久离析"。就这样,动荡于仕与耕之间长达十多年,他既厌倦了,更看透了官宦生活,心中能不烦恼,能不喜爱上酒?是年秋天,为了养家糊口,陶渊明不得不来到离家乡不远的彭泽当县令。秋去冬来,到任八十一天时,浔阳郡派遣督邮前来检查公务。这次所派的督邮,是个粗俗而又傲慢的人,他一到彭泽,就差县吏去叫县令来见他。陶渊明一向蔑视功名富贵,不肯趋炎附势,加之有县吏对陶渊明说:"参见督邮要穿官服,并且束上大带,不然有失体统",陶渊明一听,火冒三丈,为五斗米折腰,老子才不干呢!陶渊明之举,堪称"贫贱不能移"的范本。

史料表明,陶渊明是古代一位饮酒、作诗、耕读三不误的"超级酒仙"。在他留下了的120多首诗篇中,"沾酒"者多达五十余首,差不多占到他诗歌总数的一半。不仅如此,他的许多名句,都与饮酒有关。也难怪,陶渊明一生,总是处于对酒留恋渴求的状态。他曾在《自挽歌辞》中感叹:"千秋万岁后,谁知荣与辱?但恨在世时,饮酒不得足。"而在《饮酒》序中,他则坦言:"偶有名酒,无夕不饮"。这里的"名酒",是何种酒不得而知,但只要得到,就连夜开怀畅饮。字里行间,透出一股"今朝有酒今朝醉"的气概。

酒能养性,酒可助兴。古往今来,多数文人与酒都有不解之缘,留下许多与酒有关的名句。实事求是地说,陶渊明一生与酒结下了不解之缘。酒既是他的生活需求,酒又是他一生的留恋,酒更是他创作的灵感。他在《乞食》中说,"谈谐终日夕,觞至辄倾杯,情欣新知欢,言咏遂赋诗"。《五柳先生传》则说,"酣觞赋诗,以乐其志"。在《自祭文》中也有"捽兀穷庐,酣饮赋诗"的句子。这些都说明陶渊明酒后,更能启发写诗行文的雅兴,更能开启思维的闸门,从而催生诗韵与酒韵的共鸣。不过,陶渊明并非整日泡在酒精里、沉在醉乡中。王谣曾说:"靖节饮酒是有节制的,绝不会有昏酣少醒的情形"。他自己或友人,也从没留下过陶渊明醉酒失态的记载。可见陶渊明的许多诗包括饮酒诗,不过是"借酒发挥",批判是非颠倒的社会,揭露昏暗世俗的污独,表现诗人的愤懑与不平。同时,也彰显了作者退出官场后轻松愉悦、怡然自得的心情。

另外,当时极度黑暗的社会背景分析,不排除陶渊明借酒以明哲保身。他在《饮酒》诗的末尾写道,"但恨多谬误,君当恕醉人"。这哪里像喝醉酒的人说的话。酒能壮胆。陶渊明真要喝醉了,哪里知道何为"谬误",更不会求人"宽恕"了。用苏东坡的话说:"若已醉,何暇忧误哉?"史料表明,陶渊明爱喝酒,不同于魏晋名士,饮酒只是本性所好罢了。陶渊明饮酒,既不张扬,也不风流,反倒因为家境贫穷,往往窘相毕露,但他从不在意别人的看法与态度。正因他不矫情、不做作,率性且旷达,反而得到亲朋好友

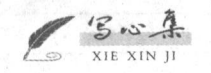

的理解和宽容，赢得后人的喜爱与怀念。

  "富贵非吾愿，帝乡不可期"的陶渊明，青年时代也曾有过"猛志逸四海，骞翮思远翥"的大志和"大济苍生"的抱负，且曾做过几次小官。但因为人直率、个性清高，与污浊的官场风气格格不入。所以，每次为官的时间都很短。纵观陶渊明一生，与诗和酒结下不解之缘。他生前有诗曰："青松在东园，众草没其姿。严霜殄异类，卓然见高枝。"今天看来，这不正是陶渊明那不折腰、不媚俗诗酒人生的真实写照么。

【原载 2018 年 9 月 1 日香港《文汇报》】

古堰画乡"遇"何澹

何澹(1146—1219),字自然,浙江丽水龙泉人。南宋诗人,曾任兵部侍郎、右谏大夫等职。

古堰画乡,是位于浙江省丽水市莲都区境内一个面积不大、游客不少,特色不小的景区,距丽水市区不过二十公里,核心区块包括大港头、堰头、坪地和保定范围,历史文化积淀深厚,因风景如画而得名。十月下旬的一天上午,我在穿过古堰画乡"古贤长廊"时,先后"遇见"范成大、刘廷玑、汤显祖等多位历史人物。其中,给我留下较深印象之一的是何澹。因为,其他几位古人都是站着的,唯独何澹是端坐着的。而除了他的雕像造型与众不同之外,还有至今仍有争议的生平——何澹74岁人生的功与过,如同泾渭一般分明。

何澹是聪慧的。《宋史·何澹传》称他"美姿容,善言论,少年取科名"。他十八岁入太学,20岁中进士礼部第二人,从此步入官场。为官之余,不忘为文。他所著的《小山集》,收入《永乐大典》及现代着名词学家、中国古典文学研究家唐圭璋主编的《全宋词》。何澹为官有点投机,依附权臣韩侂胄,排除异己为伪党,助力闹"庆元党禁"。

"庆元党禁",是宋代宁宗庆元年间韩侂胄打击政敌的政治事件。绍熙末,宋宁宗赵扩由赵汝愚和韩侂胄拥立为帝。赵汝愚出身皇族,韩侂胄系外戚。赵汝愚为相,收名士,揽人才,希望能有一番作为。朱熹身为著名学者,被召入经筵,为皇帝讲书。之后,韩侂胄因与赵汝愚不和,便图谋予以排斥。先后起用京镗、何澹、刘德秀、胡纮等人。朱熹约吏部侍郎彭龟年同劾韩侂胄,韩侂胄则对宋宁宗说,朱熹迂阔不可用。宁宗信任韩侂胄,朱熹遂被罢去……。韩侂胄当政,凡意见和他不合的,都称为"道学"之人,后又斥道学为"伪学"。庆元三年(1197),将赵汝愚、朱熹一派及其同情者定为"逆党",开列"伪学逆党"党籍,包括周必大、陈傅良、叶适、彭龟年、章颖、项安世等五十九人。名列党籍者受到不同程度的处罚,但凡与他们有关系的人,都不许担任官职或参加科举考试。

在"庆元党禁"这一政治事件中,何澹扮演了不光彩的角色,得到了不小的实惠。

庆元元年(1195),何澹被召为御史中丞。次年正月,何澹自御史中丞除同知枢密院事,继而参知政事(正二品,职同副相)。庆元六年闰二月,迁知枢密院兼参知政事、监修国史,如愿以偿达到他仕途的巅峰。从光宗初年攻击周必大、王蔺等人开始,何澹在政坛头角崭露。他也曾犹豫过、彷徨过,但终于不能自已。

有人说,何澹得以提拔重用,不能完全归咎于何他附权臣,而应该说是当权者"发现"了何澹特有的价值。在我看来,这样的"评判"是否准确,另当别论。好在何澹"迷途知返"——党禁持续时间不长,及至嘉泰二年(1202),即宣布弛禁,已经离世的赵汝愚、朱熹得到"追复",其他诸人也都得以复官。不过,在此之前,何澹就已有韬晦之意,于嘉泰元年(1201)七月"力请辞职,奉祠禄闲居故郡近七年,未忘乡土建设。"

何澹依附权臣韩侂胄,立"庆元党禁",排除异己,是不争的事实。《宋史》对他的评论是:"急于荣进,阿附权奸,斥逐善类,主伪党之禁,贤士为之一空。"毫无疑问,造成"庆元党禁",是何澹一生最大的过错,而他最大的功绩,则在于为家乡建设操心劳神、殚精竭虑。摆在首位的,当属精心加固通济堰。通济堰始建于南朝萧梁天监四年(505),其坝为木筱结构,松荫溪上游一发大水,水坝就被冲损,岁岁春节皆需进行大修,既费工,又费时,还费钱。何澹为使大坝千秋永固,免除劳役之苦,提高灌溉功效,开禧元年(1205)奏请朝廷调兵3000人,疏浚通济堰,将木坝改为石坝;并在保定村修筑水塘,蓄水灌溉农田3000余亩。因塘为洪州兵所筑,故名"洪塘"。

千百年来，何澹为通济堰、为碧湖平原的旱涝保收做出的贡献，在民间广为流传。

历史上最大规模翻修通济堰，既不是发生在大气磅礴的盛唐，也不是发生在财力丰沛的北宋，而是发生在处于金元夹缝中的南宋小朝廷。其所以能够大功告成，与何澹出谋出力密切相关。

《浙江日报》曾经发表的《千秋通济堰》一文中这样写道："何澹是一个充满争议的人物，这件本可以让他彪炳青史的工程，由于他的大是大非而变得黯淡，但无论如何，后人不应该忘记这个为了通济堰做了宏伟贡献的乡人。"有句成语，叫做"洗心革面"。何澹晚年以对故乡的恩施，作为心灵上的救赎，当他率领3000多人翻修大坝的那一刻，他的功过是非，便在这条大坝上泾渭分明地划分开来，他的人格与民望，则通过这条大坝，达到辉煌的顶点。清《丽水志稿》是这样定论的："梁二司马创始于前，宋参政何澹垂久于后。"

那天，在古堰画乡，站在通济堰大坝岸边，但见通济堰石砌拱坝迄今依然完好无损，美女导游介绍说，现在大家看到的大坝，是何澹当年主持重修的。

民谚曰，千年不烂水底松。通济堰大坝将千株大松树嵌入河床作为坝基。松木泡在水底，永远不会腐烂，从而为通济堰打下坚实牢固的基础。不仅这样，何澹还下令筑起36座炼铁炉，将炼成的铁水浇铸在块石预留的阴榫内，使得石头环环相扣，像铆钉一般"钉"在河床中，使石坝形成一方坚固的整体，屡搏惊涛骇浪，坝体历久弥坚。这两项"专利"的应用，是大坝千年永固的重要保证。

何澹对家乡所做的贡献，还体现在嘉定二年回乡守孝期间，主持修撰《龙泉县志》，开创龙泉方志之先河。何澹在这部部《龙泉县志》中，详细记载了生产香菇的"砍花法"和"惊蕈术"，对世界香菇发展起到了重大作用，他也因此成为世界香菇文化之父。有数据表明，这部《龙泉县志》所记载的香菇砍花法栽培技术全过程，是人类历史上最早、最精确、最完整的人工栽培香菇的记录。上世纪八十年代后期，龙泉籍食用菌专家张寿橙先生，在国际权威专业刊物和菇类会议上，发表了何澹关于人工栽培香菇的文字，引起轰动。经过国际菇类专家实地考察和多次研讨，国际菇类权威机构确认香菇之源在中国浙江龙庆景，从而结束了争议。从某种角度讲，这是何澹身后对家乡、对世人的贡献。

　　七年前，丽水乡土网上一篇题为《说说何澹》的文章，开篇便说，何澹，"在处州民间被称为何丞相，口碑极好。800年来，何澹的名字连接着通济堰、万象山、应星楼和香菇发源史。这些珍贵的历史文化资源日益受到人们珍惜、重视，正在弘扬光大。"这是何澹家乡后人对他的评价。是呀，"人非圣贤，孰能无过。"人生一世，难免有说错话、做错事，甚或表错态、站错队的时候。然而，只要知错能改，便也善莫大焉。

【原载 2017 年 12 月 12 日香港《文汇报》】

苏东坡怎么写作

苏轼（1037-1101），字子瞻，又字和仲，号东坡居士，世称苏东坡、苏仙。北宋大名鼎鼎的文学家、书画家。

苏东坡一生，为后人留下了二千七百多首诗，近三百首词和卷帙浩繁的散文作品。其数量之巨，为北宋著名作家之冠；其质量之优，堪称北宋文学最高成就的代表。他的《水调歌头·明月几时有》《念奴娇·赤壁怀古》等，至今广为流传、常颂常新。其所以然，除了自身出类拔萃的文采，还与要约写真的文风密不可分。

1500多年前，南朝文学理论家刘勰在《文心雕龙·情采》中写道："为情者要约而写真，为文者淫丽而烦滥。"意思是说，为了表达情感而写出的文章，一般都能做到文辞精练、内容真切；而一味为了写作勉强写成的文章，往往看似文辞华丽精彩，实则内容烦乱泛滥。近段时间，翻阅几本与名山、名人、名篇等有关的图书，发现苏轼便是一位文笔夸张、文风严谨，人到心到、求真写真的文学家。

以苏轼那首妇孺皆知、极具哲理的《题西林壁》为例。虽然，只有「横看成岭侧成峰，远近高低各不同。不识庐山真面目，只缘身在此山中」短短四句，却并非一气呵成、信手拈来的，而是他耗费十多天时间，身临其境、深入其山，仔细观察和思考，用心提炼与升华的结晶。苏轼要约而写真的创作态度，由此可见一斑。而更为典型的例子，则体现在他创作《石钟山记》的过程中。

石钟山，海拔61.8米，相对高度约40米，面积则仅有0.2平方公里。

位于江西省九江市湖口县长江与鄱阳湖交汇处。石钟山风景奇特秀丽——在长江与鄱阳湖的汇合处，浑浊的江水，碧蓝的湖水，划出了一条泾渭分明、奔流不息的水上"分界线"。而当人们登至山顶时，可远眺庐山烟云，能近睹江湖清浊……自古以来，石钟山便是长江沿线主要景点之一、鄱阳湖上一大奇景——虽然"个头"不高、"块头"不大，却傲然屹立于长江之岸、鄱湖之滨，既似一道天然屏障，又如一把坚固巨锁，牢牢"挂在"湖口县大门前，故有"江湖锁钥"之称，端的军事要塞。

九江市与石钟山相距约30公里。2000年，有"江西公路第一桥"之称的湖口大桥建成通车后，驱车不过二三十分钟时间。可是，在昔日没有大桥的漫长岁月里，石钟山与九江，如隔大海重洋。过往行人与车辆，谁都离不开渡船。遇到风大浪高，渡船停开，就算到了湖边，对岸可望不可即，你也只能干瞪眼。

30多年前，我从九江军分区政治部干部科干事岗位上，调任都昌县人民武装部政工科副科长。一年春节放假，从都昌回九江，军用吉普开至石钟山一侧渡口时，被告知为了安全，渡船停开。全车人一个个心急如火，却又无可奈何。只好老老实实在石钟山附近一家旅店住下，次日上午，风小了才得以过渡，急切切向九江奔去。

事出有因。名也一样。但凡人名、地名、山名、水名，都有各自名称的缘由或说法。石钟山，石是明摆着的，看得见，摸得着；钟也好理解，其基本字义是"金属制成的响器"。然而，石是怎样与钟"挂钩"的、依据何在？尽人皆知，只要是山，大都有石。而伟岸身躯下，激流激荡中的石山、石壁多了去。比如赤壁，宋神宗元丰五年（1082）苏轼谪居黄州时，就曾在《念奴娇·赤壁怀古》中感叹："乱石穿空，惊涛拍岸"，但也只能"卷起千堆雪"罢了，并不会发出钟鼓响声。唯独这座小小的石钟山，竟与"钟"联系在一起，这让苏轼好生奇怪。

在苏轼之前，探析并认可石钟山名称由来的人有：南北朝时期大名鼎鼎的北魏官员、地理学家郦道元，他认为石钟山下面靠近深潭，微风振动波浪，水和石头互相拍打，发出的声音好像大钟一般，因此而得名。唐朝诗人、江州刺史李渤，在石钟山深潭边找到两块山石，敲击它们，聆听声音，南边那座山石的声音重浊而模糊，北边那座山石的声音清脆而响亮，鼓槌停止了敲击，声音还在传播，余音慢慢消失，便相信自己找到了石钟山命名的依据。

苏东坡写《石钟山记》时，已年近半百。凭他的经验与经历、名气和才气，只要借用前人的说法，在约定俗成的基础上，顺水推舟，抒发一番感情；借题发挥，生发几句感叹，即可大功告成。可是，抱着"事不目见耳闻，而臆断其有无，可乎"理念的他，宁可多费力气、多吃苦头，也要探明事实真相。

元丰七年（1084）六月，当苏东坡送儿子苏迈抵达湖口后，寺僧按照让人"手持斧头、择石而击"的老套路忽悠苏轼。他脸上堆笑，可心里质疑。况且，苏轼手头缺少可靠而必要的左证材料。倘若闭门造车，写出来的东西，华丽自然不成问题，真实难免大打折扣。这不是苏轼的文风。怎么办？

这天晚上，天公作美，在明亮的月光下，苏轼毫不犹豫地和儿子坐着小船来到断壁下面。但见巨大的山石倾斜而立，有千尺之高，如同凶猛的野兽和奇异的鬼怪，阴森森地想要攻击人，苏轼不免有点心惊，正想要回去时，忽然洪亮的声音从水上发出，像连续不断的敲钟击鼓。就连不曾到过这种地方的船夫，也感到十分惊恐，巴不得快快离开。而求真心切的苏轼，却让船慢慢地靠近考察。这才发现，"山下皆石穴罅，不知其浅深，微波入焉，涵淡澎湃而为此也。"原来，山的下面都是些孔洞石缝，不知它们有多深，微波冲入其中，水波激荡因而发出这样的声音……

寻根究底、探明缘由后，胸有成竹的苏轼揣摩，郦道元的所见所闻，大概和自己的一样，可是他描述不够详细；士大夫不愿意用小船在夜里到悬崖绝壁下面观察，自然没有谁能知道个中奥秘；渔人和船夫，或许知道石钟山命名的'由头'，却无法用文字来记载。这大概是世上没有流传下来石钟山得名来龙去脉的真正原因。于是，他经过一番思考，大笔一挥、洒脱写来，记下自己的亲眼所见、亲耳所闻，藉此叹惜郦道元记事的简略，讥笑李渤见识的浅陋。

就这样，《石钟山记》如一朵奇葩，灿然盛开了。随着时光的流逝，山，因文声名远扬；文，因山千古流传。

上月底，我借前往九江参加战友女儿婚宴之机，再次登临石钟山。回味经过900多年岁月检阅的《石钟山记》、《题西林壁》等苏轼散文和诗篇，

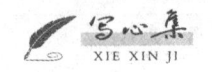

我的心中,既仰慕他超凡脱俗的文采,更敬佩他是要约写真的典范。曹丕讲:"盖文章,经国之大业,不朽之盛事。"柳青说:"作家是以六十年为一个单元的。"由此想起时下一些文人、写家,只图效率、不讲质量。据说有高产者,一天可码一两万字。闭门造车粗制滥造,哪里还有半点苏轼严谨认真的创作态度;如此这般草率作文,炮制出来的东西,纵然不是文字垃圾,断然难成文艺精品。

【原载 2017 年 12 月 27 日《解放日报》,《小品文选刊》2018 年第 4 期、《幸福》2018 年第 12 期转载 】

李清照的"雅赌"

闲来无事,从自家书橱中取出一本《文人故事集》,翻阅到《才胜夫婿的李清照》时,忽然间发现,千古流芳的第一才女李清照,原来也喜欢"赌博"呢……

国人爱赌。非但有悠久的生动实践,而且有充足的理论依据——"大赌伤身,小赌怡情。"言外之意是,大赌可能输光家财,甚或导致家破人亡;小赌既可调节身心,又有利于缓解压力。国人对赌博的态度、爱赌博的程度,由此可见一斑。

现如今,走上街头,稍加留心,便不难发现,大大小小的麻将馆、麻将室,比比皆是,随处可见。不论环境如何、设施优劣,不管阴晴雨雪、春夏秋冬,家家"生意"兴隆、天天"麻客"云集,好一派热闹非凡的景象。而随着麻将机的发明,微信的应用,更为家庭开赌创造了便捷条件——只要发个通知,朋友圈立马有人做出回应、争先恐后踊跃报名。

如果说只有今人才好赌、爱赌,那就大错特错了。

赌博现象,古已有之。追本溯源,究竟是猴年马月横空出世的,至今没有"权威"答案。有人说,赌博源自楚汉相争之际,韩信创设赌局,供军士打发时间,消减思乡、思亲之苦。而作为赌具的骰子,不仅使用率很高,而且颇有点来头——相传,骰子是三国时魏国曹植所发明。在古代赌场中,单是使用骰子进行赌博的方式,就多达几十种。至于更高级些许的赌博方式,则不只局限于赌场之中了。一些衣冠楚楚、道貌岸然的王公贵族,喜欢在宴会过程中,穿插一些赌博项目。其目的,不再是为了赢取钱财,而是另有更大的赌注。其赌博的方式，主要是"六博"。即，投壶、弹棋、射箭、象棋、斗草、斗鸡等。形式不一，花样繁多。而在民间，最为普及、最受欢迎的，无疑是麻将。

麻将，起源于中国。其由来，众说纷纭。比较流行的有，"郑和发明说"、"万秉迢发明说"等。明宣德年间，率军下西洋的郑和，为了排解船员常年累月航海生活的枯寂与无聊，在船上设计出了一种竹牌游戏器具——麻将，故麻将也有"竹牌"之称。明代万秉迢，一日在阅读《水浒》时，被书中108位好汉的本领与精神所折服。他想：如果做一副娱乐工具，作为纪念该多好呀。于是，经过几天的精心设计，他终于研制出了流行至今、由108张牌组成的麻将。

设计者初衷为娱乐工具的麻将，不知始于何时，已然变身为赌具。时至今日，街头巷尾、城镇乡村，从平头百姓，到公职人员；从耄耋老人，到青春少年，多少人废寝忘食、通宵达旦，兴致勃勃搓麻将，热情满满砌长城。早些年，有顺口溜曰："十亿人民九亿赌，还有一亿二百五。"显然，此说有点夸大其词。但麻将被人为赋予赌博功能后，如同一种客观存在的精神鸦片，非但麻了无数兵，而且麻了不少将，则是不争的事实。

不过，也有不用麻将，不赌钱财的。李清照便然。李清照（1084—约1156），宋代（两宋之交）女词人，号易安居士，济南章丘（今属山东济南）人。她出生于书香门第，其父李格非藏书甚富。她小时候就在良好的家庭环境中打下坚实的文学基础。1101年，17岁的李清照，与尚在太学读书、21岁的赵明诚结婚。赵明诚致力于金石之学，幼而好之，终生不渝。与李清照结婚后，赵明诚对金石学志趣更是有增无减，日趋痴迷。婚后，李清照与丈夫共同致力于金石书画的搜集整理，共同从事学术研究。

李清照擅长书、画，通晓金石，而尤精诗词。她的词作独步一时，流传千古，被誉为"词家一大宗"。李清照与赵明诚，恩恩爱爱，情投意合。每每吃罢晚饭，夫妻俩就开始赌博——玩一种叫"翻书赌茶"的游戏。夫妻双双端坐"归来堂"中，一边烹茶，一边指着堆积的古书，轮流"出题"：某事或某话，在某书第几卷、第几页、第几行。以说对与否，决定输赢和饮茶顺序，谁胜谁先举杯畅饮。这种与众不同之"赌"，折射出他们"虽处忧患困穷而志不屈"的精气神。

"翻书赌茶",是赵明诚获胜机会多,还是李清照赢的概率高,无关紧要,无须细究。可以断言,藉此"赌博"检验读书的多少、记忆的强弱,是名副其实文明之赌、高雅之赌。而此类"雅赌",所以能够成为这对夫妻的一种游戏,至少有两个前提。其一,志趣相投,或者说兴致相近。就像"球友""鱼友""棋友""驴友"一样,有共同的兴趣、共同的爱好,大家才能走到一起、玩得开心;其二,才智相当。李清照自幼才华横溢,博闻强记,过目成诵;赵明诚也不含糊,不仅才力华胆,逼近前辈,而且有七步之才。

有人说,麻将作为我国的国粹,已经普及到千家万户。这话并非夸张。只是,这等"国粹",如此"普及",是喜是忧,且行且看。我倒是想,假如有哪个政府部门,抑或民间组织,循序渐进,从易到难,定期不定期开展一些类似"翻书赌茶"之类的"雅赌",春风化雨,潜移默化,激发人们读书的热情与兴趣,那该多好呀。

【原载 2017 年 9 月 9 日《上观新闻》】

徜徉在白居易草堂

白居易（772－846），字乐天，号香山居士，又号醉吟先生；祖籍山西太谷，生于河南新郑，是唐代伟大的现实主义诗人，跻身唐代三大诗人之列。白居易一生留下近3000篇诗作，单是他创作的庐山诗，就有《庐山桂》《宿东林寺》等，而最为脍炙人口的，无疑是《大林寺桃花》。

白居易当年在《庐山草堂记》开篇写道："匡庐奇秀，甲天下山。山北峰曰香炉，峰北寺曰遗爱寺，介峰寺间……"可见，草堂原址介于香炉峰与遗爱寺之间。1988年，庐山有关方面在花径公园内修建起三间"草堂"；1996年，草堂前、池塘畔，立起一尊由著名雕塑家王克庆先生制作的白居易汉白玉雕像。8月中旬的一天上午，我来到游人如织的花径公园，心无旁骛，直奔白居易草堂。看似漫不经心，实乃心怀敬意。头尾两个小时，时而进入内部观看，时而移至室外漫步，时而坐在亭间小憩。草堂左前方，有一方一圆两座亭子。方的叫"景白亭"，圆的名"花径亭"。听导游介绍，1929年，湖北汉阳人李凤高游大林寺时，偶然发现了这块谜失一千多年的石刻，很是高兴。之后，他邀集在庐山上的社会贤达、名流集资捐款，1931年，在这里建起了这两座亭子，并补种了五佰多棵桃树，再现了昔日的桃花胜景，使花径成为文人雅士的聚会之所。耳闻目睹，思绪万千。

白居易的诗歌题材广泛，形式多样，故有"诗王"之称。其作品从"同是天涯沦落人，相逢何必曾相识"的《琵琶行》，到"在天愿作比翼鸟，在地愿为连理枝"的《长恨歌》，到"满面尘灰烟火色，两鬓苍苍十指黑"的《卖炭翁》等，可谓字字珠玑，篇篇经典。殊不知，白居易既是一位著名诗人，也是一位古代清官。他先后任校书郎、左拾遗等职，写了不少描写为官生活和心态的诗歌。今天看来，这些诗作，正是其一心为民、清正廉洁的最好左证。

白居易自幼聪慧过人，唐德宗贞元十六年，二十八岁的白居易举考中进士，并且是"十七人中最少年"，可谓春风得意马蹄疾。唐宪宗元和二年，白居易被召为翰林学士，第二年又拜左拾遗。他在《与元九书》中，不无自豪地说："十年之间，三登科第，名入众耳，迹升清贯。"白居易为官，一贯以"兼济天下"为己任，忠实地履行谏官的职责："有阙必规，有违必谏。"除上谏书之外，白居易还写了不少讽谕诗，来补察时政、针砭时弊。

忠言逆耳。古往今来，吹捧不难，进谏不易。白居易偏偏性喜进谏。结果，得罪的不单是当朝权贵，久而久之连皇帝都受不了了。比如，唐宪宗上台，宦官起了很大的作用。因而，宪宗对帮助过自己的吐突承璀很是宠爱，除了将手下的御林军交由他管理外，还任命吐突承催为节度使。白居易知道后，立即上疏，反对让太监做统帅，称其"名不正言不顺"。弄得唐宪宗心里很不舒服，虽没采纳白居易的上疏，但也不得不将"处置使"的名号改为"宣慰使"。由于白居易的直率和大胆，得罪了不少人。这一点，他自己也有所察觉。在《与元九书》中，白居易写道："闻《秦中吟》，则权豪贵近者，相目而变色矣；闻《登乐游园》寄足下诗，则执政柄者扼腕矣；闻《宿紫阁村》诗，则握军要者切齿矣！"

据史料记载，白居易乐把自己当魏征，可惜唐宪宗不是李世民。元和五年，爱"多管闲事"的白居易，被改任为京兆府户曹参军。这是典型的明升暗降，实际上剥夺了他谏官的发言权，无疑是白居易政治生涯中的一次挫折。可是，即便不当谏官了，白居易仍保持直言进谏的"习惯"。唐宪宗元和十年（815），宰相武元衡遇刺身亡，这是一桩居心叵测的政治谋杀案。可是，百官迫于当时的情势，噤若寒蝉，没有一个人敢于出来上书朝廷。白居易却挺身而出，义正词严地上表主张严缉凶手。不想，因"越职言事"而被贬为江州司马。

常言道，坏事有时会变成好事。这话不错。但以为，必须有三个"求变"的基本要素——愿望、实力、心态。否则，坏事永远不会自然而然变成好事的。白居易就具备了这三个要素。于是，他巧妙的把遭贬这一坏事变成好事。司马，是个有职无权的闲官，白居易因此才有愉悦心情喝酒听琴，才有闲情逸致写诗填词。唐开元十一年（816）秋的一个夜晚，白居易送客浔阳江头，忽从一船里传出凄婉哀怨、如泣如诉的琵琶声，顿时拨动诗人的情思。原来是一位歌女，便请过船来，邀弹数曲。在交谈中，白居易得知歌女的悲惨身世，联想到自己宦途坎坷的遭遇，不禁泪湿青衫。感慨之余，写下那首千古绝唱——《琵琶行》。1100多年后，开国领袖毛泽东在庐山期间，曾亲笔在信笺上默书了《琵琶行》全诗。这对白居易而言，也算是一种殊荣。

　　白居易生前虽不得志，但他却仍能恬然自处。这一点，从他修建、喜爱"草堂"上可见一斑。他在《香炉峰下新置草堂》中写道："白石何凿凿，清流亦潺潺。有松数十株，有竹千余竿。松张翠伞盖，竹倚青琅玕。……如获终老地，忽乎不知还。"前面多句，描述草堂环境与美景；后面两句，则是内心的表白：我不但要把这里当成"终老地"，而且要做到"不知还"。这与李白"吾将此地巢云松"的庐山情结，可谓是相近相通的。

　　那天，凝望着草堂右前方左手捋着胡子、右手置于身后，高约三米、似在深思的白居易雕像，本想上前与之合影，转念一想，不太合适。一来站在雕像旁，本就不高的我，更是矮了一大截；二来自己只是个"低产作家"，岂敢与白居易"平起平站"。最终，放弃合影念头。《庐山草堂记》中有"三间茅舍向山开，一带山泉绕舍回。山色泉声莫惆怅，三年官满却归来"的记述，庐山人忠实于白居易，修建草堂时，不多不少，也是三间。走进草堂，但见周遭墙上见缝插针，挂满了与白居易及其草堂有关的图片、书法。一位70多岁的老先生，在一女士的配合下，正忙着以游客的姓名作诗题字。有偿服务，须臾搞定。

　　徜徉在白居易草堂间，心中一股崇敬之情，缓缓升腾，久久不息。白居易终其一生，不论身处何岗位，都能为官一任、造福一方，严于律己、清正廉洁。公元822年，白居易被任命为杭州刺史。到任后，他发现杭州一带的农田经常受到旱灾威胁，官吏们却不肯利用西湖水灌田，便排除重重阻力和非议，发动民工加高湖堤，修筑堤坝水闸，增加了湖水容量，解决了钱塘（今杭州）、盐官（今海宁）之间数十万亩农田的灌溉问题。除外，白居易还组织群众，重新浚治了唐朝大历年间杭州刺史李泌在钱塘门、涌金门一带开凿的六口水井，改善了当地百姓的用水条件。白居易卸任后，把多年积攒的部分工资，留给杭州府补充公用经费。离别之时，只带走在山上拾到的两小块天竺山石。多日后，他突然意识到此举有伤清白。于是乎，后悔万分，写下一诗："三年为刺史，饮冰复食檗。唯向天竺山，取得两片石。此抵有千金，无乃伤清白。"字里行间，流露出他慎微、自律的操守。

  位卑未敢忘忧国。告别白居易草堂的那一刻，白居易的形象在我心中顿时高大起来。因为，他就是一位这样的人。可是，数百年来，人们之对白居易，念念不忘、口口相传的，是他的作品；很少提及、近乎忘却的，是他的官品。"以史为镜，可以知兴替；以人为镜，可以知得失。"为官者倘能以白居易为镜，乐于为国分忧，勇于抑恶扬善，我们的社会一定会更加阳光，我们的事业一定会更加发达。

【原载 2018 年 8 月 18 日香港《文汇报》】

通济堰前"二司马"

通济堰，位于浙江省丽水市莲都区碧湖镇堰头村边，建于南朝萧梁天监年间（505），自宋元至清，历代多次续建整修。2001年，通济堰作为南朝至清代古建筑，被国务院批准列入第五批全国重点文物保护单位名单。2014年，成功入选世界灌溉工程遗产。

金秋十月，一日下午，我和老伴等8人，从建阳出发，前往浙江台州，游览了国家级风景名胜区"神仙居"后，分乘王光荣、刘申文二位"老友"的私家车，向国家级生态示范区、浙江省丽水市莲都区的"古堰画乡"开进。旅游，最好是在出发之前，落实好住处。经验丰富、负责联络的陈功明，上午就把这个问题搞定了。因此，南行途中，虽然乌云滚滚、秋雨沥沥，我们却安安然、欣欣然，只顾"坐而论道"。傍晚时分，顺利抵达目的地——莲都区大港头镇"梧庭巷晚"，这是一座三层楼民宿客栈。从外表看，其貌不扬；进入内里，别有品位。装修简约大方，颇有文化气息。如，五间客房分别取名："蒹葭苍苍""青青子衿""呦呦鹿鸣""灼灼其华""兰彩依依"，出处都在《诗经》中。二楼客厅，一架图书，既有我国的四大名著，又有托尔斯泰的《战争与和平》，还有世界文学史上流传最广的寓言故事之一的《伊索寓言》等。

这天晚上，我没有外出观光，坐在书架前，信手翻阅着。想到民宿客栈竟有这多精美图书，略加思索，在一本图书的扉页上写下两句话："事业不同缘励志，人生差异在读书。"

次日上午，我们穿过村中青石小巷，来到村头，准备过渡。一棵有"浙江第一树"之称的古樟,枝繁叶茂,如同一把绿色的巨伞,树下一块青石,已被游客屁股磨得光滑发亮,六零后的王佳玫女士,捷足先登,端坐其上,大家正想合影,忽闻船笛响起。匆匆登上渡船,由北向南渡去。适逢天津一所大学230多名大二学生前来写生,可容纳70人的渡船中,除了我们,还有学生,充满了朝气,洋溢着笑意。约十分钟,渡船靠岸,我们进入"古堰画乡"核心区。

这里是中国著名美术写生基地和中国摄影之乡摄影创作基地。千年古樟群、千年古碑群、千年古墓群,以及千年青瓷古窑址等历史文化遗存,各自为阵,星罗棋布。临江而眺,山青青、水茫茫、雾蒙蒙、天蓝蓝。无怪乎,上世纪80年代,一群借鉴法国巴比松画派技法的画家、摄影家前来这里写生创作,逐渐形成丽水巴比松画派。古堰画乡之名,由此应运而生。

萝卜青菜,各有所爱。置身古堰画乡,我最感兴趣的是——通济堰。"堰",是古代对挡水堤坝之类工程的称谓。通济堰大坝呈弧拱形,长275米,宽25米,高2.5米,初为木筱结构,南宋时改为石坝,是一个以引灌为主,蓄泄兼备的水利工程。

通济堰得以建成,首功当属1500年前的詹司马、南司马。司马,是中国古代的官职名称,在不同的朝代,有不同的职权。今人为了铭记他们"为官一任、造福一方"的功绩,在通济堰"廊亭"前,建造起二位司马并肩而立的青石雕像。

通济堰工程,由拱形大坝、通济闸、石函、叶穴、管道、概闸及湖塘等组成。在通济闸至石函渠之间两侧,有多株千年护岸香樟。其中一棵被冠以"舍利树"的古樟,死而复生,主干多次遭雷击、火烧,早已腐烂成空,空间可容数人,只有外围部分"皮肉"尚存,堪称"打断骨头连着筋"。即便如此,依然生机勃勃。生命力之顽强,令人啧啧赞叹,许多游客,争相拍照。临渠还建有民居、店铺、牌坊、文昌阁等各类清代石木建筑物。

通济堰拦水坝位于丽水市区西南25公里的瓯江与松荫溪汇合口附近的堰头村。大坝上游集雨面积约2150平方公里,引水流量为3立方米/秒,每天拦入堰渠的水量,约为20万立方米。通济堰管道,呈竹枝状分布,由干渠、支渠及毛渠组成,蜿蜒穿越整个碧湖平原。干渠长22.5公里,支渠

48条，毛渠321条，大小概闸72座，藉此发挥分水调节作用。同时，多处开挖湖塘以储水，形成以引灌为主，兼顾储泄的水利灌溉系统。浙江碧湖平原，地势西南高东北低，落差20米。通济堰因地制宜巧妙营造，从而基本实现了不需外力支持的"自流灌溉"，使整个碧湖平原上的3万余亩农田得以旱涝保收。通过这些数字，通济堰修建难度、造福程度，可想而知。一千多年来，人们对通济堰的堰史、堰规、筑堰有功者，均刻碑立于世。其整个工程，连同碑刻等，成为研究我国古代水利工程的珍贵数据。

据相关史料记载，詹司马、南司马，名佚无考，生卒年、籍贯不详。南朝梁天监四年（505），詹司马奏请在碧湖平原西南端（今堰头村），松阴溪与瓯江大溪汇合处筑堰坝。后，朝廷又遣南司马"共治其事"。因溪水暴急，开始堰坝未能筑成，后创拱坝形式得以建成，比16世纪西班牙爱尔其拱坝早一千多年。詹司马逝世后，墓葬县西南三十里。后人为纪念詹南二司马，修建司马庙，俗称"龙庙"。绍兴八年（1138），知县赵学老赐名"通济"。堰名沿用至今。开禧元年（1205），龙泉人、参知政事何澹"为图久远，不费修筑"，调兵3000人，历时三年重建通济堰，大坝由原来的木筱结构改为结石结构。

通济堰，是我国古老的大型水利工程之一。较之坐落在成都平原西部岷江之上、始建于秦昭王末年（约公元前256—前251）的都江堰，"年轻"了750岁，却是迄今为止所知世界上最早的"拱坝"。这天，游人如织。我在向詹司马、南司马雕像行注目礼的同时，心潮起伏、浮想联翩。塑像不高，连同基座，大约2米，神形兼备、栩栩如生。老百姓虽然只知其姓，不知其名，更不知道二者的容貌特征，但还是凭着丰富的想象力，虔诚的为他们造像。时光如水，岁月如刀，他们日复一日，年复一年，稳稳当当地立在那里，坦坦然然地接受礼敬。

反观当下，个别官员在位时，风光无限，吃香的很。一旦落马，身败名裂，遭人唾弃。比如，江西省原副省长胡长清，在位期间经常以书法家自居，其"墨宝"几乎覆盖了南昌市的大街小巷。为此，江西民间曾流传过这样一首顺口溜，东也胡，西也胡，洪城（南昌）上下古月胡；南长清，北长清，大街小巷胡长清。胡长清倒台伏法后，南昌市酒楼、宾馆、夜总会等，不约而同刮起一股"铲字风"。于是,一夜之间,"胡体书法"烟消云散。类似现象,不止发生在胡长清一人身上。俗话说,公道自在人心。执政不为民,为官不清廉,即便是真有点造诣的字画,老百姓也视之如芒刺、弃之似弊履,更休想为其塑像了。

古人云,"是非自有曲直,公道自在人心。"依我看,通济堰前詹司马、南司马的石雕像,既是为了纪念有功之臣,也是为了昭示后世官员——亲民者,民亲之;爱民者,民爱之。

【原载 2017 年 10 月 24 日香港《文汇报》】

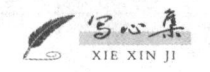

"善政古贤"范成大

此前不久，收看央视科教频道播出的《中国诗词大会 第三季》第八场，一位选手在答题时，给出的答案为："昼出耘田夜绩麻,村庄儿女各当家。""回答正确！"主持人董卿话音刚落，我立马做出反应：这不是范成大《四时田园杂兴》中的诗句吗？

提起范成大，很多人都知道，他是南宋"中兴四大诗人"之一。可是，不少人未必知道，他还是一位"善政"的古代先贤。去年十月，我在浙江丽水古堰画乡的"古贤长廊"里，第一次见到默默无语、栩栩如生的"范成大"。面对这位古贤傲然挺立的雕像，我心生敬意、浮想联翩。

范成大（1126—1193），字致能，号石湖居士，平江府吴县（今江苏苏州）人。南宋杰出的政治家、文学家。42岁那年任处州（今浙江丽水）知府，这是他首次担任地方行政长官。据史料记载，干道三年(1167)12月朝廷任命；干道四年之夏，范成大正式走马上任，至干道五年，从头到尾，满打满算，他在处州任职不到两年时间，但却"多善政"，亦即政绩卓著。有人说，在处州1300多年（589—1912）历任主政官员中，范成大虽然任期最短暂，但政绩却最为卓著，因而成为最受丽水人民怀念的"三最"父母官。

在古堰画乡范成大雕像右侧，立着一快白底黑字的牌子，上面用中文、英文、韩文、日文四种文字对范成大作简要介绍。第一段中写道：中国古代著名诗词作家，他与杨万里、陆游、尤袤，合称南宋"中兴四大诗人"。于南宋干道三年任处州知府，重修通济堰，首立堰规20条，沿用至今。堰规内容完备科学，沿用时间之长，为历史上所罕见，是世界最早的农田水利法规之一。碑文撰写、书写都出自范成大之手，具有很高的文化艺术价值。那天，一来时间仓促，二来"长廊"里有多位历史先贤，因而对他并不太"上心"。后来，查阅一些相关史料，范成大的形象，在我心目中日渐变得高大起来，在对他刮目相看的同时，一股崇敬之情油然而生、经久不散。

范成大在处州任职期间的"善政"，口口相传，可圈可点。归纳起来，主要有三：

其一，修复通济堰。"水利是农业的命脉"。处州地处"九山半水半分田"的江南山区，多为山田，极易干涸，水利显得尤为重要。松荫溪上的通济堰，建于南朝萧梁天监四年（505）。600多年过去，及至范成大走马上任，但见"往迹芜废，下源尤甚"。于是，干道五年（1169）正月，他亲自踏勘堰址，与军事判官、兰陵（今山东枣庄）人张澈，组织民夫对通济堰进行大规模修复，用"伐木截流，迭石筑岸"的办法抬高水位，并设置49道闸，以调节水位高低，使水流逐级而下。经过3个月艰苦施工，终于赶在雨季到来之前大功告成，灌溉水田面积达到25000亩。有道是，水无常性。为了保护堤堰，范成大认为，必须完善常态化管理制度。遂亲自制订、撰写了《堰规》二十条，从管理人员、用水分配、工役派遣、堰渠维修，到经费来源及开支等，都做出详细规定，并立碑于堰旁的詹南司马庙中。这块"文意简赅，书逼苏黄"的堰碑，是目前世人所能看到的通济堰最早的堰规。《栝苍金石志》称："范公条规，百世遵守可也"。事实上，继宋之后，元、明、清各朝，基本上都沿袭范成大制订的堰规模式。明万历三十六年（1608），该堰规被全文收录丽水知县樊良枢所编的《通济堰志》。

其二，新造平政桥。处州城同瓯江南岸各县被宽阔的江水隔阻，前人修建的浮桥业已老旧，百姓过桥，既不方便，又不安全。范成大一番考察后，决定新造浮桥。清雍正《处州府志》卷之六《桥渡》载："济川浮桥，旧在栝苍门外。造舟为梁，联以缆。宋干道四年，州守范成大新之，曰平政。"新造的平政桥，用船76艘，架梁36节，上铺木板，一桥浮架，使得江面"夷若坦途，四民称便"。范成大还从长计议，通过核查废除寺庙田租，置田50亩，以备维修浮桥之用。同时，设置船夫若干人，负责日常管理事务。不仅如此，范成大还亲自撰写了《平政桥记》，制订桥规，勒石立碑，为后人记录、保存了这一事件的真实过程。随着岁月更迭,平政桥几度移址,虽经历朝屡毁屡葺,但作为处州各邑通津桥梁,一直延续到1983年春,因第二座瓯江大桥(小水门大桥)在栝苍门外建成而完成它的历史使命。

其三,兴创义役法。范成大上任伊始,发现处州百姓劳役轻重不均,松阳等县经常因此引发争执诉至官府。于是,范成大在充分调查的基础上,创立"率钱助役"的"义役法"。所谓"义役",就是以田租充应役费用,既是民户自行解决应役负担的办法,又使胥吏无法贪索,从而大大减轻了役法的害民程度。范成大的做法是,在松阳县开展试点,推选出若干威信较高的乡民掌管其事,先按民户贫富分派钱银,再用这些钱银购买粮田,每年以田租收入补助当役者,民户排序,轮流服役。经过宣传推广,百姓乐于接受。短短几个月,共征集到义田三千三百多亩。按照当时每年差役开支测算,可以应付十几二十年。试点获得成功后,范成大将这种"义役制"推广到处州所辖各县,并郑重其事奏报朝廷:"处州六邑,义役已成,可以风示四方,美俗兴化"。孝宗闻报,大加赞赏,即令"缮写规约,颁之天下。"

除此之外,范成大的政绩还体现在设立义仓、减免捐税等方面。义仓又称"义廪",是封建社会地方上储存粮食以备荒年救济公众的粮仓,多为官督绅办。处州各地粮食匮缺,每年春夏青黄不接时,少不了闹粮荒。范成大有的放矢,发起组织设立义仓,命各县秋收时筹集稻谷,充实仓廪,春借秋还,以缓春荒,首开处州义仓之先河。在减免捐税方面,范成大以兴办义役法之举,趁机向朝廷上奏《论不举子疏》:"(处州)小民以山瘠地贫,生男稍多便不肯举。"请求朝廷支赐钱米以济贫乏,大力推广昔日苏轼"盘量宽剥","以养弃儿"的做法。同时奏报处州百姓贫困,负担繁重以"乞免处州盐捐",获得恩准。不久,范成大又向朝廷奏报"处州丁钱太重,遂有不举子之风",请求减免丁口税(人头税),也获恩准。之后逐年减免,至干道六年(1170)正月,处州各县全都免除丁口税。

范成大既是一位著述颇丰的文学家,也是一位为民着想的实干家。凝视右手握笔、翘首望天,一副冥思苦想模样的范成大塑像,我就想,这位"文人",堪称"为官一任,造福一方"的典范。虽然,古代没有这样的提法。"为官一任",想要"造福一方",除了要有造福的能力与毅力,还要有造福的真心与诚心。反观当今少数"父母官",有的雷声大,雨点小;有的只打雷,不下雨;更有甚者,打闷雷,下苦雨。人称"三光书记"——官位卖光、财政的钱花光、看中的女人搞光——的原福建省周宁县委书记林龙飞,便是这样的反面典型。试问,比比范成大,是否当脸红?!

【原载 2018 年 4 月 28 日香港《文汇报》,2020 年第 9 期《清风》杂志发表时题为《"文官"范成大的善政》】

气节如松陈三立

陈三立——陈寅恪的父亲。很多人知道陈寅恪，却未必知道陈三立。由衷敬佩陈三立，缘起于松门别墅。位于江西庐山牯岭河南路93号的松门别墅，是陈三立先生晚年居住过的处所。上个世纪七八十年代，我在庐山工作时，就曾慕名光顾过。后来，成为"半个庐山人"的我，多次陪同朋友，前去观光造访。

辛丑大暑这天，山下热浪滚滚，山上凉风习习。上午八点多钟，重返庐山探亲避暑的我，独自一人从牯岭街西端，左折进入河南路，行至月照宾馆前叉路口，再度左折，踏着石阶，拾级而上，又一次走近松门别墅。

最先映入眼帘的，是几组卧地巨石。它们，大小不一，形态各异。其中有块朝西一面上，刻着"松门别墅"四个大字。转身望去，一栋醒目的、红色雨淋板的楼房，赫然而立。它，就是松门别墅。我一边举目赏景，一边迈腿行进，在离别墅约10米处，一方石碑立在路旁，上面刻有"江西省文物保护单位元"等文字，下方一块平卧的石板上，用中英文对照，刻着："602号别墅，二十世纪二十年代由挪威人建造。1929年陈三立购得，并取名松门别墅……"

抵近别墅，绕屋一周，发现这座占地面积约170平方米、德国式大坡屋面、石木结构、坐北朝南的别墅，从正面看，只有两层；从西面看，却是三层。为了加固、确保安全起见，在随坡顺势建造的别墅西侧底端，建有四个间隔数米，高约3米、上窄下宽、厚约80厘米的梯形石撑墙。闲置已久的别墅，大门上锁，窗户紧闭。

希望有所收获的我，像好奇的孩子一般，把双眼贴近门窗玻璃，往室内扫描，但见地板尚好，空空如也。

再次踏访松门别墅，三立先生犹在眼前。陈三立（1853—1937），字伯严，号散原，江西修水人，光绪进士；陈宝箴之子，陈寅恪之父；清进士，曾任吏部主事；戊戌变法的参加者，与谭嗣同、徐仁铸、陶菊存并称"维新四公子"；民国年间著名学者诗人，有"中国最后一位古典诗人"之誉，代表著作有《匡庐山居诗》《散原精舍诗》等。1922年，印度文豪泰戈尔访华时，印度诗人泰戈尔来上海访问，曾由徐志摩陪同，特来西湖拜访陈三立，亚洲两个文明古国的两位诗人会见后，互赠本人诗集，且还合影留念。陈三立知名度，由此可见一斑。

自幼聪慧的陈三立，光绪八年（1882），中了举人；光绪十二年（1886），赴京参加会试中式，遗憾这年未应殿试；及至己丑年（1889），三十六岁时，才成为进士，可谓大器晚成。光绪二十年（1895）秋，诏授陈宝箴巡抚湖南。陈三立携带家眷，由武昌前往长沙，辅佐其父推行新政。四年时间里，他结交并扶持了康有为、梁启超、谭嗣同、黄遵宪等一批具有维新思想的人物。抱着对民族民主革命事业同情和支持态度的陈三立，一个可圈可点之举，是创办时务学堂。四十多名学生中，后来大多成为孙中山先生领导下的革命者。蔡锷，就是声名远扬的一个。

戊戌年（1898）冬，陈宝箴、陈三立父子双双被革职，离开湖南，回到南昌。历史学家、方志学家吴宗慈，在《陈散原先生传略》中写道："先生既罢官，侍你归南昌，筑室西山下以居，益切忧时爱国之心，往往深夜孤灯父子相对，唏嘘而不能自已。"推翻满清政府后，民国肇造，共和政体，迭遭波折。怀着"独善其身"理念的陈三立，既不参与保皇复辟，也不投身民主革命。后来，移居上海，与沈曾植、梁鼎芬、严复、陈衍等一些旧朝遗老，时相过从，唱和不断。

1929年，古稀之年的陈三立来到庐山，在万松挺立，怪石嶙峋，幽雅清静的月照松林，购得一座别墅。入住时，将别墅做了些改动后，别出心裁地取名为"松门别墅"。陈三立的名气，加之所在地的景色，使其貌不扬的松门别墅，成了庐山文化活动中心。夏日里，宾客盈门，热闹非凡。1930

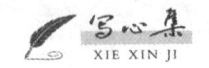

年暑假，时任中央大学艺术系教授的徐悲鸿上庐山，时常来松门别墅拜访三立老人，并邀他同游庐山美景，评点山川胜迹，陈三立很是开心，特意写了一首《徐悲鸿画师来游牯岭，相与登鹞鹰嘴，下瞰州渚作莲花形，叹为奇景，戏赠一诗》给徐悲鸿。1931年夏，陈三立再次邀请徐悲鸿上山。这次徐悲鸿索性住进松门别墅，且一住就是一个多月，与陈三立一家相处甚欢，为陈家老老少少十多人，每人赠画一幅。

月照松林，地处牯岭街区西端的牯牛背山脊，为庐山最著名的松林，原名"松树林"、"万松林"。松林自岭脊而下，直至沟壑，绵延三里。坡上一条人行小道，弯弯曲曲，若隐若现，消失于松林深处。松林绿荫下诸多怪石，或偃卧如牛，或蹲踞如虎。1938年冬，庐山守军军官冯祖树，在路边一大岩石上留下点睛之笔、助兴之作——"月照松林"题刻。在同一岩石上，还有抗日将领马占山的"树林曲"诗刻。这些石刻与故居，相依相伴、相映成趣，为月照松林增添了不可多得的文化意蕴。

不说陈三立的才气、名气，单是他身上的骨气、正气，就折射出凛然的民族气节。这一点从他的"两不"中，便可略有所知。其一，不要伪总理所做的序。古往今来，多少人喜爱攀援附会，朋友中若是有个要员，时不时有意无意亮出来，往自己脸上贴金。陈三立却不然。他的诗作和道德，均为后人所崇仰。1932年春，当陈三立得知老友郑孝胥粉墨登场，做了傀儡皇帝溥仪"满洲帝国"的总理兼陆军大臣和文教部总长时，断然与之决裂，斥责其"背叛中华"。在重版《散原精舍诗》时，愤然决然将《郑序》删去。其二，不当侵略者所送的官。后来，三子陈寅恪执教清华园，陈三立移居北京颐养天年，寓西四牌楼姚家胡同3号。1937年秋，抗战爆发，北平沦陷。日伪政权对陈三立苦口婆心、百般劝说，要他效忠日伪，遭其严词斥逐。之后，陈三立绝食五日，油尽灯灭，壮烈辞世。铮铮铁骨，满满正气，令世人刮目相看、肃然起敬。

那天，抄小路返回时，穿过"月照松林"摩崖石刻的那一刻，王维的"明月松间照，清泉石上流"诗句，情不自禁的在耳边响起。月照松林，名副其实——无数腰粗不同，身高不等的青松，有的立地成长，有的踏石而生。连根牵手，遮天蔽日，傲然成阵，苍翠成林。久居于此，与松为伴的陈三立，不知是有感于孙思邈"虎守杏林"的美妙传说，亦或是陶醉于大雪压顶不弯腰青松的高贵质量，在给自己的居所取名"松门别墅"后，挥毫题写"虎守松门"刻于摩崖。近百年时光，弹指一挥间。如今的松门别墅，虽已人去楼空，可是陈三立的不凡才气和不屈正气，不会被岁月所尘封埋没，而会像那些摩崖石刻一样，吸人眼球，永不磨灭。

【原载 2021 年 8 月 16 日香港《文汇报》】

林则徐的别样奇功

林则徐有两句名言，一是："海纳百川，有容乃大；壁立千仞，无欲则刚。"二是："苟利国家生死以，岂因祸福避趋之。"他是这么说的，也是这么做的。率先垂范，难能可贵；立言立行，可敬可佩。这一点，从他在因功获罪，以绩受惩的境遇中，始终初心无改，依然忧国忧民上，便可见一斑。当年，林则徐抗英有功，却遭投降派诬陷，道光二十一年（1841），被曾经任命他为钦差大臣的道光皇帝革职，发配新疆，效力赎罪。他心胸坦荡、忍辱负重，把个人名利得失抛在脑后，在新疆大兴水利工程——坎儿井，造就其人生的第二功绩。

林则徐（1785—1850），福建省侯官（今福州市区）人，清代政治家、思想家、诗人。林则徐20岁中举，27岁殿试二甲第四名，选翰林院庶吉士。此后，任江西乡试副考官、云南乡试正考官，江苏、陕西按察使，湖北、河南布政使。在任期间，秉公执法，为政清廉，人称"林青天"。林则徐官至一品，曾任湖广总督、陕甘总督和云贵总督，两次受命钦差大臣，主张严禁鸦片及抵抗西方列强的侵略。在力抗西方入侵的同时，对西方文化、科技和贸易，持开放态度，主张学其优而用之，是近代中国旧官僚体制中"睁眼看世界的第一人"。

1839年6月，林则徐虎门销烟，抗击英军，名垂青史。孰料，鸦片战争失败后，林则徐负"罪"遭戍伊犁。林则徐受谪期间，先后在南北疆垦荒屯田，兴修坎儿井等水利工程，表现出卓越的施政才干和为民精神。

坎儿井，又称坎尔井，是荒漠地区一种特殊的灌溉系统，与万里长城、京杭大运河并称为中国古代三大工程，普遍存在于中国新疆吐鲁番等地区。吐鲁番盆地北部的博格达山和西部的喀拉乌成山，春夏时节有大量积雪融化和雨水流下山谷，渗入戈壁滩下。人们利用山的坡度，巧妙地创造了坎儿井，引地下潜流灌溉农田。那年，在乌鲁木齐参加一个培训班，培训结束后，有幸参观了天山天池、南山牧场、吐鲁番葡萄园、坎儿井等人文与自然景观，一一在我脑海里留下深刻印记。而感慨最大、没齿难忘的，当属坎儿井。我的青少年时代，是在福建沿海农村度过的。对水井、水渠接触较多、记忆犹新。朱熹有两句哲理诗："问渠那得清如许，为有源头活水来。"这里的"渠"，所指不是管道，而是池塘。一般管道，水大流急，难免浑浊，而坎儿井地下管道里，轻轻歌唱、缓缓流淌的水，虽然不大，倒是很清。

　　坎儿井始于西汉，早在《史记》中就有记载。而指南针，是在明朝时期，才从中原传入西域的。智慧的吐鲁番的先民们，在开挖暗渠时，为尽量减少弯曲，创造了"木棍定向法"。即，在相邻两个竖井的井口上，各悬挂一条井绳，井绳上绑上一头削尖的横木棍，两个棍尖相向而指的方向，就是两个竖井之间的"快捷方式"。而后，再按相同方法，在竖井下以木棍定向，地下挖掘者按木棍所指的方向开挖即可。林则徐虽不是坎儿井的发明者，但他对推广坎儿井却立下大功。1845 至 1877 年间，在林则徐直接或间接影响下，吐鲁番、托克逊等地，新挖坎儿井 300 多道。为纪念林则徐推广坎儿井的功劳，当地百姓把坎儿井称之为"林公井"，以表达内心的崇敬和仰慕之情。

　　坎儿井的构造原理是：在高山雪水潜流处，寻其水源，在一定间隔打出深浅不等的竖井后，再依地势高下，在井底修暗渠，沟通各井，引水下流。坎儿井，由竖井、地下管道、地面管道和涝坝四部分组成。竖井，是开挖或清理暗渠时运送地下泥沙或淤泥的通道，同时也是输送空气的通风口。井的深度，因地势和地下水位高低不同，一般是越靠近源头竖井就越深，最深的竖井，达 90 余米。一条坎儿井，竖井少则十多个，多则上百个。井口一般呈长方形或椭圆形，长约 1 米，宽约 0.7 米。乘车来到吐鲁番，在那郁郁葱葱的绿洲外围戈壁滩上，隐隐约约可以看见顺着高坡而下、形如小火山的一堆一堆圆土包，错落有序地散布在地面上。它们，就是坎儿井的竖井口；暗渠，又称地下管道，是坎儿井的主体。暗渠通常是按一定的坡度由低往高处挖，这样，水就可以自动地流出地表来。暗渠一般高 1.7 米，宽 1.2 米，短的几百米，长的 25 公里，暗渠全部是在地下挖掘，掏捞工程十分艰巨。

吐鲁番气候高温干燥，水在暗渠里流动不易被蒸发和污染，且经过沿途沙石自然过滤，最终形成天然矿泉水，富含矿物质及微量元素，当地居民数百年来一直饮而用之，不少人活到长命百岁。因此，吐鲁番素有中国长寿之乡的美誉；龙口，是坎儿井明渠、暗渠与竖井口的交界处，也是天山雪水经过地层渗透，通过暗渠流向明渠的第一个出水口；涝坝，是暗渠中的水流出地面后，人们在一定地点修建起具有蓄水和调节水作用的蓄水池，这些大大小小的蓄水池，就称之为涝坝。水蓄在涝坝里，哪里需要，送到哪里。

据 1962 年统计数据显示，新疆共有坎儿井 1700 多条，总流量约为 26 立方米/秒，灌溉面积约 50 多万亩。其中大多数坎儿井分布在吐鲁番和哈密盆地。1845 年春，年逾花甲的林则徐，冒风沙，顶烈日，到伊拉里克督办垦务，兴修水利。林则徐禁毒和治水，得到了国际社会的公认，1999 年，国际文学联合会命名一颗"林则徐星"，以彰显他大力禁烟与兴修水利两大功绩。长期以来，林则徐虎门销烟的壮举，口口相传，妇孺皆知。历史表明，他兴修坎儿井等穷心治水举止，同样泽被后世，千古流芳。

【2021 年 1 月 23 日香港《文汇报》发表时，题为《林则徐穷心治水》】

王蒙的另一个可敬之处

上个月底,由中南出版传媒集团主办、湖南新华书店集团承办的"为人心立碑,替世道存照——王蒙《生死恋》新书分享会暨文学对话"在长沙举行。现场,伴随着轻扬的钢琴声,耄耋之年的王蒙先生为读者分享了他写给世界的"情书"。

王蒙是1953年动笔创作长篇小说《青春万岁》的。从那时算起,他的创作时间,与我年龄相同。60多年来,他发表的作品高达一千余万字。其中多篇被译成英、法、德、俄、日、韩、意、西班牙等二十多种文字,在世界各地出版。

作为与共和国共同成长的作家,王蒙见证了中国当代文学的发展之路。身为中国作协会员,我除了敬佩王蒙先生优质高产的创作成果,还敬佩他的另一个可敬之处——严谨认真的创作态度。纵观王蒙的人生轨迹,可以用"亦官亦文"四个字来概括。为官,担任过共和国文化部长。为文,是名副其实的著作等身。他的《青春万岁》《组织部新来的青年人》《活动变人形》《这边风景》等,具有代表性和开拓性意义。2015年,《这边风景》首次获得茅盾文学奖;今年9月,《青春万岁》入选"新中国70年70部长篇小说典藏"。

更令人羡慕的是,在庆祝中华人民共和国成立70周年前夕,王蒙荣获"人民艺术家"国家荣誉称号。

王蒙之所以能够硕果累累,除了不凡的创作艺术、执着的创作理念,还与他严谨认真的创作态度密不可分。他曾耗时四年,创作出《王蒙自述:我的人生哲学》。其态度之严谨,由此可见一斑。此前在《上海文学》杂志举办创刊65周年座谈会上,全国政协委员、中国作家协会全委会委员、《上海文学》杂志社社长赵丽宏不无感慨地说:"作为《上海文学》的老朋友,王蒙这几年陆续发表了多篇中篇、短篇、对谈录等作品,他以严谨的创作态度,用独具性格的生动文字,为后辈作家树立了典范。"(详见《上海文学》2019年第1期)

2014年10月15日,习近平在文艺工作座谈会上的讲话中指出:"衡量一个时代的文艺成就最终要看作品。推动文艺繁荣发展,最根本的是要创作生产出无愧于我们这个伟大民族、伟大时代的优秀作品。没有优秀作品,其他事情搞得再热闹、再花哨,那也只是表面文章,是不能真正深入人民精神世界的,是不能触及人的灵魂、引起人民思想共鸣的。"任何一位文学家,要想创作出无愧于时代、无愧于民族,且又能触及人的灵魂、引起人民共鸣的优秀文学作品,首当其冲的,是要像王蒙那样,自觉树立严谨的创作态度。"人民艺术家"国家荣誉称号,不说千载难逢,也是来之不易。我相信,很多文学家、艺术家,辛勤笔耕,佳作频出,也未必能够像王蒙一样获得这等至高无上的荣誉。但是,王蒙先生自觉的、严谨的创作态度,则是应当学习、可以学到的。

"十年磨一剑"。大量事实表明,古往今来,但凡优秀文学作品,前提都离不开严谨的创作态度。

西晋著名文学家左思(约250—305),字太冲,齐国临淄(今山东淄博)人,早年曾用一年时间,写成《齐都赋》。可惜,全文早佚。之后又欲赋三都。恰逢妹妹左棻被召入宫中,左思全家搬到京城。于是,左思特意去拜见著作郎张载,向他虚心讨教,继而开始构思。在很长时间内,左思家门口、庭院中,甚至厕所里,都摆放着笔和纸,偶尔想出一个佳句,马上就记录下来。为使《三都赋》笔笔有着落有根据,左思开始收集大量的历史、地理、物产、风俗人情等方面资料。收集好之后,便闭门谢客、开始"煮字"。夜以继日,冥思苦想,常常是花了很多时间,才琢磨出一个满意的句子。功夫不有心人。打磨了十年,凝结着左思心血的《三都赋》终于问世了。

《三都赋》——《吴都赋》《魏都赋》《蜀都赋》——全文仅12200多字,

按十年时间推算，平均每月不过120字。《三都赋》问世之初，并不被人们看好。所幸著名文学家皇甫谧慧眼识珠，不仅高度评价，感慨万千，欣然命笔，为之作序，还请著作郎张载为《魏都赋》做注，请中书郎刘逵为《吴都赋》《蜀都赋》做注。之后，陈留人卫权又为之作了《略解》……于是，《三都赋》如同深闺美女，揭开神秘面纱，被时人所称誉和推崇。司空（古代官名）张华读了此赋，感叹道："左思是班固、张衡之流的人物，（此赋）能使诵读的人感觉文已尽而意有余，历时越久，越有新意。"随后，《三都赋》不胫而走、名声鹊起，豪门贵族争相传阅抄写，以致京城洛阳的纸张供不应求，价格一涨再涨。由此演绎出"洛阳纸贵"、"陆机辍笔"的历史典故。

唐宋八大家之一的欧阳修，一生写了500余篇散文，各体兼备，有政论文、史论文、记事文、抒情文和笔记文等。他的作品内容充实，气势旺盛，极具平易自然、流畅婉转的艺术风格。其中，《朋党论》《秋声赋》《醉翁亭记》等多篇散文，成为传世佳作。其所以然，同样离不开他严谨的创作态度。比如，他在创作《醉翁亭记》时，一开头用了几十个字的篇幅，描写滁州四面青山的情景。初稿写好了，自觉不满意，遂反复修改。连改多次后，只留下"环滁皆山也"五个字。妻子见他改得如此辛苦，便劝他不必自讨苦吃。欧阳修却说："文章不写好，我怕后生讥笑，更怕给后人留下话柄啊！"正是这种精益求精的创作态度、敬畏读者的创作自觉，成就了一代文学巨匠。

曹丕在《典论·论文》中尝言："盖文章，经国之大业，不朽之盛事。"杜甫在《偶题》开篇中写道："文章千古事，得失寸心知。作者皆殊列，名声岂浪垂。"历史学家范文澜曾有一自勉联："板凳要坐十年冷；文章不写一句空。"文学创作，如同酿酒，仅有好的原料、好的工艺还不够，还需要足够的时间，让其充分"发酵"。否则，流出来的，不是酒而是水。任何一个作家，脑子里的文学知识、素材储备，都是有限的。即便真是天才，不经常腾出时间和精力，体验生活、补充素材、更新知识，大脑纵是一座仓库，也有被掏空的时候。

文艺创作，拥有无比广阔的空间，需要心无旁骛的清静。王蒙，既有严谨认真的创作态度，也有服务人民的创作自觉。他曾经说过，"'人民'两个字是我写作的最大动力。作家经常强调的人道、人性、人际，也都源自人

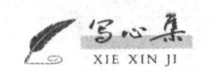

民。我们得时刻惦记人民、体贴人民，为人民说话。"人民需要文艺，文艺需要人民。每一个有志于服务人民的文学家、写作者，都应当像王蒙先生那样，既要坚定文化自信、把握时代脉搏、聆听时代声音，也要坚持与时代同步伐、以人民为中心；既要自觉把"人民"当成创作的最大动力，也要坚持把"严谨"当成创作的不二态度，让手中的笔合着时代的节拍，用心感悟新时代，用情讴歌新时代。

【原载 2019 年 12 月 7 日香港《文汇报》】

茶农老罗

茶香胜酒，茶农堪敬。老罗积忠，便是万千茶农中的一个。我与老罗，原本素昧平生，所以印象颇深，因了茶，缘于茶。

"茶之为饮，发乎神农氏。"茶是世界三大饮品之一、中国"传统八雅"之一。始于4000多年前神农时代的茶文化，折射出中华民族悠久的文明和礼仪。几千年来，茶和酒一向是人们待客首选的饮品，早已成为人类历史长河中的文化象征，频频出现在诗人词家的笔下。

茶之香，堪比酒。"酒困路长惟欲睡，日高人渴漫思茶。"这是苏轼《浣溪沙·簌簌衣巾落枣花》一词中的两句；"寒夜客来茶当酒，竹炉汤沸火初红。"这是宋朝诗人杜耒，描写在寒冷之夜，热情的主人，烧炉煮茶，以茶代酒，招待客人的诗句。酒要对饮，茶可独品。正所谓一书一茶一心境，清似莲花不染尘，身在凡世非浪子，逍遥自在赛天仙。

茶，起源于中国，盛行于世界。世界各地饮茶习惯，都是从中国"引进"的。史料记载，中国茶叶最早向海外传播，可追溯到南北朝时期。当时，中国商人在与蒙古毗邻的边境，通过以茶易物方式，向土耳其输出茶叶。

隋唐时期，随着边贸市场的发展壮大，加之丝绸之路的开通，中国茶叶以"茶马交易"的方式，经回纥及西域等地，向西亚、北亚和阿拉伯等国输送，中途辗转西伯利亚，最终抵达俄国及欧洲各国。

古代中国，茶叶能够输入边境国家，茶马古道，功不可没。时至今日，茶已跻身世界三大饮品之列，全球产茶国和地区，已发展到60多个，饮茶人口超过20亿。2019年11月27日，联合国大会宣布，将每年5月21日设立为"国际茶日",用以赞美茶叶的经济、社会和文化价值,促进全球农业的可持续发展。

我国茶叶,种类繁多。不同种类的茶,保健养生功效各不相同。按其发酵程度的不同,大致可分为六类:绿茶、红茶、乌龙茶、白茶、黄茶、黑茶。白茶,是福建的传统特种外销茶。福建省南平市建阳区漳墩镇,有两三百年的产茶历史,是中国贡眉白茶的故乡、小白茶的发源地。漳墩的"贡眉""寿眉",为全国独有白茶品种,畅销东南亚各国及港澳台地区。1984年,在合肥全国名茶质量鉴评会上,其贡眉被授予"中国名茶"称号。

初夏的一天,雨过天晴,阳光明媚。我在建阳区机关干部李诗雨等人的陪同下,专程前往漳墩,探访茶农老罗。

漳墩镇,位于福建省南平市建阳区东部,距建阳城区50千米,是闽浙路程最短的一条古商道的必经之处,与松溪、政和、浦城、建瓯三县一市接壤。漳墩镇属原中央苏区县,既是闽北革命的策源地,也是闽北从土地革命到解放战争时期少数几个红旗不倒乡镇之一,还是历史悠久的产茶区。

车到漳墩,从乡道到村道,再拐进不足3米宽的"山道",来到杭下村一座山脚下。单家独户、与茶为邻的罗积忠,早早等候在家门口。进了他家宽敞的大厅,我们一边品茶,一边聊天。高中文化的罗积忠,个头不高,体型偏瘦,不单精神,而且健谈。

老罗煮的白茶,茶汤清澈,茶香扑鼻。我呷了一口:"你这小白茶,稠润甘和,名不虚传。"听了这话,老罗脸上露出难掩的自豪:"漳墩小白茶,名气虽然不算大,但它却是白茶的鼻祖。"这话不假。清乾隆三十七年(1772),漳墩南坑村萧氏兄弟,从当地小白茶群体品种中选育出良种,始称南坑"小白",亦称"白毫茶"。据《建瓯县志》记载:"'白毫银茶',出西乡,紫溪二里(今建阳区漳墩镇、小湖镇)……"

"你们家有十余亩母小白茶基地,这是不可多得的绿色聚宝盆啊!"我的话音刚落,老罗用带着遗憾的语气说:"我家原有30多亩三百年的母茶树。八十年代,一斤小白茶,只卖6毛钱。那年,一气之下,被我挖掉三分之二……"听了这话,我说出当年自己曾经编过的几句顺口溜:"改革开放前,茶叶不值钱。摆摊没人要,卖茶走后门。"品味着香气清纯浓郁的小白茶,我试探的问:"三十年河东,三十年河西。现在的小白茶,应该很吃香吧。""还好。我家十来亩母茶,每年能做百多斤茶叶。批发、零售,足不出户,就卖光了。每年茶叶收入,有十多万元。"老罗微笑着说。

老罗属马,五十有七。在农村,这把年纪的人,早就当爷爷了。老罗35岁才成家,独生儿子还在读高中呢。我端起茶杯,望着老罗:"你是晚婚楷模!""哪里呀。我也想早点成家立业。可是,那时家里穷得叮当响,哪个姑娘愿意嫁给我?!"老罗说罢,露出一丝腼腆的微笑。是呀,闽北山清水秀、林茂粮丰。可是,曾几何时,许多老百姓,过着穷的日子。无怪乎,民间曾有"捧着金饭碗要饭吃"之戏言。

庄稼一枝花,全靠肥当家。庄稼如此,茶也一样。老罗做茶,既精且诚,积德为要,忠厚为本。他告诉我们,自己种的是"有机茶",不光不能打农药,就连肥料也有讲究——不能用圈养的牛羊粪。圈养的牛羊,吃的饲料中,带有添加剂、抗生素等。因此,老罗放着附近养牛专业户白送的牛粪不要,宁愿舍近求远,到隔壁的建瓯农村去买100斤12元、野外放牧的羊粪。"每年单是买羊粪和菜籽饼等,加起来都四五万元。"他说。

诚实为本,信誉是金。近几年,福建农林大几位教授,先后慕名前来参观,被老罗的"良心茶"所感动。北大陈教授实地参观后夸奖老罗:"你既种茶,也种诚信!"老罗表示,不会改变初衷,还要坚持下去。

位于老罗家门前的小白茶母树园,是我国现存已知树龄最老的白茶母树。为了保护茶树,周边建起围墙。当我们走近围墙门口时,一块长方形红色牌子上写着:"福建科技计划引导性项目(项目编号2016Y6001)《闽北贡眉白茶原产地菜茶种质资源筛选复壮和利用研究》;任务下达单位:福建省科技厅"等几行白色小字,中间是一行黄色大字:"闽北贡眉白茶种质资源圃"。

进入小白茶母树园,一群羽毛光泽、色彩不同的鸡们,不约而同冲了过来,似在欢迎我们的光临。"这是什么鸡?"老罗半是玩笑半当真的说:"这是战斗鸡。它们的任务,是配合灭虫灯灭虫。"老罗种茶之用心,由此可见一斑。置身园内,放眼扫描,一派绿意盎然,满园生机勃发。刚采过春茶的茶树上,又萌出一些娇嫩的新芽,有的还是紫色的。"这么好的茶叶,为什

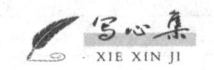

么不采呢？""快入夏了，不采可以让茶树更好的休养生息。"

老罗爱茶，也爱帮人。在茶园里，随行的镇领导告诉我："老罗自家富起来后，乐着帮助乡亲们。不单本村村民、周边村镇，就连一些茶企，他都有求必应，无偿提供技术指导……"听罢这话，我对着老罗，竖起了拇指。

【原载 2022 年 6 月 25 日香港《文汇报》《考亭文苑》2022 年第 4 期】

第三辑 感怀篇

陈嘉庚与命世亭

亭,源于周代,是中国的一种传统建筑。亭通常为开敞性结构,只有顶盖,而无围墙。因为造型轻巧,选材不拘,布设灵活,被广泛应用于园林建筑之中。亭多设于池侧、路旁、山上、林中,供人小憩乘凉,或者驻足观景。亭台楼阁,亭是园林中的主要建筑之一。其样式和大小,因地制宜,各不相同,但有一点是相同的——与环境和谐融合。亭的平面,多为方形、圆形、扇形、长方形、四角形、六角形、八角形等。

命世亭,造型与众不同——弧形,为歇山顶、"三川脊"燕尾型,坐北朝南,紧邻大海,面积193平方米,位于厦门市集美嘉庚公园鳌园门厅正对向。嘉庚公园,按照传统园林布局,具有嘉庚建筑风格,亭台楼榭,飞檐长廊,小桥流水,绿荫蔽地,融纪念性、艺术性和游乐性于一体,园内高低错落的亭台楼阁,是中西合璧风格的生动体现,名列白鹭洲公园、忠仑公园、中山公园、铁路文化公园、五通灯塔公园、东坪山公园等厦门十大城市公园榜首,与鳌园景观协调统一、交相辉映、相得益彰。

坐落在集美东南隅,总面积8990平方米的鳌园,原为一座小岛,形似海龟,故而得名。从1951年开始,陈嘉庚先生耗时10年、耗资65万元,亲自设计、督建而成。鳌园大门两侧,刻有一幅楹联:"鳌载定教山尽峙,园居宁世与相忘。"诺大的鳌园,由门廊、集美解放纪念碑、陈嘉庚先生陵墓三部分组成。门廊设计精巧洒脱,两厢墙上镂刻着连环组雕;园中建筑和雕刻,体现了嘉庚先生寓教于游、寓教于乐的思想——中外古今、天文地理、科技文教、书法绘画、动物植物、工业农业、生产生活等,无所不有,无所

不包,精雕细刻,博大精深,是个不可多得的博物

　　命世亭,造型匠心独具,用途超乎景观。命世二字,意为著名于当世。多用以称誉有治国之才。唐高适《酬秘书弟兼寄幕下诸公》诗:"信知命世奇,适会非常功。"宋王安石《答子固南丰道中所寄》诗:"吾子命世豪,术学穷无间。"明罗贯中《三国演义》第一回《宴桃源豪杰三结义 斩黄巾英雄首立功》谓操曰:"天下将乱,非命世之才不能济。能安之者,其在君乎?"孙中山《建国方略·行易知难》:"皓东沉勇,坚如果毅,皆命世之英才,惜皆以事败而牺牲。"陈嘉庚修建命世亭,既为了给鳌园增添一处景观,更为了赞颂开国领袖和军地英才。命世亭内,原先安放着党和国家领导人及十大元帅的全身站立雕像。由于历史的原因,这些雕像后被移走。

　　命世亭与"集美解放纪念碑"系鳌园配套建筑,因园内没有可建亭的合适地,故只好建在鳌园之外。陈嘉庚先生认为,纪念碑是"人民政府建国纪念碑",命世开国元勋的风采也应得到展示。因此,从新中国国家主席毛泽东,副主席刘少奇、董必武,总理周恩来,副总理陈云,以及朱德、彭德怀等十大元帅的青石雕像,当年都巍然立于亭中,以"宣扬与纪念我国现代名人之丰功伟绩,并使里人及南洋归侨得所瞻仰",可谓用意深远。陈嘉庚先生不仅对命世亭的设计与施工费心劳神、亲历亲为,而且对15尊雕像的尺寸、安放的位置,乃至伟人姓名刻字的大小等,都提出明确的要求。

　　暮秋时节,一个风清气爽、天高云淡的日子,偷闲独自前往嘉庚公园,特意前去近观细赏命世亭。不是节假日,游客不算多。细细观察,慢慢欣赏。弧形造型的命世亭,亭基长24米、宽7米,亭前隔着一个石板铺面、几百平方米的小坪,坪前即是大海。亭子基座上,前后由12支六角形的石柱擎着亭顶;琉璃瓦覆盖的亭顶,飞檐翘脊,别具一格。较之修建造型别具一格命世亭用心更为良苦的,体现在石柱石刻对联上。这些对联,皆为陈嘉庚先生广泛征集,反复对比,精心挑选,推敲审定后,重金聘请能工巧匠精雕细琢而成的。12支石柱上的六副对联,长短不一,寓意不凡,有的描绘命世亭所处境地的风光胜景,有的讴歌开国领袖们的卓越贡献。刻于前排6支石柱正中的,是董必武副主席的:"旋乾转坤移山倒海/济人利物震古铄今";左右外侧为:"巨手宏开新国运/一亭饱览好风光";"把三千年历史翻新

请看今朝人物/受亿万众诚心共戴永垂大地光芒"。"建国新猷光垂万世/仪容勒石望重千秋";"地因胜绩比肩崇高领袖/海不扬波欣看舜日尧天";"萃天下英才满廷文武皆幹桢/数风流人物万古云霄一羽毛",分别刻在后排从中到两侧的6支石柱石柱上。

鳌园,是陈嘉庚先亲自担纲设计并精心修建的,从建筑,到雕刻,都融入了陈嘉庚先生的人生观和价值观。自1940年起,陈嘉庚与中国共产党,从相识到相知再到相随。随着时光的推移,陈嘉庚对共产党越是了解、越为钦佩。新中国成立后,陈嘉庚成为一名共产党的坚定拥戴者、热诚追随者。古往今来,亭子不论大小,不单取名都很讲究,而且背后都有用意。陈嘉庚修建命世亭的本意,不是为了彰显自己的不凡功绩,而是为了褒奖共产党的命世之才。"没有共产党,就没有新中国。"从这个角度讲,陈嘉庚给亭子取名"命世亭",既恰如其分,又意味深长。

但凡是名亭,都有一篇《记》。近千年前,"庆历新政"失败后,欧阳修被贬滁州。庆历六年(1046),他在丰山脚下,建起一座"丰乐亭",并创作了《醉翁亭记》的姐妹篇《丰乐亭记》,用赞叹的语调,描绘了丰山一带清秀可爱的风光,以及当地人民丰足安乐的生活,体现了他"与民同乐"的爱民思想。苏轼26岁那年,受朝廷诏命,到凤翔做"签判"。喜好交游的他,在府衙后面荒地上,造出一个小花园,并在园中建了一座亭子。适逢当地严重干旱,田地龟裂,禾苗枯焦。之后不久,下了一场透雨,百姓欢呼雀跃。恰在这时节,苏轼主持修建的园亭竣工。文思泉涌的他,欣欣然写下名篇《喜雨亭记》。

命世亭,没有《记》。那天,在命世亭逗留期间,优哉游哉的我,时而独坐亭内,时而踱步亭前,时而凝视亭子,时而静观大海,心潮如涛,澎湃于胸。嘉庚先生当年怎么就没想到给命世亭留下一篇《记》呢?眺望鳌园耸立在蓝天白云下的"集美解放纪念碑",七个遒劲有力、张弛有度的大字,是伟大领袖毛泽东亲笔所题;纪念碑背面,刻着陈嘉庚亲手撰写的284个字碑文。先生纵然没有时间和精力,凭借他对国家的贡献,抑或在国内的知名度,请一位文豪,找一个名家,写一篇《命世亭记》,绝对是不成问题的问题。可是,偏偏没有《记》。想来思去,由亭及人,我仿佛找到了答案:不是不想写，而是不用写。无字的《命世亭记》，写在亭顶的一椽一瓦上，写在亭间的一石一柱上，写在偌大的鳌园大地上。

命世亭，是陈嘉庚先亲自担纲设计并精心修建的，不论是建筑，抑或是风格，都融入了陈嘉庚先生的人生观和价值观。自1940年起，陈嘉庚与中国共产党，从相识到相知再到相随。随着时光的推移，陈嘉庚对共产党越是了解、越为钦佩。新中国成立后，陈嘉庚成为一名共产党的坚定拥戴者、热诚追随者。古往今来，亭子不论大小，不单取名都很讲究，而且背后都有用意。陈嘉庚修建命世亭的本意，不是为了彰显自己的不凡功绩，而是为了褒奖共产党的命世之才。

"没有共产党，就没有新中国。"从这个角度讲，陈嘉庚给亭子取名"命世亭"，恰如其分，意味深长。

【原载《集美校友》双月刊2022年第6期，2023年3月1日北京前线客户端以《陈嘉庚景仰的命世之才》为题刊发】

"嘉庚书房"溢书香

翻阅今年的《政府工作报告》单行本,其中一段话吸引我眼球:"繁荣新闻出版、广播影视、文学艺术、哲学社会科学和档案等事业。深入推进全民阅读。"寥寥数语,意味深长。这是自2014年起,"全民阅读"连续九次写入《政府工作报告》。掩卷沉思,颇有感慨,并由此想起小区千米开外的"嘉庚书房"。迄今为止,全国唯一的"嘉庚书房",是由人民日报出版社与集美区委宣传部等单位合力共建的,位于福建省厦门市集美区岑东路115号"百年八音楼群"。

江山易改,禀性难移。本人虽已年近古稀,可是习性依然如故——不喜逛商场,爱进图书馆。此前,或阅览,或送书,多次光顾过"嘉庚书房"。这天上午,天气晴好,心情舒畅,我从石鼓路住地出发,沿着银亭路、银江路,轻车熟路,步履轻盈,又一次来到"嘉庚书房"。防疫需要,测过体温、扫过码后,得以入内。"嘉庚书房",包括"嘉庚书房大讲堂"多功能区、朗读亭和中心文化广场,"24小时书房"自助阅读区等,总面积约1700平方米,既是一个标准化、特色化的小型图书馆,又是一处集图书借阅、理论宣讲、经典诵读、沙龙讲座、文艺展览等活动于一体的城市文化空间。难能可贵的是,为了让读者愉快阅读、舒心阅读,这个单层结构的书房,设有"志愿服务驿站"。除了提供服务咨询、饮用水、常用医药、充电服务、免费wifi、便民电话之外,还有失物招领、休闲阅读、爱心雨伞、爱心服务,以及视听残疾人信息无障碍服务等。可谓既热情又周到、把读者当宾客。

平面为"L"型的"嘉庚书房",阅读区分为东区和西区。东区有24组5层落地成人书架、6组3层成人矮架架;西区有16组5层落地成人书架、

5组3层儿童书架。阅读区内,除设有人民日报出版社图书专架,还引入智能化图书信息管理系统、电子阅报机等数字化设备,与厦门市各公共图书馆形成信息实时交互、通借通还的大流通体系。读者可持二代身份证或社保卡、读者证,刷卡识别进入,通过手机扫码、现场触屏等方式享受自助借书、还书、续借、阅览等。受面积限制,书房这边现有上架图书7500余种、15000余册,涵盖党史学习、历史哲学、人文社科、华人华侨历史、嘉庚精神研究等。另有3000余册图书,摆放在集美图书馆,可以在书房这边触屏查找,而后去图书馆那边借阅。

人民日报出版社自1956年成立以来,始终秉承"出治国理政图书,出文化传承图书,出读者枕边图书"的理念,所出图书涵盖时事政治、人文历史、新闻教育、经济法律、青少年学习等。近些年来,为在读者中进一步弘扬嘉庚精神,陆续推出了多种华人华侨、陈嘉庚研究等相关主题图书。在书房东区,当我把目光投向三组人民日报出版社书架,一阵"扫描"后发现,其出版的图书,门类多元,品位较高。从《和平发展》《大国格局》《以德齐家》《伟大抗疫精神》《实干成就中国梦》,到《市场营销》《市场营销学》《BCG经营战略》;从《区块链革命》《美国经济制裁风险防范》,到《乡村振兴的途径与对策研究》《庐山诗的文化底蕴与审美价值》等,都是我前所未见的,让我读欲浓浓。

见我时而翻阅图书,时而拍摄照片,热心的工作人员小王走上前来,先是主动帮我调大手机屏幕亮度,继而不无自豪的告诉我,作为集美区新时代文明实践中心,"嘉庚书房"特设"学党史朗读亭",24小时免费对外开放。朗读亭内有摄像机及录音设备,是集美区推动党史学习教育入脑入心、走新走实的新载体,肩负有讲述百年党史、滋润育人土壤、弘扬嘉庚精神的新使命。但凡有兴趣的读者,可以在朗读亭中自助朗读并录制党史学习教育经典著作中的名篇名段,分享学习心得,进一步激发"永远跟党走"的热情。她还告诉我,今天虽然是周末,但受到疫情影响,读者比正常时候要少一些。

听了这话,留心观察。在西区儿童书架一侧,两个少男少女正在埋头看书,我走到跟前,轻声"提问",男孩答曰:我今年五年级,我们都是集美二小的学生,;女孩笑道:我读三年级。原来,他们是住在同一座楼的堂兄妹，常结伴而来，看书或作业。在东区，靠近侧门的书桌前，一位女生面前摆着几本图书，一副全神贯注的神态。我走上前去，轻轻的问："请问你贵姓，是大学生吧？"她抬头望着我："我姓丁，是厦门大学自动化系的毕业生，来这里查阅一些相关资料，准备参加近期教师竞聘。"虽然，口罩遮住她的半张脸，但透过眼神，可以看出她内心的自信。于是，我送上一句："祝你成功！"在东区，两个中学生模样的少女，正在静心阅读，我走过去在她们对面坐了下来，简短聊了几句，得知她们是集美中学初二（九班）的学生，个子较矮的小翁，家就在"嘉庚书房"附近，经常步行过来看书；身材较高的小李，住地距离较远，每次都骑车过来。还有几位中老年读者，也在专心阅读。目睹他们一副全神贯注的模样，我实在不忍心打扰。

"萝卜青菜，各有所爱。"相对而言，我更喜爱文史类图书。于是，缓缓移步，慢慢观察，发现在文学类图书中，既有《文成公主传》《刘鹗别传》《祁寯藻传》《林肯传》《松赞干布传》《世界极客任正非》，也有《豪放词》《婉约词》等唐诗宋词元曲，《明史演义》《明宫十六朝演义》《楚辞汉赋》等；历史类的图书，既有《资治通鉴》《史记评注》《唐史并不如烟》（上下）《白话本国史》（上中下）《秦汉史》（上中下）《故事里的大明史》《世纪评注》，也有《中国社会史论》《中国共产党历史通览》《中共党史简明读本》《中共党史知识问答》《文献中的百年党史》《百年大党正年轻》《红船》《火种》，以及陈嘉庚着《新中国观感集》等。据小王介绍，"嘉庚书房"除为市民提供城市阅读空间外，还将作为党史学习教育、新时代文明实践工作的重要平台，丰富市民生活，涵养城市品格。听了这话，我乐呵呵地说："近水楼台，以后常来。"

在"嘉庚书房"服务台背景墙上，陈嘉庚先"接待一名读者，借出一本好书，就是播下一颗知识的种子"的警句，字大色艳，分外醒目。一位爱国华侨、一名商界精英，有这样的认识、有这样的见解，真是难能可贵，着实令人敬佩。北宋政治家、文学家欧阳修，有句至理名言："立身以立学为先，立学以读书为本。"我国自古就有"书香人家""书香门第"之说。置身高位嫁接、虽小尤大、藏书万千的"嘉庚书房"中，有一种书香飘溢，令人陶醉的感觉。

【原载 2022 年 4 月 23 日香港《文汇报》】

怀想，在集美大学校园

集美大学，位于厦门市集美区银江路185号；学校占地面积2300余亩，校舍建筑面积103万平方米。偌大的校园里，遍植花草绿树，令人心旷神怡；部分中西方风格相结合的建筑——"穿西装，戴斗笠"——体现出嘉庚系列校园建筑的独特个性。而一些中式建筑，屋顶则带有浓郁的闽南风格。除此之外，校园内还有许多银色、灰色、红色等不同色调，且富有创意的雕塑，其表现内容多与求知有关，主题从清末民初贯穿到当代。这些雕塑，已成为集美大学标志性景观，但凡入园参观的游客，都喜欢在雕塑前留影拍照。

1918年，陈嘉庚先生立足未来，倾资兴学，筚路蓝缕，历经艰难，奠定了学校的基石。集美大学，是由原集美师范高等专科学校、集美航海学院、厦门水产学院、福建体育学院、集美财经高等专科学校等五所高校合并组建而成的。岁月流逝，一年又一年时光；新老更替，一代又一代教师，始终以民族复兴和社会进步为己任，秉持"嘉庚精神立校、诚毅品格树人"的办学理念和独特气质，培养造就了一大批优秀专业人才。

陈嘉庚先生是一位既受百姓赞誉，又受领袖褒奖的历史名人——毛泽东主席当年曾亲笔为他题词："华侨旗帜，民族光辉。"陈嘉庚爱祖国、爱家乡的感人故事，林林总总，枚不胜举。其中最具代表性的，当属不畏艰辛、不遗余力，倾资办学、培育英才。陈嘉庚说过："教育为立国之本，兴国乃国民天职。"早在1913年，陈嘉庚为开发民智，改进社会，开始创办集美小学。其间，遇到师资缺乏的实际困难。经过考察，发现闽南小学师资同样奇缺。陈嘉庚同胞弟陈敬贤反复商讨后认为："救国大计，端赖教育"。于是，决心创办师范学校和中学。

事非经过不知难。创办集美师范,可谓困难重重。别的不说,单是校址就是一大难题。当时集美半岛三面临海,土地本来就少,加之生活贫困的村民,风水迷信观念很重,很难找到理想的校址。陈嘉庚委托陈敬贤,选择集美小学西北隅内池范围,及池外一片为师范校址,用加倍价格收买用地、迁移坟墓,并一边征地,一边建设。及至1918年初,先后建成尚勇楼、居仁楼、立功楼、大礼堂等校舍,以及其他公共设施40000余平方米,外加一个25625平方米大操场,建筑费用共二十余万银元。

有志者事竟成。1918年3月10日,集美师范学校正式开学。鉴于学校初办,所招学生程度参差不一,分别编为三年制师范科讲习班两班、五年制师范预科两班,另设一个中学班,学生共196人。为激励学生勤奋好学,陈嘉庚特意从多方面予以优惠:学费、膳费、住宿费全免;被子、蚊帐、草席和春冬两套制服,均由学校无偿供给。既减轻学生家长经济负担,又使学生在校无后顾之忧。因此,闽西闽南、广东东部,乃至南洋侨生,纷纷慕名报考集美师范学校。当年的集美师范等学校,为集美大学的诞生,埋下美妙的"伏笔"。

如果说集美大学起步是艰辛的,那么集美大学发展则是幸运的。习近平同志对集美大学高度重视、关心关爱。1999年至2002年,习近平在福建省省长任上时,亲自担任集美大学校董会主席。并于短短几年间,七次亲临集美大学。其中,三次参加校董会会议,四次带着问题进校园调研,为学校的办学定位、思政教育、学科建设、人才培养等工作指明了方向。

我家住地石鼓路,与集美大学距离千余米。在没有新冠疫情的岁月里,我常到集大散步观光。今年,是集美大学创办105周年。这天上午,我又一次走进集大。漫步这所既熟悉又陌生的大学,信马由缰,沿着校园通道,经过尚大楼、图书馆,走向东大门。在东大门与尚大楼的轴在线,一尊陈嘉庚先生全身塑像耸立在花团锦簇的花岗岩基座上,引发我对陈嘉庚这位历史人物的不尽怀想……

陈嘉庚先生有句至理名言:"教育为立国之本,兴国乃国民天职。"为此,他一生热心于捐资兴学。早在1913年,陈嘉庚为开发民智,改进社会,开始创办集美小学。其间,遇到的第一个棘手问题是——师资缺乏。经过考

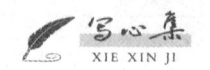

察，发现闽南各地小学师资同样奇缺。陈嘉庚在与胞弟陈敬贤反复商讨后认定："救国大计，端赖教育"。

　　事非经过不知难。彼时，集美是个小渔村，半岛三面临海，土地如稀缺资源，生活贫困的村民，风水迷信观念很重，很难找到理想的校址。陈嘉庚委托胞弟陈敬贤，以加倍的价格收买用地、迁移坟墓，一边征地，一边建设。及至1918年初，先后建成尚勇楼、居仁楼、立功楼、大礼堂等校舍，以及其他公共设施40000余平方米，外加一个25625平方米大操场。

　　学无止境。办学亦然。陈嘉庚虽是商业奇才，可他事业达到顶峰时，资产也不过一二千万元，当时华人企业家中，不乏比他更富有者。然而，为国家和民族兴学育才，他始终如一慷慨解囊，而自己一生却过着十分俭朴生活的。1930年，世界经济危机，陈嘉庚的橡胶产业遭遇巨大打击，英国银行一面答应借款，一面提出"不再资助厦大、集美"。陈嘉庚断然拒绝："我的经济事业可以牺牲，学校绝不能停办。"于是，他变卖三座自家别墅，维持学校正常运转。陈嘉庚一生用于办教育的捐款，累计起来几乎相当于他的全部财产。他用实际行动，兑现"我毕生以诚信勤俭办教育公益，为社会服务"的诺言。

　　陈嘉庚重视知识和人才的远见卓识，令人钦佩，难能可贵。白手经商起家的陈嘉庚，一贯坚持"国家之富强，全在于国民，国民之发展，全在于教育"，以及"爱国始于爱乡，强国必先强民"的观念，在稍有积蓄后，便开始兴办教育，一生在国内外创办和资助的学校多达118所，用于教育事业的投入超过一亿美元。黄炎培先生曾经说过："发了财的人，而肯全拿出来的，只有陈先生。"

　　集美大学内有一幢几年前修建的、融闽南红砖民居与欧式建筑风格于一炉，既表现出独特的建筑魅力，又折射出爱国爱乡、强国强民嘉庚精神的办公楼——尚大楼，楼高24层，在23层观景平台上，整个集美学村景观尽收眼底。"问渠那得清如许，为有源头活水来。"徜徉在尚大楼前，我时而抬头仰望，放飞思绪；时而环顾四周，百感交集：没有陈嘉庚先生，未必有今天的集美大学。我相信，倘若满腔教育兴国情怀的陈嘉庚九泉有知，一定会由衷高兴、倍感欣慰的。

【2023年2月24日北京前线客户端刊发】

"延平故垒"的曲折往事

延平故垒,乃是石刻,位于厦门市集美镇东南侧海边的延平楼东头。这里,原为民族英雄郑成功固守集美时的古寨——集美寨——遗址。清康熙十八年(1679),以花岗岩石建于临海悬崖高处,现仅存石寨门及两侧石墙。寨门高3.08米、宽1.68米、厚0.65米;寨门后、楼房前一侧,有两块拔地而出的岩石。静卧的岩石旁,有一尊栉风沐雨、锈迹斑斑老旧铁炮;其中一块较大的岩石上,隶书勒刻着"延平故垒"四个红色大字,落款:"民国年间"。短短八个字,往事一大堆。

初冬的一天,晴空万里,阳光明媚。吃过午饭,我一改午休的习惯,从住地乘坐公交车,沿着石鼓路南行,在机械工程学院站下车后,经由龙船路东进,步行千余米,来到鳌园路27号。路边斜坡上,《厦门市"集美寨遗址"文物保护范围标识牌》,黑底白字刻着集美寨遗址介绍、文物保护范围、文物保护要点、《中华人民共和国文物保护法》有关规定等。从石牌旁,顺着台阶,拾级而上。抬头望去,那棵老榕树,在阳光照耀下,愈发郁郁葱葱、蓬蓬勃勃,一对情侣旁若无人,依偎着坐在树荫下。登了40余级石台阶,穿过集美寨寨门,但见"九十高龄"、多次亲近的延平故垒石刻,不知何时周边已围上高约两米、刷了黑漆的铁栅栏。

石刻,作为一种记事方式,起源于远古时代,盛行于北朝时期,有着丰富的历史内涵和史料价值。但凡名山大川、旅游景点,不同年代、不同作者、不同内容,或大或小、或横或竖、或雅或俗的石刻,颇有韵味,吸人眼球。而既与历史名人有关,又有历史往事的石刻,并不多见。延平故垒,就是这

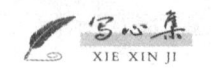

样一通不可多得的石刻。歌曲《有一个美丽的传说》中唱道:"精美的石头会唱歌",套用这句歌词,"集美寨的石头在诉说"。诉说着它可圈可点的由来,诉说着它可歌可颂的往事。

一百年前,陈嘉庚先生在"集美寨"遗址上,建起一座三层楼房,作为集美小学校舍。为发扬曾被永历帝敕封为"延平王"的郑成功爱国精神,陈嘉庚将该楼取名为"延平楼"。

1931年9月18日,日本侵略者悍然发动了对我国东北的武装攻击,全国人民激愤万分,抗日热情空前高涨。彼时,陈嘉庚利用自己在马来西亚创办的《南洋商报》(华文日报),大力宣传爱国抗日,组织各种反对日本军国主义侵略行径的活动,极大激发了集美学校师生的抗日激情,在举国上下同仇敌忾抗击侵略者的历史进程中,集美师生踊跃奋起,投入抗日救亡运动中,与身在海外的陈嘉庚校主,遥相呼应,见诸于行。是年9月26日,集美各校联合成立了"抗日救国会"。救国会誓词中,有这样几句掷地有声的文字:"勤业奋斗,雪耻救国,援助政府,严守纪律,牺牲自己,爱护民国,永为忠勇之国民……"。救国会还制定了"组织大纲"和"宣传大纲"。会员们开展抗日宣传,组织纠察队在集美码头检查,严禁日货上岸。

之后,集美抗日救国会通电国民政府及各院长、各部长、各报馆,指出:"我国军备虽不如人,而民气激昂,磨砺以须,已非一日,背城借一,虽死犹荣。应请政府即行对日绝交,积极备战,宁为玉碎,毋为瓦全!张我人道之义旗,打破强权之迷梦。"同时,发动师生,声援和捐款慰劳坚持抗日的将士。单是集美女子小学,一周内就募捐五百余元。与此同时,救国会还给在东北抗日前线的马占山将军汇去捐款、发去慰劳电:"倭奴蚕食辽吉进寇黑河,麾下血战重围,力全半壁,军声所播,敌胆皆寒,作干城之模范,实华胄之光荣。感念勋劳,钦迟忠勇,谨掬微诚,特电遥劳。"马占山将军复电:"福建集美抗日救国会公鉴:来电敬悉,承慰荷贶,惭与感兢,谨率袍泽,遥致谢忱。"

为了武装自卫,集美学校重新组织义勇队,分期分批,严格训练,"以养成刚毅沉者之劲气,效越王十年教训以报吴仇"。义勇队队员的誓词曰:

"余誓以至诚加入集美抗日救国会义勇队，服从命令，遵守纪律，准备对日作战，为国牺牲。如有二心，天人共戮。"与此同时，为推动厦门地区的抗日工作，集美抗日救国会还派出代表，深入闽南各地联络民间组织，发动民众参与抗日救亡活动，壮大抗日救亡声势。11月24日，闽南地区各民间组织派出代表，在集美学校大礼堂召开大会，成立"闽南各地抗日团体联合会"，后改称"闽南抗日总会"，会址设在厦门。闽南抗日总会的成立，有力推动了闽南地区抗日救亡运动。

史料表明，在整个闽南抗日救亡运动中，具有光荣革命传统的集美学校，发挥了中坚和骨干作用。

1932年1月28日，农历辛未年（1931）腊月廿一，"一·二八"事变发生后，十九路军浴血奋战，抵抗进犯上海的日寇。一直坚定"守土之责，义所难辞；牺牲虽大，分所甘受"信念的陈嘉庚先生，组织华侨捐款支持十九路军，在汇给六百多万大洋的同时，致函集美学校董事长、集美学校抗日义勇总队长叶渊，再次强调："时至今日，任何人皆应抱牺牲精神，各尽所能，以与暴日抗。希勉励学生，激励勇气，勿畏葸自扰！"受其激励与鼓舞，辛未岁末，集美学校在延平楼前的巨石上，郑重其事的刻下"延平故垒"四个大字，籍此表达以民族英雄为榜样，万众一心保卫国土，众志成城收复失地的如盘信念。

先前的延平楼，主体白灰砖墙。1938年5月，厦门沦陷之后，日军以金门、厦门为据点，不时用飞机、大炮轮番轰炸集美校舍及民宅。延平楼立身集美南端高地，与厦门岛仅一水之隔，目标突出，首当其冲，终遭天降横祸，毁于日军炮火。原本生机盎然的延平楼，几成废墟，一派凄凉。1950年9月，陈嘉庚先生定居故乡集美。为协助地方政府，发展家乡教育事业，他在不遗余力筹资修建、扩建集美学村的同时，决定重建延平楼，并把它列为重点工程，紧锣密鼓、亲自督工。1952年底，工程竣工，仍取原名——延平楼。

延平楼前，那棵根深叶茂、独木成林的古榕树，为寨门撑起一把绿色之伞，形成一道如诗如画的自然景观，耐人观赏，发人深思。我站在大榕树下，默默凝视着立足大地的延平故垒石刻，当年集美抗日救国会"严守纪律，牺

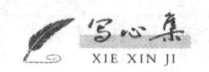

牲自己"，"服从命令，为国牺牲"等铿锵誓词，陈嘉庚先生"各尽所能，以与暴日抗"的急切呼吁，仿佛就在耳边萦绕。联想到《中华人民共和国国歌》"把我们的血肉，筑成我们新的长城"，以及抗日战争等大量历史事实，我坚信，纵然雄关漫道，任凭风吹雨打，只要中华儿女传承这种精神，只要炎黄子孙坚定这种信念，中华民族就一定能够所向无敌、一往无前！

【　原载2021年11月27日香港《文汇报》，2022年1月5日《党史信息报》发表时题为《延平故垒上镌刻的铿锵誓词》】

"送王船"传递的……

12月17日,联合国教科文组织(UNESCO)保护非物质文化遗产政府间委员会第十五届常会评审通过,将中国和马来西亚联合提名的"送王船——有关人与海洋可持续联系的仪式及相关实践",列入《人类非物质文化遗产代表作名录》,这是首个"海丝"沿线相关国家联合申遗成功的案例。迄今为止,中国已有42个非物质文化遗产项目列入联合国教科文组织非物质文化遗产名录,总量排名世界第一。"送王船"申遗成功,为鹭岛厦门新添了一张世界级名片。

船者,舟也。《墨子·节用》中说,"舟之始,古以自空大木为之,曰俞;后因集板为之,曰舟;又以其沿水而行,曰船也。"不论是万吨巨轮,抑或是一叶扁舟,其主要功能不外乎装货载人。从平民百姓,到帝王将相,都是有形的、真实的人。而送王船所送之"王",则是无形的、虚拟的。传递人类走向海洋记忆的送王船,是闽南沿海先民于明代造就的抚慰、祭祀海难遇难者的仪式,植根于崇祀"代天巡狩王爷"(简称"王爷")的民间信俗。善良的人们认为,王爷受上天委派,定期赴人间巡查,拯疾扶危,御灾捍患。只可怜,海上罹难者的亡魂(尊称为"好兄弟"),四处漂泊,无所归依。于是,人们定期举行迎王、送王仪式,迎请王爷巡狩小区时,带走"好兄弟"。活动仪式,内容丰富。包括迎王、造王船、树灯篙、普度、送王船(踩街游行及焚烧王船)等。

送王船时,人们集聚在海边、滩地,迎请王爷至宫庙或祠堂,先以供品祭祀王爷,继而竖起灯篙,召唤"好兄弟"、普度"好兄弟"。送王时,人们请王爷登上事前精心制备的王船（多为木质或纸质船模），善男信女们，以各种艺阵开道，簇拥着王爷巡查小区四境，一路召请"好兄弟"登上王船，随王爷一同出海远行，继续履行代天巡狩的使命，济黎民百姓，保四方平安。因而，送王船也被称为"做好事"。

送王船于15—17世纪，在中国闽南地区形成后，伴随着"下南洋"移民和海上贸易，逐步传播到东南亚地区。之后，成为广泛流传于中国闽南和马来西亚马六甲沿海地区的禳灾祈安仪式。如今，该遗产项目主要分布于中国福建南部的厦门湾和泉州湾沿海地区，以及马来西亚马六甲州的华人聚居区。在不同区域，这项民俗活动，既有共同点，又有地方性。比如在闽南，大多每三或四年，于秋季东北季风起时举行；而在马六甲，则多在农历闰年旱季择吉日举行。仪式活动，短则数日，长达数月。

送王船活动，除了做"好事"，还从一个侧面体现了人与自然和谐相处、尊重生命的理念，为推动包容性社会发展提供了丰富的文化对话资源。其承载的观察气象、潮汐、洋流等海洋知识和航海技术，是人们长期海上生产生活实践的结晶。长期以来，中国厦门与马来西亚马六甲民间文化联系素来紧密，多次开展闽南文化交流，有良好的合作基础。中马联合申报"送王船"，萌芽于2015年。是年7月，"马六甲海丝文化论坛"举行期间，厦门市闽南文化研究会与马来西亚侨生公会总会结为友好协会，双方会长了解到"送王船"也是马来西亚国家级的非遗项目后，不谋而合，萌生了联合申报的意向。

2017年3月，马六甲16个宫庙和厦门14个宫庙签订中马联合申报倡议书。送王船列入人类非物质文化遗产代表作名录，凸显了福建省、厦门市作为21世纪海上丝绸之路核心区、战略支点城市的地位作用，对促进民心相通和文明交流互鉴具有积极意义。据悉，列入名录后，中马两国将成立"双边工作委员会"，建立联合保护共同协作机制，支持"中马送王船协同保护工作组"实施《送王船联合保护行动计划（2021-2026年）》，履行进一步保护该遗产项目的承诺，推动《中马关于联合保努力护非物质文化遗产合作协议》签署，全方位开展国际间非遗领域的合作，让文化遗产成为实现人类持久和平的对话资源。

本次中国和马来西亚联合申遗成功的送王船项目，属于社会实践、仪式和节庆活动类别。思明区厦港沙坡尾,作为厦门申报的重点小区,写进申报文本。沙坡尾,是厦港街道所辖7个小区之一。其名源于一大段沙滩的末端。早期,厦港渔区海岸线,是一片宽阔平展的沙滩。清道光《厦门志》载:"沙长数百丈,风水淘汰,毫无所损",因细沙均匀且洁白如玉,故有"玉沙坡"的美称。玉沙坡按其历史,又可划分"沙坡头"与"沙坡尾"。其分界线是一条从碧山岩汇集而下的南溪仔,入海口在今大学路与民族路的交接处。早期这里有座"太平桥",连接沙坡头与沙坡尾。沙坡头,靠近虎头山一侧,位于现今鱼行口街、金新街、关刀河一带,原先有打石字渡伸入海边,其状酷似一把关帝爷的大刀,这便是当时俗称为"关刀河"的小避风坞,前后经历了近300年历史,至今周边街巷地名都保留着原貌;沙坡尾,靠近蜂巢山一侧,位于大学路和沙坡尾一带。早年这里遍布着许多大中小埔头,大桥头、马鞍桥头、料船头等,至今还保留原来地名。

1925年前后,厦门市政当局沿着鹭江修筑堤岸和马路。鉴于此时关刀河小坞已不堪重负,遂被填平迁移,在沙坡尾与大学路之间重新修建了避风坞,沙坡尾避风港随即兴起。之后,避风港又曾多次修建。其中,经1969年扩建,达到今天的规模。

作为闽南送王船的中心区域,厦门送王船当代传承传播最为典型,且又比较大型的,在思明厦港沙坡尾、湖里钟宅、海沧钟山、同安吕厝等14个相关小区村落。

闽南"送王船"活动,一般四年举行一次。12月5日至6日,厦门钟宅畲族小区、何厝小区,分别举行国家级非物质文化遗产"送王船"活动,王船浩浩荡荡绕境巡安,寄托了当地居民对海洋的敬畏和感恩之情。当日,10多支"送王船"绵延数百米,浩浩荡荡从瀚海宫观音庙出发,沿钟宅绕境巡游,途经钟宅南苑、钟宅新家园、王公庙,最后驶向钟氏宗祠,场面颇为壮观。巡境途中,居民纷纷摆上供品,虔诚祈求风调雨顺、出入平安。

据媒体报道,和往年有所不同的是,今年钟宅等小区"送王船"巡游队伍中,不单有许多年轻人参与,而且不少人还通过短视频、直播等方式在网上进行分享。在日新月异的信息时代,年轻人热衷参与传承,让有600多年历史的"送王船"民俗迸发出新活力,这无疑是件好事。虽然,我至今不曾亲眼目睹过送王船民俗活动，但是近些年来，多次从集美前往位于环东海域商圈的中洲滨海城女儿家，途中每次都可以看到同安境内公路一侧那艘"送王船"，冬去春来，年复一年，默默"停泊"在原地，巨石刻就的船身上，"闽台送王船"几个红色大字，遒劲有力，分外醒目。透过它，可以看出人们对先贤走向海洋壮举的怀想与敬意。

【2020年12月6日香港《文汇报》以《传递人类"下海"记忆的"送王船"》为题发表】

爱上厦门沙茶面

那年金秋时节,未曾出过国门的我和老伴,欣然报名参加"2019澳新千人游"。从高崎机场乘厦门航空公司航班直飞悉尼。在澳大利亚、新西兰游览一个多星期后,回国那天,上午十点左右,从悉尼起飞,当晚7点多钟抵达鹭岛。虽然在飞机上用过晚餐,女儿女婿非要带我们到集美住地附近一家小吃店品尝沙茶面。

进得门内,走近食品柜,一粒粒圆鼓鼓的新鲜海蛎,吸引了我的眼球,刺激了我的食欲。为了避免浪费,我点了海蛎与猪肝两份加料,合计19元。来到灶台前,但见厨师动作麻利地抓一把绿豆芽、取几片青菜叶、夹一块约5厘米见方的油炸豆腐,把它们与面条同时放进滚开的清水中烫一阵子,捞起后,将海蛎、猪肝倒入,烫熟捞起,加上几勺金黄色汤头,便小功告成。

沙茶酱的原料是,花生仁、白芝麻、鱼、虾米、椰丝、大蒜、葱、芥末、辣椒、黄姜、香草、丁香、陈皮、胡椒粉等。整洁的餐桌上,摆有番茄酱、香醋等佐料。为了吃出原味,我什么都没加。细嚼慢咽发现,汤头浓而不腻,面条香而爽口;那块油炸豆腐,表皮金黄金黄的,内里白嫩白嫩的,令人不忍大快朵颐。环顾左右,几位年轻男女,一个个吃得津津有味。口品目睹,顿生一种"吃所未吃"的印象。

厦门,有多家老字号沙茶面。单是集美,就有西海夜市沙茶面、榕树下沙茶面、进福沙茶面等。近两年来,光顾过多家沙茶面。总体感觉是,各具特色,各有魅力。前不久的一天,得知"大社戏台沙茶面"是家"老字号",我便独自慕名前往。到得浔江路"大社牌坊"前,问过路后,左拐右拐,方才找到。观察发现，这家老店，斜对面是燕尾脊、红砖墙的"陈氏大祠堂"。走进祠堂，仰视"华侨领袖 民族光辉"等几块牌匾，对的陈嘉庚先生肃然起敬。老店右侧不远处的"大社戏台"，既是村民日常活动的聚集地，也是联系陈氏宗族的无形纽带，戏台中央放着一个大小如电影屏幕的投影仪。

步入"大社沙茶面"，店内一面墙上挂着三排二十一块紫底金字木质小牌。一块牌子，一个菜名。如，鲜虾、脆丸、猪腰、豆干、米血、蟹肉棒、鱿鱼圈、脱骨肉等。在我看来，这些古香古色、与众不同的牌子，折射出的是，诱人的韵味、不短的历史。

因是半下午，还不到"饭点"。小店里没有其他食客，我趁机与陈姓老板娘闲聊："你这店，真是酒好不怕巷子深呀。"她微微一笑："好，不敢说；真，倒不假。"她告诉我，从沙茶粉、花生末、到所有加料，都是严格挑选、用心加工的。她还告诉我，沙茶面，要先吃面后喝汤，这样才能从喉咙到胃里、从开始到结束，有完没了，回味悠长……

世上没有无缘无故的爱。我所以爱上沙茶面，除了个中特殊的味道，还有背后可贵的孝心。

18世纪末，厦门普陀山脚（今南普陀）住着一户人家，世代以捕鱼为生。命运不济，父亲早逝。孤儿寡母，相依为命。穷人的孩子早当家。儿子小小年纪，孱弱的肩膀就挑起生活重担。正当日子出现好转时，一场巨风卷走了正在打鱼的儿子。此后十年，音讯全无。思儿心切的母亲，哭瞎了双眼，哭死了味蕾。

幸运的是，儿子被一艘印尼商船救起后，在船上当厨工。他发现，印尼人煮肉，喜欢添加一种叫"沙茶"的粉末。这样煮的肉，色香味俱全。他暗想，要是能回家，一定做给母亲吃。十年后，儿子终于随船回到了厦门，看到苍老枯瘦的母亲，他心如刀割。可是，无论他怎样精心照料，母亲都食之无味、食欲全无。

一日，儿子买来母亲最爱的花生。将花生研磨成粉，拌进骨汤做的面条里。母亲吃了几口，轻声细语道：味道淡了点！儿子欣喜若狂，赶紧去拿盐巴。不巧食盐已用光，情急之下翻出从印尼带回的沙茶粉，用它代替代食盐，往面条上，撒了少许。母亲一边吃一边说：这是什么面啊，太好吃了！儿子端起面，闻了闻，果然浓香四溢。从此，母亲恢复了味觉。

后来，为了生计，儿子把煮好的沙茶面，挑到码头与渔民交换。渐渐的，声名在外，越来越多的船只，在这里停靠，船员们只为吃上一碗沙茶面。就这样，日复一日，年复一年，沙茶面不翼而飞、绵延不绝。时至今日，沙茶面不单成为厦门小吃的代名词，而且成了居民和游客喜爱的风味美食。

（2020年11月6日《福州晚报》发表时题为《厦门沙茶面》）

"缠足鞋"背后的"病态心"

缠足,既是封建文化的一颗毒果,也是病态心理的一种表象。缠足的实质,是封建礼教对女性的摧残——缠紧了千万女性的脚,缠住了无数女性的心!

六十多年前,在出生地莆田农村生活时,遇见村头留辫子的老汉,见过邻居裹小脚的老妪。那时年少,不谙世事,除了觉得他们有点"与众不同"之外,不曾多加思考。摧枯拉朽,时过境迁。现如今,留长辫的男人,裹小脚的女人,只有在一些电影或者电视剧里才能看到。

不曾想,近日网上爆料,在闲鱼二手交易平台,不少店家上架兜售多款"三寸金莲"鞋,外加缠足相关商品。不说死灰复燃,也是匪夷所思。

费心经商只为财。据媒体披露,上述"三寸金莲"鞋袜,款式各异,种类繁多,价格不等。更有店家,冠以"小脚鞋"之名坦然兜售。在"某婴童1号"网店,店家上架的商品有:缠足专用袜,299元/双;缠足弓底鞋睡鞋定做200元/双。其中,最贵的是"三寸金莲"绣花纯手工按需定制缠足鞋,1580元/双。如此昂贵且"有毒"的东西,居然有人感兴趣,有人笑着买。更令人咂舌的是,在某网上评价区,有买家发出脚穿"三寸金莲"效果图的同时,赞赏有加:"鞋底软软的,上脚非常秀气。"

得知这一消息,有种如芒在背、如鲠在喉的感觉。上网搜索,发现类似现象,此前就已出现过,且有人公然声称:"我缠脚了,因为向往过去的三寸金莲";有人连追带捧:"你很时尚!我支持你缠";有人推波助澜,非但口头上支持,还要给人家以指导。更有甚者,组建各种QQ群和贴吧,展示自己裹脚的经历与心得,理直气壮的表白:要追求"缠足自由",要拥有缠足的权力!

缠足，是古代女性之美不可或缺、至关重要的外在条件。其手段是用长布带将女性双脚紧紧缠裹，使之畸形变小。一般女性，四五岁便开始缠足，直到成年骨骼定型后才将布带解开。更有甚者，终身缠裹。文化学者、西南大学博物馆副馆长郑劲松指出："'三寸金莲'复制品，作为商品进行流通，属于一种文化逆流，暴露了买卖双方不健康的文化心态。"

缠足始于北宋后期，兴起于南宋。元代缠足，更向纤小方向发展。明清时期，缠足鼎盛。缠足之风，蔓延至社会各阶层的女子——不论贫富贵贱，不分高矮美丑，但凡女性，东施效颦，纷纷缠足。推翻清朝后，孙中山先生下令禁止缠足。及至"五四运动"时期，缠足成为各派革命运动和激进分子讨伐的对象，陈独秀、李大钊等人都曾撰文，痛斥缠足对妇女的摧残和压迫。新中国成立后，缠足被强力废止，妇女得到彻底解放。

潜藏畸形审美的缠足，严重限制了女性的行动自由，无情摧残着女性的身心健康。在长达近千年的历史长河中，女子缠足所以经久不衰、盛行于世，除了中国古代社会为巩固等级制度和宗法关系而制定的礼法条规和道德标准，比如，提倡"三从四德"，推崇"夫为妻纲"、"嫁鸡随鸡，嫁狗随狗"等之外，还与一些文人骚客推波助澜、火上浇油不无关系，比如，什么"莲步娉婷"，什么"踏春有迹"、"步月无声"，什么"一弯软玉凌波小，两瓣红莲落步轻"等等，误导世人，以丑为美。

"千里之行，始于足下。"足疼难行，何况缠足。广大妇女，因了"三寸金莲"，只好深居简出、长处深闺。也难怪，古代中国，女子如同男人的附属品、私家货。既是私人财产，就要深藏起来。不良居心，昭然若揭——貌似增美的"缠足"，实为变相的"缠心"。时至今日，还有人热衷销售或购买"缠足鞋"等，真乃可恶可咒、愚蠢愚昧。职能部门当见微知著、拿出对策，社会各界尤其是女同胞们，应主动拒绝，大声说"不！"

我国封建历史悠久，封建文化根深蒂固，有些封建遗毒，近乎渗透到炎黄子孙的基因中，不是几十年或者几代人就能彻底铲除的。"心病还须心药医"。透过网售"缠足鞋"现象，既要看到其背后的"病态心"，更要树立起与封建遗毒打持久战的思想意识。

【原载 2022 年 4 月 22 日《福建日报》副刊】

寂寞，人生的最好沉淀

寂寞啥滋味？阅历不同、心态不同的人，有不同的解读、不同的认知。近些年，因了新冠疫情的缘故，三番五次，自我禁闭。时间长短不一，感受大致相同。累积叠加，从中品出一点寂寞的滋味。

寂寞是苦的，至少它不甜。正因此，自然界中，且不说善男信女害怕寂寞，即便是花草虫鸟也不甘寂寞。南宋文学家、史学家、爱国诗人陆游《卜算子·咏梅》中的"驿外断桥边，寂寞开无主。已是黄昏独自愁，更著风和雨"，便可佐证。

好在，甜有甜的味道，苦有苦的滋补。"宝剑锋从磨砺出，梅花香自苦寒来。"事物发展法则证明，没有苦与寒，便无梅之香。花如此，人亦然。纵观古今，横看中外，但凡耐不住寂寞，吃不得苦头的人，终其一生也只能碌碌无为，断难成就一番事业。相反，惟有那些枕着寂寞入眠、伴着清苦生活的人士，才可望有所建树，甚或功成名就。

古人云："居不幽者思不广，形不愁者思不远。"生活实践表明，人只有在幽静孤独的时候，才能真正认识自我；只有那些经过静默修养的人，才能捕捉到人生的真谛。一位西方哲学家说："只有最伟大的人，才能在孤独寂寞中完成他的使命。"前苏联无产阶级作家、社会主义现实主义文学的奠基人高尔基，评价罗曼·罗兰时写道："一个人越是不同凡响就越伟大，也越孤独……孤独使他更加深刻、更加明智地观察生活。"诚如斯言。摆脱虚荣的困扰后，人的心灵可以得到净化，思想便也能够自由翱翔。在丰富多彩、变幻多姿的社会生活中，唯有耐得住寂寞者，才能保持一颗平常心，找到属于自己的坐标与实现自我价值的支点，才能蓄势待发、一展才华，最终崭露头角，成就一番事业。

"板凳要坐十年冷，文章不写半句空。"寂寞是人生最好的沉淀。古今中外，许多学者名流，沉潜书斋，甘于淡泊，既有乐于坐冷板凳的毅力，又有甘于与寂寞为伴的心态，才终有所成、"文"名天下。中国当代著名学者、作家、哲学研究者周国平先生，当年刚到北京时，一直寄居在地下室。身边，既没有亲人，也没有朋友，形只影单的他，只有简陋的居所和冰冷的墙壁。然而，就在这陋室里，他写出了自己的第一本随笔。后来，周国平无论到了哪里，都不会忘记那个陋室和那段时光。用他的话说："那是一种充实的快乐。"

有人说，寂寞好比一座山。我想说，寂寞宛如一首歌。一首不会休止，却会变味的歌——视寂寞为黄连者，它是"悲歌"，越唱越悲凉，越唱越凄苦。终日唉声叹气、怨天尤人，仿佛命运专门跟他过不去一般。到头来，非但一事无成，连半点生活的乐趣也荡然无存。这样的人，不在悲歌中颓废，便在悲歌中沉没。相反，视寂寞为甘草的人，它是"欢歌"，越唱越有味，越唱越甘甜。既可以借寂寞磨砺意志，也可以悠然自得、淋漓尽致地发挥一技之长，矢志不渝地走自己认准的路，做自己想做爱做的事。这样的人，即使天生不是锻造宝剑的"钛合金"，只要持之以恒，也可以磨出点耀眼的亮光来。至少，不会被寂寞所压垮。

《红楼梦》中的林黛玉与薛宝钗，二人同住令人羡慕的大观园，过着锦衣玉食、灯红酒绿的生活。可是，即便如此，多愁善感的林黛玉，常常哀叹生活寂寞，不是对月伤怀，便是迎风落泪，觉得"一年三百六十日，风刀霜剑严相逼"，结果是病魔缠身、英年早逝。而乐天派薛宝钗，却是笑口常开、悠哉游哉，认为"好风凭借力，送我上青云"，活得自由自在，活得有滋有味。

"生活就是舞台／时刻充满期待／我们用相同的爱／共演绎同精彩。"生活，蕴含着欢乐；生活，包裹着寂寞。有道是，文似看山不喜平。文章如此，生活亦然。有一点坎坷，更富有魅力；有些许寂寞，更凸显欢乐。明代思想家、军事家，心学集大成者王阳明说："耐住寂寞，方能守得花开！"想想看，待到花开时——百花齐放也好，一花独放也罢，只要懂得欣赏，都会醉人醉心。多么愉悦，何其快哉。

【《前线》2023年第4期发表时题为《寂寞杂谈》】

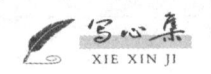

冬至汤圆别样甜

冬至，俗称"冬节"、"亚岁"、"长至节"等。冬至是中华民族的传统节日之一，也是二十四节气中兼具自然与人文两大内涵的一个重要节气。杜甫有诗曰："天时人事日相催，冬至阳生春又来。"意思是说。自然界的节气和人世间的事态逐日相催，冬至一到，阳气初萌，春天也就快来了。

岁月匆匆，时光如水。掐指算来，我离开家乡57年了。许多往事，日渐模糊，唯独对家乡冬至汤圆的记忆，抹之不去，历久弥新。

吃汤圆，在现代人眼里，是件普普通通、平平常常的事。可是，假如让时光倒流几十年，那情景就大不一样了。许多城乡居民，只有在冬至这一天，才能一饱口福，吃到圆滚滚、热乎乎、甜滋滋、香喷喷的汤圆。

冬至，本是按天文划分的节气之一。冬至到了，意味着寒冷的冬天已经抵近。可在我的出生地，人们更乐意把冬至当成一个传统的节日来过，对冬至重视的程度，不亚于一年一度的新春佳节。

每年临近冬至，凡是离家外出的人们，不论距离远近，都要想方设法赶回家中，与亲人团聚。而搓汤圆、吃汤圆，便成了故乡独特的冬至节令文化主要内容之一。

为了过一个"物质+精神"的节日，冬至到来之前，家家户户就开始忙活了——不是舂便是磨，备好足够的糯米粉。冬至当天清早，将糯米粉和水揉成团，置于簸箕中央，同时摆上一束红筷子，一排老生姜，经济条件稍好些的人家，还要摆上若干只桔子，外加一支用彩色纸剪贴而成的"早春"纸花，俗称"丸子花"。准备就绪后，大人先用糯米粉团捏成元宝、银圆等具有象征意义的小"宝物",而后全家老小一起动手,将糯米团搓成桂元大小的丸子。一家人有说有笑,忙乎一阵子,将做好的汤圆,倒入水已烧开的铁锅中,续上大火,待汤圆膨胀浮起后,先捞出三碗,用于祭祖,藉此祈求人丁兴旺、事业发达。

俗话说,心急吃不成热豆腐。吃汤圆何尝不是这样。好不容易盼来冬至,却不容易吃到汤圆。用母亲的话说,叫做"爱吃汤圆天不光"。那时年幼,不知何意。心想,这不过是母亲在哄我们罢了。长大后才知道,冬至这天,太阳位于黄经270度,阳光几乎直射南回归线,是北半球一年中白昼最短的一天。白天短了,夜晚自然就会长一些。

穷苦孩童盼过节,冬至汤圆别样甜。冬至的汤圆,除了香甜好吃,还特别的好玩——冬至一大早,翻身起床,洗漱干净,便和长辈们一起围坐在餐桌周围搓汤圆。搓到临近"尾声"时,父母准许我们这些小字辈,凭借自己的想象,捏几个各自喜欢的动物。于是,我们像玩泥巴一样,喜滋滋地捏几只小狗、小猪、小兔,甚或"四不像",而后和汤圆一起放进锅里,煮熟浮起时,捞出虑干水,晾到表面不粘手了,折几段"香脚"或篾条,从后部插进小狗、小猪体内,再逐一插在自家大门门框的缝隙上。

那时,我家居住的是当地人称为"集体厝"的两层连体房。墙体是用黄土一层一层"垒"起来的,只有"门框"是用砖头砌成的。因为家境贫寒,不要说水泥勾缝,就连石灰也没用上,门框周边,不乏缝隙。过两三天,冬至吃的汤圆,早已消化殆尽了,再把插在门框上的小狗、小猪等取下来,放在灶膛里熏烤。烤到表皮发焦了,信手拍一拍,轻轻吹一吹,即可"进口"了。但觉表皮酥酥的,内里糙糙的,吃起来那个香啊……

冬至的汤圆,还可粘上豆粉吃。事前取些黄豆,炒熟磨成粉,拌入一定比例的红糖末,倒进簸箕中。汤圆煮熟后,用笊篱捞起,虑干水倒在豆粉上,端起簸箕,先顺时针晃动几次,再逆时针晃动几次,原本"裸体"的汤圆,一个个立马披上一件暗红色的"外衣"。这样,即可以一粒一粒夹而食之,也可以用手掌轻轻按压,变成饼状留后食用。

年代不同了,生活富足了。现如今,不论城里人,还是乡下人;不管是冬至,抑或是平时,只要走进超市,纯白的、紫黑的、实心的、包馅的,不同品种、价廉物美的汤圆，各具特色，应有尽有，任你挑来任你选，既方便，也不贵，正因此，不要说城里人，即便是乡村人，自己动手做汤圆的，大概寥寥无几了，我这个当年的活泼少年，已然变成迟暮老人，对汤圆的兴趣也大打折扣，唯独当年那香甜的别样记忆，深深烙在我的脑海里，忘不了，消不掉。

【2022年12月22日北京前线客户端刊发】

优雅与充实

优雅，是一种气质，也是种品性。比如，举止优雅、谈吐优雅、穿着优雅、品行优雅等。无论那种优雅，不是与生俱来的，而是后天养成的。

爱美之心，人皆有之。爱美如此，优雅亦然。但凡常人，不分男女，无论老少，都希望优雅，都追求优雅。青年人，自不必说。老年人，也不例外。前些日子，一位老友给我发来一组图文电子邮件——优雅地老去。在这组资料中，不单几位大爷、大妈，穿着和举止着实优雅，就连所配文字，也颇为优雅。如，"人终有一老。从青春年华，到耄耋老年，我们都逃不过时间的安排，在这人生最后的时光中，或老而猥琐，或老而庸常，或老而优雅，我们总有选择。"读后，颇有同感，另有所悟。

常言道，秀色可餐。秀色，也是一种优雅。虽然，秀色只属于年轻人，但老年人倘能常怀一颗年轻的心，年过花甲也好，七老八十也罢，穿戴保持干净整洁；鹤发童颜也好，皱纹满面也罢，谈吐力求幽默大方，何尝不是一种优雅。

优雅，独木难支。我感悟，优雅必须以充实做支撑。优雅与充实，既有联系，又有区别。这里所说的充实，不是口袋，而是脑袋；不是物质，而是精神。换句话说，充实未必优雅，优雅必须充实。人的脑袋充实，要看"装"的是啥东西。很多城乡居民，自家杂物间里，不舍丢弃的废物，乱七八糟的杂物，堆得高高的，塞得满满的，充实倒是不成问题，哪有半点优美可言？

人生充实，不是单一的；精神充实，则是多元的。如同"智者乐山，仁者乐水"一样，每个人对充实的理解不一样，选择也不一样。现如今，从城市到乡村，从青壮年到老年人，长年累月码长城，乐此不疲玩纸牌者，随处可见，比比皆是。如此这般，说的委婉些，是精神空虚的表现，与充实丝毫不沾边；说的苛刻点，是在消磨时光、消耗生命。何其可惜！

青春苦短，生命有限。有限的生命，不是平面的，而是立体的。它是由长度、宽度、高度共同构成的。长度，亦即寿命，它的决定权，不完全掌握在个人手里；宽度与高度，泛指素质、素养、知识、智慧等，则大多取决于自己。

任何一个人，形体的优雅、容貌的优雅，可以借助衣裳、美容来实现；谈吐的优雅、举止的优雅，则要靠知识、智慧来支撑。这就离不开读书与学习。通过读书学习，既可陶冶情操，又能滋养灵魂。正所谓，"腹有诗书气自华"。书籍，是人类最好的精神营养品。巴金先生，既是伟大的作家，也是杰出的翻译家，懂英文、法文、俄文和世界语，也学过德文、朝文、越南文、意大利文。但他，并不满足，从不止步。及至年逾古稀，又坚持听上海人民广播电台的日语讲座，开始学习日语。

前几日，读到山东文友孙贵颂先生的一篇文章，他在文中写道：退休后不久，就有意规划自己，开始了动脑、健身、做事、旅游的"四重奏"，决心"老"出风度，"老"出成就，"老"出健康，"老"出一个新花样。他所说的动脑，是读书与写作；健身，是活动或运动；做事，就是有计划、有目的地做一些力所能及的事。欣逢盛世。步入小康社会后，老年人的晚年生活，大多没有后顾之忧，倘能根据自己的兴趣与爱好、条件和可能，"量身定制"若干带个性化的"N重奏"，让晚年过得有滋有味、有为有趣，就算不能优优雅雅，到也可以充充实实。何其善哉。

生活就是舞台。老年人退出了工作岗位，但没有退出生活这个大舞台。"莫道桑榆晚，微霞尚满天。"老年人更应珍惜生命、珍爱时光，因地制宜，量力而行，积极参与一些包括读书学习、文化体育、公益活动在内，自己想做爱做、会做可做的事，既有利于愉悦身心，又有助于延年益寿。退休十年来，我坚守"做一个闲人，读一点闲书，写一些闲文"的生活信条，发表了数百篇散文、随笔，出版了《怎样聚集正能量》《三闲斋随笔》《庐山偶拾》《南薰楼遐思》等四本书。自我感觉：身材不高，体型偏胖，虽不优雅，倒也充实。

【原载2022年11月25日《福建日报》】

坚守与放弃

坚守与放弃,是两个性质截然相反的概念,或者说是一对矛盾的统一体。前者指坚固的防守、不离不弃,后者指果断的丢掉、不贪不恋。

人们最常见、最直观的一种坚守,莫过于坚守阵地。战场上,在敌我兵力悬殊、寡不敌众,面临阵地丢失危险时,我军官兵发出的铿锵誓言是:"人在阵地在!""誓与阵地共存亡!"言外之意是,英勇搏杀、坚守到底。电影《英雄儿女》中的王成,在弹尽无援、孤身一人的危急关头,为了守住阵地,面对蜂拥而上的敌军,毅然决然发出"为了胜利,向我开炮"的怒吼!

光荣当选100位"为新中国成立做出突出贡献的英雄模范人物"之一的夏明翰,1928年3月18日,因叛徒出卖,在武汉不幸被捕,敌人对他施用了种种酷刑。夏明翰信念如磐、绝不投降。临刑前,视死如归的他,挥笔写下一首气壮山河的就义诗:"砍头不要紧,只要主义真。杀了夏明翰,还有后来人。"诗的第一句表达壮烈的放弃,第二句阐述无悔的坚守——为了坚守心中的理想信念,不惜放弃宝贵的生命。

放弃好比割舍,或多或少有点痛与苦。然而,放弃有时却是明智的选择。乍一看,放弃是一种损失。殊不知,"塞翁失马,安知非福"。一个人,如果什么东西都想要,什么东西都舍不得放弃,结果可能什么都得不到,或者原有的一切,包括生命都可能失去。最典型的,当数古代寓言中,那个腰钱而溺者。常言道,鱼和熊不能兼得。人生一世,不过百年,只有处理好坚守与放弃的关系,该坚守的坚守到底,当放弃的果断放弃,才不至于被某些不切实际的欲望所拖垮或压死。

观察发现，就连某些动物，甚或低级动物，也懂得放弃的积极意义。比如，壁虎与蜥蜴，在遇到危险时，往往会毫不犹豫地自断其尾，逃之夭夭。否则，丢掉的就不止是尾巴了。然而，也有相反的。比如蝜蝂。蝜蝂是一种喜爱背东西的小虫。其背部粗糙，东西堆上去，就不易掉落。在爬行过程中，只要遇到东西，都要抓过来、背上身。东西越背越重，即使极度劳累也不停止，直到被压倒爬不起来。有人可怜它，替它去掉背上的东西。可是蝜蝂只要还能爬行，就要把东西像原先一样抓过来背上身。不仅如此，蝜蝂还喜欢往高处爬，用尽力气也不肯停下，以致跌倒，摔死在地。这是唐代文学家、思想家、唐宋八大家之一的柳宗元笔下《蝜蝂传》中所写的。

一千多年过去了，我们身边的另类"蝜蝂"不乏其人。君不见，少数领导干部，全然忘了"当官即不许发财"的古训，一方面，不能坚守全心全意为人民服务的初心；另一方面，既想要当官又不放弃发财的欲望。于是乎，以权谋私，贪得无厌，脏手频伸，多多益善。最终，陷入犯罪深渊，沦为腐败分子，不仅丢掉了头顶的乌纱，有的甚至丢掉了宝贵的生命。何其可惜，何其悲哉？！

生活就是舞台。现实生活，既丰富多彩，又变幻莫测。党员干部，最需要的一种坚守，是坚守信念和初心。这方面的楷模，灿若繁星，不胜枚举。从"心中装着人民，唯独没有他自己"的焦裕禄，到"不制服风沙，就让风沙把我埋掉"的谷文昌；从"视名利安危淡如水，置民族团结重如山"的孔繁森，到"用辛勤指数换人民幸福指数"的廖俊波……，他们生活的年代不同、担任的职务不同、事迹的内涵不同，但都有一个共同点——踏石留印、抓铁有痕。为了坚守"为官一任、造福一方"的初衷，当好造福于民的"勤务员"，不惜放弃个人的幸福，乃至献出宝贵的生命。

不忘来路，才能清醒；守住初心，方得始终。每一个社会成员，尤其是广大党员，要正确处理好坚守与放弃这对矛盾——需坚守的，不遗余力坚守；该放弃的，毫不犹豫放弃。时代在发展，实践无止境。守初心、担使命，只有进行时，没有终结时。党员干部，不论党龄长短，不分职务高低，既要不懈坚守初心使命，也要断然放弃私心杂念。唯有这样，方能慎终如始、行稳致远。

【2022年9月29日北京前线客户端刊发】

从阿根廷"出局"想到的

6月30日晚,世界杯16强赛首轮,平均年龄超过30岁的阿根廷队,没能抵挡住法国队的"青春风暴"。最终,以3:4败下阵来,告别了2018年世界杯。

在小组赛就跌跌撞撞,惊险进入16强的阿根廷队,虽有不少经验丰富的老将,外加当今世界足坛巨星之一的梅西。但法国队不单人员配备、整体配合等占有优势,尤其是平均26岁年龄,创出二十年来世界杯球员平均年龄新低。反观阿根廷队,是本届世界杯平均年龄最大的。换言之,阿根廷队出局,除了在战术上值得商榷外——比如,当31岁的梅西不能充分发挥其威力时,仍然把他作为单前锋——队员年龄偏大,无疑是重要因素之一⋯⋯

由此联想到培养年轻干部话题。加快培养和使用年轻干部,既是事业蓬勃发展的保证,也是一个永恒的话题。6月29日,中共中央政治局召开会议,审议《关于适应新时代要求大力发现培养选拔优秀年轻干部的意见》。会议强调,发现培养选拔优秀年轻干部是加强领导班子和干部队伍建设的一项基础性工程,是关系党的事业后继有人和国家长治久安的重大战略任务。可谓高瞻远瞩,切中肯綮。

"政治路线确定之后,干部就是决定因素。"党的十八大以来,党中央高屋建瓴、从长计议,着力加强干部队伍建设,在破唯年龄偏向的同时,改进后备干部工作,优化干部成长路径,落实常态化配备目标,年轻干部工作取得了显著成效。当前,中国特色社会主义已进入新时代。这就要求我们从为党和国家事业发展,注入新的生机与活力高度,切实增强责任感与紧迫感,以更长远的眼光、更有效的举措，及早发现、及时培养、源源不断选拔使用适应新时代、新任务要求的优秀年轻干部。

有句成语，叫"后继乏人"。大量事实表明，后继所以乏人，往往与忽视培养年轻干部密切相关。这一点，是有历史教训的。鞠躬尽瘁、死而后已的诸葛亮，因为忽视培养年轻干部，且事必躬亲，据史料记载，"事无巨细，亮皆专之"，甚至是"罚二十以上，皆亲揽焉"，诸葛亮如此这般，自己积劳成疾、英年早逝不说，还导致在他逝世之后，出现了无人挑大梁的尴尬局面。是蜀国没有人才么？不是。蜀国前中期，刘备属下人才云集。只因未能合理授权、适时栽培，致使年轻人才无法脱颖而出。

毛泽东倡导的党委工作方法是："大权独揽，小权分散。"实践证明，这种方法是高明的、理智的。道理明摆着，任何一个领导者，能力再强，精力、体力总是有限的。当刘备去世之后，诸葛亮成为事实上的大权独揽者。他虽然有颇为著名的用人七观："问之以是非而观其志；穷之以辞辩而观其变；咨之以计谋而观其识；告之以难而观其勇；醉之以酒而观其性；临之以利而观其廉；期之以事而观其信"，但他作为刘备的托孤大臣，在用人方面却存在不理智、不开明的地方。

历史上有"既生瑜，何生亮"之叹，说的是周瑜心胸狭隘。其实，在使用人才、培养人才问题上，诸葛亮的心胸也不算大。常言道，用人不疑，疑人不用。可是，诸葛亮因为心胸不大，时刻担心着大权旁落，牢牢控制着局面不说，连睡觉眼睛也是半睁半闭，藉此观察身边的风吹草动。因为对人都不够放心，自然也就不敢放手了。他这种瞻前顾后、提心吊胆的用人观，导致他不得不事必躬亲、废寝忘食。

《资治通鉴》第70卷记载，就连校对公文这样公务，诸葛亮也曾亲力亲为。诸葛亮这样做的后果是，让那些有真才实学的人没有"试锋芒"的机会，使那些胸有大志的人不敢有"显身手"的想法。比如，刘备托孤以后，那个历史上遭人嘲笑的刘禅，近乎成了一个摆设的花瓶、无事的皇帝。可怜生性软弱的他，心有憋屈，口不敢言，只好长年累月憋着闷着，以致成了"阿斗"。

十年树木，百年树人。森林中品种再好的小树，倘若长期被其他树木遮着罩着，虽然减少了风吹雨打的凄苦，却因为得不到充足的阳光和雨露，终其一生也不可能长成参天大树。长江后浪推前浪。开明的领导者，对年轻干部既要用心培养，更要充分信任，做到该放手时且放手。哪怕年轻人某些方面嫩了点、实践经验少了点，有时可能走些弯路，甚或出现一些失误，也不必大惊小怪。失败是成功之母。只有允许失败，才能轻装上阵，放开手脚摸爬滚打，栉风沐雨积累经验。反之，前瞻后顾，怕这怕那，不搭平台，不加培养，年轻干部焉能脱颖而出、何以成为栋梁？！

【2018年7月3日《福建日报》、7月9日《人民政协报》以《从阿根廷出局想到培养年轻干部》为题发表，7月14日香港《文汇报》发表时题为《阿根廷"出局"的联想》】

"朋友圈""包围圈"随想

朋友圈，通俗的说，就是一个人所交朋友的圈子。"在家靠父母，出门靠朋友"，"千里难寻是朋友，朋友多了路好走"……，诸如此类说辞，都有些许道理。但前提是益友、挚友、诤友。不然，非但无益，反而有害。

交友非小事。2000多年前，孔夫子就有过"忠告"："益者三友，损者三友。友直，友谅，友多闻，益矣。友便辟，友善柔，友便佞，损矣。"意思是说，有益的朋友有三种，有害的朋友也有三种。结交正直的朋友、诚信的朋友、知识广博的朋友，是有益的。而把那些谄媚逢迎的人、表面奉承而背后诽谤人的人、花言巧语的人当成朋友，则是有害的。领导干部，有位有权，身边什么样的人都有，若不能擦亮眼睛、不善辨别良莠，就可能被"朋友"所包围，到头来结局是很危险的。

2019年12月16日，中央纪委国家监委网站刊发了重庆市政府原副秘书长、办公厅原党组成员罗德的忏悔。其中有这样一句话："我之所以走到今天，是乱交友、滥交友、交错友造成的。……我到垫江后，结交了一帮私企老板朋友，不知不觉中，我成了这些企业利益的维护者、老板的代言人，最终都发展成权钱交易。正是这些靠权钱维系、互相利用的狐朋狗友把我害了。"最后，这个曾任过重庆市垫江县县长、县委书记等职的厅官感叹道："陪我吃喝的朋友把我送进监狱。"

新近有媒体披露，浙江省原临安市委常委、常务副市长胡竑，到重要岗位任职后，身边忽然多了几个"亲密朋友"：一旦家里有事，这些"朋友"跑得比亲戚都快；知道胡竑喜欢打牌，他们投其所好、随叫随到，连大年三十晚上都驱车赶到胡竑老家陪他打牌；逢年过节，奉送厚礼。这些"朋友"

鞍前马后、善解人意的举止，极大地满足了胡竑的虚荣心。通过向胡氏家族输送利益，这些"朋友"牢牢拴住了胡竑，他们提出的要求，胡竑几乎有求必应，以致越陷越深不能自拔，乐此不疲心甘情愿被"围猎"。

不知始于何时，少数党员领导干部，丧失理想信念、罔顾党性原则，拿权力做资本，进行权钱交易。最典型的，是与不法商人等套近乎、称兄弟，进行利益输送和利益交换，演绎出一出出受贿和行贿丑剧，群众形象的戏称为被"围猎"和"围猎"。

纵观当下，"围猎"领导干部的手法多种多样、途径千奇百怪：有利益交换型、投其所好型、临时买卖型、长期投资型、迂回包抄型、威逼利诱型、拐弯抹角型等，但万变不离其宗，归纳起来只有两种，即，临阵磨刀以期急用、长期投资以备后用。"围猎"者"感情投资"想要得到的回报，五花八门，不尽一致，概而言之，无非是通过不正当途径，获取不合法利益。为此他们不单出手阔绰、一掷万金，而且言听计从、点头哈腰。乍看起来，俨如"众星捧月"；细加思量，实为"群魔缠身"。一旦交上这样的朋友，得到的是金钱与美色，失去的是信念和灵魂。不知不觉中，成了被利用的工具、受"围猎"的对象。

康熙年间曾任礼部尚书兼文华殿大学士的清官张英，晚年曾立了一份家训。主要内容只有短短二十个字："读书者不贱，守田者不饥，积德者不倾，择交者不败。"他告诫子女，在选择朋友、交际往来这方面，我看到的和亲身经历过的，最为深切。那些阴险毒辣的人如毒酒入口，如毒蛇螫肤，千万不可深交，一旦与他们交上朋友就很难脱身，无法挽救，这一点尤其是四个问题中最重要的问题。可谓语重心长、入木三分。

现实生活中，多少人想方设法攀上领导干部的"高枝"、削尖脑袋挤进领导干部的"圈子"，以期实现自己的"夙愿"。检索近年来媒体披露的贪官"忏悔录"，他们职务高低、权力大小、贪腐多少，不尽相同，但有一点近乎一致——交友不慎、失去底线，麻木不仁，掉以轻心，结果是从违纪滑向违法的泥潭。事实上，领导干部不论职务高低，都有被"围猎"的风险。防患于未然的上策是——自觉净化"朋友圈"，方能远离"包围圈"。

【2022年5月16日北京前线客户端刊发】

人生没有毕业季

近读2021年第21期《领导文萃》，在《为什么邓小平能够"摸着石头过河"》一文中，有这样一段文字："邓小平1974年会见一个美国的大学代表团时说：'我没有上过大学，但我一向认为，从我出生那天起，就在上着人生这所大学。它没有毕业的一天，直到去见上帝。'"掩卷沉思，邓小平把人生比作一所大学，而且是没有毕业一天的大学，既形象，又深刻。换句时髦一点的话说——人活世上，只有进行时，没有毕业季。

翻阅自家书橱中1980年上海辞书出版社出版的《辞海》，在"毕"字之下，只见到"事毕""礼毕""毕业"的注解，由此可见，毕业季是近些年来出现的新名词。顾名思义，毕业季即毕业的季节，通常指每年的六七月。毕业季，是一生中的美好时刻，是青春期的快乐时节。但凡过来者，人人都知道，中学生经历了几年辛苦的学习和几天紧张的高考之后，放下厚厚的书本，卸下沉沉的负担，走出小小的课堂，在湛蓝的天空下、喧嚣的闹市间、幽静的树林里、浩瀚的大海边，放松紧绷的神经，畅享自然的乐趣，端的是对高中阶段紧张生活的舒心告别与畅快慰藉。这一段转瞬即逝的时光，是青春一去不返的转折点，是人生不可复制的黄金期！

说来也巧，本人高中毕业于1974年。那年初夏，我们这班21名因为特定历史原因，1970年春季入学、年龄相差五六岁的青少年，完成了四年半初高中连读，有幸成为公社中学首批高中毕业生。那时，虽然没有"毕业季"之说，但不论是居民户籍、即将"插队"的同学，或者是农村户籍、只能回乡的同学，告别校园的头几天，一个个既兴高采烈，又依依不舍。记忆犹新的是，为了欢送我们，头天晚餐由学校出资、几位老师和我们一起动手包包子。大家一边包包子，一边交交心，一个个喜笑颜开、乐不可支的样子。记得有位男同学"恶作剧"——在一个面皮里，不包肉馅包食盐，说是看哪位同学"有福气吃到它"。当晚，男同学宿舍里的电灯，彻夜长明……

学校，不论中学大学，都有毕业的一刻；人生，不分男生女生，没有毕业的一天。"吾生有涯而学无涯"。人生这所学校，需要掌握的知识、需要学习的东西很多很多。因此，注定没有毕业的季节。尽管如此，也要因人而异、尽其所能，让人生这所学校变得充实一些、丰满一些。为此，至少必须做到以下"三要"。

要树立起志向。有志者事竟成。我国桥梁专家茅以升，11岁那年看到文德桥压塌的悲惨情景，立志要为人们造一条结实的桥。15岁考入专门学习造桥的学校。为了实现愿望，他刻苦学习，考上了桥梁建筑专业。后来他实现了自小的理想，造了著名的钱塘江大桥、武汉长江大桥，为国家做出了重大贡献。芸芸众生，匆匆一世，有的人可望成为一棵"大树"，有的人只能活成一株"小草"。"大树"也好，"小草"也罢，都要树立起远大志向，积极吸收养分。吸收"养分"，就是生命不息，学习不止。这样，才不至于过早枯萎，即便终其一生，"高大"不了，也要把不起眼的"绿色"献给人间。

要调整好心态。人生之路，坎坷不平。崎岖也好，平坦也罢；得意也好，失意也罢；在职也好，退休也罢，都不要狂妄自大，抑或妄自菲薄，始终保持一个健康的、积极的心态。当年，邓小平江西"落难"期间，保持良好心态，坚持读书学习。其女毛毛在《在江西的日子里》一文中写道：父亲和母亲非常热爱看书。离开北京时，经过批准，他们带来了几乎全部的藏书。在那谪居的日子里，父母抓住时机，勤于攻读。特别是父亲，每日都读到深夜。那几年之中，他们读了大量的马列著作，读了"二十四史"以及古今中外的其他书籍。生活就是舞台。在生活这个无其形、有其义的舞台上，不论扮演的是什么角色，都要不断学习，才能演好自己与众不同、特色独具的角色。

要放得下架子。在人生这所学校里，唯有"不耻下问"者，才能不断学习、不断提高。与孔子同时代的孔圉，不但聪明好学，而且非常谦虚。为卫国作出重要贡献的孔圉死后，卫国国君赐给他一个"文公"的称号。后人便尊称其为"孔文子"。孔子的学生、同是卫国人的子贡,对孔圉享有这么高的荣誉颇不服气。一次,子贡问孔子说:"孔圉凭什么得了"文"这一谥号?"孔子笑着回答说:"敏而好学,不耻下问,是以谓之义也。"身边不少朋友,在职时都当了一官半职,退休后走进老年大学,虚心向他人包括年轻人学习,琴棋书画、唱歌跳舞,学的认认真真,学的有模有样。相反,也有少数人,既放不下架子,又不想上进,认为退休等于"退场",要做的事就是放松自己。

  人生,只有进行时,没有毕业季。换句话说,尚未毕业,仍需学习。学习,是无止境的;学习,要因人而异。读书是学习,写作也是学习。老夫年近古稀,坚持读书写作,不图名与利,但求更充实。这样,到"毕业"的那一天,就不会有大遗憾。

【原载 2022 年 3 月 17 日《中老年时报》】

超越自己是赢家

国人欢度传统新春佳节的余兴未尽,世人瞩目的24届冬奥会已隆重开幕。从北京赛区,到延庆赛区、张家口赛区;从冰上项目,到高山滑雪等项目,各国冰雪健儿你追我赶、龙腾虎跃,呈现出一派奋力争先、一比高下紧张而激烈的氛围。由此想起今年1月央视一套热播的电视连续剧——《超越》。

《超越》以2015年北京申办2022年冬奥会成功为历史背景,讲述了在"北冰南展"浪潮中,轮滑少女陈冕改弦更张、毅然决然以短道速滑为事业追求的目标,凭借超越自己的执着理念和顽强意志,从一个"非专业"选手,一路过关斩将,不断超越自己,最终进入国家队,成为主力队员,出征冬奥赛场。我不会滑冰,却对《超越》颇感兴趣、赞誉有加。个中主要原因是,被陈冕身上敢于超越的精神、成功超越自己的故事所感动。

超越自己,是超越他人的前提。道理明摆着,不能超越自己,何以超越他人?我相信,各行各业,各界人士,大都不甘平庸、居于人后,而是希望有所建树、有所超越。然而,"超越"一词,说起来很容易,做起来有点难。如同各类体育比赛一样,"赛场"情况千变万化,超越别人也好,超越自己也罢,都不是轻而易举就能实现的——除了要有自信心,至少要有三股气。

其一,志气——要有超越自己的适中目标。有志者立长志,无志者常立志。怎样超越、何以超越,要有明确的目标,才不至于走弯路。民谚曰,一口吃不成胖子,一步跨不到天边;荀子说,不积跬步,无以至千里。超越自己,既要有雄心壮志,又切忌好高骛远。这就涉及到目标问题。人一旦有了明确目标,就会朝着既定方向去努力,缩小理想与现实之间的距离。只是,目标要根据愿望和可能来设计。否则，盲目设定的目标，不是空中楼阁，便是海市蜃楼——目标难度系数偏低，很容易实现时，会失去动力和兴趣；目标难度系数过高，终其一生也难以实现时，就可能半途而废。有志者事竟成。超越自己的目标，一经定下，就要"咬定青山不放松"，循序渐进，不懈努力。

其二，骨气——要有超越自己的坚定信心。没有坚定的信心，或不相信自己，或轻易地放弃，或因为一时一事的失利与挫折，便灰心丧气、一蹶不振，不能持之以恒，很难实现超越。"千磨万击还坚韧，任而东南西北风。"这是有骨气的生动写照，这是有骨气的豪迈气概。要想超越自己，就要牢固树立"只顾攀登不问高"的信念。但凡爬过山的人，都有这样的体验，再高的山，只要坚持不懈、拾级而上，就一定会登临绝顶，分享"一览众山小"的乐趣。《超越》中的阳光少女陈冕，心中的挚爱是滑冰。虽然，"轮转滑"难度很大，她凭借着对短道速滑的挚爱，刻苦训练，屡败屡战，越挫越勇，最终成为队里的主力，并代表国家参加北京冬奥会，滑进为国争光的赛场。

其三，勇气——要有超越自己的必要本领。常言道，艺高人胆大。艺者，指的看家的本领，是冬练三九，夏练三伏的扎实功夫。任何时代，任何个人，要想成就一番事业，要想实现超越自己，就要有孜孜以求、刻苦磨练的进取心，勤奋钻研，扎实过硬的基本功。空谈误国。国如此，人亦然。没有真实本领，只会纸上谈兵，凭什么超越，如何能超越？本领不是与生俱来的，本领不可能一蹴而就。本领，来自虚心学习，唯有学习，才有长进；本领，来自刻苦磨练，坚持磨练，铁棒成针；本领来自勤奋钻研，乐于钻研，才能提升；本领，来自摸爬滚打，不怕失败，就有希望。"台上一分钟，台下十年功。"舞台上是这样，事业上也不例外。有了过硬的本领，超越就悉听尊便。

人生苦短，贵在拼搏。生活中的你我他，无论处在什么岗位，不问学历是高是低，不管能力是大是小，只要默默坚守、孜孜以求，就可望有所超越、有所成就。即便不能成就大业，也能成就事业；纵使不能超越别人，也能超越自己。倘能一如既往，脚踏实地，久久为功，坚持不懈，孜孜以求，超越自己，便会在人生多彩的旅程上，画出一道道亮丽的风景线。

生活就是舞台，生活也是赛场。正所谓，高手如林，天外有天。每次都想赢，什么都要赢，无疑不太现实，甚或有点幼稚。人生苦短，能搏几回。

正因如此，便越想赢。一首广为流传、人所爱唱的闽南语歌曲中唱道："三分天注定，七分靠打拼，爱拼才会赢"，就连五音不全的我，偶尔也会哼上几句。

赢，是一种风采；赢，是一种荣耀。人活世上，谁不想赢？但以为，要想超越他人，先得超越自己。超越自己，便是进步；超越自己，即是成功。换言之，纵使不能实现摘金夺银，也是人生旅途上的赢家。倘若人人执着于超越自己，实现了超越自己，便能一加一大于二、积小赢为大赢。何其快哉！

【原载 2022 年 2 月 11 日《上海法治报》，2 月 22 日《福建日报》发表时题为《超越自己，积小赢为大赢》】

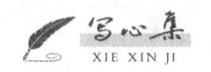

脚踏实地著文章

"低格调的搞笑,无底线的放纵,博眼球的娱乐,不知止的欲望,对文艺有百害而无一利!广大文艺工作者要心怀对艺术的敬畏之心和对专业的赤诚之心,下真功夫、练真本事、求真名声。"这是习近平总书记在第十一次全国文代会、第十次全国作代会上发表重要讲话时,对文艺工作者的激励与鞭策。身为全国作协大家庭成员之一的我,深刻体会到,作家既要有创作激情,更要有敬畏之心。前者,事关作品量的问题,后者,关乎作品质的问题。

文章千古事。古往今来,既有创作激情,又有敬畏之心的大家名家,不乏其人。唐宋八大家之一的欧阳修,作品内容充实,极具平易自然、流畅婉转的艺术风格。他在创作《醉翁亭记》时,一开头用了数十字篇幅,描写滁州四面青山的情景。初稿写好了,自觉不满意。反复推敲,一改再改。《醉翁亭记》融抒情、写景和叙事于一体,文笔简洁,善于概括,而不失之笼统,只须一二字,便可以取得形神兼备的效果。南宋理学家朱熹曾说:"欧公文亦多是修改到妙处。顷有人买得他《醉翁亭记》原稿,初说'滁州四面有山',凡数十字。末后改定,只曰'环滁皆山也'五字而已。"从几十字精简压缩到五个字,欧阳修重视和追求作品精炼的严谨态度,由此可见一斑。人到晚年,欧阳修每天把生平所写的文章加以修改。搜肠刮肚,寝食难安。夫人见他这般辛苦,不无心疼地相劝:何必这样折磨自己?难道还怕老师责骂?欧阳修笑着说:不怕先生骂,却怕后人笑。

已故女作家、文学翻译家和外国文学研究家杨绛先生的文学作品,经其沉定简洁的语言,乍看起来,平平淡淡,无阴无晴。细加品味,平淡并非贫乏，阴晴隐于其中。经过精心"漂洗"的朴素语言中，有着绚烂华丽的本色，看似朴实无华的文字，蕴含着巨大的表现力。用著名文学评论家白烨的话说，杨绛是一个"特别认真"的人。慢工出细活。上世纪九十年代，著名文学评论家、中国当代文学研究会会长白烨先生作为责编出版过《杨绛作品集》。从最初登门拜访，到最后完稿付梓，杨绛让白烨看到了大写的"认真"二字、看到了老一代文艺工作者精益求精、敬畏读者的可贵精神。

反观当下少数作家，急于求成者有之，刻意求名者有之，一味求利者亦有之。他们多产、高产的背后，敬畏之心荡然无存。直观的表现之一是，变创作为"码字"。有的"名家"、有的"快手"，每天能炮制上万字，一部二三十万字的作品，一个月就大功告成了。对此，我不嫉妒，但我质疑。这样的创造——如果算创作的话，与其说是高产，不如说是浮躁。创作人民欢迎的、有生命力、有正能量的作品，没有"板凳要坐十年冷，文章不写半句空"耐心专心、敬畏之心，是断然做不到的。

"文艺是国民精神所发的火光，同时也是引导国民精神前途的灯火"。越是宽松的文艺创作环境，作家越要有责任和担当。作家的大脑，即便是座"水源"丰富的"水库"，流出来的"水"，也需经沉淀过滤和净化处理后，水质才能"达标"。否则，难免带有些许杂质，甚至混进某些细菌。直接饮用也好，烧饭做汤也罢，轻则引发疾病，重则危害健康。文学创作，是一件既寂寞又艰辛的脑力劳动。仅有饱满的创作激情，远远不够，还要有高度自觉的敬畏之心。

文学创作，如同酿酒。仅有好的原料、好的工艺还不够，还需要足够的时间，让其充分"发酵"。否则，流出来的，不是酒，而是水。任何一个作家，脑子里的文学知识、素材储备，都是有限的。即便真是天才，不经常腾出时间和精力，补充素材、深入生活，大脑纵是"仓库"，也有被掏空的时候。到那时，炮制出来的东西，生产出来的文字，要么如同"空壳谷"，乍看起来，一粒一粒的像个样子，其实内里空空、啥都没有；要么好比"速成鸡"，论个头，够大的；论营养，天晓得。相反，吃多了，对人体还可能有害呢。

2019年3月4日下午，习近平总书记参加全国政协十三届二次会议文化艺术界、社会科学界委员联组会时的重要讲话中指出，古人讲："文章合为时而著，歌诗合为事而作。"所谓"为时"、"为事"，就是要发时代之先声，在时代发展中有所作为。我感悟，任何一位作家，要想真正做到"为时而著"，就必须倾听时代的足音，呼吸时代的空气，把握时代的脉搏，让自己的心合着时代的节奏一起跳动，用心用情去感悟时代、体验时代、歌唱时代。

坚持以人民为中心，是时代对作家的要求；坚持以精品奉献人民，是文艺之树常青的法宝。有"为历史存正气、为世人弘美德、为自身留清名"之志的作家，应当经常思考"我们的创作为了谁？我们的作品给谁看"这样一个问题，既要坚定文化自信、把握时代脉搏、聆听时代声音，也要坚持与时代同步伐、以人民为中心、以精品奉献人民、用明德引领风尚，以实际行动践行"下真功夫、练真本事、求真名声"的时代要求，养成脚踏实地、力戒浮躁、严谨认真、敬畏受众的创作自觉。这样，才可望创作出有深度和高度的作品，才能不辜负党的信任与人民的希望。

【2022 年 1 月 9 日《福建日报》副刊发表时
题为《心存敬畏戒浮躁　脚踏实地著文章》】

"人民至上"与"眼睛向下"

党的十九届六中全会审议通过的《中共中央关于党的百年奋斗重大成就和历史经验的决议》,以"十个坚持"全面而深刻地总结了中国共产党领导中国人民百年奋斗的历史经验,折射出重大的理论创新,不但是过去我们之所以能够斩关夺隘、一往无前的客观总结,而且是未来我们怎样才能乘风破浪、勇立潮头的行动指南。

"十个坚持"是系统完整、相互贯通的统一整体。它们相互关联、相互支撑、相互促进,构成了对党的百年奋斗历史经验的完整和科学的表达。其中,党的领导是根本、人民至上是命脉。"坚持人民至上",是党的根本宗旨的高度概括、全新表述。中国共产党从成立之初起,就确立了为中国人民谋幸福、为中华民族谋复兴的初心使命。为人民谋利益,是中国共产党一切行动的出发点和落脚点,是中国共产党一切奋斗的根本目的之所在。而实现好、维护好、发展好最广大人民群众的根本利益,使人民至上落到实处,一个不可或缺的重要前提,就是要注重调查研究,倾听群众呼声,搭准群众脉搏。

2018年1月11日,习近平总书记《在第十九届中央纪律检查委员会第二次全体会议上的讲话》中强调指出:领导干部要坚决反对特权思想、特权现象,保持对人民的赤子之心,坚持工作重心下移,扑下身子深入群众,面对面、心贴心、实打实做好群众工作,着力解决群众反映强烈的突出问题。2021年秋季学期中央党校(国家行政学院)中青年干部培训班开班式上,习近平语重心长的说:要眼睛向下、脚步向下,经常扑下身子、沉到一线,近的远的都要去,好的差的都要看,干部群众表扬和批评都要听,真正把情况摸实摸透。我理解,"眼睛向下",就是要深入基层,搞好调查研究。当年,毛泽东同志在谈到社会调查时说,"没有满腔的热忱,没有眼睛向下的决心,没有求知的渴望,没有放下臭架子、甘当小学生的精神,是一定不能做,也一定做不好的。"

中国共产党成立100周年来,不论是革命战争,还是经济建设,抑或改革开放,但凡重大的、科学的、正确的决策,都是建立在对客观事实严谨周密调查研究基础之上的。长期以来,党的几代中央领导集体,一向高度重视调查研究、带头开展调查研究。毛泽东在《〈农村调查〉的序言和跋》中,一针见血地指出,调查研究"没有满腔的热忱,没有眼睛向下的决心,没有求知的渴望,没有放下臭架子、甘当小学生的精神,是一定不能做,也一定做不好的。"我理解,"放下臭架子"、"甘当小学生",在一定意义上讲,检验的都是领导干部的工作方法、工作作风问题。

"调查研究是谋事之基、成事之道。"历史经验表明,正确的科学决策,离不开调查研究;正确的贯彻落实,同样离不开调查研究。换句话说,调查研究是科学决策的坚实基础和重要依据。重视调查研究,是我们党的优良传统之一。回顾中国共产党的红色历史,不论是革命战争,或者是经济建设,抑或是改革开放,但凡科学的、正确的、切实可行行之有效、深受人民欢迎拥护的重大决策,都是建立在对客观事实严谨周密调查研究基础之上的。

坚持调查研究、一切从实际出发,是我们党在各个历史阶段所以能够取得胜利和成功的一大法宝。1930年5月,毛泽东为了反对当时红军中存在的教条主义思想,在《反对本本主义》一文,提出了"没有调查,没有发言权"的著名论断。实践证明,调查研究既是工作方法问题,也是工作作风问题。对各级领导干部而言,重不重视调查研究、善不善于调查研究,不单是履职能力强弱的"分水岭",而且是作风优劣的"晴雨表"。

人民利益无小事。坚持人民至上,就要多做调查研究,搞好调查研究,切实贴近群众,经常深入群众,真正做到搭准人民群众思想脉搏,把人民群众需要当作第一需要,把群众利益当作第一利益,把人民群众愿望当作第一愿望。具体而言,就是要眼睛向下,走好群众路线,注重调查研究。反之,连群众心里想什么、盼什么、欢迎什么、反对什么都没有搞清楚,怎么可能设身处地的为人民群众排忧解难,怎么可能把好事办好、办到人民群众的心坎上。

近日,遇到一件与群众利益相关的小事。一天上午,准备外出。刚下到一楼,就发现一位两鬓斑白的长者,与两个身穿蓝色服装、臂戴红色袖章的中年男子,正在气呼呼的争辩。一经打听,原来"红袖章"是街道派来的,认为小区居民楼杂物间墙壁上、铁门栅栏上所挂的几个颜色不同、款式各异、大小有别的报刊箱、牛奶箱,既不中看,更不美观,必须拆掉。原来如此。于是,我忍不住说了几句:"的确,这些报刊箱、牛奶箱是不美观。可是,不能简单地一拆了之。街道应当想办法,统一设计、统一制作,或免费赠送,或半卖半送。否则,居民所订的报刊、牛奶往哪里送?"

"人民就是江山,江山就是人民。"人民群众是历史的创造者,是我们的立党之本、执政之基、力量之源。时刻做到"人民至上",真正实现"人民至上",事关兴衰,至关重要。而要把"坚持人民至上",从理论变为实践,从纸上落到实处,一个不可或缺、至关重要的前提是——努力做到、自觉做到"眼睛向下"。

【原载 2021 年 11 月 23 日《上海法治报》、2021 年第 12 期《海峡通讯》】

莫拿文化当"标签"

文化，是人们在实践中创造形成的社会历史积淀物，既是一种社会现象，又是一种历史现象。相对而言，文化比较抽象。它凝结在物质之中，又游离于物质之外。因而，不像文物等，有专门的法律给予保护。这就需要人们自觉的珍惜、自发的呵护。然而，现实生活中，有人却在自觉不自觉的糟蹋乃至糟践文化。一个直观的表现是，文化如同廉价"标签"，事无巨细，不分雅俗，都贴上文化的"标签"。每每想起，就有一种如鲠在喉、不吐不快的冲动。

前些年，茶文化、酒文化、性文化、饮食文化、网络文化、课桌文化、汽车文化、驴友文化等等，涂脂抹粉，还算柔和。现如今，生育文化、殡葬文化、睡眠文化、乞丐文化、博弈文化、电竞文化、涂鸦文化、美甲文化、洗浴文化、厕所文化等等，争奇斗艳，凶猛来袭。单是"文化"还不够，还要设个"XX文化"节、办个"XX文化展"什么的。乍一看，当今社会俨然进入一个文明昌盛、文化横溢的时代，仿佛处处都是文化，时时都有文化，人人都很文化一般。

"文化"二字，源于《周易》。文化，是由科学、艺术、哲学、文学、历史等构成的。文化既是一个国家最可贵、最瑰丽的东西。同时，也是一个民族公认的、共同的文化认同。优秀的文化，精彩的文化，具有无可替代的凝聚力、向心力、感召力与归属感。"好雨知时节，当春乃发生。随风潜入夜，润物细无声。"好雨如此，文化亦然。优秀的文化，作为一种社会力量和精神力量，在人们认知世界、改造世界的过程中，可以不以人的意志为转移，转化为物质力量，对社会发展产生深远影响。

历史表明，人类从野蛮走向文明，得益于文化和风细雨的滋润、潜移默化的涵养。近些年来，"文化"一词，时来运转，时髦的很。在一些人眼里，不论什么事，不管啥东东，倘若不蘸点文化，就不够水准，就没有文化一般。于是乎，文化"标签"，想贴就贴，随心所欲；胡贴乱贴，惨不忍睹。一方面，文化的名目，五花八门，汗牛充栋，无处不在，无奇不有；另一方面，文化的内涵名不副实，牵强附会，成为陈旧的"外套"、廉价的"标签"。许多原本与文化八竿子打不着的东西，都会举起文化的"旗号"，贴上文化的"标签"。

中国是熟人社会。有熟人，好办事。于是，坊间有"熟人文化"一说。官场上，少数人搞小圈子，便有了"圈子文化"。山西的任爱军，因涉黑社会性质组织罪等被判无期徒刑。高墙中的他，先后五次获得违规违法减刑，并如愿"刑满"释放。有关部门近日在通报中分析其原因时说，任爱军之所以能多次违规违法减刑，是当地"圈子文化""打招呼文化"盛行所致。这不，现如今，连"打招呼"，也成了一种"文化"。

文化所以弥足珍贵，如同天上的月亮，除了她像含羞的少女，时隐时现，美妙无穷，时而犹抱琵琶，时而撩开面纱；还因为她独一无二，绝无仅有，不可多得，无法复制。正因此，古往今来，多少文人墨客，对月亮情有独钟，或纵情讴歌，或寄情抒怀："明月几时有，把酒问青天"；"举杯邀明月，对影成三人"；"海上生明月，天涯共此时"；"长安一片月，万户捣衣声"，就连朱元璋，也写下"万里长江飘玉带，一轮明月滚金球"的佳句……。至于歌曲中的月亮，就更多更妙更多情了："十五的月亮，升上了天空"；"月亮代表我的心"；"半个月亮爬上来"；"月亮走，我也走"；"遥远的夜空，有一个弯弯的月亮"……

有句成语叫做，百星不如一月。《淮南子·说林训》中说："百星之明，不如一月之光；十牖之开，不如一户之明。"倘若月亮也像星星，满天都是，数不胜数，不是升值了，反而掉价了。月亮如此，文化亦然。什么都是文化，既是文化的不幸，也是文化的悲哀。

文化，既是"软实力"，也是"护国符"。阿富汗作为四大文明古国的发源地之一，有着极其悠久的历史和灿烂的文化。为了避免战争之祸，无奈之下阿富汗国家博物馆的二百余件珍贵文物，通过十余年流浪式、保护式的巡展，结束了美国、中国、英国、法国、日本、意大利、荷兰等数个国家的全球接力展出形式，此前不久回到喀布尔。在阿富汗国家博物馆入口处的石碑上，写着两行醒目的英文，翻译成中文是："文化存，则国家存"。

　　随着时代的发展、文明的进步，国人对文化的认识，越来越深；对文化的希望，越来越大。文化的功能，有了全新的定位——软实力；文化的地位，上升为一项战略——文化强国。而建设文化强国，是一个系统的、复杂的，与国家兴旺发达、民族长盛不衰息息相关的宏伟工程。一个重要前提是，既要坚定文化自信，又要呵护文化安全。常言道，物以稀为贵。听任文化沦为廉价"标签"，与其说是对文化高看一眼，莫如说是对文化肆意糟蹋。说白了，不是珍爱，而是真害。

【原载 2021 年 11 月 15 日《人民政协报》，12 月 19 日《福建日报》以《文化，不是廉价的"标签"》为题发表，《杂文选刊》2022 年第 3 期选载】

两条腿的"蜗牛"

蜗牛，是一种包括许多不同科、属的动物，也是陆地上最常见的软体动物，其具有很高的食用和药用价值。一般西方语言中，不区分水生的螺类和陆生的蜗牛；汉语中，蜗牛只指陆生种类。而广义的蜗牛，还包括巨盾蛞蝓。蜗牛取食植物，产卵于土中或树上。在热带岛屿比较常见，有的也生存在寒冷地区。树栖种类的蜗牛，色泽鲜艳；地栖的蜗牛，通常有几种接近的颜色，一般都带有条纹。非洲的水晶螺，属体型最大，多超过20公分。欧洲的大蜗牛属的几个种，则常作美味佳肴。

蜗牛没有腿。这是尽人皆知的常识。然而，在我们身边，却有一些道貌岸然、不得善终的两条腿"蜗牛"。这是我最近才察觉到的。

蜗牛的躯体，由眼、口、足、壳、触角等部分组成。其鲜明的特点是，身背一个螺旋形贝壳。在诸多弱小生物面前，它俨如"装甲车"，横冲直撞，所向无敌。殊不知，蜗牛也有"克星"——萤火虫。

在农村生活过的人们，对萤火虫都略有所知。夏日里，每到夜晚，萤火虫就会成群现身，尾部一闪一闪，发出微弱的荧光。我是农村长大的。少年时代，曾在夜幕降临后，跑着追着，抓萤火虫。而后把"战利品"装进玻璃瓶，及至黑灯瞎火时，便可看见它们发出的迷人之光。

宋末元初杰出的教育家、诗人翁森有诗曰："昼长吟罢蝉鸣树，夜深烬落萤入帏。北窗高卧羲皇侣，只因素稔读书趣。"中国有两句广为流传、家喻户晓的成语：囊萤夜读、映雪读书。前者源自《晋书·车胤传》，"胤，博学多通，家贫不常得油，夏夜以练囊盛数十萤火虫以照书。"由陈嘉庚先生创办、有着百年历史的厦门大学，校园里年龄最大的建筑中，就有内涵深刻的"囊萤楼"和"映雪楼"。

　　大自然的巧妙设计，在于万物相生相克。亦即，一物降一物。蜗牛虽然有硬壳保护自己，但并非长乐长安、无忧无患。在很多人眼里，看似柔弱的萤火虫，无疑是"素食主义者"。其实，萤火虫非但是不折不扣的肉食主义者，而且有高超的"食肉"本领。萤火虫捕食的主要对象是螺类，以及甲壳类昆虫。蜗牛，便是萤火虫喜爱的食物之一。换句话说，萤火虫是蜗牛的强劲天敌。

　　看似柔弱的萤火虫，是怎样无情杀死并大快朵颐品尝蜷缩在硬壳里的蜗牛呢？原来，萤火虫的头顶有一对颚，细得像头发，却又很尖利。捕食蜗牛时，萤火虫先用看似不起眼的细颚，在蜗牛身上轻轻敲打几下，蜗牛觉得如同按摩一样舒服。有道是，以柔克刚。这，正是萤火虫的"杀手锏"——在舒适敲打的同时，向蜗牛注射带麻醉性的毒液，使蜗牛不知不觉地被其所麻痹。于是乎，喜滋滋、乐陶陶的将大部分躯体，袒露在硬壳之外，任由萤火虫摆布，直到完全失去知觉。当蜗牛被毒液麻醉后，萤火虫便会注射另一种液体，使蜗牛的肉体变成流质。之后，用管状的嘴，吸进肚里去。

　　在现实生活中，尤其是官场上，有的人因为不能保持清醒头脑，在貌似甜美、温柔、潇洒、风流的人际交往中，如同蜗牛一般，先是舒舒服服遭遇麻醉，继而悲悲戚戚掉进陷阱。

　　近日，从网上看到一则消息：中国经济网地方党政领导人物库据公开资料统计，党的十八大以来，省部级及以上落马官员（不含企业任职）多达221人。其中，最早落马的，是四川省委原副书记李春城；职务最高的，是原十七届中共中央政治局委员、常委周永康；最新曝光的，是浙江省委常委、杭州市委原书记周江勇。真可谓，"不看不知道，一看吓一跳"。近十年来，落马官员接二连三、屡见报端，一方面，表明党中央反腐动真格、倡廉力度大；另一方面，说明贪官一旦伸了手，欲壑便难填。

　　平心而论，落马贪官，尤其是那些"老虎"们，其所以能够在政坛步步高升、平步青云，不说是出类拔萃，也自有独到之处；不说是德才兼备，也各有一技之长；不说是功绩累累，也曾有勃勃雄心——大多原本抱有"为官一任，造福一方"之类的理念，最终却沦为权钱交易、腐化堕落的腐败分子。个中重要原因之一，在于活像傲慢的蜗牛。仗着身上有层"硬壳"——大权在握，无所顾忌。君不见，当他们在位时，一个个呼风唤雨，无限风光。正因此，放松了警惕，给了"萤火虫"侵袭的机会。先是飘飘然自我陶醉，继而昏昏然忘乎所以，受他们的金钱与美色所诱惑，被他们的甜言和蜜语所麻醉。以致不能慎终如始，一方面，贪欲膨胀，脏手频伸；另一方面，唯我独尊，目空一切。

诚然，那些不择手段贿赂、处心积虑巴结两条腿"蜗牛"的"萤火虫"，不会直接把他们一一吃掉。然而，正是在"萤火虫"五花八门、接二连三的"糖弹"袭击下，导致信念滑坡，初心丧失，一步步走上违法犯罪道路，最终陷身泥潭而不能自拔。如此这般，与蜗牛的可悲下场，有什么本质区别呢！？

【原载 2021 年 11 月 7 日《中老年时报》】

"劣迹艺人"知多少

　　针对流量至上、违法失德等文娱领域出现的问题,中宣部近日印发《关于开展文娱领域综合治理工作的通知》;随即,国家广播电视总局也发出通知,要求进一步加强文艺节目及其人员管理,从严整治艺人违法失德、"饭圈"乱象等问题;之后,文化和旅游部召开全国文化和旅游行业加强文娱领域综合治理工作电视电话会议,部署文化和旅游系统文娱领域综合治理工作……这些,并非空穴来风,而是有的放矢;不是小题大做,而是对症下药。换言之,开展文娱领域综合治理,既是对一段时间以来兴盛的畸形审美"亮剑",也是对一部分艺德失范的劣迹艺人"开刀"。

　　近年来文化文艺领域综合改革取得成效,导向鲜明、积极向上的主流态势不断巩固。毋庸讳言,一段时间以来,文娱领域出现一些不良现象和问题艺人,败坏行业形象,损害社会风气,人民群众反映强烈。在我看来,问题艺人,劣迹艺人,不是病毒,胜似病毒。尽人皆知,病毒,是最原始的生物。但凡病毒,都很微小,只有在电子显微镜下才能看到。尤其是去年以来,耳闻目睹新冠病毒横行世界、波及全球的人们,对小小病毒的大大危害,有了全新的认识。

　　劣迹艺人,堪比病毒。所不同的是,渗透力很强的病毒,既看不见更摸不着。形形色色、林林总总的问题艺人、劣迹艺人,非但看得见摸得着,而且有一"艺"之长,粉墨登场后,在一些涉世未深、良莠不辨的受众面前,颇有诱惑力与杀伤力。在一片喝彩声中,耳闻目睹,不知不觉被其感染。虽然,他们不像新冠病毒,一两个星期就会发病。不及时治疗,未对症下药,轻则导致病情恶化,重则可能一命呜呼。可是,他们带来的危害,具有后延效应、累积效应。后延到一定时日,累积了一定的量,说不准哪天就爆发了。

艺人，既是公众人物，拥有和知名度相匹配的粉丝和支持者，又是精神食粮的生产者，精神文明的传播者，只有德艺双馨的人，才具备在舞台、荧屏亮相的资格。反之，不谙世事、不辨是非的粉丝，就容易热衷追捧、盲目跟风，就可能造成群体性的恶劣行为发生。就像某一个人感染了病毒，倘若不能及时发现和遏制，很快就会传染一群人，甚或无数人一样。

然而，当下一些"造星族"，对艺人们的德行优劣，毫不介意不说，有的还推波助澜——即便是"缺德"的、"带毒"的表演，不但宽容，而且欣赏。以致某些艺人，目空一切，扰乱娱乐圈；知法犯法，波及到社会。一段时间以来，不说问题艺人、劣迹艺人涂脂抹粉、五花八门的丑陋表演，单是常人不能为、不准为的漏税、吸毒、嫖娼等现象，在少数艺人身上，屡禁不绝，时有发生。其所以然，与有人捧场，有人助威密切相关。

近些年来，在我们身边，即便是问题艺人、劣迹艺人，也都成了"特殊一族"。其他公民不能做的事，艺人但做无妨；其他公民做了成为丑闻的事，艺人做了却成了津津乐道的"隐私"。何以如此？某些"娱记"、少数媒体，当记"首功"。留心观察，便会发现，当下某些娱记，专找艺人的行踪、言谈，作素材，写文章。更有甚者，如蝇逐膻，哪里有艺人的龌龊踪迹，他们就往哪里钻。非但津津乐道，还要添枝加叶，精心炮制后，如同提供美味一般，提供给媒体。而某些媒体，对此类货色，也情有独钟，非但热情欢迎，而且热心传播。这不是放开嗓门，为之大造声势、大唱赞歌么？

有句成语叫正本清源。本之不正，源之不清，劣迹艺人就有生存的空间、发作的土壤。听任问题艺人、劣迹艺人逍遥自在、天马行空，轻则失去文艺为人民服务、为社会主义服务的基本功能，重则可能瓦解中华民族的精神家园。唯有从讲政治的高度，认识和把握做好文娱领域综合治理工作的重要性紧迫性，像扑灭病毒一样，采取硬手段、拿出硬措施，坚决遏制歪风邪气、铲除其滋生土壤，从实从严加大文娱领域突出问题整治力度，培育坚守初心、德艺双馨的文艺工作者，营造积极向上、充盈正气的文艺生态，才能还文娱领域风清气正的本来面目，发挥其丰富生活、陶冶情操的特殊职能。

【2021年9月28日《上海法治报》发表时题为《劣迹艺人需"严整"》，10月3日《福建日报》以《劣迹艺人如病毒　正本清源严整治》为题发表】

媚言，甜美的毒品

媚言与毒品，乍一看，风马牛不相及。一个看不见，一个摸得着；一个免费送，一个花钱买。实质上，二者大同小异，都能麻醉人的神经。

人的神经，是由聚集成束的神经纤维所构成，而神经纤维本身构造是由神经元的轴突外被神经胶质细胞所形成的髓鞘包覆；其中许多神经纤维聚集成束，外面包着由结缔组成的膜，就成为一条神经。神经系统主要由三大系统组成，即中枢神经系统、脑神经、脊神经。各系统之间以中枢神经系统为中心，分工协同，共同实现心理功能。人的神经，数不胜数，既数不清，也不必数。

但凡毒品，在麻醉中枢神经的同时，使人体产生适应性改变。连续吸而食之，易产生依赖性。毒品之毒，在于它既能让人云里雾里，飘飘然，陶陶然，快乐如神仙；也能让人死去活来，戚戚然，惨惨然，恍如下地狱。吸食成瘾者，一旦停掉毒品，生理功能就会发生紊乱，出现一系列严重反应，即便是块好钢，也会变成烂泥。为了得到毒品，轻则变质，出卖人格，由正常人，变成鸦片鬼；重则变节，出卖灵魂，由革命者，变成大叛徒。

盛夏酷暑，重返庐山探亲避暑。凉风送爽，心旷神怡，清幽夜晚，闲来无事，收看谍战剧《地下地上》。剧中身为地下党高级官员、代号"鱼雷"的彭忠良，不幸被捕后，敌人不择手段，施以酷刑。初期的他，意志坚定，毅然自杀，却被救活。之后不久，被关在监狱里的彭忠良，发现牢房外有个烟头，伸手捡起，猛抽起来。孰料，这是国民党保密局沈阳站站长徐寅初的阴险手段——在烟头里加入了可卡因。就这样，一而再再而三，上瘾后的彭忠良,意志消失,可耻变节。解放后,成为潜伏在我党内部的"摩羯星"……。可见,毒品比酷刑更能摧毁人的意志。

  吸毒造成了超越国界的社会犯罪增加,以及个人人格沦丧等严重后果,引起了国际社会的重视。中国自上个世纪八十年代以来积极进行禁毒斗争,积极参与国际禁毒合作,并在全国范围内围绕国际禁毒日的主题开展了广泛的禁毒专项斗争和群众宣传。全国人大常委会于1990年12月颁布《关于戒毒的决定》。近些年来,随着禁毒教育的持续深入开展,各地不断加大禁毒斗争的宣传力度,入耳入心,颇有成效。时至今日,绝大多数人对毒品怀有较高的警惕。反观媚言,依然畅行无阻,而且备受欢迎。

  都说,良药苦口利于病,忠言逆耳利于行。可是,社会舞台上,有几人乐意接受逆耳之言。相反,包括帝王将相,都喜听闻之悦耳的媚言。历史上,嘉靖帝朱厚熜即位后第六天,就下诏令群臣议定其生父朱佑杬为"皇考",享受皇帝的尊号和祀礼。为此,嘉靖帝和朝臣们争得不可开交。刚开始时,严嵩和群臣一样,高举反对的大旗。皇帝小儿,很不高兴。惶恐不安的严嵩,悟出了一个道理:要想得到重用与权位,就得顺着皇帝的性子来。于是,走上谄媚奉承之路——改变之前的主张,支持嘉靖为爹争名分。如此一来,喜好阿谀奉承的嘉靖,对严嵩加以信任和重用。嘉靖在位早期,英明苛察,严以驭官、宽以治民、整顿朝纲、减轻赋役,史称"嘉靖新政"。后期痴迷道教、宠信严嵩等人,导致朝政腐败。在嘉靖二十一年(1542年)的"壬寅宫变"中,几乎死于宫女之手……至于那个安禄山,更是遗臭万年,家喻户晓的"马屁精"。据《资治通鉴》记载:安禄山腹垂过膝,尝自称腹重三百斤。一次,唐玄宗问他:肚中何物?安禄山答曰:"更无余物,正有忠心耳!"言外之意,肚子里所装的,除了忠心,还是忠心。然而,正是这位声称满腹忠心的人,在掌握军政大权后,便起兵反唐,酿成史上有名的"安史之乱"。

  近日,在庐山新华书店,选购一本清代学者金缨编著的《格言联璧》。翻阅该书,对"能媚我者,必能害我,宜加意防之;肯规予者,必肯助予,宜倾心听之",产生共鸣,感慨良多。这里的"媚",指奉承谄媚、频送媚言。这里的"规",喻敢于规劝、善意批评。寥寥数语,深深寓意。掩卷静思,颇有启迪。我理解,媚如毒品,规似良药。乐于受媚,如种下祸根,必引火烧身；正视规劝，似寻医问诊，可除病健身。

可惜，现今干部队伍中，某些党政领导，原本志存高远、胸怀抱负，大有"为官一任，造福一方"的信念。无奈经不住奉承，挡不住媚言，尤其是对那些虚情假意的恭维话、言不由衷的违心话、令人肉麻的奉承话，听起来入耳、入脑，想起来顺心、开心，渐渐地信念滑坡、初心丧失，私欲膨胀、为所欲为。略举一例，30岁就被任命为江西省庐山市（县级市）委常委、常务副市长的周麟，有魄力、敢担当。可叹的是，原本年轻有为的周麟，却喜欢赞美之词，尤其爱听"周书记（周市长）来了，就是工作成功的保障"这样的恭维话。最终，没能挡住糖衣炮弹的袭击。2021年1月，被绳之以法。大量事实表明，听之悦耳的媚言，恰如看不见的毒品，潜移默化，贻害匪浅。手中有权的领导干部，唯有保持清醒头脑，才不至于慢性中毒。

【原载《杂文月刊》2021年9月（上）】

钓鱼联想

钓鱼是捕鱼的方法之一。钓鱼，从钓杆到鱼饵，都颇有讲究。钓杆，通常由竹子或塑料轻而有力的杆状物质制成。钓杆和鱼饵，以丝线联接。一般的鱼饵，既可以是蚯蚓、米饭，也可以是菜叶、苍蝇等。现如今，有专门制作好的鱼饵出售，比挖蚯蚓、捉苍蝇省事多了、卫生多了。只是，成本要高一些。如同"萝卜青菜各有所爱"一个道理，草鱼、鲤鱼、鲫鱼等不同的鱼儿，喜爱的鱼饵，也不尽相同。

很多人都喜欢钓鱼，甚或都钓过鱼。正如民谚所言，"没有吃过猪肉，也曾见过猪跑"，即便是从来不曾临水钓鱼的朋友，大抵也知道钓鱼是怎么一回事。至于"姜太公钓鱼愿者上钩"的典故，更是口口相传，尽人皆知。

钓鱼的乐趣，因人而异，不尽相同。不过，但凡男人，都爱钓鱼。其内在动因，乃天性使然。自古以来，打渔狩猎，就是男人的职责。钓鱼，也是一种"狩猎"。中鱼前的耐心等待，总会让人产生无尽的遐想；中鱼后与鱼儿，尤其是与大鱼之间的较量，既紧张，又刺激。最终凭借本事，让其"束手就擒"，既得到了鲜活的战利品，又满足了内心的征服欲。一举两得，何其快哉。

退休之后，闲来无事，除了看看书报、写写文章，自由自在、别无其他爱好的我，偶尔与朋友相约外出垂钓。钓鱼，久坐不动，频抛鱼饵，既可获得乐趣，又可怡情养性。唐代李群玉有诗云："七尺青竿一丈丝，菰浦叶里逐风吹。几回举手抛芳饵，惊起沙滩水鸭儿。"几年下来，断断续续水边垂钓，多多少少有些许体会：钓鱼战果大小，除了技巧高下，关键在于准备好鱼饵、把握好时机。

鱼饵通常可分为诱饵和钓饵两种。钓饵是挂在鱼钩上的饵料，诱饵则是"打窝"用的饵料。开钓前，将诱饵往水中撒，以便把分散在水下的鱼吸引出来。很多钓鱼者，都注重"芳其饵"，以期收到最佳效果。正所谓，"舍不得香饵，钓不到大鱼"。

不论你到哪里垂钓，不管你想钓草鱼、鲫鱼，抑或鲢鱼等，最好的时机是在鱼儿饥肠辘辘的时候。倘若垂钓的鱼塘，刚刚经人喂食不久，大小鱼儿都吃得饱饱的，再好的诱饵，也会失去吸引力。这就是人们同在一个鱼塘中，用同样的鱼饵和方法，有时可能满载而归，而有时却一无所获的原因所在。

原本自由自在、优哉游哉的鱼儿，因为抵挡不住诱惑，管不住自己的嘴，结果成了钓者的战利品。我曾经琢磨，鱼儿为什么这么傻？它们的嘴巴何以那么馋？原来，鱼儿虽有"脑"，除了有短暂记忆，却没有思想。它们缺少对事物的理性判断。因而，每每只看到眼前的美食，就忍不住一饱口福，却不知道美食背后的"杀机"。

了解了鱼儿"嘴馋"的缘故后，对它们频频张口、屡屡上钩，既可以理解，又有点同情。我所不能理解和同情的，是另类没有思想的"鱼"——现实生活中，某些为官者——他们既有光彩的身份，又有理想的职位，还有稳定的收入。长年累月，春夏秋冬，不愁吃不愁穿，想吃啥就吃啥。不怕没有钱，就怕吃不下。可是，为什么还那么"嘴馋"？明明知道有人送上门的真金白银、贵重物品，恰似香气扑鼻的"诱饵"，却依然来者不拒、多多益善。最终，落得一个"被捉"的可悲下场。想来思去，找到答案：脑子太空虚、心儿太贪婪。由于长期疏于读书学习，忽视理论武装，日复一日、年复一年，硕大的脑瓜里，既没有正确的思想，又缺少高雅的情趣，以致欲望不断膨胀，日渐贪婪起来。

近日读报，又发现一条这样的"鱼"。过来人都知道，在县级党政机关，很多人勤勤恳恳，干到而立之年，能当一个科长，就算心想事成、禄星高照了。2016年，年仅30岁的周麟，就被任命为江西省庐山市（县级市）委常委、常务副市长。刚开始对身边人"一手给钱、一手办事"的请托，能够保持一定警惕。慢慢的，信念滑坡，思想空虚，热衷灯红酒绿的他，没能抵挡住"糖衣炮弹"的袭击。甚至认为，红包是朋友的礼物，与权力毫无关系。相比于老板几百上千万元的年收入，一两万元的"红包"，不过是九牛一毛，"他们给我钱，就像是'扶贫'。"伸手必被捉，嘴馋必被烫。今年1月，周麟被判处有期徒刑3年7个月，辜负了组织培养，断送了锦绣前程。无功不受禄，无利不投资。在办案人员面前，某老板坦言：和前途好的领导交朋友，对我们总没有坏处。周麟这么年轻，一旦他走上县委书记的岗位，我们可以从他身上获取更大的利益。

民谚曰，天下没有免费的午餐。事实上，但凡钓者，对鱼儿都不会心慈手软。至于行贿者，较之钓者更耐心更狠心。他们一掷万金、慷慨抛"饵"，只是为了钓到更大的"鱼"，捞到更多的利，至于对方是否有朝一日落得与嘴馋的鱼儿同样的下场，他们才无所谓、不在意呢。由此可见，唯有加强读书学习，坚定理想信念，注重道德修养的人，才能在五花八门、香气扑鼻的"诱饵"面前，保持清醒的头脑，不至于使自己变成一条没有思想、上人之钩的"鱼"。

【原载 2021 年 9 月 16 日《中老年时报》、2021 年第 10 期《清风杂志》以《莫做没思想的"鱼"》为题发表】

记住袁隆平那句话

"杂交水稻之父"、"共和国勋章"获得者、中国工程院院士袁隆平不幸病逝后,不单举国上下,哀而悼之,就连联合国官方微博,也在当天晚间发文悼念:"袁隆平院士为推进粮食安全、消除贫困、造福民生做出了杰出贡献!国士无双,一路走好。"斯人已去,痛哉惜哉。感恩袁隆平、怀念袁隆平,既要记住他对国人,乃至世人吃饭问题做出的大贡献,也要记住他留给今人,乃至后人的那句大实话:"一粒粮食可以拯救一个国家,也可以绊倒一个国家。"

袁院士这话的中心意思,就是"粮食安全,生死攸关。"长期以来,党中央、国务院一以贯之地高度重视国家粮食安全。去年5月23日上午,习近平总书记在同参加全国政协十三届三次会议的经济界委员们亲切交谈、共商国是时强调指出:"对我们这样一个有着14亿人口的大国来说,农业基础地位任何时候都不能忽视和削弱,手中有粮、心中不慌在任何时候都是真理。"俗话说得好,人是铁,饭是钢,一顿不吃饿得慌。但凡常人,不论饭量大小,天天都要与粮食"打交道"。

爱粮惜粮,是每个社会成员应尽的义务。虽然,我们已经摆脱了贫困、实现了小康,但仍要切记"富时莫忘穷时苦",不可因为衣食无忧了、生活富足了,就忘了勤俭节约,就可以铺张浪费。相反,必须大力弘扬"节约光荣、浪费可耻"传统美德,进一步树立起爱惜粮食就是为国分忧,爱惜粮食就是珍爱生命的理念。

改革开放四十多年来,随着城乡居民物质生活水平的提高,日子越过越红火了，食物越来越丰富了，"节约""节俭"，被一些人有意无意遗忘或淡忘了。以致日常生活中，浪费粮食现象，比比皆是，屡见不鲜。更为匪夷所思的是，如今有人视勤俭为落伍，有人把节约当土气。至于什么叫"饥肠辘辘"、"朝不保夕"，什么叫"揭不开锅"、"吃了上顿没下顿"，很多人已忘到九霄云外了，早就没有一点"印记"了。

聚沙成塔、积水成河。全国14亿多人口，倘若每人每月节约1斤粮食，一年下来，就能节约近百万吨粮食！这些粮食，可以养活许多人。粮食，"粮"是首要之"食"。几十年前，毛泽东说过，"手中有粮，心中不慌。脚踏实地，喜气洋洋。"1972年12月10日，中共中央在转发国务院11月24日《关于粮食问题的报告》时，传达了毛泽东"深挖洞、广积粮、不称霸"的指示。毛泽东主席在批语中，提及《明史·朱升传》的历史故事。明朝建国以前，朱元璋召见一位叫朱升的知识分子，问他在当时形势下应当怎么办。朱升说："高筑墙，广积粮，缓称王"。朱元璋采纳了他的意见，最终取得了胜利。

"一粥一饭，当思来之不易；一丝一缕，恒念物力维艰。"粮食安全，事关国泰民安。尽管我国粮食生产实现连年丰收，但对粮食安全还要有足够的危机意识。迄今为止，中国的粮食尚不能"自给自足"，每年要进口七八千万吨大豆，另有很多农产品，也还要依靠进口。

有数据表明，粮食浪费是一个严峻的全球性问题。联合国粮农组织指出，全球每年浪费的食物高达16亿吨，其中可食用部分达13亿吨，食物浪费每年高达2.5万亿美元。而在大量浪费的同时，全球还有8.2亿人面临饥饿，大致相当于9个人中就有一个人在挨饿。根据国际救济机构Mercy Corps统计，每年约有900万人死于饥饿，超过了因为艾滋病、疟疾和结核病死亡人数的总和。

近日，联合国公布的一份报告，再次为各国敲响警钟：新冠肺炎疫情的蔓延，使全球粮食供应链面临巨大压力。一些粮食出口国为求自保，纷纷出台限制甚至禁止粮食出口政策。

事非经过不知难。没有经历过饥荒的人，未必知道粮食的重要性。去年诺贝尔和平奖获奖者，是联合国世界粮食计划署（WFP）。获奖理由是——"它为解决饥饿问题所做的努力，它为改善环境所做的贡献，它为受冲突影响地区争取和平的努力，以及它在防止饥饿被用作战争与冲突的武器方面的推动力"。在这几个理由中，"解决饥饿问题"摆在首位。由此可见，粮食之重要，乃世人的共识。上个世纪五十年代末、六十年代初，我国粮食因连年减产，出现全国性饥荒，一些地方发生水肿病，乃至饿死人现象。那时年幼，我们村里是否有人饿死，我不知道，我只记得，刚上小学的我，多次光着脚丫、饿着肚子去学校，肚皮贴着脊梁骨，那情形、那滋味，真是"没齿难忘"。

"手中有粮，心中不慌"，换句话说，"手中无粮，心中必慌"。粮食储备，如同财富积累，也需"开源节流"。一方面，要广种多种，科学种粮；另一方面，要爱惜粮食，节约粮食。反之，忽视节俭，奢侈浪费，纵使风调雨顺、五谷丰登，再多粮食也会流而失之、挥霍殆尽的。"谁知盘中餐，粒粒皆辛苦。"不知那些不讲节俭、浪费成习的人，是否想过，一粒粮食，从播种到收割，从田间到餐桌，要经过多少程序，要付出多少辛劳？民谚曰，"一天省一口，一年省一斗。""一天省一把，十年买匹马。"节约或者浪费，表面看是物的问题，实质上是德的问题。戒除奢侈的陋习，树立节俭的美德，最直接最有效的，是从节粮爱粮做起。

去年以来，新冠疫情全球流行，一度引发国际粮食市场波动。伴随着国内粮食市场与政策调整，加上国家最高领导人再次严肃强调杜绝餐饮浪费，倡导节约粮食，社会各界与专家学者，对粮食安全的关注度显著升温。这不是天下本无事，杞人自忧天，而是固本安邦的需要、着眼长远的考虑。当前，国内外经济环境正经历着深刻演变，作为14亿人口转型大国，更要动态分析粮食安全领域的问题，更应科学分析粮食安全面临的风险，做到未雨绸缪、有备无患。有人说，十几亿人口的古老大国，得以摆脱历史上"饥荒之国"宿命，实践经验之宝贵与历史意义之重大，无论如何估计也不过高。

粮食安全，关乎存亡。纵观古今，横看天下，粮食问题，是与人类生死攸关的头等大事。可想而知，没有粮食保障，存活尚且困难；终日饥肠辘辘，何来幸福安康？换句话说，不论是百姓，抑或是政府，唯有手中有足够的粮食，才能确保心中始终不慌。

袁隆平一生有两个梦想：一个是"禾下乘凉梦"，另一个是"杂交水稻覆盖全球梦"。为此,他矢志不渝,奋斗了一辈子、贡献了一辈子。如今,袁隆平已驾鹤西去,实现他生前的这两个梦想,我等"外行人",还真是心有余而力不足。我们能够做到,且容易做到的,是举手之劳——嘴下留情,珍惜每一粒粮食、节约每一粒粮食。唯有这样做,自觉这样做,才是对袁隆平先生的最好怀念。

【原载 2021 年 6 月 8 日《福建日报》】

追求什么样的"不一样"

世界上没有两片一样的树叶、没有两粒一样的砂子。同样,世界上没有两个完全一样的人。而同是"不一样",折射出的却是不同的本质与品格。

共产党人是特殊材料制成的,与普通群众有诸多不一样。正如刘少奇同志在《论共产党员的修养》一文所说的那样:共产党员在党内、在人民中,他吃苦在前、享受在后;他能够在困难时挺身而出、在工作中尽职尽责;他有"富贵不能淫、贫贱不能移、威武不能屈"的革命坚定性和革命气节。近百年来,无数共产党人身上表现出这样那样的"不一样",可歌可泣,可圈可点。

革命战争年代,共产党人前仆后继,冲锋在前,退却在后;牺牲在前,享受在后,谱写出一曲又一曲惊天地泣鬼神的生命赞歌、英雄赞歌。和平建设时期,很多共产党人的"不一样",有目共睹,有口皆碑。中国工人阶级的光辉形象,曾获百年中国十大人物、100位新中国成立以来感动中国人物、"最美奋斗者"等荣誉称号的铁人王进喜,率领1205钻井队打出大庆油田石油大会战第一口油井,一次,为了制伏井喷,毫不犹豫跳进水泥池中,用身体充当"搅拌机";1998年夏天,当洪水像猛兽一般袭来时,很多战斗在一线的共产党员,喊出"人在堤在"的响亮口号,武汉市江汉区16名共产党员,在堤上立起一块"誓与大堤共存亡的"生死牌;鼠年岁初,新冠病毒从天而降,面对来势汹汹的疫情,各地、各级党组织和广大党员,挺身而出、冲锋在前,把一面面党旗插到抗疫第一线,"我是党员我先上"成为共同的心声。凡此种种,见证了共产党人勇于牺牲、甘于奉献的本色精神、特色品质。

可叹的是，有人当了一官半职，忘了自己姓甚名谁，高高在上，唯我独尊。不仅平日里处处显示自己的"不一样"，就连餐桌上也不忘刻意摆谱，让人感知他的"不一样"。乌鲁木齐市政府原党组成员、副市长李伟，为了显示自己与他人"不一样"，每每要特别安排——人分三等、酒分三档——自己喝15年的"茅台"，老板喝"水井坊"，下属喝本地产的"三道坝"。此人有个冠冕堂皇的理由："我是副市长，怎么能和他们喝一样的酒，必须有差别，只有我才能喝15年的茅台酒"……如此耍特权，这等"不一样"，匪夷所思，令人发指。

据我观察，当下有类似"不一样"的党员干部，不说比比皆是，也绝非独一无二。对此，李伟们不以为耻反以为荣。殊不知，这等"不一样"的背后，怨声连连，危害多多。其一，脱离群众。能否真正做到相信群众、依靠群众，赢得群众的拥护与支持，关键是要"从群众中来，到群众中去"，真正与群众打成一片，虚心向群众学习。像李伟这样的干部，哪里把群众放在眼里。久而久之，不脱离群众才怪呢；其二，助长腐化。雷锋同志说过，"生活上要向低标准看齐，工作上要向高标准看齐"。痴迷喝名酒、抽名烟、穿名牌的做派，丢掉的是艰苦奋斗，助长的是骄奢淫逸；其三，埋下祸根。成由勤俭败由奢。在群众面前道貌岸然的人，在生活上追求奢侈享受的人，开始可能颇为潇洒风光，最终没有不失败落魄的。上述那个李副市长，因存在诸多违纪违法和涉嫌犯罪问题，已被开除党籍、开除公职，其涉嫌贪污、受贿犯罪问题被移送审查起诉。

时代不同了，日子红火了，生活多彩了，这是一件好事。问题是，要保持清醒头脑，要懂得自警自律。无论社会如何发展，不管物质多么富有，光荣传统不能丢，入党初心不能变。尤其是各级领导干部，始终要严格要求自己。反之，丢了传统，忘了初心，把自己越看越重，与群众渐行渐远，不能为人民所包容，必然遭群众所唾弃。我感悟，追求何种"不一样"，既是思想境界问题，也是生活作风问题，更是防腐拒变问题，务必要把握好、选择好。

【原载《杂文月刊》2021年1月（上），2021年2月23日《上海法治报》、2月9日《福建日报》以《正确对待两种"不一样"》为题发表，】

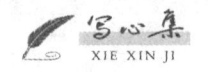

又见有人攀高枝

古往今来，有人异想天开，有人急功近利，既不想凭借真才实学，又不想通过拼搏奋斗，一心指望通过利益输送等形式，巴结领导、攀附高人，为自己寻"后台"、找"靠山"，从而实现朝中有人好做官，平步青云、飞黄腾达的目的。人们把这种现象，称之为攀高枝。

攀高枝，有好处。攀上了高枝，攀准了高枝，可以得到意想不到的实惠。殊不知，高处不胜寒。一门心思、绞尽脑汁攀高枝的人，攀得越高，摔得越惨。即便不摔下来，人格也会大大掉价的。

"和氏璧"的典故，尽人皆知。古代民间玉工高手卞和，一次采到一块石头，判断内里藏有美玉。为了攀高枝、得实惠，急切切把它送给楚厉王。一心为了开疆拓土、增强国力的楚厉王，下令砍了他的左脚。后来，心有不甘的卞和又把石头送给楚武王。结局同样悲催——武王命人砍掉他的右脚。待到文王即位，和氏抱着那块玉石跑到楚山之下，嚎啕大哭了三天三夜。文王闻讯，先是派人打探究竟，继而差人切石鉴定。果然，里面藏着稀世美玉。文王十分感动，把这块美玉命名为"和氏璧"。卞和执意攀高枝，最终虽然得到了赏识，但却付出了惨重的代价，失去了两条腿不说，还留下了千古笑柄。

以人为镜，可以知得失。遗憾的是，时至今日，希望通过攀高枝登上更高处者，不乏其人。其中，有的还是高级领导干部。云南省此前两任省委书记——白恩培、秦光荣，为了达到个人不当政治目的，不讲党性、不要自尊，想方设法攀苏洪波的"高枝"。苏洪波，本是一个普通商人。凭借刻意营造来头大、靠山硬、关系广等身份背景，故布迷阵，左右逢源，不仅让云南一些领导干部以能攀上他为荣,以能进入他的圈子而自豪,就连心存不轨之念、不轨之思的白恩培、秦光荣,也奉之为座上宾,在他面前献殷勤、表真情。白恩培认为苏洪波在北京关系广、有人脉,手眼通天,能帮上自己,于是主动拉近与苏洪波的关系。两人交往渐密、亲如家人,苏洪波每次到云南,白书记都要请他到家中吃饭、聊天。

秦光荣成为云南省委书记后,对苏洪波既忌惮畏惧,又讨好拉拢。只要苏洪波到了昆明,秦光荣每天都会前去陪他散散步。更为匪夷所思的是,在选拔任用干部问题上,秦光荣主动向苏洪波示好:"你有合适的人,可以推荐过来","要换届了,你有什么干部,你只管说。"

但凡苏洪波"推荐"的干部,秦光荣都予以关照或重用。结果,正道被堵了,邪路便大开,埋头苦干的"老黄牛"得不到提拔重用,善于投机攀附的人却平步青云,用人导向被严重扭曲。其付出的代价十分沉重,非但严重破坏了官场生态,而且间接断送了个人前程。

透过两个省委书记攀高枝,我仿佛又见到山中藤缠树。但凡进过深山老林的人,大都领略过藤缠树。藤之热衷于、擅长于缠树,是由自身习性决定的。正所谓,"山中只见藤缠树,世上哪有树缠藤"。藤,是陆地上最长的植物。只要是藤,既爱依附,更善攀爬。也难怪,植物大都喜欢阳光,藤也一样。藤们低三下四、屈膝弯腰,毫无骨气、极尽本能地连攀带爬,根本目的是为了获得充足的阳光和空间。因为,只有爬上树冠,才能开花结果。

省委书记,俨如一方诸侯,手中握有选拔使用干部的任免权。位高权重,无限风光,之所以还要放下身段、厚颜无耻攀高枝,实质是"精神缺钙",病因是"信念流失"。信念是精神支柱,信念如指路明灯。人活世上,有这样那样的不同,但有一点则是相同的,即,有什么样的信念,就有什么样的人生道路。大量历史事实表明,人生的差异,事业的成败,结局的好坏,都与信念密切相关。

话又说回来,官员攀高枝现象所以时有所闻,是因为选人用人机制存在"漏洞",给了热衷于政治攀附者以可乘之机。长期以来,在提拔任用干部问题上,流行着这样几句顺口溜:"说你行你就行,不行也行;说不行就不行,行也不行。"时至今日,一些地方、一些部门,但凡没有进入一把手"视野"的、未能挤入某一个"圈子"的，纵然素质良好、表现突出，评先评优，或许有份；提拔重用，别做美梦。由此可见，应当着力在完善选人用人制度上下功夫，不以个人好恶为评判标准，坚持任人唯贤，坚持德才兼备，让勤勤恳恳、实实在在做事的人有提拔使用的机会。真正做到以实绩论"胜负"，让群众当"裁判"，而不是由少数人，或个别人一锤定音。倘能这样，"攀高枝"现象不会绝迹，也会大为减少的。

【原载《杂文月刊》2020年12月（上）"名家新作"专栏】

先贪后廉的郭琇

当官有风险。险在能否在权力面前,始终保持清醒头脑,心无贪念、手不乱伸,一如既往经受住金钱、美色的考验与诱惑。古往今来,很多为官者,从所处的年代,到所任的官职;从所建的功绩,到所做的贡献,有诸多不同,但是有一点,却几近相同——都划过一道先廉后贪的人生轨迹。最终落得鸡飞蛋打、身败名裂的可悲下场。轻者断送了锦绣前程,重者丢掉了宝贵性命。此类贪官,俯拾皆是,不必举例,无需赘述。

可是,也有例外者,走过的是先贪后廉仕途历程。清朝康熙年间著名清官郭琇便然。郭琇(1638—1715)在地方任职期间,赢得"治行为江南最"的美誉。他廉洁为民,清正为国;他勤勉干练,善断疑案;他不计私利,弹劾权奸,在"势焰熏灼、辉赫万里"的权臣面前,刚正不阿、毫无惧色,被称为"铁面御史"。

郭琇早年在吴江(今苏州市吴江区)县令任上时,其上司、江苏巡抚余国柱是个贪官。为了保住乌纱,他不得不向其"奉贡"。于是,只好频频向百姓多征赋税。几年下来,达上万两。后来,余国柱得以升迁,汤斌前来接任。汤斌一生清正廉明,有"汤青天"的美名和"豆腐汤"的昵称。得知郭琇贪腐之后,汤斌将其召来责问。郭琇毫不隐瞒,且实话实说:"我之所以贪污,是因为上司不停地向我要银两,我没有那么多银两,只好向百姓伸手。如果大人您能以身作则,官清如水,卑职以后怎敢贪腐呢?"汤斌没想到,郭琇如此坦率,或许真是迫于无奈,不妨先放他一马,以观后效。

郭琇言行一致,双管齐下。一方面,命令衙役打来清水,冲洗县衙大堂、改过自新，不但分期分批退回收受的所有贿金，而且不再占百姓一丝一毫便宜；另一方面，建章立制，严禁属下索贿受贿，在惩治一批贪腐下属的同时，针对陈规陋习，积极加以改革，将吴江县治理得井井有条。郭琇的变化，让汤斌刮目相看，在赞扬之余，向朝廷推举。不久，郭琇升迁江南道监察御史。任内的他，一身铁骨，两袖清风，三次上疏——参劾明珠、高士奇等权臣。有力地抨击了贪官污吏的腐败丑行，以及结党营私的不正之风，让许多贪官闻风丧胆。郭琇的所作所为，对"康乾盛世"功不可没。

可见，郭琇先贪后廉、由贪变廉，与"外因"不无关系。人所共知，内因是事物发展的根据，是第一位的原因；外因是事物发展的外部条件，是第二位的原因。二者虽有"主次"之分，但都是事物发展的必要条件。党风廉政建设，事关党的生死存亡。党的十八大以来，中央领导持续发力，职能部门打虎拍蝇，取得可喜成果。然而，毋庸讳言，迄今为止腐败幽灵还在兴妖作怪。其所以然，撇开"内因"不论，与"外因"——少数上司忘乎所以、胡作非为，使一些下级耳濡目染受到毒害，不知不觉中由廉变贪。

唯物辩证法告诉我们，事物都是相互联系、相互影响的。而在某些方面、某些时候，两种以上事物发生交集时，总有一种事物处于主导地位，对其他事物产生主导作用。比如，某些上级领导的不廉行为，潜移默化对下级产生了不容忽视的负面影响。正如南朝史学家范晔所言："浊其源而望流清，曲其形而欲影直，不可得也。"自然现象如此，人类社会亦然——上若不正，下自参差。

《格言联璧·从政类》说："洁己方能不失己，爱民所重在亲民。"套用这句话，洁身方能不失身，清廉才够格导廉。领导，顾名思义，既要带领，又要引导。换句话说，既要有带领的本领，还要有引导的资格。上级以身作则、率先垂范，下级自会有样跟样、严以律己。反之，当上司的人，屁股不干净，作风不清廉，本领再强、权力再大，非但不可能正确引导，反而只会产生负面影响。由此看来，加强党风廉政建设，至关重要的，是上级领导务必做到躬身践行、当好表率，要求别人做到的自己首先做到，希望别人不做的自己坚决不做。

上行下效。大量历史事实表明，身居上位的人，如果品行不端，位居下面的人，自然就会热衷仿效。汤斌清廉的作风与品格，如同一只无形而有力的推手，在背后推着郭琇改邪归正、重塑形象。试想，假如接任余国柱的不是清官汤斌，而是另一个贪得无厌的上司，郭琇能凤凰涅槃一般，走出一条先贪后廉的人生发展之路吗？"上梁不正下梁歪"。打造一支清正廉洁的干部队伍，既要盯紧"下"，更要抓好"上"。唯有坚持领导抓、抓领导，才能收到以上率下、上下联动的成效。倘能这样，何愁清风不会轻轻吹拂、徐徐而来。

【原载《杂文月刊》2020年12月（上）"名家新作"专栏】

传承书写　留住手稿

手稿，是作者亲手一笔一划写在竹简、布帛或者纸张上的原稿。12月1日起，在中央电视台电视剧频道首播的古装历史剧《大秦赋》中，不时可以看用竹简写成的奏章或诏书。随着技术的进步、纸张的普及，竹简、布帛早已"光荣下岗"了，写在其上的原稿，只有在一些博物馆展柜里才能看到。2014年11月11日，在上海图书馆举行的"心曲传真——上海图书馆藏稿本日记展"上，一本中国现存最早的、元代郭畀（1280—1335）日记手稿，吸引了不少人的关注。

现如今，计算机飞入寻常百姓家，就连写在纸上的手稿，也越来越少，越来越稀罕了。前几日，在网上看到一个关于"现在还有人用笔写稿吗"的话题讨论。八个回答中，只有一个持"中立"态度："完全看个人，有些人就是写字更有灵感，一些突发奇想或者瞬间冒出的好思路用本子记下，最后在计算机上做整理"；其余几个对用笔写稿明确否定、嗤之以鼻。如，"现在手写稿子的很少了，一般都是特别传统的纸媒，还有比较传统的老作者才这样"；"现在基本用计算机写稿，几乎没有人用笔写稿了，除非是顽固不化的人"。乖乖，在某些人眼里，用笔写稿竟然成了"顽固不化"！看了类似见解，心中五味杂陈。

计算机写作，既便捷又轻松，且速度快效率高。可是，完全依赖计算机，彻底告别手写，短期内或许没有太大问题，久而久之，弊端必现——完全依赖计算机写作，键盘代替了笔墨，屏幕代替了纸张，符号代替了汉字，导致对汉字书写文化产生不可低估的冲击。文字，作为一个民族的文化内核，既是交流和传递信息的基本工具，更是保存和传递人类文明成果的重要媒介。历经五千年积淀的汉字，作为中国的传统国粹，不单是迄今为止连续使用时间最长的文字，而且是中华民族传统文化的"基因"，同时是中华民族集体的智慧结晶、炎黄子孙共有的精神家园和文化认同。能否规范书写、灵活运用汉字，关乎公民整体的素养，关乎中华民族优秀文化的传承。

当下，用笔写稿的人与日俱减了，但还有人在默默坚守着。比如，莫言、贾平凹等。2019年2月18日，中国作家协会副主席张炜与著名作家、文物收藏家马未都先生，应百花文艺出版社之邀，展开一场文学与文化的无疆界对话。期间，两人不约而同谈到了"手稿"话题。马未都坦言，对于当下用计算机书写的青年作家来说，手写是对人生特别痛苦的磨练，而他至今仍坚持拿笔书写。张炜则表示，从1973年第一部处女作开始，他长达40多年的文学写作生涯。只有中间一段时间用计算机书写。他的五笔打得很熟练，几乎到了可以盲打的程度。但他很快放弃了计算机写作模式。在张炜看来，"文学写作，压垮骆驼的最后一根稻草，就是计算机轻巧的笔力，无论你的打字速度有多快，终究没有那种边带着思索、边一笔一画跃然纸上的创作灵感来得真实自然。"

计算机时代，如果说用笔写稿难能可贵，纸上改稿同样值得称道。近读《作家通讯》，在《创作随想》专栏上，看到韩少功、张炜、冯骥才等几位著名作家谈网络时代的挑战。从中得知，冯骥才书房里，至今不配计算机。他说，"我只是有时在iPad上划拉一下而已，改稿仍在纸上。对计算机一窍不通。朋友笑我是固执，是不剪辫子的前朝遗老。我的理由是：我喜好用笔写字的感觉。汉字象形，书写时有美感，写字时大小随意，挥洒自由。"冯骥才认为，因为汉字的书写之美，使自己拒绝了计算机写作。但他相信，这个理由到了下一代就不会存在了，因为下一代人一入学就开始使用计算机。当然，他们在手写汉字上肯定要出现问题，甚至有可能连自己的姓名也写不好。想想看，一个连自己姓名都写不好的人，何谈传承书写文化、怎么可能写出优秀作品？

本人无意与上述几位文化名家相提并论，但对书写却颇有些许同感。用笔写稿，纸上改稿，感觉不一样，效果也不同。因此，迄今没有丢掉手中的

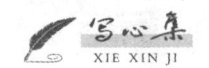

笔,没有完全依赖计算机。我是上个世纪八十年代中期开始业余创作的。早在九十年代初,就咬牙买了一台"486计算机",并很快学会"普通码"输入法。计算机写文章,轻松是轻松,便捷也便捷,但"有点固执"、"顽固不化"的我,总有一种"魂不守舍"的感觉。于是,买回一台"针式打印机"。每篇文章,不论长短,先打腹稿,后上计算机,边打字边整理,待"毛坯"初成了,打印出来,一而再,再而三,纸上反复修改,这才放心满意。在我看来,作品就像自己的孩子,长相好不好是"基因"问题,脸面净不净是"态度"问题。邋邋遢遢,肮肮脏脏,自己看了都别扭,更何况是他人?因此,三十多年过去了,始终坚持纸上改稿。针式打印机用坏了,换一台喷墨的,前几年又换成激光的。纸上改稿的习惯,一直延续了下来。

"板凳要坐十年冷,文章不写半句空。"几十年的写作实践使我体会到,好文章不是轻而易举写出来的,而反复推敲改出来的。张炜先生曾经说过,一次,有朋友跟他讨论时表示,"写作无非是把脑子里的东西记下来,用计算机有什么不好?"后来,这位朋友告诉他,在海外华人开的饭馆里,没有手擀面,而机器面始终没有手擀面那样劲道。张炜形象比喻,用笔书写的滋味如同手擀面,而计算机书写则是机器面,冷冰冰的很机械,看不到作者的心情。

我,很赞同张炜的说辞。计算机写作,速度自然快一些,可是较之用笔写稿或纸上改稿,其质量如同手擀面与机器面一样,多少是有差异的。面条起源于中国,迄今已有四千多年的制作食用历史。面条,制作简单,食用方便,花样繁多,营养丰富,是既可主食又可快餐的健康保健食品,早已为世界人民所接受与喜爱。如,国人庆祝生日的长寿面,国外香浓的意大利面等。而但凡好吃的、温和且筋道的面条,几乎都是手擀的。

文化是一个国家、一个民族的灵魂。文化兴,国运兴;文化强,民族强。没有高度的文化自信,没有文化的繁荣兴盛,就没有中华民族的伟大复兴。用手写稿、纸上改稿,不单关系到作品的质量,而且关系到书写文化的传承。计算机,是二十世纪伟大的发明之一。从当年的"大屁股",到当下的"笔记本",不过短短二三十年。我相信,用不了多长时间,计算机也会像手机一样,不单得以普及,而且越来越方便携带,越来越便于操作。只是,创作的滋味是苦的，创作的过程是难的。"不经一番寒彻骨，哪得梅花扑鼻香。"唯有那些耐得住寂寞、吃得了苦头，自觉坚持呕心沥血、精益求精创作态度的写手，才可能成为名副其实的作家，才可望生产出活力四射的作品。我不反对使用计算机，但主张手工改稿。这样，书写文化不会"枯萎荒芜"，手稿也不会"断子绝孙"。

【原载 2020 年 11 月 29 日《福建日报》，12 月 15 日香港《文汇报》副刊发表时，题为《书写与手稿》】

多一点"战略留白"

从新近一期的《瞭望》杂志上获悉,北京已在全市规划132平方公里"战略留白"用地,并以市政府文件形式出台了管理办法,原则上2035年前不予启用。北京"战略留白"之策,为落实总体规划提供战略支撑的同时,给城市长远发展预留高质量发展空间,对助力超大城市可持续发展,具有不可低估的积极意义。这种意识,难能可贵。

留白,是中国艺术作品创作中常用的一种手法。但凡书画艺术创作,为使整个作品画面与章法更为协调精美,都要刻意留下相应的空白,给观赏者留有想象的空间。城市建设"战略留白",是在未来发展的时间轴上提前预留和冻结一部分用地,以期在规划远期能够在城市集中建设区内保留更多的蓝绿空间和非建设用地。这样,既可为未来重大战略项目提供更多选址可能,又可增加贴近市民生活的生态休闲和康体游憩功能。

人民,是城市的主人。北京的"战略留白",既有远见卓识,又有民本意识。古人云,"民为邦本,本固邦宁。"意思是说,人民是国家的根本,根本稳固了,国家才会安宁。我相信,一个国家是这样,一座城市也是这样。

近些年来,一些地方在城市规划建设中,缺乏对自然山水环境的敬畏与尊重,任意破坏城市与山、水环境的依存联系,随意改变原有地形地貌,直接或间接破坏了优美的山水风貌。还有一些城市建筑,随心所欲,大刀阔斧,使得传统空间环境遭到人为破坏,本来自然和谐、交相辉映的生态画卷,被任性糟蹋。最直观的表现是,城市建设迅猛扩张,当代愚公挖掘不止,不单城市近郊的土地"开发"殆尽,就连一些山地也未能幸免。

陶渊明有诗曰:"采菊东篱下,悠然见南山。"现如今,很多"南山",不种树木种楼盘,不种菊花种别墅。以致楼群越来越多、越来越高,"空白"越来越少、越来越小。城市周边,但凡能够开发的,不论是土地,抑或是山地,恨不能干净彻底"开发"掉。此类现象,比比皆是。笔者生活的小城,前些年,还能看到近郊一些山的腰肢;现如今,连山屁股也看不到了。目光所及,全是楼房。

也难怪,种楼较之种树,非但来钱快,而且回报高,既有经济效益,又有既得政绩,不知要划算多少倍,且房地产开发,大多与新城建设有联系、划等号,父母官与开发商,往往一拍即合,自然想不到"留白"、顾不上"留白"了。都说,土地是不可再生的资源。其实,山地何尝不是这样。遗憾的是,在一些人眼里,山地既不值钱,更不稀罕,想挖就挖,想移就移。于是乎,一幢幢高楼拔地而起的背后,是一座座青山的毁灭性消失。一位山区朋友告诉我,他生活的县城,原来近郊有几座小山,茂盛的阔叶林,给小城增添了盎然生机、迷人秀色。如今,树砍光了,山挖没了,取而代之的,除了楼房,还是楼房,若把房子"平摊"给城区现有居民,每户可分两三套。即便如此,还在无休无止挖地建房。

一座城市,如同一幅画作。画面满满当当,高楼密密麻麻,城市品味如何暂且不论,视觉效果一定不会太好。现在,首都北京带了个好头,各地应当仿效。即便不是为了"战略",也要自觉增强"留白"意识。这样,城市后续发展,才有足够空间。

【原载 2020 年 7 月 7 日《福建日报》】

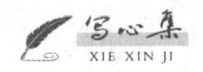

"小绵羊"未必是"好孩子"

怎样培养孩子，关乎祖国未来。长期以来，许多为人父母者，把"听话"当成评判好孩子的"标准"，无论何时何地，不管何故何事，但凡孩子有点不听话，轻则严词训斥，重则棍棒侍候，希望以权威压服，让孩子学会"听话"。这，实在是一种错误的育儿理念。

纵观当下，相当一些家长在培养孩子问题上，存在着两个矛盾的做法。一方面，千方百计满足孩子的物质需求——从吃的到穿的，从用的到玩的，量不能比人家的孩子少，质不能比人家的孩子差。为此，但凡市场有卖，再贵也舍得买。另一方面，想方设法压制孩子的个性发展——从家里到家外，从学习到爱好，孩子都得遵循家长的要求与设计，不能说半个不字，更没有商量余地，只能言听计从，甚或逆来顺受。否则，就不是"好孩子"，不是打便是骂。长此以往，久而久之，孩子成了小绵羊，没有了个性，更不敢反抗。这样的孩子，不是真正意义上的好孩子，对家庭幸福，对国家未来，都没有好处。这样说，绝非言过其实、夸大其词。这一点，黄炎培先生，早就发出过告诫。

黄炎培，著名民主人士、教育家。1945年，他与毛泽东在延安的"窑洞对"，可谓尽人皆知，经常有人提及。但是，很多人未必知道，黄炎培还有一段措辞激烈而又切中要害的"日记说"呢。1933年1月6日，黄炎培与杜重远、李公朴等一同去听报告。听完报告，引发思考。当天，他在日记里写道："中华民族受异族压迫后缺乏抵抗力。他族不能忍受，我族能之，究其原因，儿童惯受家长压迫，亦为其重要原因之一种，因自戒，从今以后，再勿以威力压迫儿童。"

黄炎培这段短短数十字的日记，把儿童惯受家长压迫与民族缺乏抵抗力联系起来，并将之视为一种"重要原因"，颇有见地，不无道理；今天品味，仍有意义。

长期以来，许多家长既有望子成龙的热切愿望，又有担忧孩子不听话的扭曲心态。以致于，"听话的孩子，才是好孩子"，成为为人父母者约定俗成的观点。而听话的"标准"也一样——在家不许向家长提抗议，在校不准跟老师唱反调。父母的批评、制约，老师的教诲、训导，都是出于关心，都是为孩子好。不论对错，只能服从，不能拒绝，更不能怀疑或者反对。否则，就不是"好孩子"。于是乎，孩子从牙牙学语那一刻起，就开始接受"听话"教育。日复一日，年复一年，孩子乖是够乖的，却没有了个性与棱角，俨如逆来顺受的小绵羊。没有"抵抗力"的孩子多了，对国家的未来何益之有？

观察发现，很多孩子面对家长的训斥或体罚，每每带着一脸委屈，可怜兮兮地站在一边，泪光盈盈地强忍哭声，既不敢怒，更不敢言。如此这般，不知不觉中扼杀了孩子的"天性"。当今世界，竞争激烈，只有创新，才有希望。这就要求我们，着力培养一批又一批创新型人才。可是，不善独立思考的孩子，没有好奇心，何来创造力？这类"听话"的孩子，关心自己尚且不易，何谈关心国家未来。

只会言听计从，不会独立思考的"好孩子"，是父母旨意的服从者、成人命令的执行者。从小失去选择自己成长权利、不敢发表不同意见的孩子，只能活在唯命是从的氛围里，除了优厚的物质条件，没有独立的人生可言。试问，养成"顺从"习惯的孩子，长大后走上纷繁复杂的社会，何以独立、何来自信、如何维护自己的利益与尊严？更遑论国家需要时，挺身而出，英勇抗争。

回顾历史，中华民族饱受外敌侵犯。时至今日，西方一些国家，亡我之心依然不死。虽然当下中国社会稳定，不等于未来平安无事。从这个角度讲，我们应当记住黄炎培先生的告诫，不要把对孩子的"压迫"当成"关心"，更不能把"小绵羊"与"好孩子"划上等号。

【原载《杂文月刊》2020年第7期】

书与药

　　书与药，乍看起来风马牛不相及，往深处思考却不无关联。药可治病，书能治愚。西汉经学家、文学家刘向早就说过，"书犹药也，善读之可以医愚。"意思是说，书就像药一样，阅读得法，可以医治愚蠢的毛病。

　　种种迹象表明，时至今日，书不如药。在不少现代人看来，读书与幸福，读书与健康，八竿子打不着，没有半点相干。在他们眼里，不读书既不会影响生活质量，更不会影响身体健康。不错，药可以保健，而健康是幸福的前提。殊不知，真正的健康，包括肌体健康与心灵健康。"书是人类进步的阶梯"。读书除了有益心灵健康，还有诸多好处。北宋第三位皇帝宋真宗在《劝学诗》中写道："富家不用买良田，书中自有千钟粟。安居不用架高堂，书中自有黄金屋。出门莫恨无人随，书中车马多如簇。娶妻莫恨无良媒，书中自有颜如玉。男儿若遂平生志，六经勤向窗前读。"

　　只可惜，随着城乡居民生活水准的提升，没有多少人看重这些个"书中自有"。因而，不管是家财万贯，或者是初步小康，家中各具特色的衣橱，少则两三组，多则七八组，且都塞得满满当当的，唯独没有一组书橱。至于装有多种常用药、备用药的药箱，更是家家户户必不可少的"标配"。然而，多数家庭却没有一个书箱。更有甚者，在偌大的住宅内，居然不见一本书的踪影。不少人身体稍有点不舒服，不是专程看医生，便是赶紧把药吃。诚然，家里备些药，及时看医生，有益而无害。但别忘了，长年累月不读书，本身也是一种"病"。

　　因为卖药远比卖书赚钱，现如今不论是大都市，抑或是小城镇，店名各异、门面相近的药店,不说满街都是,也是随处可见。一些繁华路段,每隔几百米,就有一家药店。相反,书店却是难得一见。很多地方不单民营实体书店告急,就连毛泽东当年题写店招、几十年一枝独秀的新华书店,同样受到巨大冲击,以至于只能在困境中挣扎、在夹缝中生存。一些原本生意萧条、面积不大的新华书店,不得不"割让空间"出租,或者兼卖其他商品,沦为名副其实的"四不像"。也难怪,时下城乡居民中,爱吃药的人多,喜读书的人少。

"宁可食无肉,不可读无书。"而在今天,爱读书的人远不如爱吃肉的人多。2019年4月17日,《人民日报》公布了第16次全国国民阅读调查:2018年我国成年国民人均纸质图书阅读量为4.67本,与2017年基本持平。而这个数据,日本为40本,以色列为64本。我揣摩,国民阅读量偏低,一方面,与上网浏览、手机阅读不无关系;另一方面,则与对读书的积极意义认识不足密切相关。

书是人类智慧的结晶。十八大报告,首次将全民阅读战略写进党的政治报告。我感悟,此乃高瞻远瞩之举。须知,善于读书,有助圆梦。国如此,人亦然。有人说,人活一辈子,只做两件事:一是做梦,二是圆梦。梦里乾坤大,人生当有梦。芸芸众生,皆因有梦,才会孜孜以求;无论何人,为了圆梦,才会默默打拼。只是,无论什么人,要想美梦早圆,要让好梦成真,一个重要前提是——勤读书、多读书、读好书。有道是,宁可食无肉,不可读无书;无肉使人瘦,无书使人俗。想想看,一个"俗人",能有什么好梦?一个"瘦人",凭借什么圆梦?

2014年,习近平在索契接受俄罗斯电视台专访谈到读书的好处时说,"读书可以让人保持思想活力,让人得到智慧启发,让人滋养浩然之气。"习主席还说,"读书已成了我的一种生活方式。"生活,丰富多彩;方式,多种多样。让读书成为人生的一种生活方式,无疑是一件投资最少、收益最多的好事。人生在世,都希望事业有成、出人头地。这,也是一种人之常情。我笃信,事业有别缘立志,人生差异在读书。从这个角度讲,我辈应当把读书看得与吃药同样重要才是明智的。

【原载 2020 年 4 月 28 日《北京日报》】

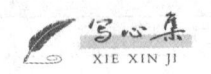

痴迷"潇洒"易"沉沦"

潇洒，《辞海》的释义为：洒脱，不拘束；凄清，清丽。我理解，就是心态坦然，举止端庄。但凡常人，皆喜潇洒。如同笑比哭好一样，潇洒总比窝囊强。正因此，古往今来，就连不少诗文也爱"潇洒"。唐姚合《溪路》："此路何潇洒，永无公卿迹。日日多往来，藜杖与桑屐"；李白《王右军》："右军本清真，潇洒在风尘"；杜甫《玉华宫词》："万籁真笙竽，秋色正萧洒"；白居易《兰若寓居》："行止辄自由，甚觉身潇洒"……二三十年前，一首《潇洒走一回》广为"流行"——大街小巷、田间地头，都有人在唱它；红男绿女、贩夫走卒，不少人爱唱它。

潇洒，是一种境界；潇洒，是一种心态。不同的个体，有不同的取向。换句话说，没有千篇一律的潇洒，没有可以度量的潇洒。《题奇石》诗云："蕴玉抱清辉，闲庭日潇洒；块然天地间，自是孤生者。"想想看，因为有"清辉"，奇石也"潇洒"。芸芸众生，活得潇洒不潇洒，更多是自我的心理感受。遗憾的是，现实生活中，有人事业有成、手中有权，却总觉得不尽如意、不够潇洒。不为别的，只因金钱没有别人多。于是乎，不安分、乱作为，不规矩、乱伸手。

潇洒，既不是"唱"出来的，也不是"装"出来的。人生在世，拥有一个开朗豁达、知足常乐的心境，不为世事所累，不与他人攀比，面对花花世界，能够泰然处之，可以引吭高歌，可以长歌当哭，可以怒发冲冠，可以心静如水。岳飞"驾长车，踏破贺兰山阙"的豪迈是潇洒，诸葛亮"羽扇纶巾"的儒雅也是潇洒。"更喜岷山千里雪，三军过后尽开颜"，这是红军的潇洒；"石油工人一声吼,地球也要抖三抖",这是工人的潇洒……可是,我们身边包括少数领导干部在内,总有些人不明此理,习惯于把潇洒与金钱画上等号。

有的贪官,面对灯红酒绿的花花世界,感到自己终日忙忙碌碌,常年辛辛苦苦,所得收入却不多。可是,一些"老板",大把捞钱,挥金如土,潇洒得很,心理失衡的同时,产生了"有权不用、过期作废"的念头,最终走上歧路,验证了"人为财死,鸟为食亡"的古语。比如,江苏盐城亭湖区新兴镇人力资源和社会保障服务中心原党支部书记、主任陈连东。此人利用职务便利,伙同他人采用虚列支出等方式,六年获得赃款16万余元。东窗事发后,法院以贪污罪、受贿罪判处其有期徒刑三年,并处罚金30万元。他"忏悔"道:"想到自己是社保中心负责人,每天辛辛苦苦上下班,却连工资都拿不全,心理上很不平衡。看到别人过着有滋有味的生活,我心中总想着有一天我要比他们过得更潇洒。"

又如,江苏省盐城市大丰区职业技术教育中心原主任刘金荣,落马后在忏悔时说:随着职位的提升,交往圈子扩大了,娱乐的对象也发生了变化,接触不少老板和有钱人,他们一掷千金,挥霍享乐……我心中的平衡被打破了,这些人书没读多少,凭什么过得那样潇洒?当他们有事找我帮忙时,心中也就萌生了相互利用的念头,从他们那里捞点好处,有了钱,才潇洒。

殊不知,本真的潇洒,绝非金钱包装出来的。不错,身无分文,衣不蔽体,食不果腹,何谈潇洒?然而,"君子爱财取之有道"。来路不正的钱,取之无道的钱,非但不敢花,而且还要东藏西掖。即便斗胆花出去了,表面风平浪静,心里忐忑不安。哪里还有潇洒可言?

云想衣裳花想容。无论何人,活在世上,希望穿戴光鲜些,日子过得滋润些,活得洒脱些,乃人之常情。问题是,切忌盲目攀比,不可刻意追求。超过条件许可,过度痴迷潇洒,忘了量入为出的古训,丢掉艰苦奋斗的传统,甚至不惜用钱权交易、以权谋私、贪污受贿等不法手段获取金钱,以满足个人潇洒的物质需求,既容易走火入魔,也难免违法犯罪,迟早是要沉沦的。若然,潇洒一阵子,后悔一辈子。

【原载 2020 年 4 月 4 日《福州晚报》、4 月 14 日《检察日报》】

心灵保洁防"病变"

人生病,缘于心。我国现存最早的中医理论著作《黄帝内经》,开宗明义地写道:"百病从心生"。人类的大量社会实践表明,生理上的"百病"如此,心理上的"百病"亦然。人的心灵一旦"荒芜"了,或是"污染"了,什么样的"怪病""重病"都可能发生。

随着时代的发展、社会的进步,现今城乡居民,不论男女,不分贫富,大都注意卫生、注重保洁。这无疑是必要的、有益的。可是,人生世上,仅有整洁、光鲜的外表还不够,还得有纯洁、清净的心灵。经验告诉我们,形象的光鲜整洁,可以通过涂脂抹粉、穿衣戴帽来装点打扮;心灵的洁净健康,不是一蹴而就、一劳永逸的,而要时常呵护、不断滋养,才可望实现。

观察发现,当下少数领导干部,不知是思想上不重视,还是认识上有偏差——自以为"基本功"好、"免疫力"强——长期忽视心灵滋养与保洁,以致在不知不觉中,受到负面情绪的侵蚀、腐朽东西的污染。结果,大脑慢慢生出"欲瘤",心灵渐渐发生"病变"。年复一年、久而久之,自然而然由荣变耻、由廉变贪起来。

人的心灵,好比屋子。不论是大是小,不分是新是旧,只有经常"打扫",才能保持"整洁"。道理明摆着,尘埃这东西,飘忽不定、飘然而至。虽然肉眼看不见,但却无处不在、无孔不入。即使你把门窗紧闭起来,也难免有些微尘随风潜入,只是一时不易察觉罢了。腐朽的思想,贪婪的欲望,如同尘埃一样,稍有"缝隙",就会乘虚而入。唯有注重呵护、加强保养的人,心灵才不会积藏"灰尘",心理才不会发生"病变"。而呵护、保养的最好办法是加强理论和思想改造。古人云："物必自腐，而后虫生。"一个长期不重视读书学习、不坚持心理保养的人，心灵必然受到腐蚀或污染。日积月累，由少变多，总有一天是要"生病"的。

五花八门的"病菌"、千奇百怪的"病毒"，活力很强，危害很大。且既喜"粘权"又爱"傍官"。手中有权的领导干部稍不警惕，就容易"病菌"附体、"病毒"侵心。因而，尤其需要增强心灵保养、保洁的意识。反之，必然导致邪念萌芽、私欲膨胀。这方面的前车之鉴很多。近些年来，因为心理不健康、心态被扭曲，最终走上贪污腐败歧途的"苍蝇"、"老虎"，不乏其例、屡见不鲜。

在市场经济大潮澎湃的时代背景下，加强心灵保洁，让灵魂在健康的轨道上运行，比以往任何时候都更加迫切、更为重要。而心理保养、心灵保洁是永无止境的。只有"活到老，学到老，改造到老"，自觉坚持用科学理论武装头脑的人，方能经得起考验、挡得住诱惑、排得了尘埃。心灵处于"健康"状态，"病变"自然不易发生。

【原载 2020 年 3 月 17 日《检察日报》，
2020 年 3 月 23 日《青海日报》转载】

"转运眉"何若"奋斗心"

"转运眉",是近年来"应运而生"的新名词。此前几十年,我只知有中间宽两头尖、如柳叶弯曲的"柳叶眉"。所谓"转运眉",实为普通的纹眉。然而,在"可以改变命运"说辞的蛊惑下,一些"转运"心切者,抵挡不住推销员的攻心、纹眉师的引诱,乐淘淘、喜滋滋落入被人忽悠的圈套。

近些年来,随着国人腰包的鼓起,坊间不时冒出一些忽悠百姓、骗人钱财的"领先世界科技水平"的"科研成果"。"转运眉"可谓后来居上,成为当下最能忽悠人、最为玄乎的伪科研成果。追求长寿,人同此心。追求美丽,女性同愿。可是,多数人爱上"转运眉"的根本目的,不是为了"美颜",而是为了"转运"。这就着实匪夷所思了。

动辄几万甚至几十万元要价的"转运眉",所以颇受欢迎、颇有市场,与推销有术,忽悠有道密切相关。据悉,为了达到"杀猪"之目的,店家备有三招。先是向顾客大讲"风水"。什么"开运纹绣是根据《易经》中五行相生相克的原理,找到眉眼唇与陨石间的关系,弥补所缺,平衡阴阳。"什么"相由心生,调整了面相,运气也能改变。"继而披着"磁场学"的科学外衣粉墨登场:"风水是一门科学,就是现在所说的磁场。""磁场就像空气,无时无刻不在影响着我们。""地球是个巨大的磁场,每个人都有自己的小磁场,外在形象和内在修为相结合,就能形成自己的独特磁场。"倘若这两招不达目的,便亮出第三招,玩起"必杀技"——心理学中的"相信":"心理学里讲究内心暗示,只要你知道面相和运势相连,就能产生强大的暗示力量。人的状态会因此而改变,运气也会随之而来,这就是相信的力量。"

在环环相扣、招招递进话术的攻击下，不少人信以为真，眼睛眨都不眨，便心甘情愿买单。

花上动辄几万元人民币，纹上两条所谓的"转运眉"，完全是人家的兴趣和自由，与他人毫不相干。我原本也不想就此说三道四。但以为，相信靠纹眉就能实现"时来运转"美梦者，不是愚昧，便是幼稚。此类人等寥寥无几倒也罢了，一旦比比皆是就很可悲了。

培根说过，一个人的命运主要掌握在自己手中。贝多芬则坦言：我要扼住命运的咽喉，绝不让命运所压倒。民谚曰，天上不会掉馅饼。如果真有命运的话，则命运既不是由上天主宰决定的，也不是由他人决定的，而是由自己掌握的。换言之，但凡不靠自身努力，就想得到好运的人，终将被命运所作弄。尽人皆知，幸福都是奋斗出来的。同样道理，好运也是奋斗出来的。

被毛泽东主席誉为"华侨旗帜，民族光辉"的陈嘉庚先生，童年时期家庭经济并不富裕，和当地其他孩子一样，从小就得帮助家里做农活，由此养成勤劳朴实的习性。身为著名华侨领袖，陈嘉庚有着独特的成功之道。他生前说过："非常事业要达成功，亦应受非常之辛苦，若乏相当之毅力，稍不如意，便生厌心，安能成事哉？"纵观陈嘉庚一生，俨然一部人生奋斗史。他的所有成功与贡献，都与奋斗二字密不可分。正因此，陈嘉庚继2009年当选100位为新中国成立作出突出贡献的英雄模范人物之后，2019年9月，在人民大会堂举行的"最美奋斗者"表彰大会上，荣获"最美奋斗者"称号。

不经历风雨，怎么见彩虹。命运犹如大江波涛，人生恰似一叶扁舟。是畏惧惊涛骇浪，随波逐流，还是勇于逆流而上，奋勇拼搏，态度不同，命运必然也大不相同。水往低处流，人往高处走。人生在世，谁不希望好运常在、心想事成？谁不指望出人头地、耀祖荣宗。但以为，与其急功近利、异想天开，把"转运"的希望寄托在"转运眉"上，不如脚踏实地、丢掉幻想，自觉培育一颗"我能"的"奋斗心"。

【原载《杂文月刊》2020年第2期，参考网转载】

"两面人"背后的"三重性"

近些年来,形形色色、大大小小的官场"两面人"屡见报端。这不,新年伊始,又见一个——全国人大原内务司法委员会副主任委员、陕西省委原书记赵正永。经中央纪委常委会会议研究并报中共中央批准,决定给予赵正永开除党籍处分;将其涉嫌犯罪问题移送检察机关依法审查起诉。媒体在报道中,痛斥赵正永:是典型的"两面人"、"两面派"。

"两面人"成为言行不一、阳奉阴违、口是心非者的代名词,源自清代小说《镜花缘》。该小说生动形象地刻画了一种丑陋的社会现象:在一个叫"两面国"的地方,人们一味嫌贫爱富。见到穿着光鲜者,便笑脸相迎、恭敬有加。相反,若是衣着简朴者,则冷若冰霜、嗤之以鼻,顿时换了一副脸孔。更可怕的是,"两面国"里的人,个个头戴浩然巾,把后脑勺遮住,正面看起来和颜悦色,背面却藏着一张恶脸,青面獠牙,一条长舌,犹如一把钢刀,口喷毒气,阴风惨惨,不经意间便要害人……

官场"两面人",并非"新物种"。中国古代,早已有之。如,唐玄宗时期任职时间最长的宰相李林甫,清朝雍正、乾隆时期的名将钮祜禄·讷亲等。现如今,时代进步了、社会文明了,可是官场"两面人",阴魂不散、幽灵不灭。观察发现,但凡"两面人",嘴上都高喊廉政口号,私下却大搞腐败之实。他们贪腐的程度不同,表现的手法相似——都拥有"两套脸谱":说一套,做一套;台上一套,台下一套;人前一套,人后一套。纵观其所作所为,背后隐藏着以下"三重性":

欺骗性。对上,欺骗党组织;对下,欺骗老百姓。比如赵正永,严重背弃初心使命,对党中央决策部署,思想上不重视、政治上不负责、工作上不认真,阳奉阴违、自行其是,与党离心离德,多次欺骗组织,对抗组织审查……。比如河北省委原书记周本顺,在位时"金句"不断。什么"官以不贪为宝,民以清官为宝";什么"'全家腐',必然是'全家哭'。"一时间,成为媒体引用的热词。更有甚者,口头上唱着"与党中央保持一致"的高调,行动上变相消极抵抗,以致中央好政策难落地,极大影响了党和政府的形象。

污染性。在"两面人"主政的地方和单位,正常的人际关系被扭曲,健康的同志情感遭浸染,小圈子取代了大团结,上下级关系成了人身依附关系,一些党员干部为人情和关系所累,党性原则、群众感情日渐淡漠,社会风气、民风、政风,在潜移默化中受到污染。此前有媒体在披露河南省南召县原县委书记鄢国宾落马的消息时,用的题目是:《十年南召人,百年南召羞》。文章说,鄢国宾在南召工作近10年,先后担任县长和县委书记,"为民、务实、清廉",是鄢国宾这个"两面人"常用的词语。随着这位"老南召人"的落马,他给南召留下的会是百年羞耻。可谓入木三分、发人深思。

破坏性。当年,黄先耀同志任广东省委常委、省纪委书记时,一次在培训班上描绘了形形色色"两面人"的八副"脸谱":一是表面信仰马列,背后迷信"大师";二是表面勤勤恳恳,背后吃喝享乐;三是表面谋划发展,背后官商勾结;四是表面一心为公,背后"一家两制";五是表面是国家干部,背后脚踏两条船;六是表面中规中矩,背后我行我素;七是表面任人唯贤,背后任人为钱;八是表面五湖四海,背后拉帮结派。"两面人"破坏性之大,尤其是对政治生态的破坏,由此可见一斑。

官场"两面人"之所以能够"平步青云""长期潜伏",一方面,说明迄今为止,我们的选人用人制度,还有需要完善的地方;另一方面,说明党内监督、民主监督的力度,还有待进一步加强。有道是,江山易改,本性难移。要想铲除"两面人"的生存土壤,必须在"完善制度"和"加强监督"两个方面,下功夫,动真格。否则,官场"两面人",是不会主动洗心革面、不会自觉悬崖勒马的。

【原载 2020 年 1 月 21 日《检察日报》】

好想再抱妈一回

任何一个孩子,从呱呱坠地,到牙牙学语;从蹒跚学步,到跌倒爬起,母亲不知抱过多少回。可是,当孩子长大成人后,或很少抱过母亲,或不曾抱过母亲。可叹的我,一生只"抱"过妈一回。如今,每每想起这件事,心中便悔恨交加、愧意绵绵……

母亲的生命,是在与苦难打交道、同疾病作斗争中度过的。母亲,是在一个贫困农家长大的,原本身强体健、眉清目秀。20岁那年,祸不单行——先是因复发性头痛,导致右眼失明;继而左下肢被蚂蟥叮咬后感染引起溃疡。因为缺医少药,未能及时治疗,最终成了"老烂脚"。从此,病痛不时折磨着她,有时疼的在床上打滚。青少年时代,不止一次听到母亲的哀求:"把这条该死的腿锯掉……"即便这样,母亲就像村头那棵根深叶茂的大榕树,栉风沐雨,荫及子孙;拥抱生活,笑对人生。不单和父亲一道,千辛万苦把我们五个兄妹拉扯成人,而且自己也在人间度过了88个春秋。

俗话说,手心手背都是肉。母亲对待儿女,大都一视同仁。而她对我,却特别关爱,为我的付出更多一些,抱我的次数也要多一些。

小时候,我三天两头闹病。随军南下后、复员后留在福建的父亲,南腔北调——上海话、普通话、莆田话混杂在一起——自己说得吃力,他人听得费劲,加上要参加生产队里的劳动,多数情况下,都是母亲独自抱着我,步行3华里,前往镇上卫生院看医生。因为发病频繁、往返次数多了,不单左邻右舍,就连沿途人家,也知道老张家里,有个多病的儿子。每当遇到有人半是关心、半是嘲笑时,无怨无悔的母亲,常用一句"多病的孩子,长大了不会傻",来回答对方、宽慰自己。这些,都是祖母生前告诉我的。

毫不夸张地说，如果没有母亲温暖的怀抱，就没我的存在，更别说其他了。而我，却从不曾抱过母亲。

老家有句民谚，叫做"歪树不倒"。母亲，就如同这样的"歪树"，虽是疾病缠身，生命却很顽强。无奈，有生必有死。2010年4月3日，母亲这棵饱受磨难、久经摧残的"歪树"终于悄然"倒下"了。两天后，清明节这天上午，我们怀着万分悲痛的心情，护送母亲遗体去县郊外殡仪馆火化。我是长子，返程途中，80千米山路，行车1个多小时，坐在副驾驶座位上的我，一路小心翼翼地将母亲的骨灰盒置于腿上、抱在怀中，生怕把母亲震痛了一般。当汽车来到公墓脚下时，要步行上山，大弟怕我体力不支，想从我手中接过母亲的骨灰盒，我一口拒绝了，心也沉沉，腿也沉沉，须臾不停、稳稳当当将母亲的骨灰盒抱到公墓第七排安葬……

我曾经后悔，母亲在世时，怎么不问问她，一生抱过我多少回。尽管我知道，普天之下，任何一个母亲，都不会在意为儿女吃了多少苦头、付出多少心血，更不会吃饱了撑的，统计抱过孩子多少回、累计N小时。

我现在后悔，在长达几十年的岁月里，除了母亲五十六岁那年，"提干"不久的我，把母亲接到部队，在庐山脚下、浔阳城头，几次用自行车推着她，前往解放军第171医院诊治之外，再没有为她出过力、流过汗。自从参军入伍后，我就像一艘启航的小船，虽然多次回过"港湾"，可是，客观上，身为"公家人"，每次都来去匆匆。主观上，总以为有弟弟妹妹照顾，我只要按时给母亲一些生活费，就心安理得、问心无愧了。即便是在母亲卧床不起的日子里，回家探望的密度虽有所增加，但大多只是坐在母亲的床沿，或听她讲述不知进过多少次的陈年往事，或为她削一个水果、倒一杯开水，从来不曾想过搀着她，或者抱着她，到户外去晒晒太阳、看看风景，哪怕只是呼吸几口新鲜空气。唯一的一次，就是抱着她老人家的骨灰盒。

母亲离我们而去12年了。有时凝视着母亲的遗像，老人家依旧那样慈祥、幸福地微笑着，心里便会油然升起一股愧疚感、负罪感：我这个当儿子的，亏欠母亲的，实在太多了。现在，真想还给母亲一点爱，很想再抱妈一回，哪怕是短短的几分钟，甚或短暂的几秒钟。可惜，已经永远没有这样的机会了！

【原载2022年4月12日香港《文汇报》】

父亲的口琴

口琴，小巧玲珑，便于携带。一些故事片、电视剧里，在紧张的战斗间隙，在艰苦的生活场景，或响起口琴伴奏歌曲，或出现吹奏口琴画面，如春风化雨，潜移默化中，起到鼓舞士气、振奋精神的作用。比如，2018年12月上映的、以抗日英烈夏次叔遗孤——夏家骏姐弟三人儿时苦难生活经历为主线的影片《云上日出》中，便多次出现少年夏家骏吹奏口琴的镜头……

父亲生前，喜吹口琴，藉以抚慰精神，籍此提振信心。

1910年，父亲张湧良出生在地处长江三角洲地区，位于沪、浙交界处的上海浦南重镇——朱泾。青年时代，当过药铺学徒；1947年，参加中国人民解放军。在一次战斗中，不幸负伤，成了三等甲级残废军人。1952年，从华东荣军学校校部"保管员"（排级干部）岗位上复员时，为了遵守"婚约"，主动放弃回上海安置工作，毅然来到我母亲的家乡当农民。

父亲性情开朗、为人乐观，脸上总是挂着一丝微笑。上个世纪五六十年代，农村真穷，农民真苦。个头不高、毅力不小的父亲，不恋城市、热爱农村，不当干部、甘做农民。作为一家的"准全劳力"，以苦为乐，与苦抗争。当年，从荣军学校复员不久，就完成了"角色"转换，什么农活都会干、都能干。我家上有年迈的外婆，下有我们几个年龄不等，不谙世事的儿子，加上母亲长期疾病缠身，只有父亲一个"准全劳力"，生产队实行按劳分配，生活之苦，可想而知。

我和父亲一起生活的时间不长。考上初中后，住进离家20里的学校很少回家；参军入伍后，远隔千里未经组织批准不得回家。父亲，虽无超凡之处，却有过往殊荣。在我珍藏的那本印制于1953年、早已发黄破损的《福建省烈属、军属、革命残废军人、复员军人模范及拥军优属模范代表会议代表模范事迹汇辑》第73页，有一则四百余字的父亲事迹介绍："张涌良，男，四十三岁，在部队期间，先后立过一等功二次，三等功四次，并在工作上、学习上，都受过上级的表扬与奖励。复员回乡后，不居功，不骄傲……"

奇怪的是，父亲好像全然忘了这些，一边积极参加生产队的集体劳动，多赚点工分；一边无怨无悔消耗着自己的羸弱躯体，续写着平凡。母亲患有下肢溃疡，俗称"老烂脚"，不能参加正常的体力劳动不说，经常疼痛难忍，却没钱给她治病，有时连每包一角三分钱的消炎药粉"磺胺结晶"都买不起，只好口服去痛片止疼。父亲看在眼里，痛在心头。却束手无策，只能干瞪眼。无论生活多苦，父亲从不拿功劳当"资本"，或开口向政府求救济，或向伸手组织要救助，苦活累活都干，硬是挺直腰杆，用羸弱的身躯，顽强支撑着那个穷的叮当响的家，直到他的生命画上句号。

1993年2月16日上午，83岁的父亲从村里乘坐手扶拖拉机前往镇上，给在中心幼儿园工作的妹妹送棉被。在快到镇里下坡时，拖拉机撞到石头，发生交通意外，父亲不幸摔下，在镇卫生院救治几天，医生没能"妙手回春"，他匆忙而安详地离开了人世，长眠在闽北大山深处一座无名的山头上。

父亲生前，有两大爱好。一是爱骑自行车，二是爱吹口琴。一把复员时从部队带回的24格口琴，是他的另类伴侣、精神武器。父亲爱口琴，如同爱钢枪——每次吹过，都要认真擦拭一番，而后用手帕包裹好、藏放好，不到下次再吹，轻易不拿出来。有时还用螺丝刀，小心翼翼把口琴拆开，发在温水里浸泡一阵子后取出来，涂上些许牙膏，先用牙刷轻轻刷，再打水清洗干净，待其晾干，重新装好，包裹起来。

在家徒四壁、一穷二白的生活背景下，不说谱架，就连歌本也没有，父亲凭借记忆，能吹不少曲子。我印记最深，他吹得最多的，是《南泥湾》《义勇军进行曲》，以及电影白毛女插曲《北风吹》等。吹奏时，只见他双手托着口琴，分工协作，密切配合，一边做不匀速移动，一边有节奏的轻拍，口动，手动，头也动。美妙的口琴声，回荡在干打垒的破屋内。不说余音绕梁，却也余味无穷。

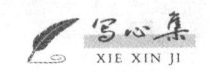

不论寒冬腊月，抑或盛夏酷暑，只要父亲的口琴响起，就会驱散困扰我们的苦难阴霾，滋润全家老少干涸的心田。有时，邻居也会前来欣赏，父亲便拿上一只搪瓷茶缸，双手把茶缸夹在口琴底部吹奏，欢快且有节奏的乐曲骤然响起。口琴的声音，汇聚在茶缸中，而后反射出来，浑厚有力，别有韵味。那时年少，不明就里，不知其妙，只觉得好玩。现在想来，那茶缸大概可以起到"音箱"的作用。

受乐天派父亲潜移默化的熏陶，从满头青丝，到雪染鬓发，从军旅生涯，到转业地方，生活中保持乐观心态，工作上恪守进取精神，不曾因难题而迷茫，没有被困难所吓倒，一路走来，小有收获。

时光荏苒。30年间，每每凝望着父母的合影，银须齐胸的父亲，身穿黑色棉袄、头戴棕色绒帽、面带慈祥微笑，仿佛他还活着一般。有时，思之心切，就从书桌的抽屉里，拿出那把红布包裹、木格铜皮、表面"国光"二字，已然磨得若隐若现的口琴，看一看，摸一摸。深感遗憾的是，缺少音乐细胞的我，年少时未能向父亲请教，长大后不曾拜他人为师，以致吹不出一首完整的歌曲。即便如此，我视这把口琴如"家宝"，只要看到它，仿佛又听到父亲那悦耳的琴声……

【原载2023年2月11日《福建老年报》、4月19日《中老年时报》】

《高山清渠》的联想

改编自报告文学《山神》的32集电视连续剧《高山清渠》,艺术再现了"当代愚公"的事迹,近期在央视一套播出后,热度不断攀升。该剧以"七一勋章"获得者、"时代楷模"、全国道德模范黄大发为原型创作,讲述其带领群众开凿生命渠、开创幸福路的感人故事。

年近九旬的黄大发,曾任贵州遵义播州区平正仡佬族乡原草王坝村党支部书记。多少年来,草王坝村一直严重缺水。人畜饮水,全靠一口老井。村里人夜以继日,不间断排队挑水,等水慢慢渗出,接满一担水,常常要等上个把小时。吃水都成问题,遑论灌溉农田。自20世纪60年代起,黄大发带领200多名村民,开山劈石,挖渠引水,历时36年,靠着锄头、钢钎、铁锤和双手,绕三重大山、穿三道险崖,硬生生、活脱脱在绝壁上凿出一条跨3个村、10余个村民小组,主渠长7200米,支渠长2200米的"生命渠",不单结束了当地长年缺水的艰辛历史,而且使草王坝村每年粮食产量从原来的6万斤增加到近百万斤。为了感恩黄大发,乡亲们把这条渠亲切的称为"大发渠"……

连日来,我在收看《高山清渠》的同时,触"剧"生思,想到政绩与功夫的关系问题。

政绩,简而言之,是施政的成绩。政绩,既有大小之别,也有显潜之分。政绩,如同幸福一样,不会从天而降。但凡政绩,不论是大是小、是潜是显,都与功夫密切相关。

有句谚语说,"只要功夫深,铁杵磨成针。"政绩也一样,与功夫成正比。

不想用心做功夫，又想要多出政绩，不是痴人说梦，也是天方夜谭。问题是，功夫怎么做，既是一个方法问题，也是一个作风问题。

清代学者金缨编著的《格言联璧》中说："古之居官也，在下民身上做功夫；今之居官也，在上官眼底做功夫。"由此可见，有清一朝，不少官员，喜在上官眼底做功夫。也难怪，功夫做在下民身上，不说出力不讨好，至少上官未必看得见。相反，在上官眼皮底下做功夫，不论所做功夫，是大是小，是多是少，一方面，上官容易看得见；另一方面，自己容易进入上官视线、可望得到赏识与提携。

时代不同了。如今绞尽脑汁、想方设法在上级面前做功夫的官员，不说比比皆是，却也不乏其人。据我观察，很多党政领导，都在不同场合、大会小会上，慷慨陈词，郑重表态："为官一任，造福一方"。领导干部想在任职期间，为一方百姓干实事、谋福利、出成绩，无疑是一件好事。但怎样追求政绩，追求怎样的政绩，都与做不做功夫，怎样做功夫有关联。

平心而论，造福一方也好，为民谋利也罢，说起来很容易，做起来有点难。只有设身处地想百姓之所想，急百姓之所急，不遗余力为百姓排忧，尽其所能为百姓解难，真心诚意把功夫做在百姓身上，才能兑现"谋利"的初衷，实现"造福"的愿望。相反，脱离实际搞政绩、无视百姓搞政绩，刻意追求立竿见影的显绩，造成很大负面影响不说，还可能违背民意、失去民心。

黄大发几十年如一日，默默无闻在百姓身上做功夫。他的心里始终装着群众，千方百计带领村民发展生产。继兑现了"水过不去、拿命来铺"的铮铮誓言后，他一如既往，坚守初心与使命，带领群众脱贫致富，村里缺什么，他就带头干什么；群众期盼什么，他就谋划推动什么——村里通了水，他又先后组织实施通电工程、通路工程，彻底改变了村民用电和出行问题。用他的话说：这是我作为一名共产党员的使命。在黄大发精神的感召下，近年来，村"两委"班子带领村民发展中药材、种有机稻米、有机高粱，发展精品水果产业、养殖肉牛、生态猪、蜜蜂等，三年前，该村顺利脱贫，全村建档立卡人口全部脱贫。

古往今来，但凡真正能够"为民做主"的官员，老百姓都会记住他、怀念他。换句话说，为官一任，是功是过、是好是孬，都要经受历史的沉淀、接受群众的评判。由黄大发，想到谷文昌、焦裕禄、甘祖昌、孔繁森等经过历史沉淀，深受群众拥戴欢迎的领导干部、把功夫做在百姓身上的共产党人，非但不会因为岁月尘封而失色、不会因为时代更迭而黯淡，反而会拥有广为流传的历史震撼力、有口皆碑的时空穿透力。

【原载 2022 年 10 月 24 日《上海法治报》，8 月 2 日《福建日报》以《贴近百姓做功夫》为题发表。】

健身与健脑

健身与健脑，既有区别，又有联系。任何一个人，身体和大脑，如一武一文，可相辅相成。

身体，是革命的本钱。战争年代，身体不好，一副病恹恹的模样，哪有精气神投身革命？和平时期，疾病缠身，一个软绵绵躯体，凭什么做好本职工作？从这个角度讲，重视健身很有必要。正因此，时至今日，装饰考究的健身用房，种类繁多的健身器材，五花八门的健身活动，应有尽有，吸人眼球，令人跃跃欲试、想"健"非非。

随着小康社会的到来、幸福指数的提升，人们对健身比过去任何时候都更重视、更执着——要时间，有时间，长年累月，坚持不懈；要花钱，便花钱，出手大方，慷慨得很。与之相反，很多人健脑的热情、激情，以及时间、金钱的投入等，难与健身相提并论。相反，厚此薄彼者有之，顾此失彼者亦有之。

脑，由大脑、小脑和脑干三大部分组成，是人体最复杂、最重要的器官。大脑，不仅支配人的一切生命活动，而且是一切思维活动的物质基础。大脑分为左右两个半球状部分。人的智力、学问和判断力等，均受这两个半球所左右和控制。健脑之重要，由此可见一斑。

近年来，国外悄然兴起一股"健美"大脑的热潮：在美国一些大学里，年轻人开始热衷于旨在提高大脑创造力的培训课；法国部分健身房还特别开设了"健脑课"，帮助学员恢复和增强大脑的功能；英国爱丁堡大学脑医学博士维克斯先生，经多年研究发明了一套简单易学的"健脑操"，可以使人通过反复训练，养成良好的思维习惯，从而提高大脑的记忆力和创造力……

要想人生好，就得多健脑。在国内，不仅有"健脑操"，而且有"健脑丸"。

此类"操"和"丸",对健脑有多大功效,没有仪器监测,只能半信半疑。读书对于健脑,真乃大有裨益,则是确信无疑的。遗憾的是,迄今为止,从党政干部,到企业员工,重视健身的人,远不如重视健脑的人多。

读书有助于健脑。善于读书,如同点燃火炬;积累知识,好比滋补大脑。21世纪是知识经济的世纪。谁掌握了丰富的知识,谁就积聚了提升自我的正能量,掌握了开启成功之门的金钥匙。诚然,关起门来读书,获取知识健脑,没有参加娱乐活动、社交活动那样舒心开怀、轻松愉快。殊不知,热爱读书,更新知识,大脑更加强健,技能更加高超,改写人生的概率才会高一些,奉献社会的力量就会大一点。

"希望全社会都参与到阅读中来,形成爱读书、读好书、善读书的浓厚氛围。"这是习近平总书记写给首届全民阅读大会贺信中的一段话。言简意赅,意味深长。书,是人类传播知识的重要工具,是蕴含人类智慧的别样结晶。汉代刘向说:"书犹药也,善读之可以医愚。"愚,是相对智而言的。愚者,皮囊一具。不医,糟践人生。美国未来学家阿尔文·托夫勒在《力量转移》一书中写道:"暴力、财富和知识,其中知识最重要……"刘向与托夫勒,一位古人,一个洋人,表述不一,大意相似。医治愚笨也好,获取知识也罢,一条被实践证明了的最佳捷径是——乐于读书,勤于读书,善于读书。

信息时代,伴随着社会的发展与科技的进步,知识客观上较之以往任何时候,都更为重要、更加可贵。说白点,知识就是财富。任何社会成员,要想拥有更大的能量,希望聚集更多的财富,一个必不可少的前提是——用丰富的专业知识、文化知识,武装头脑,充实大脑。实践证明,补脑健脑的最有效、最实惠之举,就是给大脑输送知识、让大脑吐故纳新。

重健身轻健脑,一年半载,不会出现什么大问题;久而久之,就可能"四肢发达,头脑简单"。这,实在是一大遗憾。读书健脑,有累积与后延两个效应。好书读多了,可以在潜移默化中给大脑"润物无声"的滋养。古人云,学而时习之。读书学习,最为方便,成本低廉。人们倘能在重视健身的同时,多读一些新书、好书,多看一点奇文、美文,对健脑大有裨益。日积月累、久久为功,即便够不上大脑发达,也会丰富知识、点亮人生!

【原载2023年6月10日《福建日报》】

军营别样情

受打过仗、立过功、负过伤的父亲的影响,打从懂事的时候开始,我就热切渴望参军。可是,好事多磨。如同《真是乐死人》中所唱的那样:"身体一过磅,刚刚差一斤,我好说歹说,好说歹说不顶用,不顶用……"十八岁那年,我报名参军,只因体重不达标,被拒之于门外。三年后,二十一岁的我,赶上"末班车",如愿穿上心仪已久的军装,来到有着2200多年历史的江南名城、地处长江中游、庐山脚下的九江服役。

为期三个月的新兵训练,是在"闲置"多年的九江市能仁寺中完成的。新兵连,既没电话,也没电视,更没手机,业余时间,我们的"常规活动"是看书或者写信。生活之单调,可想而知。一天,听一位九江籍新兵说,夜间在烟水亭一带,可以望见庐山灯火。严格周末的晚上,我和三位同班新兵,悄悄溜出能仁寺,在九江街头东奔西窜了好一阵子。结果,庐山灯火没看见,却挨了一顿批评,外加认真写检讨。我嘴上没说什么,心里却在嘀咕:"没学习,没开会,没误事,何必这么无情、这么较真。"

四十多年前,气温比现在低。九江的冬日,下过一场大雪,几天不会融化。独立营营房外,一条宽约三米的沙土路上,铺着几厘米的积雪。为使新兵尽快掌握射击本领,我们就卧在雪地上进行射击训练,一练就是半天。九江虽属南方,也配发棉衣棉裤棉鞋。穿着厚厚的棉装,躯体不觉得冷,手指冻得发僵。一次,我不经意间说了一句:"卧雪训练,太死板了。"不想,这话传到李排长耳朵里,遭到他劈头盖脑的训斥:"当兵的人,哪有那么娇气。今天不在雪地上训练,明天怎么在雪地上打仗?"委屈得我鼻子酸酸的、眼眊湿湿的。

当年底,我成为九江军分区独立营一连文书。四个月后,在连队党支部研究发展新党员大会上,一向关心我的徐连长,先是表示同意我加入党组织,继而向我"开炮":"张桂辉同志,有时工作不认真、作风不严谨……"事情的缘由是这样的:那时连队的部分弹药由文书负责保管,交接过程中,一时粗心,事后清点,发现五六式半自动步枪子弹数量与数字不吻合。我当即做了详细汇报,并接受了连长、指导员的严肃批评。不想,事隔数月,连长居然在大会上又把它"抖"了出来,这无异于在大庭广众面前揭我的短。

两年半后,我在同年兵中,第一批提干,完成了梦寐以求的身份转换。离开连队的头天晚上,徐连长特意找我谈心:"小张,你入伍时间不长,来日方长。今后,无论在什么岗位上,都要严格要求自己,对待工作,既要追求效率,更要严谨认真……"连长的话,让我如梦方醒、豁然开朗。

宝剑锋从磨砺出,没有严格要求,不经严格训练,缺少严格磨砺,哪来的"锋芒"。打那以后,我一直把徐连长的话记在在心上,并常常用以检查对照自己。从部队到地方,从基层到机关,严明的纪律、严谨的作风,成了我的处事风格与力量源泉。

回顾自己的成长历程,我深切感悟到,获益最大的是军营,磨炼最深的是军营,收获最多的还是军营。在看似无情的军营里,充满着不是兄弟胜似兄弟的情谊,洋溢着看似无情却深情的大爱。但凡积极上进、虚心好学的士兵,方方面面、多多少少都会得到锻炼与提高。只是,自己一时未必能够意识到罢了。

· 军队,首先是"战斗队"。经验证明:平时多流汗,战时少流血。只有严格训练,才能练出真本领;只有严格要求,才能养成好作风。套用唐代诗人刘禹锡的"东边日出西边雨,道是无晴却有晴",我想说,"严格总在军营里,看似无情胜有情。"

【原载 2021 年 9 月 8 日《中老年时报》】

把获奖当"负担"

游本昌,又获奖了。这回,他在"电视剧品质盛典"中获得了"品质巨匠"荣誉称号。因为奖杯较沉,已是"90后"的游本昌,在现场发表获奖感言时,先是将手中的奖杯递给主持人,继而望着奖杯,意味深长的说:"这是负担!"耳闻目睹,现场不少明星流出感动的泪水。

1985年,年过半百的游本昌,因主演8集经典神话电视剧《济公》而一炮走红。可以这样说,但凡上了一定年纪的人,没有不曾看过《济公》的;但凡喜欢哼几句的人,没有不曾唱过《济公》主题曲——《鞋儿破帽儿破》的,就连我这个"五音不全"者也不例外。1986年,因了"济公"这个角色,游本昌获得"第4届中国电视金鹰奖最佳男主角"荣誉称号。

游本昌,是演艺界名副其实的"老戏骨",可谓"走南闯北"、"久经沙场"。把获奖当成"负担",既不是故作谦虚,装腔作势;也不是心血来潮,随便说说,而是发自老先生的肺腑之言。寥寥数语,意蕴深长。细加品味,背后折射出的,是老一辈文艺工作者的高尚品德与明智心态。

把获奖当"负担",不会故步自封。艺无止境。游本昌从艺几十年,对艺术孜孜以求,一向积极进取,从来不挑角色,只要是自己喜欢的,哪怕扮演一具冰冷的尸体,都乐意去演,且认真演好。反观当下娱乐圈一些明星,以拿奖为目的,视获奖为殊荣。为了拿奖,使出浑身解数,把奖项当成努力的方向、奋斗的目标。一旦功成名就,则判若两人,该背的台词不背,该做的动作不做——心安理得用"替身"。如此这般,偶尔为之,或许影响不大,久而久之,表演艺术水平,非但不会长进,反而可能退步。

把获奖当"负担",不会放任自流。天外有天,楼外有楼。因为获奖,就不知天高地厚,就开始忘乎所以,到头来,可能被荣誉所害。曾几何时,劣迹艺人,接二连三,屡见报端。两年前,针对违法失德等文娱领域出现的问题,继中宣部印发《关于开展文娱领域综合治理工作的通知》之后,国家广播电视总局也发出通知,要求从严整治艺人违法失德、"饭圈"乱象等问题。此乃有的放矢之举措。君不见,少数演员拿了一两个奖,出了一丁点名,尾巴翘到天上,唯我独尊,目无法纪,为所欲为,随心所欲。他们当中,偷漏税者有之,耍大牌者亦有之;嫖娼者有之,吸毒者亦有之。不是追求"德艺双馨",而是沦为"问题演员"。其所以然,与放任自流密切相关。

把获奖当"负担",不会夜郎自大。有道是,没有最好,只有更好。家喻户晓的电影演员秦怡,是德艺双馨的老一辈演艺家,是中国百年电影史的见证者和耕耘者,一生参演了40多部影视作品,塑造了很多经典的银幕形象。1983年获得第一届金鹰奖优秀女演员殊荣;1995年获得中国电影世纪奖最佳女主角;2009年获上海文艺家终身荣誉奖,第十八届金鸡百花电影节终身成就奖等奖项。2019年,当她被授予"人民艺术家"国家荣誉称号时,说了这样一段话:"我很高兴,但我做得还不够好。如果有机会,我希望自己还能出院去片场拍戏,哪怕跑个龙套也是我的心愿。"获奖无数,却说"做得不够好",大名鼎鼎,却愿意"哪怕跑龙套",谦虚低调,感人至深。游本昌打从立志成为一名优秀演员后,开始演些"小角色",乐此不疲"跑龙套"生活。30多年间,他扮演了70多个配角,身怀高超技艺,从不挑肥拣瘦,从不觉得高人一等。

人过留名,雁过留声。任何一个人,无论职业,不分岗位,包括影视演员在内,想获奖,很正常;能获奖,很可喜。可是,在得到荣誉时,当捧起奖杯后,即便不能像游本昌先生那样,把荣誉当成"负担",也要保持冷静头脑。不要把获奖与荣誉太当一回事。玛丽·居里(居里夫人)是历史上第一个两次获诺贝尔奖的人,其一生获奖无数,她原本可以躺在任何一项大奖或者荣誉上,逍遥自在,尽情享受,优哉游哉。但她却淡泊名利,以献身科学为荣。1903年,玛丽·居里夫妇和贝克勒尔由于对放射性元素的研究而共同获得诺贝尔物理学奖;1911年,又因发现元素钋和镭,再次获得诺贝尔化学奖。一战爆发后，她把诺贝尔奖奖金无偿捐献出来，而奖章则送给女儿当玩具。一次，有朋自远方来，发现居里夫人的小女儿正玩一枚奖章，觉得奇怪，不解的问："夫人，你应该知道能得到一枚英国皇家协会颁发的金质奖章是多么高的荣誉，怎么能把它给孩子玩呢？"居里夫人听罢，不以为然的说："我是想让孩子们从小就知道，荣誉就像玩具，只能玩玩而已，绝不能永远守着它，否则就将一事无成。"

把荣誉比作玩具，居里夫人不单见解高人一头，而且品格高人一等。无怪乎，著名学者爱因斯坦曾经这样评价居里夫人："在我所认识的所有著名人物里面，居里夫人是唯一不为盛名所颠倒的人。"

荣誉也有"两重性"——既可以激励人，也可能压垮人。任何一个人，一旦背上荣誉的包袱，就会越背越重，导致身心俱疲，最终被其压垮。常言道，红花还须绿叶衬。离开了绿叶，再红再艳的花，也会大为"失色"的。更何况，骄兵必败。一个人倘若不能正确对待荣誉，容易自我膨胀，甚或得意忘形，难以行远不说，还可能摔跟头。从这个角度讲，游本昌把奖杯视同"负担"，不但很谦虚，而且很理智。

【原载 2023 年 5 月 14 日《福建日报》】

后　记

我爱写作，如爱饮酒。酒量虽不好，总爱喝几杯。

在职时，业余时间支离破碎，以写"短平快"的杂文为主。退休后，成了名副其实的"自由人"。年复一年，日复一日，时间全由自己支配。于是，散文、随笔，成为主攻目标。熟能生巧，渐有长进，部分作品散见《解放日报》《福建日报》《中国纪检监察报》等内地报刊，多数文章在香港《大公报》《文汇报》亮相。其中，还有被菲律宾《联合日报》转载的。

古人云，文章千古事。我想说，文章像儿女。长相好不好，中看不中看，是由遗传基因决定的；穿着整齐不整齐，装扮清楚不清楚，则与父母的素质和态度密切相关。有鉴于此，我的作品，不论长短，不分体裁，初稿形成后，都要打印出来，反复修改，而后投稿。不求每篇都是美文，但求对得起媒体、对得起读者、对得起自己。

我这一辈子，最大的遗憾，不是没有当大官，而是没有上大学。高中毕业那年，高考还处于"停摆"状态。是年底，怀着保家卫国的信念，穿上绿军装。两年半，提了干。就在这一年，恢复了高考。满怀着信心，想要试一试，希望考一考。却被亮了"红灯"：你刚提干，就想高考？！结果，除了参加自学考试，没有机会上大学。所幸，我的书，替我上了大学——多部文集被厦门大学、集美大学等高校图书馆，以及福建文学院收藏。

癸卯暮春，中国当代作家签名版图书珍藏馆建成即将开馆，我把近几年福建人民出版社出版的《怎样聚集正能量》《三闲斋随笔》，团结出版社出版的《南薰楼遐思》赠与该馆。

人生易老天难老。步入兔年，我就是"70后"了。老之已至，爱好不改。我相信，坚持动笔，写点东西，人生不会寂寞，大脑不会生锈。况且，勤于

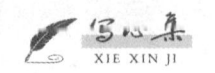

思考的人，思维活跃一些，老的更慢一些。

十二年前，女儿把我和老伴的户籍迁至厦门集美。这里丰厚的文化底蕴、宜人的自然环境，激发了我的创作激情，激活了我的创作灵感。发表的作品中，既有山水散文，也有文史随笔；既有生活拾遗，也有人生感悟。

我有三个家——集美女儿家、庐山岳父家、南平自己家。集美，是嘉庚故里、厦门几何中心；庐山，是避暑胜地、世界文化遗产；南平，是道南理窟、福建生态屏障。三个地方，都是宜居宜游的好去处。退休以来，每年都像候鸟一般，选择时令，在三地之间，轮换着居住，度冬度夏度时光，看水看山看世事。虽无文思泉涌，但能触景生思。无论在哪里，隔三差五的，有股创作激情，悄然生成，默然发酵，在心中涌动，在笔下流淌。我把它们灵活组合，变成文章，感谢读者，感恩时代。

书如人，不分男女，不论美丑，都得有个名字。书名，是读者了解图书的第一窗口，直接关系到读者能不能产生与书"一见钟情"的阅读欲。有趣的书名，如一张名片，能窥斑见豹，可吸引读者。给这本书取名《写心集》，其"潜台词"是，这次结集的九十篇文章，都是我"人生旅行"的心得，都是从我心底"涌"出来的。

收入本书的作品中，有多篇与嘉庚先生、集美学村、集美景观有关的文章，经集美大学原副校长、集美校友会会长黄德棋先生引荐，《集美校友》杂志社原社长、厦门集美校友总会永远名誉会长任镜波研究员，不辞辛劳为本书作序，热情有加给我以鼓励；厦门市集美区第二次把我的作品列入"文艺发展专项资金扶持项目"，在此一并致以诚挚谢意！

文集如酒宴，读者是食客。味道好不好，质量高不高，读者最清楚，自会有评说。我洗耳恭听，不胜感激！

张桂辉

2023年6月1日　厦门集美